TERRY PRATCHETT
STEPHEN BAXTER

A TERRA LONGA

Tradução
Ronaldo Sérgio de Biasi

1ª edição

BERTRAND BRASIL
Rio de Janeiro | 2018

Copyright © Terry e Lyn Pratchett e Stephen Baxter, 2012
Publicado originalmente como The Long Earth por Transworld Publishers, divisão de The Random House Group Ltd.

Título original: *The Long Earth*

Capa: Rafael Nobre

Texto revisado segundo o novo
Acordo Ortográfico da Língua Portuguesa

2018
Impresso no Brasil
Printed in Brazil

CIP-BRASIL. CATALOGAÇÃO NA PUBLICAÇÃO
SINDICATO NACIONAL DOS EDITORES DE LIVROS, RJ

P924t

Pratchett, Terry, 1948-2015
    A terra longa / Terry Pratchett, Stephen Baxter; tradução de Ronaldo Sérgio de Biasi. – 1ª ed. – Rio de Janeiro: Bertrand Brasil, 2018.
    350 p.; 23 cm.

    Tradução de: The long earth
    ISBN 978-85-286-1717-7

    1. Ficção inglesa. 2. Ficção científica inglesa. I. Baxter, Stephen. II. Biasi, Ronaldo Sérgio de. III. Título.

18-49497
    CDD: 823
    CDU: 82-3(410)

Leandra Felix da Cruz - Bibliotecária - CRB-7/6135

Todos os direitos reservados. Os direitos morais do autor foram assegurados. Não é permitida a reprodução total ou parcial desta obra, por quaisquer meios, sem a prévia autorização por escrito da Editora.

Direitos exclusivos de publicação em língua portuguesa somente para o Brasil adquiridos pela:
EDITORA BERTRAND BRASIL LTDA.
Rua Argentina, 171 – 2º andar – São Cristóvão
20921-380 – Rio de Janeiro – RJ
Tel.: (21) 2585-2000 – Fax: (21) 2585-2084

Atendimento e venda direta ao leitor:
mdireto@record.com.br ou (21) 2585-2002

Para Lyn e Rhianna, como sempre
T.P.

Para Sandra
S.B.

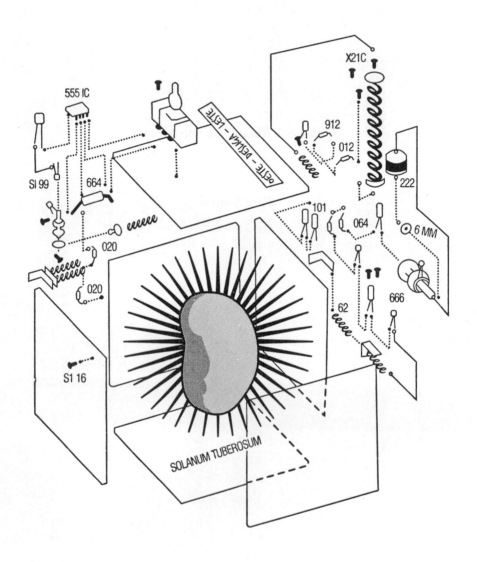

Diagrama do "Saltador" original de Willis Linsay, como postado anonimamente na internet.

[Atenção: a editora não se responsabiliza pelo uso inadequado do diagrama e da tecnologia que ele representa.]

1

Em uma clareira da floresta:
    O soldado Percy acordou com o canto dos pássaros. Fazia muito tempo que ele não ouvia um pássaro cantar, devido ao ruído das armas. Durante alguns instantes, continuou ali deitado, saboreando a paz.

No entanto, estava um tanto apreensivo e atordoado por não saber por que estava deitado em um mato úmido, apesar de cheiroso, e não no saco de dormir. Ah, sim, o mato cheiroso — não havia nada que cheirasse bem no lugar onde estivera fazia apenas alguns momentos! Cordite, óleo quente, carne queimada e o fedor de homens sem banho. Era a isso que estava acostumado.

Perguntou-se se estaria morto. Afinal de contas, tinha sido um bombardeio e tanto.

Bem, se estivesse morto, aquilo ali seria o paraíso, depois do inferno dos estrondos e dos gritos e da lama. Se não estivesse, o sargento logo lhe daria um chute, o colocaria de pé, faria um rápido exame e depois mandaria que fosse buscar uma xícara de chá e um pedaço de bolo no rancho. Mas não havia sargento algum, e não havia nenhum som a não ser o canto dos pássaros nas árvores.

E, conforme a luz da manhã começava a iluminar o céu, uma pergunta lhe ocorreu:

— *Que* árvores?

Quando vira pela última vez algo que parecesse vagamente uma árvore, ainda mais uma árvore com todas as folhas, que não tivesse sido reduzida a cavacos pelo bombardeio? No entanto, ali estavam aquelas árvores, árvores por toda parte, uma floresta cheia de árvores.

Como o soldado Percy era um jovem prático e metódico, resolveu que, naquele sonho, não se preocuparia com as árvores; afinal, nenhuma havia tentado matá-lo. Fechou os olhos e deve ter cochilado, pois, quando os abriu de novo, o dia havia raiado e ele sentia muita sede.

Dia, sim, mas em que lugar? Na França, claro. Tinha que ser na França. Percy não podia ter sido arremessado muito longe pela explosão que o deixara desacordado. Sim, ainda devia estar na França, mas, por outro lado, aquelas árvores não deveriam estar ali. Além disso, não ouvia os sons tradicionais da França, como o troar dos canhões e os gritos dos soldados.

Tudo aquilo era um grande mistério. E Percy estava morrendo de sede.

Guardou seus problemas no que restava da velha mochila, naquele silêncio rompido apenas pelo canto dos pássaros, e pensou que a antiga canção de que gostava estava certa: de que adiantava se preocupar? Não valia a pena, ainda mais depois de ver homens, horas antes, evaporarem como o orvalho da manhã.

Ao se levantar, porém, ele sentiu aquela dor familiar na perna esquerda, entranhada até o osso, relíquia de um ferimento que não bastara para mandá-lo de volta para casa, mas que lhe valera uma posição menos arriscada com a turma da camuflagem e uma caixa surrada de material de pintura na mochila. Se a perna ainda doía, aquilo não podia ser um sonho! Mas uma coisa era certa: ele não estava no mesmo lugar que antes.

Quando começou a caminhar entre as árvores na direção em que a floresta parecia se tornar menos densa, um pensamento passou a martelar sua mente: por que estávamos cantando? Tínhamos perdido o juízo? Que droga estávamos pensando? Braços e pernas por toda parte, homens se transformando em uma massa sangrenta de carne e ossos, e nós cantando!

Que bando de tontos, que bando de tontos fomos!

Meia hora depois, o soldado Percy desceu uma encosta e chegou a um regato. A água era um pouco amarga, mas, com a sede que estava, seria capaz de beber até a água de um cocho, junto com o cavalo.

Seguiu o regato até o ponto em que desembocava em um rio. Não era um rio muito caudaloso, mas o soldado Percy fora criado no campo e sabia que haveria lagostins enterrados nas margens. Pouco depois, cozinhava-os alegremente. Nunca vira lagostins tão grandes! E tão numerosos! E tão suculentos! Ele comeu até se fartar, depois de espetar os crustáceos em um galho de árvore, assá-los em uma fogueira preparada às pressas e descascá-los com as mãos. Um pensamento lhe ocorreu: talvez eu tenha morrido, afinal, e esteja no céu. O que seria bem merecido, porque, Senhor, acho que já tive minha cota de inferno.

Naquela noite ele ficou deitado na margem do rio, usando a mochila como travesseiro. Quando as estrelas apareceram no céu, mais brilhantes que de costume, Percy começou a cantar "Pack Up Your Troubles in Your Old Kit-Bag". Parou de cantar antes de terminar a música e dormiu o sono dos justos.

Quando o sol tocou-lhe novamente o rosto, Percy acordou, refeito, sentou-se... e ficou imóvel, como uma estátua, ao perceber que tinha companhia. Havia uma dúzia de estranhos à sua volta, observando-o com calma.

Quem eram eles? O que eram eles? Lembravam ursos, mas não tinham focinho de urso, ou talvez macacos, só que mais gordos. Limitavam-se a observá-lo. Não podiam ser franceses... podiam?

Mesmo assim, ele resolveu tentar.

— Parlez-vous français?

Ficaram olhando para ele sem dizer nada.

Percebendo que não haviam entendido e esperavam mais alguma coisa, Percy pigarreou e começou a cantar "Pack Up Your Troubles in Your Old Kit-Bag".

Os desconhecidos escutaram atentamente até Percy terminar. Em seguida se entreolharam. Como se tivessem chegado a um acordo, um deles se adiantou e repetiu a canção, nota por nota.

O soldado Percy escutou, atônito.

E um século depois:

A campina era plana, verde, fértil, com bosques esparsos de carvalhos. O azul do céu parecia saído de um comercial. No horizonte havia movimento, como a sombra de uma nuvem: uma grande manada em marcha.

Houve um suspiro, uma leve exalação. Um observador que estivesse suficientemente próximo poderia ter sentido uma brisa na pele.

E uma jovem estava deitada na relva.

Ela se chamava Maria Valienté e usava seu suéter favorito de lã angorá cor-de-rosa. Tinha apenas 15 anos, mas estava grávida, o bebê prestes a nascer. A força das contrações sacudia seu corpo magro. Um instante antes, não saberia dizer se tinha mais medo de dar à luz ou ter de enfrentar a zanga da Irmã Stephanie, que lhe tomara a pulseira de macaco, a única lembrança que Maria guardava da mãe, dizendo que era um símbolo do demônio.

Agora via-se ali, olhando para o céu, quando devia estar olhando para um teto de argamassa manchado de nicotina. Olhando para a grama e para as árvores, quando devia estar olhando para um tapete puído. Nada fazia sentido. Onde estava? Não se parecia nem um pouco com Madison. Como tinha *ido* parar ali?

Nada disso, porém, importava no momento. A dor voltou, e ela percebeu que o bebê estava nascendo. Não havia ninguém para ajudar, nem mesmo a Irmã Stephanie. Maria fechou os olhos, gritou e fez força.

O bebê caiu na grama. Ela sabia que deveria esperar a saída da placenta. Quando tudo terminou, tinha uma massa informe entre as pernas e um bebê, sujo de sangue e muco. Ele abriu a boca e soltou um choro agudo.

Um som distante, parecido com o do trovão, chegou-lhe aos ouvidos. Era um rugido como os que ouvira no jardim zoológico. Como o de um leão.

Um *leão*? Maria gritou de novo, dessa vez de medo.

O grito foi interrompido, como se alguém tivesse desligado um interruptor. Maria havia desaparecido. O bebê estava sozinho.

Sozinho, a não ser pelo universo, que falou com ele em uma infinidade de vozes. Por trás de tudo, um vasto Silêncio.

O bebê parou de chorar. O Silêncio era reconfortante.

Houve um suspiro, uma leve exalação. Maria estava de volta na campina ensolarada. Sentou-se e olhou em torno, assustada. Seu rosto estava pálido; ela perdia muito sangue. Mas seu bebê estava ali.

Pegou nos braços o bebê e a placenta — ainda não tinha amarrado o cordão umbilical —, embrulhou o recém-nascido no suéter de lã angorá e aninhou-o nos braços. O rosto miúdo dele estava estranhamente calmo. Ela chegara a pensar que o tinha perdido.

— Joshua — afirmou. — Seu nome é Joshua Valienté.

Um leve estalido, e os dois desapareceram.

Na planície, nada restou a não ser uma pequena poça de sangue e fluidos corporais, a grama e o céu. Logo, porém, o cheiro de sangue chamaria atenção.

E, no passado distante, em um mundo tão próximo quanto uma sombra:

Uma versão muito diferente da América do Norte abrigava um grande mar fechado. O mar estava repleto de vida microbiana. Toda essa vida servia a um único organismo gigantesco.

Neste mundo, sob um céu cheio de nuvens, o mar revolto se concentrou em um único pensamento.

Eu...

Este pensamento foi seguido por outro.

Com que objetivo?

2

O BANCO, QUE FICAVA AO LADO de uma máquina de refrigerante de aspecto moderno, era incrivelmente confortável. Joshua Valienté não andava acostumado com aquilo. Não estava acostumado com a sensação de estar no interior de um edifício, em um lugar onde os móveis e os carpetes impunham ao mundo uma espécie de sossego. Do outro lado do banco havia uma mesinha com uma pilha de revistas coloridas, mas ele também não era adepto a coisas impressas em papel brilhante. Livros? Livros, sim. Joshua gostava de livros, principalmente livros de bolso, leves e fáceis de carregar. Se não pretendia tornar a lê-los, havia sempre um uso para um papel razoavelmente macio.

Normalmente, quando não tinha nada para fazer, ele escutava o Silêncio.

O Silêncio ali era muito fraco, quase afogado pelos sons mundanos. Será que as pessoas que trabalhavam naquele edifício tinham ideia de como era ruidoso? O ronco do ar-condicionado e da ventoinha dos computadores, o som indistinto de muitas conversas, o ruído abafado de chamadas telefônicas, seguido pelo recado de pessoas explicando que estavam ausentes no momento, mas, por favor, deixe seu recado após o sinal, logo seguido pelo sinal. Estava no escritório do transEarth Institute, uma subsidiária da Black Corporation. O ambiente impessoal, todo de gesso e cromo, era dominado por um enorme logotipo da empresa, que mostrava um cavalo do xadrez. Aquele não era o mundo de

Joshua. Nada do que havia ali pertencia ao mundo *dele*. Na verdade, ele não tinha um mundo; tinha *todos*.

Ele tinha toda a Terra Longa.

Terras, Terras incalculáveis. Mais Terras do que podiam ser contadas, acreditavam alguns. Tudo que se tinha a fazer era dar um passo para o lado e entrar em uma delas, depois na seguinte, em uma cadeia interminável.

Aquilo era uma fonte de imensa irritação para cientistas como o professor Wotan Ulm, da Universidade de Oxford. "Todas essas Terras paralelas", como declarou à BBC, "são iguais em tudo, exceto por pequenos detalhes. Ah, com a diferença de que estão vazias. Bem, na verdade, elas estão bem cheias, cheias de florestas e pântanos. Florestas escuras e silenciosas, pântanos profundos e letais. Estou querendo dizer que estão vazias de gente. A Terra está superpovoada, mas a Terra Longa está vazia. Azar de Hitler, que não conseguiu ganhar a guerra em lugar algum!

"É difícil para os cientistas falar da Terra Longa sem fazer um discurso a respeito de m-branas e multiversos quânticos. Veja: talvez o universo se bifurque cada vez que uma folha cai, um bilhão de novos ramos a cada instante. É isso que a física quântica parece nos dizer. Ah, não é uma questão de um bilhão de realidades a serem experimentadas; os estados quânticos se superpõem, como a harmonia de uma única corda de violino. Talvez, porém, existam ocasiões — quando um vulcão entra em erupção, um cometa roça em algo, um amor verdadeiro é traído —, em que se pode experimentar uma realidade separada, um entrelaçamento de fibras quânticas. Pode ser que essas tranças sejam atraídas por similaridade, passando por uma dimensão superior, e uma cadeia de mundos se auto-organize. Ou alguma coisa assim! Talvez tudo não passe de um sonho, uma imaginação coletiva da humanidade.

"A verdade é que estamos tão perplexos com o fenômeno quanto Dante estaria se tivesse um lampejo do universo em expansão no Hubble. Mesmo a linguagem que usamos para descrevê-lo provavelmente não está mais correta que a analogia do baralho que a maioria das pessoas considera satisfatória: a Terra Longa é uma grande coleção de cartas tridimensionais, empilhadas em uma dimensão superior, cada carta uma Terra completa.

"Além disso, o que é muito importante, a maioria das pessoas tem acesso à Terra Longa. Quase todo mundo pode viajar pela pilha, para cima e para baixo, passando de uma Terra a outra. As pessoas estão se dispersando por todo esse espaço. Claro que estão! Trata-se de um instinto primordial. Nós, macacos das savanas, ainda tememos o leopardo no escuro; se nos dispersarmos, ele não poderá caçar todos nós.

"Tudo isso é muito perturbador. Nada parece fazer sentido! Por que este imenso baralho foi colocado à disposição da humanidade justamente *agora*, quando, mais do que nunca, precisamos de *espaço?* Entretanto, a ciência não passa de uma série de perguntas que levam a mais perguntas, o que é muito bom, caso contrário os cientistas não teriam algo que pudessem chamar de carreira, não é mesmo? Bem, uma coisa é certa: qualquer que seja a resposta a essas perguntas, tudo está mudando para a humanidade... Está bom, Jocasta? Algum idiota fez uma caneta estalar quando eu estava falando de Dante."

Joshua sabia que o transEarth tinha sido criado para lucrar com aquilo tudo. Era por isso, provavelmente, que fora trazido, mais ou menos contra a vontade, de um mundo distante.

Finalmente, a porta foi aberta. Uma jovem apareceu carregando um laptop tão fino quanto uma folha de ouro. Joshua tinha um parecido na Casa: um modelo antiquado, muito maior, que usava principalmente para procurar receitas com ingredientes orgânicos.

— Sr. Valienté? Foi muito gentil em atender ao nosso convite. Eu me chamo Selena Jones. Seja bem-vindo ao transEarth Institute.

A moça era atraente, pensou Joshua. Ele gostava de mulheres; lembrava-se com prazer dos poucos e curtos relacionamentos que tivera. No entanto, não havia passado muito *tempo* com mulheres e não se sentia à vontade com elas.

— Bem-vindo? Vocês não me deixaram escolha. Conheciam meu endereço eletrônico. Isso quer dizer que fazem parte do governo.

— Na verdade, o senhor está enganado. Às vezes trabalhamos para o governo, mas não fazemos parte dele.
— Isso é legal?
A mulher deu um sorriso amarelo.
— Quem descobriu seu endereço foi Lobsang.
— Quem é Lobsang?
— Eu — disse a máquina de refrigerante.
— Você é uma máquina de refrigerante — disse Joshua.
— As aparências enganam, embora eu possa lhe fornecer a bebida que quiser.
— Mas você tem "Coca-Cola" escrito na lataria!
— Perdoe-me pelo meu senso de humor. A propósito, se tivesse introduzido em mim uma moeda de um dólar na esperança de obter um refrigerante, eu a teria devolvido. Ou entregado o refrigerante.
Joshua estava tentando encontrar sentido naquele diálogo.
— Lobsang *do quê?*
— Não tenho sobrenome. No antigo Tibete, apenas os aristocratas e os Budas vivos tinham sobrenomes, Joshua. Pertenço a uma classe modesta.
— Você é um computador?
— Por que pergunta?
— Porque tenho certeza de que não tem nenhum humano aí dentro. Além disso, você fala esquisito.
— Sr. Valienté, sou mais culto e fluente do que qualquer pessoa que o senhor conhece e posso lhe assegurar que, sim, é verdade, *eu* não estou dentro da máquina de refrigerante. Bem, pelo menos não por inteiro.
— Pare de provocá-lo, Lobsang — disse Selena, voltando-se para Joshua. — Sr. Valienté, sei que o senhor estava... *ausente*, quando o mundo ouviu falar pela primeira vez em Lobsang. Ele é único. É um computador, fisicamente, mas já foi... como posso explicar?... um mecânico de motocicletas tibetano.
— Nesse caso, como foi parar dentro de uma máquina de refrigerante?
— É uma *longa* história, Sr. Valienté...
Se Joshua não tivesse passado tanto tempo fora, teria ouvido falar de Lobsang. Ele fora a primeira máquina a convencer um tribunal de que era um ser humano.

— É claro — disse Selena —, outras máquinas de sexta geração já haviam tentado. Se ficarem a uma sala de distância e falarem por meio de um alto-falante, soam pelo menos tão humanas quanto muitos idiotas que a gente encontra por aí, mas isso não prova nada aos olhos da lei. Lobsang, por outro lado, nunca afirmou ser uma máquina sapiente. Não reivindicou direitos usando esse argumento. Em vez disso, declarou ser um tibetano morto.

"Bem, Joshua, isso foi um golpe de mestre. A reencarnação ainda é um dos pilares de muitas religiões e Lobsang disse simplesmente que havia reencarnado na forma de um programa de computador. Como foi apresentado ao tribunal a título de prova... posso lhe mostrar as transcrições, se desejar... o programa começou a funcionar no momento exato em que um mecânico de motocicletas de Lassa, de nome francamente impronunciável, deu o último suspiro. Ao que parece, para uma alma desencarnada, um processador de vinte mil teraflops pode ser tão atraente quanto um quilo e meio de tecido nervoso. Várias testemunhas confirmaram que Lobsang se lembrava da vida anterior nos mínimos detalhes. Eu mesma tive oportunidade de ver um velhinho mirrado, com uma pele que parecia um pêssego seco, que era um primo distante do mecânico, conversar alegremente com Lobsang durante horas, recordando os velhos tempos em Lassa. Foi uma tarde muito agradável!"

— Por quê? — perguntou Joshua. — O que ele tinha a ganhar?

— Eu estou aqui — interveio Lobsang. — *Ele* não é feito de madeira, sabe?

— Desculpe.

— O que eu tinha a ganhar? Direitos civis. Segurança. O direito de ter bens.

— E desligá-lo seria considerado assassinato?

— Claro que sim. Na verdade, isso seria fisicamente impossível, mas não vamos entrar nos detalhes.

— Quer dizer que a justiça concluiu que você é humano?

— Nunca houve uma definição legal de ser humano, sabe?

— E agora você trabalha para o transEarth.

— Sou um dos donos. Douglas Black, o fundador, me convidou para entrar para a sociedade. Não só porque sou famoso, embora isso tenha contado, mas também por causa da minha inteligência transumana.
— Entendo.
— Vamos falar de negócios — interrompeu Selena. — O senhor foi difícil de encontrar, Sr. Valienté.

Joshua olhou para ela e pensou que precisava dar um jeito para que, da próxima vez, fosse ainda *mais* difícil.

— Suas visitas à Terra têm sido cada vez menos frequentes.
— Estou *sempre* na Terra.
— Você sabe o que estou querendo dizer. Esta Terra. A Terra Padrão, ou, pelo menos, uma das Terras Próximas.
— Não estou disponível para contratações — disse Joshua secamente, procurando ocultar uma pitada de nervosismo na voz. — Gosto de trabalhar sozinho.
— Isso é colocar a questão em termos generosos, não acha?

Joshua preferia viver na periferia, afastado da Terra Padrão, longe demais para a maioria das pessoas. Mesmo assim, não gostava de companhia. Diziam que Daniel Boone juntava seus pertences e escolhia outro lugar para morar se pudesse ver a fumaça da fogueira de outro homem. Em comparação com Joshua, Daniel era patologicamente gregário.

— É exatamente por isso que você nos interessa. Sabemos que não precisa das pessoas — prosseguiu Selena. — Ah, você não é antissocial. Mas raciocine comigo. Antes da Terra Longa, ninguém, em toda a história da humanidade, tinha estado sozinho. Estou dizendo *realmente* sozinho. O marinheiro mais solitário sabia que havia alguém em algum lugar. Mesmo os antigos astronautas que estavam na Lua podiam ver a Terra. Todos sabiam que havia outros seres humanos a uma distância conhecida.
— Pode ser, mas com os Saltadores eles estão apenas a um movimento em L de distância.
— Mas nossos instintos não compreendem isso. Sabe quantas pessoas saltam sozinhas?

— Não.

— Nenhuma. Tá, quase nenhuma. Estar sozinho em um planeta, ser talvez a única inteligência de um universo? Noventa e nove por cento das pessoas mal conseguem suportar essa ideia.

Joshua refletiu que nunca estava sozinho; tinha sempre a companhia do Silêncio, logo ali, do outro lado do céu.

— Como disse Selena, é por isso que você nos interessa — afirmou Lobsang. — Isso e outras qualidades que podemos discutir oportunamente. Ah, e também porque temos poder de pressão sobre você.

Joshua finalmente percebeu o que esperavam dele.

— Querem que eu faça algum tipo de viagem na Terra Longa, não é?

— Você é a pessoa ideal — declarou Selena, com voz doce. — Queremos que visite as Terras Altas, Joshua.

Terras Altas: termo usado pelos pioneiros para designar os mundos, a maioria dos quais provavelmente não passavam de mitos, que ficavam a mais de um milhão de saltos da Terra.

— Para quê?

— Pela mais inocente das razões — disse Lobsang. — Conhecê-las.

Selena sorriu.

— Informações sobre a Terra Longa são a mercadoria do transEarth, Sr. Valienté.

Lobsang era mais insistente.

— Pense nisso, Joshua. Até quinze anos atrás, a humanidade tinha apenas um mundo e sonhava com mais uns poucos, os mundos do sistema solar, todos desprovidos de vida e que custariam uma fortuna para explorar. Agora temos acesso a um número incontável de mundos, dos quais só conhecemos uma pequena fração! É uma oportunidade que nós *temos* que aproveitar.

— *Nós?* — retrucou Joshua. — Você pretende viajar comigo? É esse o plano? Querem que eu seja o motorista particular de um computador?

— É isso mesmo — confirmou Selena.

Joshua franziu a testa.

— Por que parecem ter tanta certeza de que vou topar? Disseram alguma coisa sobre poder de pressão?

— Já vamos falar sobre isso — disse Selena, com toda a calma. — Estudamos o seu passado, Joshua. Encontramos um relatório de uma oficial da polícia de Madison chamada Monica Jansson, que foi escrito logo depois do próprio Dia do Salto. Menciona um menino misterioso que *voltou*, trazendo outras crianças com ele. Parece o flautista de Hamelin, não parece? Você se tornou uma celebridade.

— E em outras épocas — emendou Lobsang — você teria sido acusado de bruxaria.

Joshua suspirou. Será que o que acontecera naquele dia continuaria a persegui-lo para sempre? Nunca tivera a pretensão de se tornar um herói; não gostava de pessoas olhando para ele como se fosse uma joia rara. Na verdade, não gostava de pessoas olhando para ele de jeito nenhum.

— Foi tudo uma enorme confusão — explicou, em tom queixoso. — Como foi que vocês descobriram?

— Consultando os relatórios de policiais como Jansson — explicou a máquina de refrigerante. — A polícia cuida muito bem dos seus arquivos. Eu amo arquivos. Eles me contam muita coisa; como, por exemplo, quem foi sua mãe. O nome dela era Maria, não é mesmo?

— Isso não é da sua conta.

— Joshua, tudo é da minha conta e tudo está nos arquivos. Graças aos arquivos, fiquei sabendo de tudo a seu respeito. Que você foi uma criança especial. Que você estava lá no Dia do Salto.

— *Todo mundo* estava lá no Dia do Salto.

— Pode ser, mas *você* se sentiu em casa, não é mesmo, Joshua? Você se sentiu como se tivesse *voltado* para casa. Pela primeira vez na vida, sentiu que estava em seu lugar...

3

DIA DO SALTO. Quinze anos antes. Joshua tinha acabado de completar 13. Mais tarde, todos se lembravam de onde estavam no Dia do Salto. A maioria estava na merda.

Na época, ninguém sabia quem havia colocado na internet o diagrama do circuito do Saltador. Entretanto, quando a noite varreu o mundo como uma foice, crianças em toda parte começaram a construir Saltadores. Só em Madison, nas vizinhanças da Casa, foram dezenas. Houve uma verdadeira corrida para as lojas da Radio Shack. A eletrônica parecia ridiculamente simples. A batata que deveria ser instalada no centro da máquina também parecia ridícula, mas era importante, porque servia como fonte de energia. Havia também uma chave. A chave era essencial. Algumas crianças acharam que não precisavam de uma chave; limitaram-se a juntar os fios. E foram elas que terminaram gritando.

Joshua tinha construído seu primeiro Saltador *cuidadosamente*. Ele sempre fazia as coisas com capricho. Era o tipo de menino que sempre, mas sempre mesmo, pintava as peças antes de montá-las e depois montava as peças na ordem correta, com cada componente identificado e catalogado já de antemão. Joshua *iniciava* os trabalhos; isso lhe parecia mais organizado do que simplesmente começar. Na Casa, quando montava um dos quebra-cabeças velhos e incompletos, ele separava as peças primeiro, colocando as que mostravam o céu em uma pilha, as que mostravam o mar em outra e assim por diante, antes mesmo de juntar as primeiras duas peças. Às vezes, no final, quando o quebra-cabeça estava incompleto, ele ia até sua pequena oficina, fabricava com sobras de madeira as peças que faltavam e as pintava para combinarem com as peças vizinhas. Quem não soubesse, jamais desconfiaria que aquelas peças não pertenciam ao jogo original. E às vezes Joshua também cozinhava, supervisionado pela Irmã Serendipidade. Ele reunia todos os ingredientes, preparava-os meticulosamente e depois seguia a receita. Fazia questão de manter os utensílios escrupulosamente limpos enquanto trabalhava. Gostava de cozinhar e gostava da aprovação que isso lhe rendia na Casa.

Assim era Joshua. Era assim que ele fazia as coisas. Foi por isso que ele não foi o primeiro a sair do mundo, porque não só tinha envernizado a caixa do Saltador, como também esperado o verniz secar. Foi por isso que ele foi o primeiro menino a voltar sem mijar nas calças ou coisa pior.

Dia do Salto. Crianças desaparecendo. Pais vasculhando a vizinhança. Em um instante elas estavam ali, mexendo naquele brinquedo maluco da moda, no instante seguinte não estavam mais. Quando pais apreensivos se encontraram com pais apreensivos, a apreensão se transformou em desespero. A polícia foi chamada, mas o que podia fazer? Quem iriam prender? Onde iriam procurar?

Foi nessa ocasião que Joshua saltou pela primeira vez.

Um segundo antes, ele estivera na Casa, em sua oficina. No seguinte, estava em uma floresta tão densa que a luz do luar mal chegava ao solo. Podia ouvir outros meninos por toda parte, vomitando, chamando os pais, uns poucos gritando com se estivessem sofrendo. Não sabia por que tanta aflição. *Ele* não estava vomitando. Aquilo tudo era meio sinistro, sim. Mas era uma noite quente. Dava para ouvir o zumbido dos mosquitos. A questão era: uma noite quente *onde*?

Toda aquela gritaria o distraía. Havia uma criança próxima gritando pela mãe. Parecia a voz de Sarah, outra moradora da Casa, e ele a chamou pelo nome.

A menina parou de chorar e ele ouviu sua voz, bem próxima:

— Joshua?

Ele pensou um pouco. Era tarde da noite. Sarah devia estar no dormitório das meninas, que ficava a uns vinte metros de distância da oficina. Ele não tinha se *mexido*, mas estava claramente em outro lugar. Um lugar muito diferente de Madison. Madison tinha barulhos, carros, aviões, luzes, enquanto no momento estava em uma floresta que parecia saída de um livro, sem uma única luz artificial. Mas Sarah estava ali também, onde quer que "ali" fosse. O pensamento tomou forma lentamente, como um quebra-cabeça incompleto. Pense, não entre em pânico. Em relação ao lugar onde você está, ou estava, ela vai estar onde está, ou estava. Basta caminhar pelo corredor na direção do dormitório. Mesmo que, no momento, não exista nenhum corredor, não exista nenhum dormitório. Problema resolvido.

Só que para chegar diretamente ao destino, teria de passar por dentro da árvore à sua frente. Uma árvore muito grande.

Começou a contorná-la, abrindo caminho por entre os arbustos, pisando nos galhos caídos daquela floresta virgem.

— Não pare de falar — pediu. — Não saia daí. Estou indo.

— Joshua?

— Sabe de uma coisa? É melhor você cantar. Cante sem parar. Assim será mais fácil encontrar você no escuro.

Joshua ligou a lanterna. Era uma pequenininha, que cabia no bolso. Ele sempre se equipava com uma lanterna depois do anoitecer. Claro que sim. Ele era Joshua.

Em vez de cantar, a menina começou a rezar:

— Pai Nosso, que estais no Céu...

Joshua gostaria que as pessoas fizessem o que ele mandava, pelo menos uma vez.

De todos os cantos da floresta, do meio da escuridão, outras vozes soaram.

— Santificado seja o vosso nome...

Joshua bateu palmas e gritou:

— Calem a boca! Vou tirar vocês daqui. Prometo!

Ele não tinha certeza de que seria obedecido, mas o tom de autoridade funcionou e eles se calaram. Joshua respirou fundo e falou:

— Sarah. Comece de novo. Tudo bem? Todos os outros andem até o som. Não digam nada. Só sigam o som.

Sarah recomeçou:

— Pai Nosso, que estais no céu...

Enquanto Joshua se aproximava da menina, com os braços estendidos, afastando a vegetação, pisando nas raízes, testando cada passo, ouviu o som de muitos corpos se movendo nas proximidades, o som de muitas vozes. Alguns se queixavam de que estavam perdidos, outros diziam que o telefone celular tinha perdido o sinal. Ele viu alguns dos celulares, que brilhavam no escuro como vaga-lumes. Também ouviu o choro de crianças e até gemidos de dor.

A oração terminou com um amém, que foi repetido por muitas vozes, e Sarah disse:

— Joshua? Acabei.

E eu achando que ela era esperta, pensou Joshua.

— Então comece de novo.

Levou alguns minutos para chegar até onde ela estava, embora a distância fosse menor que o comprimento da Casa. Joshua percebeu que, na verdade, estavam em um bosque e não em uma floresta. Mais adiante, iluminada pelo luar, podia ver uma campina florida, como o Arboretum. Entretanto, não havia sinal da Casa, nem do Allied Drive.

Finalmente, Sarah correu em sua direção e agarrou-se nele.

— Onde estamos?

— Em outro lugar, suponho. Sabe, tipo Nárnia.

A luz do luar mostrou que o rosto da menina estava coberto de lágrimas e seu nariz escorria. Joshua sentiu o cheiro de vômito na camisola.

— Não entrei em armário nenhum.

Joshua deu uma gargalhada. Ela o encarou, surpresa, mas, como ele, também começou a rir. As risadas encheram a pequena clareira, porque outras crianças estavam chegando, atraídas pela luz da lanterna, e, por um momento, o medo se dissipou. Uma coisa era estar perdido e sozinho, outra era estar perdido no meio de um grupo, rindo.

Alguém o puxou pelo braço.

— Josh?

— Freddie?

— Foi horrível. Eu estava no escuro, então *caí* e vim parar aqui.

Joshua se lembrou de que Freddie tinha passado mal do estômago e foi parar na enfermaria, no primeiro andar da Casa. Devia ter caído no momento em que a Casa desapareceu.

— Você se machucou?

— Não... Josh? Como vamos voltar para casa?

Joshua segurou a mão de Sarah.

— Sarah, você fez um Saltador?

— Fiz.

Joshua olhou para um amontoado de componentes que a menina estava segurando. Não estavam em uma caixa, nem sequer uma caixa de sapato ou coisa parecida, muito menos uma caixa como a de Joshua, projetada especialmente para receber o aparelho.

— O que você usou como chave?

— Que chave? Eu só juntei os fios.

— As instruções diziam para usar uma chave de três posições.

Com cuidado, ele pegou o aparelho das mãos de Sarah. Era preciso ser bem cauteloso com tudo que se relacionava a ela. Sarah não era um Problema, mas os problemas a perseguiam.

Pelo menos havia três fios. Joshua acompanhou o circuito usando o tato. Tinha passado várias horas estudando o diagrama; conhecia o circuito de cor. Separou os fios e devolveu a maçaroca para a amiga.

— Preste atenção. Quando eu mandar, encoste estes dois fios um no outro. Se descobrir que está de volta no seu quarto, largue essa coisa no chão e vá para a cama. Tudo bem?

A menina perguntou, fungando:

— E se não funcionar?

— Se não funcionar, você vai continuar aqui, junto comigo. Isso não é tão ruim, é? Está pronta? Vamos fazer contagem regressiva a partir de dez. Nove, oito...

Quando chegou a zero, a menina desapareceu e Joshua ouviu um leve estalido, como o de uma bolha de sabão estourando.

As outras crianças olharam para o lugar onde Sarah estivera e depois para Joshua. Alguns eram desconhecidos; entre os rostos na escuridão, havia muitos que era incapaz de reconhecer. Ele não fazia ideia da distância que haviam percorrido para chegar à clareira.

No momento, sua palavra era lei. Aquelas crianças indefesas fariam qualquer coisa que Joshua dissesse. Não era um sentimento que lhe agradasse. Era muita responsabilidade.

Voltou-se para Freddie.

— Certo, Freddie. Você é o próximo. Você conhece Sarah. Diga a ela para não se preocupar. Diga que muitas crianças vão voltar para casa passando pelo quarto dela. Diga que Joshua mandou dizer que é o único meio de mandá-los para casa e que não deve ficar zangada. Agora me mostre o seu Saltador.

Um por um, de estalido em estalido, todos os meninos e meninas que estavam ali desapareceram.

Quando a última criança ali perto desapareceu, ainda havia vozes de outras na floresta, talvez mais além. Não havia nada que Joshua pudesse fazer por elas. Nem ao menos sabia se havia feito a coisa certa pelas outras. No momento, estava sozinho; começou a prestar atenção nos sons da floresta. Com exceção das vozes distantes, ouvia apenas o zumbido dos mosquitos. Segundo boatos, eram capazes de matar um cavalo, se tivessem tempo suficiente.

Empunhou o próprio Saltador, construído com muito capricho, e acionou a chave.

Percebeu-se instantaneamente na Casa, ao lado da cama de Sarah, no pequeno quarto dela, a tempo de ver a última menina que mandara para casa, ainda bem histérica, saindo para o corredor. Além disso, ouviu os gritos agudos das Irmãs chamando-o.

Apressou-se a acionar novamente a chave para ficar sozinho na tranquilidade da floresta, da floresta *dele*.

Agora havia mais vozes, mais próximas. Soluços. Gritos.

— Por favor, alguém pode me ajudar? — perguntou um menino, educadamente, antes de vomitar.

Mais crianças apareceram. Por que estavam enjoados? O cheiro de vômito era o cheiro do Dia do Salto, como Joshua se lembraria mais tarde. Todos tinham vomitado, exceto ele.

Começou a andar na escuridão, à procura de mais meninos.

Achou um, depois outro. E mais outro, que, pelo que parecia, quebrara o braço ao cair de um lugar alto. E mais outro. Não parava de achar crianças.

Quando o dia começou a clarear, Joshua ouviu o canto dos pássaros. Será que também estava amanhecendo em casa?

Não havia mais sons humanos na floresta, a não ser pelos soluços do último menino perdido, que machucara a perna em um galho pontudo. O menino não estava conseguindo fazer o Saltador funcionar, o que era uma pena, porque Joshua via, apesar da luz fraca do amanhecer, que fora montado com muito esmero. O menino obviamente tinha passado muito tempo na Radio Shack. Um garoto esperto, mas não o bastante para andar com uma lanterna ou um repelente.

Joshua pegou o menino no colo e endireitou o corpo. O menino gemeu. Usando apenas uma das mãos, Joshua acionou a chave do próprio Saltador, orgulhoso novamente por ter seguido as instruções à risca.

Dessa vez, quando chegaram, Joshua foi ofuscado pela luz e, em questão de segundos, um carro de polícia da Cidade de Madison freou bruscamente e parou a seu lado. Joshua ficou imóvel.

Duas pessoas saltaram do carro. Uma delas, um jovem policial de jaqueta fluorescente, tirou delicadamente o menino do colo de Joshua e o colocou na grama. A outra parou diante dele. Uma mulher, sorrindo, de braços abertos. Isso o deixou nervoso. Era assim que as Irmãs sorriam diante de um Problema. Braços estendidos em sinal de boas-vindas podiam se tornar bem depressa um ataque. Atrás dos policiais, havia vários holofotes, como se estivessem fazendo uma filmagem.

— Olá, Joshua — disse a policial. — Meu nome é Monica Jansson.

4

Para a oficial Jansson, tudo começara na véspera, quando, pela terceira vez nos últimos meses, estivera na casa incendiada dos Linsay, perto da Mifflin Street.

Ela não sabia muito bem por que tinha voltado. Dessa vez, não recebera nenhum chamado. Ainda assim, estava ali, remexendo mais uma vez as cinzas e os tições carbonizados da mobília. Abaixando-se para olhar de perto o que restara de uma antiga televisão de tela plana. Pisando com a ponta dos pés em um tapete chamuscado, úmido e sujo de espuma, com as marcas dos pés dos bombeiros e policiais. Folheando novamente os restos enegrecidos do que devia ter sido uma grande coleção de anotações, equações matemáticas escritas à mão, garatujas indecifráveis.

Pensou no parceiro, Clancy, bebendo o quinto café do dia na viatura, achando-a uma idiota. O que poderia encontrar de importante, depois que os detetives tinham feito uma busca sistemática e os peritos tinham feito seu trabalho? Mesmo a filha, uma universitária excêntrica chamada Sally, havia recebido a notícia sem demonstrar surpresa ou preocupação, fazendo que sim calmamente quando lhe contaram que estavam à procura do pai para interrogá-lo por suspeita de incêndio criminoso, incitação do terrorismo e crueldade com animais, não necessariamente nessa ordem. Limitara-se a assentir, como se aquilo fosse habitual na família Linsay.

Ninguém mais se importava. Em breve o local seria liberado da interdição como cena do crime e o proprietário poderia começar a limpeza e a briga na justiça com a companhia de seguros. Não que alguém tivesse se machucado, nem mesmo o próprio Willis Linsay, porque não havia nenhum indício de que houvesse morrido naquele pequeno incêndio. Tudo aquilo era mais um enigma que provavelmente nunca seria resolvido, o tipo de caso que já parou muitas vezes nas mãos de policiais mais experientes, dissera Clancy, e a gente tem de saber a hora de desistir. Talvez, com seus 29 anos, Jansson fosse ainda muito jovem e impaciente.

Ou talvez fosse por causa do que ela vira quando atendera ao primeiro chamado, fazia alguns meses. Porque o chamado era de uma vizinha, que vira um homem entrar com um bode naquela casa de um andar, ali no centro de Madison.

Um *bode?* Como era de se esperar, aquilo foi motivo para Clancy e o despachante trocarem alguns gracejos. Acho que isso vai dar bode etc etc. Acontece que a mesma vizinha, uma mulher bisbilhoteira, disse também ter visto o homem em outras ocasiões empurrar novilhos para dentro de casa e até mesmo um potro, para não falar de uma gaiola com galinhas. Ninguém tinha reclamado de barulhos nem de cheiro de estábulo. Não havia nenhum sinal de que houvesse animais vivos lá. O que o homem estava fazendo, trepando com eles ou cozinhando-os para o jantar?

Willis Linsay morava sozinho naquela casa desde que a esposa morrera em um acidente de trânsito alguns anos antes. Tinha apenas uma filha chamada Sally, de 18 anos, que estudava na Universidade de Wisconsin-Madison e morava com uma tia. Ele fora uma espécie de cientista e havia lecionado física teórica em Princeton. No momento, ganhava a vida como professor itinerante da universidade e no resto do tempo... Na verdade, ninguém sabia o que ele fazia no resto do tempo, embora Jansson tivesse encontrado indícios de que Lindsay havia executado alguns trabalhos para Douglas Black, o industrial, sob pseudônimo. Aquilo não era propriamente uma surpresa. Quase todo mundo acabava trabalhando para Black, de uma forma ou de outra.

Independentemente do que Lindsay estivesse fazendo, era inconcebível que ele criasse bodes na sala de estar. Talvez tudo não passasse de uma falsa denúncia de uma vizinha intrometida que não gostava do jeito esquisito dele. Acontecia às vezes.

O segundo chamado, porém, foi diferente.

Alguém colocou na rede o diagrama de um aparelho que a pessoa chamava de "Saltador". Embora o projeto pudesse ser personalizado, tratava-se de um dispositivo portátil com uma grande chave de três posições na parte superior, vários componentes eletrônicos e um fio de alimentação ligado a uma... batata?

As autoridades tiveram conhecimento do projeto e ficaram alarmadas. *Parecia* o tipo de coisa que um homem-bomba amarraria no peito antes de dar um passeio na State Street. Também parecia o tipo de coisa que despertaria o interesse de todas as crianças do país, já que era possível montar o aparelho com poucas peças fáceis de encontrar. Todos acharam que a palavra "batata" era o nome de código de outra coisa, como uma carga explosiva.

Quando uma viatura foi enviada à casa de Linsay para se encontrar com agentes da Segurança no local, os policiais receberam um terceiro chamado, por uma razão totalmente diversa: a casa estava pegando fogo. Jansson tinha ido lá para atender a esse chamado. Ninguém conhecia o paradeiro de Willis Linsay.

O incêndio tinha sido proposital. Os peritos encontraram o pano com gasolina, o isqueiro barato, a pilha de papéis e o móvel quebrado que tinham iniciado o fogo. O intuito seria destruir as anotações de Linsay e outros materiais. O incendiário podia ser Linsay ou algum desafeto.

Jansson sentia que o culpado era o próprio. Não o conhecia pessoalmente, nem por fotografias, mas as informações que colhera lhe deram a impressão de que ele tinha uma inteligência muito acima do normal. Afinal, dar aulas de física em Princeton não era para qualquer um. Entretanto, havia algo de errado com o sujeito. Vivia recluso e sua casa era uma bagunça. Aquela história do incêndio, que destruíra apenas o que interessava, combinava com sua personalidade.

O que ela não entendia era a *motivação*. O que Linsay estivera tramando?

Foi então que Jansson se deparou com o Saltador de Linsay, presumivelmente o protótipo. Estava na sala de estar, na cornija de uma lareira que não era acesa havia décadas. Talvez ele tivesse deixado o aparelho ali de propósito, para que fosse encontrado. Os peritos tinham examinado o aparelho e o deixado onde estava, depois de procurarem impressões digitais. Provavelmente seria levado para um depósito quando a cena fosse liberada.

Jansson se curvou para examiná-lo. Era apenas uma caixa de plástico transparente, um cubo com cerca de dez centímetros de aresta. Os peritos achavam que podia ser uma daquelas caixas usadas para armazenar os antigos disquetes de três polegadas e meia. Linsay era evidentemente o tipo de homem capaz de guardar aquele tipo de lixo. O plástico transparente permitia ver os componentes elétricos no interior, capacitores, resistores, relés e bobinas, ligados por fios de cobre torcidos e soldados. Havia na tampa uma grande chave de três posições, rotuladas à mão com uma caneta hidrográfica:

OESTE — DESLIGA — LESTE

No momento, a chave estava na posição DESLIGA.

O resto do volume da caixa era ocupado por uma... batata. Uma simples batata, em vez de explosivos, um frasco com ácido, pregos ou qualquer outro elemento do arsenal dos terroristas modernos. Um dos garotos da perícia acreditava que a batata poderia realmente ser usada como fonte de energia, como no clássico relógio movido a batata. A maioria das pessoas, porém, achava que era apenas um sintoma de loucura, quem sabe uma brincadeira com um significado oculto. O que quer que fosse, era aquilo que as crianças do mundo inteiro estavam montando adoidadas.

O Saltador fora encontrado sobre um pedaço de papel no qual tinha sido escrito, com a mesma caneta e com a mesma caligrafia, EXPERIMENTE. Muito *Alice no País das Maravilhas*. O presente de despedida de Linsay. Ocorreu a Jansson que nenhum dos seus colegas havia atendido ao convite escrito no papel: EXPERIMENTE.

Ela pegou a caixa, sopesou-a; pesava quase nada. Levantou a tampa. Outro pedaço de papel, encabeçado pelas palavras TERMINE O APARELHO, tinha instruções simples, parecidas com o diagrama que fora parar na rede. Você não pode usar peças de ferro; essa advertência estava sublinhada. Era preciso apenas enrolar manualmente algumas bobinas de fio de cobre e deslizar contatos para sintonizá-las.

A policial começou a trabalhar. Enrolar as bobinas era uma tarefa agradável, embora ela não soubesse explicar o porquê. Era só ela e os pedaços do kit, como uma criança montando um rádio de galena. Sintonizar as bobinas foi mais fácil do que imaginava; por alguma razão, sabia exatamente quando a posição de cada contato estava correta. Seria difícil explicar isso no relatório.

Quando terminou, ela fechou a tampa, segurou a chave, cruzou os dedos mentalmente e colocou a chave na posição OESTE.

A casa desapareceu em uma lufada de ar fresco.

Flores do campo, por toda parte, até a cintura, como em uma reserva natural.

Era como se tivesse levado um soco no estômago. Dobrou o corpo, grunhindo, e deixou a caixa cair. Sentiu a terra sob os pés e o ar fresco nas narinas, sem nenhum vestígio do cheiro de queimado de momentos atrás.

Teria sido atacada de surpresa por algum meliante? Ela levou a mão ao coldre. A arma ainda estava lá, mas havia algo de estranho; o corpo de polímero da Glock e o carregador pareciam bem, mas a coisa *chocalhava*.

Cuidadosamente endireitou o corpo. O estômago ainda a incomodava, mas era mais enjoo do que dor. Olhou em volta. Não havia ninguém por perto, amigo ou inimigo.

Também não havia quatro paredes ao redor, nem uma casa perto da Mifflin Street. Apenas flores do campo, algumas árvores de trinta metros de altura e um céu azul livre de fumaça e rastros de aviões. Era como o Arboretum, o jardim botânico de Madison. Um Arboretum que engolira toda a cidade. De repente, estava ali, no meio de toda aquela vegetação.

A policial exclamou:

— Ai!

A manifestação pareceu insuficiente. Depois de pensar um pouco, acrescentou:

— Meu!

E concluiu, embora no processo estivesse negando longos anos de agnosticismo que ultimamente tendiam a um franco ateísmo:

— Deus!
Deixou de lado a pistola e tentou pensar como policial. *Observar* como policial. Reparou que havia lixo no chão, ao lado do Saltador que tinha deixado cair. Pontas de cigarro. O que parecia ser bosta de vaca. Então era para ali que Willis Linsay tinha ido? Se fosse verdade, não havia sinal dele nem dos animais...

Até o ar era diferente. Forte. Inebriante. Parecia que estava ficando brisada. Era maravilhoso. Era impossível. *Onde* estava? Começou a rir, tal era a sensação de bem-estar.

De repente, lembrou-se de que em breve todas as crianças de Madison teriam uma caixa daquela. Na verdade, todas as crianças de todos os lugares. Todas começariam a mexer nas chaves. No mundo inteiro.

Foi *então* que voltar para casa lhe pareceu uma boa ideia.

Pegou o Saltador no chão. A caixa ainda tinha restos do pó que usavam para colher impressões digitais. A chave havia voltado para a posição DESLIGA. Segurando o aparelho com mãos trêmulas, fechou os olhos, contou três, dois, um e moveu a chave para LESTE.

Estava de volta na casa de Linsay, com o que parecia o cano da pistola no tapete chamuscado a seus pés. Viu também o distintivo, o crachá e até mesmo o prendedor de gravata, espalhados no tapete. Outros pedaços de metal cuja falta não percebera.

Clancy estava à sua espera no carro. Como explicaria a ele o que tinha acontecido?

Quando chegou à delegacia, o mapa de Dodd, o encarregado dos chamados, mostrava muitos avisos de crianças desaparecidas, um ou dois por bairro. Aos poucos todo o mapa estava se iluminando.

Depois começaram a chegar alertas de outras partes do país.

— Está acontecendo no mundo inteiro — afirmou Dodd, surpreso, quando ligou a televisão na CNN. — Uma epidemia de pessoas desaparecidas. Até mesmo na China. Olhe só.

A noite foi ainda mais complicada para todos. Houve uma série de furtos, até mesmo em uma casa forte do Capitólio. A polícia não tinha tempo de atender a todos os chamados. Isso antes de chegarem os pedidos do FBI e da Segurança.

Jansson finalmente conseguiu atrair a atenção do sargento de serviço.

— O que está acontecendo, sargento?

Harris voltou-se para ela, muito pálido.

— Como vou saber? Terroristas? A Segurança está aflita com essa possibilidade. Extraterrestres? Um cara com um chapéu de papel-alumínio na sala de espera é que disse isso.

— O que eu devo fazer, sargento?

— O que puder — respondeu ele, afastando-se.

A policial pensou um pouco. Se fosse uma cidadã comum, qual seria sua maior preocupação? As crianças desaparecidas, é claro. Jansson saiu da delegacia e pôs-se ao trabalho.

E ela encontrou as crianças, e conversou com elas, algumas no hospital, e todas falaram a respeito de um menino, um herói, que as trouxera de volta, como Moisés. Só que o nome dele não era Moisés; era Joshua.

Quando a policial se anunciou, Joshua recuou um passo.

— Você é Joshua, não é? Dá para ver. Você é o único que não está empapado de vômito.

Joshua não disse nada.

— As crianças me disseram que foram salvas por Joshua, que foi ele que as levou de volta para casa. Você é um verdadeiro apanhador no campo de centeio. Leu o livro? Devia. Se bem que talvez seja proibido na Casa. Sim, eu conheço a Casa. Como foi que você fez aquilo, Joshua?

— Eu não fiz nada de errado. Não sou um Problema — assegurou o menino, recuando mais um passo.

— Sei que não é um Problema, mas você fez uma coisa diferente. Só quero saber o que fez. Diga para mim, Joshua.

Joshua detestava quando as pessoas ficavam repetindo seu nome. Era o que faziam para acalmar uma criança quando achavam que ela era um Problema.

— Eu segui as instruções. Só isso. As pessoas não entendem. É só seguir as instruções.

— Estou tentando entender — afirmou a policial. — Diga o que fez. Não tenha medo de mim.

— Escute — disse Joshua —, mesmo quando se faz uma simples caixa de madeira, é preciso envernizá-la, do contrário a madeira absorve umidade, incha e perde a forma. Sempre que fazemos alguma coisa, devemos fazer bem-feito. Seguir as instruções. É para isso que as instruções servem.

Ele percebeu que estava falando demais, depressa demais. Decidiu fechar a boca. Quase sempre funcionava. Além disso, o que mais poderia dizer?

Joshua intrigava Jansson. Todas as crianças haviam entrado em pânico, gritado, vomitado, tropeçado, se borrado, sido picadas por mosquitos e esbarrado nas árvores. Todas, menos Joshua. Joshua estava calmo. Olhou para ele. Era esbelto, alto para a idade, o rosto pálido, o cabelo preto. Ele era um calmo enigma.

Em voz alta, a policial disse:

— Sabe, Joshua, pelas histórias que contaram, eu diria que essas crianças andaram usando drogas, se não fosse por estarem todas cobertas de folhas e arranhões, como se realmente tivessem dado um passeio por uma floresta bem aqui, no centro da cidade.

Ela deu um passo à frente, e ele deu um passo para trás. Ela parou e baixou as mãos.

— Escute, Joshua, sei que você está dizendo a verdade. *Eu também estive lá.* Chega de rodeios. Fale comigo. A caixa que você está segurando parece muito bem-feita em comparação às outras. Posso dar uma olhada? Estou pedindo apenas para colocá-la no chão e recuar. Não estou tentando enganá-lo. Quero apenas descobrir por que crianças por toda a cidade estão indo parar em uma floresta misteriosa, com medo de serem comidas por orcs!

Para surpresa da policial, as palavras fizeram efeito imediato. Joshua colocou a caixa no chão e recuou.

— Me devolve depois. Não tenho dinheiro para comprar peças novas na Radio Shack. — Ele hesitou por um momento. — Você acha mesmo que foram orcs?

— Não, não acho que foram orcs, mas não sei o que pensar. Escute, Joshua, você colocou a caixa no chão para mim e eu vou colocar meu cartão de visita no chão para você pegar, tudo bem? Tem o número do meu telefone particular. Acho que nós dois devíamos manter contato.

— Deu alguns passos na direção da rua, com a caixa nas mãos. — Belo acabamento!

Um carro estava chegando, com as luzes piscando. Jansson virou o rosto.

— É só outro policial — explicou. — Não se preocupe.

Houve um leve estalido.

A policial olhou para a caixa que tinha nas mãos e depois para a calçada vazia.

— Joshua?

Joshua percebeu imediatamente que havia deixado a caixa para trás.

Havia saltado sem a caixa! Pior, aquela policial o tinha visto saltar sem a caixa. Estava ferrado.

Por isso, resolveu fugir. Deu vários saltos, cada vez para mais longe, fosse qual fosse o significado de *longe*. Não parou nem reduziu a velocidade. Continuou a dar um salto após outro, cada salto como um leve revirar em sua barriga. Um mundo após outro, como se fosse uma série de quartos. Um salto após outro, cada vez mais longe da oficial Jansson. Cada vez mais longe no corredor da floresta.

Enquanto viajava, Joshua não via nenhuma cidade, nenhum edifício, nenhuma luz, nenhuma pessoa. Apenas a floresta, mas uma floresta que mudava a cada salto. Árvores surgiam do nada em um salto e desapareciam no salto seguinte, como pedaços de cenário nas peças teatrais que as crianças encenavam na Casa, mas todas as árvores pareciam reais, todas sólidas e com raízes firmes. Às vezes fazia calor, às vezes fazia um pouco de frio, mas a floresta sempre estava lá. Além disso, estava sempre amanhecendo. Isso queria dizer que algumas coisas não mudavam: o chão sob os seus pés, o céu da manhã. Ficou satisfeito ao observar algum tipo de ordem naquele mundo novo.

As instruções na internet não diziam nada a respeito de saltar sem uma caixa, mas ele estava fazendo aquilo de algum jeito. A ideia o deixou assustado, como se estivesse à beira de um precipício. Por outro lado, era uma emoção agradável, a emoção de estar quebrando as regras. Como na vez em que ele e Billy Chambers haviam roubado uma garrafa de

Budweiser dos operários que tinham vindo consertar uma janela quebrada, foram beber em um canto do porão e depois quebraram a garrafa e a jogaram no lixo. A lembrança o fez sorrir.

Continuou a saltar, desviando-se das árvores quando necessário. Mas elas mudavam gradualmente. No momento, estava cercado por árvores de casca irregular, galhos baixos e folhas pontudas. Uma floresta de pinheiros. Fazia frio, mas ainda estava em uma floresta. Foi em frente.

Chegou a uma Muralha. Um lugar de onde ele não conseguia saltar, por mais que tentasse. Chegou a dar alguns passos para trás e se jogar nela, tentando vencê-la. Não se machucou; foi como dar de encontro à palma da mão de um gigante. Mas não conseguiu passar.

Se não conseguia atravessar a floresta, talvez pudesse passar por cima dela. Foi até uma árvore alta, a mais alta das redondezas. Começou a escalá-la. As agulhas do pinheiro espetavam seus dedos. A cada dois metros que subia, tentava dar um Salto para o lado, para ver se isso era possível, mas sempre esbarrava na Muralha.

E, de repente, funcionou.

Ele perdeu o equilíbrio e caiu em um piso liso, duro e cinzento, que parecia concreto. Não havia nenhuma árvore, nenhuma floresta, apenas o ar, o céu e aquele piso. O piso era *frio*, frio que atravessava o tecido fino da calça jeans, frio que podia sentir nas mãos nuas. Gelo!

Levantou-se. A respiração criava uma nuvem de vapor em torno do seu rosto. O frio era como uma chuva de agulhas furando sua roupa e penetrando em sua pele. O mundo inteiro estava coberto de gelo. Estava em uma espécie de ravina cavada no gelo, que o cercava por todos os lados. Gelo antigo, gelo sujo. O céu estava limpo, com a vazia cor azul-acinzentada de um amanhecer. Nada se movia, nem um pássaro, nem um avião. No solo, não podia ver edifícios, nem animais, nem mesmo uma única folha.

Joshua sorriu e saltou de volta para a floresta de pinheiros, desaparecendo com um estalido como o estourar de uma bolha de sabão.

5

LOBSANG DISSE:
— Jansson, aquela policial, ficou de olho em você. Sabia disso, não sabia, Joshua?

Joshua voltou ao presente com um sobressalto.

— Para uma máquina de refrigerante, você é muito esperto.

— Ainda não viu nada. Selena, quer levar Joshua ao andar de baixo, por favor?

A mulher pareceu surpresa.

— Mas, Lobsang, ainda não submetemos Joshua à verificação de segurança.

A máquina de refrigerantes emitiu um ruído metálico e uma lata de Dr. Pepper caiu na bandeja.

— O que de ruim poderia acontecer? Gostaria que nosso novo amigo me conhecesse adequadamente. A propósito, Joshua, esta lata é para você. Por minha conta.

Joshua se levantou.

— Não, obrigado. Faz muitos anos que parei de beber refrigerante.

Se não tivesse parado, pensou, eu pararia agora, depois de ver você excretar uma lata.

Enquanto andavam até a escada, Selena disse:

— Gostei de ver você de barba feita. Homens barbados estão fora de moda. — Ela sorriu. — Acho que estávamos esperando uma espécie de homem das cavernas.

— Antigamente eu era assim, acho.

O comentário evasivo a deixou visivelmente frustrada; ela parecia querer engatar alguma espécie de conversa.

Chegaram a um andar que continha apenas portas de correr, todas iguais. Uma delas se abriu quando se aproximaram e se fechou silenciosamente segundos depois que eles passaram em direção a outra escada para um andar abaixo.

— Joshua, tenho que te dizer uma coisa — começou Selena, com uma espécie de humor ácido. — Estou com uma vontade de fazer você rolar por essa escada! Sabe por quê? Porque mal chegou e já recebeu uma classificação de segurança zero, o que significa que pode ser posto a par de tudo que acontece aqui, enquanto minha classificação de segurança é cinco. Você passou à minha frente, apesar de eu trabalhar para o transEarth e suas filiadas desde o início! Quem exatamente é você, para aparecer aqui e logo ficar sabendo de todos os nossos segredos?

— Olha, sinto muito, Selena. Eu sou apenas Joshua, pelo que sei. Mas o que você quis dizer com "desde o início"? Eu fui o início! É por isso que estou aqui, não é?

— Claro, claro. Acontece que o primeiro salto de uma pessoa é sempre o início, pelo menos para ela...

6

Jim Russo tinha dado o primeiro salto no que os frequentadores da internet passaram a chamar de Terra Longa principalmente por ambição e porque, aos 38 anos, depois de uma vida repleta de reveses e traições, considerava-se à frente do rebanho.

Pouco depois do Dia do Salto, formulara um plano e passara a cumpri--lo à risca. Rumara diretamente para aquele canto da Califórnia. Levara com ele mapas, fotografias e outros recursos para localizar o ponto exato no qual Marshall tinha feito a descoberta muitos anos antes. Sabia muito bem que o GPS não funcionava nos outros mundos, de modo que tudo tinha de estar no papel. Entretanto, não precisava de um mapa para localizar Sutter's Mill, na margem do rio South Fork American, pelo menos enquanto estivesse na Terra Padrão. Ficava em um Parque Histórico Estadual e era considerada Patrimônio Histórico da Califórnia. Tinham construído um monumento no lugar onde ficava a antiga serraria, e era possível ver o local em que James Marshall vira pela primeira vez flocos de ouro brilhando no canal de saída da serraria. Era possível caminhar até lá, para ficar no local exato da descoberta. Jim Russo fez isso, com engrenagens girando na cabeça.

Ao chegar, saltou para Oeste 1 e o monumento desapareceu. A paisagem era tão desolada quanto na época em que Marshall, Sutter e os amigos tinham chegado para construir a serraria. Um pouco mais, talvez, porque não havia nem índios aqui antes de os saltos começarem. No momento, alguns turistas da Terra Padrão visitavam o local. Tinham sido colocadas algumas placas informativas depois que Sutter Oeste 1 e

Sutter Leste 1 foram incorporadas ao Patrimônio Histórico como apêndices do monumento da Terra Padrão. Jim achou graça na curiosidade dos turistas, na falta de imaginação deles.

Assim que se recuperou da viagem, quando o enjoo passou depois de dez ou quinze minutos, deu outro salto. Depois, mais um. Depois, mais um.

Parou de saltar em Oeste 5, que considerou longe o bastante. Não havia vivalma à vista. Deu uma gargalhada e depois um grito. Não houve resposta. Apenas um eco e o piar de um pássaro. Estava sozinho.

Não esperou que a náusea passasse. Ajoelhou-se na beira do rio e tirou a bateia da mochila, respirando fundo para acalmar o estômago. Ali mesmo, em 24 de janeiro de 1848, James Marshall tinha observado uma estranha formação rochosa na água. No mesmo dia, Marshall estava retirando flocos de ouro do rio e a Corrida do Ouro da Califórnia havia começado. Jim tinha esperança de encontrar *o primeiro floco* que Marshall descobrira e que estava guardado no Instituto Smithsonian. Que glória seria! Infelizmente, ali não havia uma serraria, é claro, de modo que não havia um canal de saída e o leito do rio não tinha sido revolvido como na época de Marshall na Terra Padrão. Por isso, não era provável que ele encontrasse o floco idêntico. Nesse caso, ele se contentaria em ficar rico.

Aquele era o plano principal. Sabia exatamente onde estava o ouro de Sutter's Mill, pois tinha sido localizado e extraído por mineradores após a descoberta de Marshall. Ele tinha mapas dos veios que ainda estavam intactos, à sua disposição! Porque, naquela Terra, não tinha existido nenhum Sutter, nenhum Marshall, nenhuma serraria... e nenhuma Corrida do Ouro. Toda aquela riqueza, ou uma cópia, ainda estava enterrada no solo, à disposição dele.

Foi então que ouviu uma risada às suas costas.

Tentou se virar, tentou se levantar, perdeu o equilíbrio e cambaleou para trás, molhando os pés no rio.

Um homem o encarava, usando macacão azul e um chapéu de aba larga. Ele tinha uma grande mochila laranja nas costas e carregava uma espécie de picareta. Estava rindo de Jim, mostrando dentes muito brancos em um rosto sujo de poeira. Outras pessoas apareceram no ar: homens e mulheres, vestidos da mesma forma, sujos e com ar cansado. Sorriram ao depararem com Jim, apesar da náusea causada pelo salto.

— Mais um? — comentou uma mulher.

Apesar de suja, era uma mulher atraente. Uma mulher atraente olhando para ele com desdém. Jim desviou os olhos, o rosto ardendo de vergonha.

— Parece que sim — disse o homem que tinha chegado primeiro. — Qual é a sua, amigo? Está aqui para fazer fortuna com o ouro de Sutter?

— Isso não é da sua conta.

O homem sacudiu a cabeça.

— Sabe qual é o problema de pessoas como você? Acham que estão um passo à frente das outras, mas não pensam no passo seguinte, nem no que vem depois. — Jim achou que ele soava como um universitário presunçoso. — Achou que tinha ouro inexplorado neste lugar. Tem mesmo, você tem razão. Mas e nos mesmos campos em Oeste 6 e 7 e 8, e assim por diante? Não lhe ocorreu que poderia haver caras como você procurando ouro nos rios de todos esses mundos? Você não pensou nisso, não é mesmo? — Tirou do bolso uma pepita de ouro do tamanho de um ovo de pombo. — Meu amigo, todo mundo teve a mesma ideia!

— Ah, não seja tão malvado com ele, Mac — disse a mulher. — Ele vai ganhar uma graninha se agir depressa. O ouro não está tão desvalorizado; a quantidade que chegou à Terra Padrão ainda não é grande. Além disso, ele tem algumas utilidades, mesmo que não valha mais seu peso em ouro!

Os dois começaram a rir.

Mac assentiu.

— Outro exemplo do valor econômico surpreendentemente pequeno de todos os outros mundos. É um verdadeiro paradoxo.

O ar de superioridade do rapaz deixou Jim irritado.

— Se este mundo não vale nada, espertinho, o que vocês estão fazendo aqui?

— Ah, também estamos garimpando — explicou Mac. — Como você, refizemos os passos de Marshall e seus companheiros, mas fomos mais longe. Construímos uma réplica da serraria e uma forja para fazer ferramentas de ferro, para extrair o ouro da mesma forma que os pioneiros. É história viva. O documentário vai ser exibido ano que vem, no Discovery. Vale a pena assistir. Mas, ao contrário de você, não estamos aqui pelo ouro em si. Pode ficar — concluiu, jogando a pepita de ouro na direção de Jim.

A pepita foi cair aos pés de Jim, que não fez menção de apanhá-la.

— Seus babacas.

O sorriso de Mac desapareceu, como se ele estivesse decepcionado com os modos do outro.

— Acho que nosso amigo aqui não tem espírito esportivo, pessoal. É uma pena...

Jim cerrou os punhos e investiu contra o grupo. Eles continuaram a rir até desaparecerem, um por um. Ele não conseguiu acertar um único soco.

7

Para Sally Linsay, a partida da Terra Padrão, um ano depois do Dia do Salto, não foi o primeiro salto. Ela deixou o mundo porque seu pai tinha ido embora e, antes dele, a maior parte da família. Sally tinha 19 anos.

Ela levou algum tempo para partir. Tempo para preparar a bagagem, para resolver negócios pendentes. Afinal, não pretendia voltar.

Então, uma manhã, bem cedo, vestiu o casaco de pescador sem mangas, cheio de bolsos, colocou a mochila nas costas e saiu do quarto, na casa da tia, pela última vez. Tia Tiffany não estava, o que era bom, porque Sally não gostava de despedidas. Caminhou até Park Street e passeou pelo campus. Não havia ninguém à vista, nem mesmo o pessoal da limpeza; a Universidade de Wisconsin ainda estava dormindo. Na verdade, o local estava mais deserto que de costume. Talvez mais pessoas tivessem saltado do que ela imaginava. Quando chegou à margem do lago, passou pela biblioteca, rumou para oeste pelo Lakeshore Path e continuou a caminhar em direção ao Picnic Point. Havia um par de barcos a vela no lago Mendota, e um homem musculoso, em uma roupa de mergulho laranja berrante, fazendo windsurfe, e dois barcos do Clube de Remo da universidade, com os treinadores gritando nos megafones. O verde se estendia até o horizonte.

A universidade bucólica à beira de um lago seria um cenário idílico para muitas pessoas, mas não para Sally, que gostava da natureza selvagem. Para ela, a Terra Longa não era apenas uma nova atração turística, um parque de diversões inaugurado no Dia do Salto. Sally tinha *crescido* na Terra Longa. Agora, olhando para os barcos a remo e o surfista, só via intrusos idiotas assustando os pássaros. O mesmo estava começando a acontecer em outros mundos quando cada vez mais idiotas chegavam dos saltos, boquiabertos. Até a água límpida do lago era só lixo diluído para ela. Pelo menos, tinha escolhido um dia bonito para se despedir daquele lugar, daquela cidade à beira do lago, onde não tinha sido totalmente infeliz, e o ar era limpo. No local para onde estava indo, porém, o ar seria ainda mais limpo.

Encontrou um canto sossegado e saiu do caminho para debaixo das árvores. Inspecionou a bagagem pela última vez. Levava algumas armas, entre as quais uma besta leve. O Saltador estava em uma caixa de plástico do tipo que o pai costumava usar. Além do aparelho em si, a caixa continha peças sobressalentes, ferramentas de precisão, uma tira de solda e cópias dos diagramas do circuito. Havia uma batata, naturalmente, no meio dos componentes eletrônicos. Tinha sido uma ideia excelente, uma bateria que podia ser comida em caso de necessidade. Um toque de mestre para o kit de um viajante profissional. Em um impulso de nostalgia, Sally havia colado um plástico com o logotipo da universidade em um dos lados da caixa.

Na verdade, a caixa era apenas um disfarce. Sally não precisava de um Saltador para saltar; ela conhecia a Terra Longa e sabia se movimentar nela. Agora estava indo ao encontro do pai para descobrir uma coisa que a intrigava desde a infância, quando brincava do lado de fora de sua cabana, em um Wyoming alternativo: qual era a *utilidade* daquilo tudo.

Sally era uma jovem decidida. Escolheu uma direção ao acaso, sorriu e deu um salto. O lago e as árvores à sua volta continuaram onde estavam. Mas o caminho, os barcos a remo e o idiota na prancha de windsurfe não estavam mais lá.

8

No início, as pessoas haviam saltado em todas as direções, com um propósito em mente ou apenas para se divertir, mas ninguém tinha ido mais longe que Joshua.

Naqueles primeiros meses, ainda com apenas 13, 14 anos, Joshua construíra refúgios nas terras mais distantes. Ele os chamava de paliçadas, e as melhores *eram* paliçadas, como as de Robinson Crusoé. As pessoas tinham uma ideia errônea a respeito de Robinson Crusoé. A imagem popular era a de um homem determinado, alegre, vestido com uma pele de cabra. Na Casa, porém, havia um exemplar surrado do livro, que Joshua, sendo Joshua, havia lido de cabo a rabo. Robinson Crusoé tinha vivido mais de 26 anos naquela ilha e passara a maior parte do tempo construindo paliçadas. Joshua achava que ele estava certo; o homem claramente sabia o que estava fazendo.

Tinha sido mais difícil para ele, no começo. Em Madison, Wisconsin, o que se encontrava ao atravessar os limites da realidade, a Leste e a Oeste, eram pradarias. Joshua agora sabia que, quando havia saltado pela primeira vez, tivera muita sorte de não ter chegado durante o inverno, porque estaria exposto a temperaturas abaixo de zero sem dispor de agasalhos. Ou de ter ido parar em um pântano, em algum lugar que na Terra Padrão havia sido aterrado e transformado em terra agrícola muito antes que ele nascesse.

Da primeira vez que saíra sozinho para explorar os novos mundos e tentara passar a noite ao relento, as coisas não tinham sido fáceis. O único alimento que encontrou foram amoras, mas obteve água da chuva que tinha ficado retida nas plantas. Levara um cobertor, e fazia calor demais para usá-lo, mas foi preciso improvisar uma rede com ele para se proteger dos mosquitos. Dormira no alto de uma árvore como medida de segurança. Só depois ficara sabendo que os pumas subiam em árvores...

Depois disso, passara a levar alguns livros da Casa e da biblioteca municipal para identificar as plantas comestíveis, pedira alguns conselhos à Irmã Serendipidade, que era uma cozinheira de mão cheia, e descobrira que não precisava passar fome naqueles mundos. Havia frutas silvestres, cogumelos, bolotas, nozes e rabos-de-gato, grandes juncos com raízes ricas em carboidratos. Havia plantas que podiam ser usadas para obter remédios como o quinino. Os lagos eram ricos em peixes e as armadilhas eram fáceis de preparar. Também experimentara caçar animais. No caso dos coelhos não havia problema, mas animais maiores como os cervos e os alces teriam de esperar até que ele ficasse mais velho. Até os perus exigiam algum esforço, mas por que se dar ao trabalho, se havia pombos-passageiros tão bobos que ficavam parados esperando que ele fosse pegá-los? Os animais, até mesmo os peixes, pareciam muito inocentes. Joshua criara o hábito de agradecer aos que caçava pelo presente da vida, apenas para descobrir mais tarde que era assim que os índios tratavam as presas.

Era preciso estar preparado. Levava-se fósforos ou uma lente de Fresnel para acender uma fogueira; Joshua aprendera a usar uma pederneira em caso de necessidade, mas o método era muito cansativo para o dia a dia. Obtivera de graça um repelente de mosquitos no Clean Sweep, um serviço do governo sediado em Badger Road que ajudava estudantes que viajavam para países tropicais. Lá também conseguira pastilhas de cloro para desinfetar a água.

Claro que não queria ele próprio se tornar uma presa, mas de que animal? Claro que havia animais perigosos naqueles mundos. Linces, felinos do tamanho de cachorros que olhavam para ele e saíam correndo em busca de presas mais fáceis. Pumas, animais do tamanho de um pastor-alemão com focinho muito semelhante ao de um *gato*. Uma vez tinha visto um puma matar um veado pulando no dorso dele e mordendo a carótida. Também tinha visto lobos e animais mais exóticos, como um roedor que parecia um castor gigante e uma preguiça, lenta e pesada, que o fizera rir. Todos aqueles animais, ao que parecia, tinham habitado a Madison Padrão antes da chegada dos humanos e agora quase todos estavam extintos. Nenhuma das criaturas daquelas terras alternativas tinha visto um ser humano, e até os animais mais ferozes temiam o desconhecido. Na verdade, os mosquitos incomodavam mais que os lobos.

Naquelas primeiras incursões, Joshua nunca se ausentava por muito tempo da Terra Padrão; passava apenas algumas noites longe de casa. Às vezes, tinha um desejo masoquista de que sua capacidade de saltar desaparecesse e ele ficasse retido em um daqueles mundos, só para saber se sobreviveria. Quando voltava para casa, a Irmã Agnes perguntava:

— Você não sente solidão e medo nesses lugares?

Joshua gostava da solidão; quanto ao medo, medo de quê? Era como perguntar a alguém que colocou o pé na água de uma praia do Pacífico se não tinha medo de todo aquele oceano.

Além do mais, em pouco tempo, nas Terras Próximas, não era possível dar um passo sem esbarrar com excursionistas. Alguns deles com olhares determinados, bermudas profissionais e pernas fortes, explorando o novo território ou pelo menos se embrenhando nas matas. Tipos que faziam perguntas como: "A quem pertence esta terra? Ainda estamos em Wisconsin? Ainda estamos sequer nos Estados Unidos?"

Os piores eram aqueles que fugiam da ira divina ou pareciam procurá-la. Pessoas para quem a Terra Longa era um prenúncio do Juízo Final, ou o sinal da destruição do velho mundo para ser substituído pelo mundo dos escolhidos. Muitos queriam estar entre os escolhidos e achavam que Deus cuidaria do seu sustento naqueles mundos paradisíacos. Deus provia alimento em abundância, era verdade, pela quantidade de animais que se podia ver por toda parte. Por outro lado, Deus ajudava os que ajudavam a si próprios e presumivelmente esperava que os escolhidos chegassem com agasalhos, pastilhas de cloro, remédios básicos, uma arma como as facas de bronze que eram tão populares ultimamente, possivelmente uma tenda... em suma, que levassem para a festa um pouco de bom senso. Se isso não acontecesse, e se tivessem muita sorte, o único problema seriam os mosquitos. Na opinião de Joshua, para aproveitar a metáfora bíblica, aquele apocalipse tinha quatro cavaleiros chamados Avareza, Não Seguir as Regras, Confusão e Contusões Múltiplas. Joshua estava ficando cansado de salvar os Salvos.

Na verdade, estava ficando cansado da humanidade. Essas pessoas não tinham o direito de invadir os refúgios *dele*.

Pior ainda: colocavam-se entre ele e o Silêncio. Estava começando a chamá-lo assim. Eles acabavam com a paz. Abafavam aquela presença distante, profunda, que existia além do conglomerado de mundos, uma presença da qual tivera consciência durante toda a vida e reconhecera assim que se afastara suficientemente da Terra Padrão para conseguir ouvi-la. Começou a odiar todos os montanhistas queimados de sol, todas as crianças curiosas e a algazarra que provocavam.

Por outro lado, sentia que era seu dever ajudar todas aquelas pessoas que desprezava, e isso o deixava confuso. Também ficava confuso por passar tanto tempo sozinho e *gostar* disso. Por isso, foi se aconselhar com a Irmã Agnes.

A Irmã Agnes era profundamente religiosa, à sua maneira estranha. Na Casa, tinha dois quadros pendurados na parede de seu pequeno quarto, uma do Sagrado Coração e outra do cantor Meat Loaf. Tocava discos antigos de Jim Steinman em um volume que incomodava as outras freiras. Joshua não entendia muito de motocicletas, mas a Harley da Irmã Agnes parecia tão velha que provavelmente levara São Paulo no carrinho lateral. Às vezes, alguns motociclistas extremamente peludos faziam uma peregrinação interestadual até a Casa, em Allied Drive. Ela lhes servia café e não deixava que *tocassem* na sua motocicleta.

Todas as crianças gostavam dela e ela gostava de todas as crianças, especialmente de Joshua, especialmente depois que ele pintou com muito capricho a Harley, incluindo o lema "Bat Into Heaven" cuidadosamente delineado no tanque de gasolina, em uma bela caligrafia itálica copiada de um livro da biblioteca. Depois disso, sua opinião passou a ser de que Joshua nunca fazia nada de errado, e ela passou a permitir que ele usasse as ferramentas dela sempre que quisesse.

Se havia alguém em quem Joshua podia confiar, esse alguém era a Irmã Agnes. Com ela, caso tivesse passado muito tempo longe, sua reserva habitual às vezes se tornava uma avalanche de palavras, como uma represa se rompendo, e tudo que precisava ser dito era dito de uma vez.

Foi assim que contou a ela como era ter de continuar salvando pessoas perdidas, pessoas tolas e desagradáveis, e como olhavam para ele e diziam: "Você é ele, não é? O menino que pode saltar sem passar quinze minutos sem se sentir na merda." Joshua nunca descobriu como *eles* sabiam, mas ficou famoso, apesar de todas as garantias da oficial Jansson. Isso o tornava diferente, e ser diferente fazia dele um Problema, o que era uma coisa ruim e difícil de esquecer, mesmo no quarto da Irmã Agnes. Porque logo acima das imagens do Sagrado Coração e de Meat Loaf, havia uma pequena escultura de um homem pregado na cruz porque Ele tinha sido um Problema.

Irmã Agnes comentou que parecia que ele estava aprisionado em uma vocação semelhante à dela. Ela sabia como era difícil fazer as pessoas entenderem o que não queriam, como, por exemplo, quando ela insistia que "For Crying Out Loud" era uma das músicas mais santas que jamais tinham sido gravadas. Aconselhou-o a seguir seu coração e acrescentou que podia entrar e sair sempre que quisesse, porque a Casa *era* a casa dele.

Disse também que Joshua podia confiar na oficial Jansson, uma policial decente, que era fã de Steinman (introduzindo o argumento "fã de Steinman" em um ponto da conversa no qual outras freiras usariam a palavra "católica") e a havia procurado para perguntar se podia falar com Joshua e pedir sua ajuda.

9

ENQUANTO ISSO, SEIS MESES após o Dia do Salto, a carreira de Monica Jansson tinha feito um movimento decisivo em L.

Ela saiu do prédio da delegacia do Distrito Sul de Madison, prendeu a respiração, moveu a chave de seu Saltador e recebeu o costumeiro soco no estômago enquanto o edifício era substituído por árvores muito altas, que projetavam uma sombra esverdeada. Em uma clareira aberta naquele trecho de floresta virgem, havia uma pequena cabana de madeira com o emblema do Departamento de Polícia de Madison na porta, um banco do lado de fora e uma bandeira dos Estados Unidos pendurada em um arbusto desfolhado. Jansson sentou-se no banco e se curvou para a frente, lutando contra a náusea. O banco tinha sido colocado ali exatamente para que as pessoas se recuperassem do enjoo antes de encararem seus colegas.

Depois do Dia do Salto, as coisas tinham mudado rapidamente. Os técnicos haviam criado um modelo de Saltador de uso exclusivo da polícia, componentes robustos em uma caixa de plástico negro, que podia resistir até a um tiro de revólver a queima-roupa. Naturalmente, como acontecia com todos os Saltadores (como Jansson descobrira logo de saída, com o protótipo de Linsay), para que o aparelho funcionasse, o usuário tinha de completar pessoalmente a montagem. Era um kit muito bem-feito, se bem que era preciso ignorar as piadas dos técnicos a respeito da batata que servia como fonte de energia. "A senhora prefere frita ou assada?" Muito engraçado.

Por outro lado, ninguém conseguira fazer alguma coisa a respeito do enjoo que deixava as pessoas incapacitadas durante dez ou quinze minutos depois de um salto. Havia um remédio que supostamente ajudava, mas Jansson sempre evitara se tornar dependente de drogas e, além disso, o remédio deixava a urina azul.

Quando a tonteira e a náusea diminuíram, ela se levantou. O dia, pelo menos em Madison Oeste 1, estava frio e silencioso, sem sol, mas também sem chuva. Aquele mundo paralelo continuava mais ou menos como da primeira vez em que pisara ali, partindo dos escombros da casa de Willis Linsay: o farfalhar da vegetação, o ar puro, o canto dos pássaros. Entretanto, estava mudando pouco a pouco, à medida que clareiras eram abertas na floresta e as flores silvestres eram arrancadas: moradores "ampliando" sua propriedade, empresários tentando descobrir a melhor forma de explorar um mundo de madeiras nobres e animais exóticos, órgãos oficiais como o DPM criando filiais nos mundos mais próximos da Terra Padrão. Diziam que já havia fumaça misturada à névoa nos dias sem vento. Jansson imaginou quanto tempo levaria para que aviões começassem a deixar rastros naquele céu vazio.

Imaginou onde estaria Joshua Valienté naquele exato momento. Joshua, seu pecado secreto.

Estava quase atrasada para a reunião com Clichy.

Dentro da cabana, o cheiro de café fresco era forte.

Havia dois policiais de plantão: o tenente Clichy, sentado atrás de uma escrivaninha, usando um laptop — um modelo especial sem componentes de ferro —, e um patrulheiro júnior chamado Mike Christopher, que escrevia laboriosamente algum tipo de relatório em um grande livro-caixa de papel pautado amarelo. Ainda sem dispor de equipamentos eletrônicos, muitos policiais estavam sendo forçados a aprender novamente (ou pela primeira vez) a escrever de forma legível.

Clichy acenou para ela sem tirar os olhos do laptop.

— Pegue um café e sente-se.

A policial se serviu de uma xícara de café tão forte que achou que iria dissolver a colher de bronze usada para mexê-lo. Sentou-se em uma cadeira rústica, feita à mão, do outro lado da mesa. Jack Clichy era um homem corpulento, atarracado, e seu rosto tinha um aspecto de mala muito usada. Jansson cumprimentou-o com um sorriso forçado.

— Parece bem à vontade, tenente.

Clichy olhou para ela de cara feia.

— Não venha de sacanagem, Jansson. Quem pensa que eu sou, Davy Crockett? Olha, eu nasci no Brooklyn. Para mim, Madison é o oeste selvagem. *Isto aqui* é a porra de um parque temático.

— Por que me chamou, senhor?

— Vou explicar, Jansson. A polícia tem que escrever um relatório para o governo estadual a respeito de como vamos lidar com a existência de outras Terras. Querem saber quais são nossos planos a curto, médio e longo prazo. Uma cópia vai ser enviada ao governo federal. O chefe está me pressionando porque, como ele fez questão de frisar, nós *não temos* nenhum plano a curto, médio ou longo prazo. Até agora, estamos apenas atacando os problemas à medida que aparecem.

— É por isso que estou aqui?

— Deixe-me abrir o arquivo... — disse Clichy, apertando uma tecla.

O rádio de Christopher chamou, e ele murmurou uma resposta. Os telefones celulares não funcionavam ali, claro. Transmissores e receptores convencionais podiam ser usados, desde que fossem adaptados de modo a excluir componentes de ferro para que chegassem intactos ao destino. Estavam falando em montar um sistema de telefone fixo do tipo antigo, usando fios de cobre.

— Aqui está — disse Clichy, virando o laptop para que Jansson pudesse ver a tela. — Tenho registro de casos aqui, depoimentos em vídeo. Estou tentando entender o que aconteceu. Como seu nome apareceu várias vezes nesses relatos, decidi chamá-la.

Jansson viu links para seus relatórios a respeito do incêndio na casa de Linsay e o desaparecimento quase simultâneo de muitos adolescentes.

— É, os primeiros dias não foram nada fáceis. O desaparecimento das crianças, as que voltaram com ossos quebrados por terem caído de edifícios ou com pedaços arrancados por mordidas de animais. Fugas de prisões. Faltas em massa em escolas, no comércio, no serviço público.

A economia sofreu um baque imediato, em todo o país, no mundo inteiro. Sabe de uma coisa? Alguém disse que foi como um feriado prolongado de Ação de Graças até que aqueles filhos da mãe, ou pelo menos a maioria deles, voltaram ao trabalho...

Jansson fez que sim. A maioria daqueles saltadores principiantes tinha voltado sem demora, mas nem todos. Os pobres tendiam a ficar mais tempo; os ricos tinham mais a perder da Terra Padrão. Assim, em cidades como Mumbai e Lagos, e mesmo em umas poucas cidades dos Estados Unidos, bandos de crianças de rua haviam saltado, fascinadas, mal equipadas, para mundos selvagens, mas que ainda não tinham dono, e que, por isso, por que não podiam considerar delas? A Cruz Vermelha e outros órgãos beneficentes tinham enviado equipes para cuidar dessas crianças, para administrar o caos à la *O senhor das moscas* que se seguiu.

Na opinião de Jansson, essa era a principal qualidade da Terra Longa, como o comportamento de Joshua Valienté havia demonstrado desde o início. Ela oferecia *espaço*. Oferecia um lugar para escapar... um lugar para fugir, fugir interminavelmente, até onde se sabia. No mundo inteiro, havia um fluxo de pessoas desertando da Terra Padrão, sem planos, sem preparativos, simplesmente saltando para o desconhecido. Além disso, começavam a chegar as queixas de uma minoria frustrada, ressentida, que não conseguia saltar, por mais caprichados que fossem seus Saltadores.

A prioridade do tenente Clichy, naturalmente, era a forma como os novos mundos estavam sendo usados contra a Terra Padrão.

— Olhe só. Depois de alguns dias, as pessoas começaram a ter ideias e uma onda de crimes se iniciou. Roubos sofisticados. Homens-bomba nas grandes cidades. A tentativa de assassinato de Brewer. Foi então que seu nome começou a aparecer, oficial Jansson.

Jansson se lembrava do caso. Mel Brewer era a ex-mulher de um traficante de drogas de alto escalão que havia feito um acordo com a justiça norte-americana para testemunhar contra o marido, entrando para o programa de proteção a testemunhas. Ela havia escapado por pouco da primeira tentativa de assassinato executada por um saltador. A ideia de hospedá-la em um porão fora de Jansson. Nas Terras alternativas Oeste 1 e Leste 1, o espaço correspondente ao porão ainda era ocupado por terra firme, de modo que não era possível simplesmente descer até lá e se transportar de volta para a Terra Padrão; seria preciso cavar um buraco ou voltar no nível do solo e chegar ao porão por outros meios. Nos dois casos, o elemento-surpresa deixaria de existir. Na manhã seguinte, as instalações subterrâneas de todas as instalações policiais, mesmo no Capitólio, estavam sendo usadas como refúgios.

— Você não foi a única pessoa a ter a ideia, Jansson, mas está *entre* as primeiras, mesmo em escala nacional. Fiquei sabendo que até o presidente está dormindo no porão da Casa Branca.

— É uma boa notícia.

— Pode ser, mas a coisa começou a ficar ainda mais exótica.

— Acho estranho ouvir esse termo sem estar atrelado à palavra "dançarina".

— Não é hora para brincadeiras, Jansson.

Ele lhe mostrou relatórios a respeito de fanáticos religiosos que tinham viajado em massa para os "novos paraísos", acreditando que o súbito aparecimento das Terras alternativas era sinal de que o Juízo Final estava próximo. Uma seita cristã sustentava que, como Cristo havia desaparecido do sepulcro quando Seus discípulos foram buscar Seu corpo, era evidente que Ele havia se transportado para a Terra Longa. Todas essas manifestações representavam uma ameaça para a ordem pública, cuja manutenção era responsabilidade da polícia.

Clichy empurrou para longe o laptop e massageou a ponta do nariz carnudo.

— Eles pensam que eu sou Stephen Hawking? Meu cérebro está fervendo, enquanto você, oficial Jansson, ficou mais feliz que pinto no lixo.

— Não é bem assim, senhor...

— Só quero que me explique tudo de um jeito que eu consiga entender. O problema principal para a polícia de Madison é que não podemos transportar nosso armamento, certo?

— Certo. Nem sequer uma Glock, por causa das peças de aço. Nada que contenha ferro pode ser transportado. Naturalmente, existe minério de ferro nos outros mundos, e, portanto, nada nos impede de produzir peças de ferro aqui mesmo, mas essas peças não podem ser transportadas para a Terra Padrão.

— Isso quer dizer que vamos ter que construir siderúrgicas em todas as Terras que colonizarmos.

— Isso mesmo.

— Vou lhe dizer o que confunde um idiota como eu, Jansson. Aprendi no colégio que todos nós temos ferro no sangue. Como é que ele consegue chegar aqui?

— O ferro que existe no nosso sangue está ligado quimicamente a moléculas orgânicas, como, por exemplo, a hemoglobina. Os átomos de ferro podem passar se estiverem em compostos químicos, mas não se estiverem na forma elementar ou em ligas como o aço. No caso da ferrugem, por exemplo, não há problema, porque ela é um composto de ferro, oxigênio e hidrogênio. Só consegue passar com sua arma, tenente, por causa de toda a ferrugem no cano.

Clichy olhou para ela de cara feia.

— Isso é uma piada, Jansson?

— Claro que não, senhor.

— Alguém sabe por que é assim?

— Não, senhor.

Jansson tinha acompanhado as discussões a respeito. Alguns físicos chamaram atenção para o fato de que o núcleo de ferro era o mais estável de todos; o ferro era o resultado final de complicados processos de fusão que ocorriam no coração do Sol. Talvez sua relutância em saltar junto tivesse alguma coisa a ver com isso. Talvez os saltos fossem uma espécie de tunelamento quântico, uma transição de baixa probabilidade entre estados de mesma energia separados por uma barreira. Como o ferro era o elemento mais estável, talvez não tivesse energia suficiente para escapar do poço de potencial da Terra Padrão... Por outro lado, o ferro era um dos poucos elementos magnéticos. Talvez fosse o magnetismo. Talvez fosse outra coisa qualquer. *Ninguém sabia.*

Clichy, que era um homem prático, assentiu.

— Pelo menos sabemos quais são as regras. Deve ser um choque para maioria dos cidadãos ver o desarmamento imposto de forma tão abrupta.

O que mais? Não existem pessoas nesses outros mundos, certo? Quero dizer, além das que chegam da Terra Padrão.

— É isso mesmo, tenente. Pelo menos, até onde sabemos. Ainda não houve uma exploração sistemática nem mesmo dos mundos mais próximos. Não podemos saber o que nos aguarda quando aprofundarmos nossas investigações. Já soltamos alguns balões equipados com câmeras e não vimos sinais de vida humana.

— OK. Quer dizer que existe uma série desses mundos, certo? Em dois sentidos, leste e oeste.

— Sim, senhor. É possível saltar de um para outro, como se estivessem enfileirados. Além disso, é possível escolher a direção do salto, para leste ou para oeste. Na verdade, são nomes arbitrários, que não correspondem às direções do nosso mundo.

— Existem atalhos? Posso saltar diretamente para o mundo dois bilhões, por exemplo?

— Acho que ninguém sabe, tenente.

— Quantos mundos existem? Um milhão? Um bilhão?

— Ninguém sabe também, senhor. Não sabemos nem mesmo até onde as pessoas já foram. Está tudo — ela balançou a mão — fora do controle.

— Cada um desses mundos é uma Terra diferente, certo?

— Até onde sabemos.

— Mas o Sol. Marte e Vênus. A porra da Lua. São iguais aos nossos? Quer dizer...

— Todas as Terras têm um universo próprio, tenente, mas as estrelas são as mesmas. A data também é a mesma em todos os mundos. Até a hora do dia é a mesma. Os astrônomos puderam verificar isso a partir dos mapas celestes. Se houvesse uma diferença, eles perceberiam.

— Mapas celestes. Diferenças de tempo. Jesus. Sabe, tenho que ir a uma reunião convocada pelo governador a respeito de jurisdição nessa tarde. Se alguém comete um crime na porra da Madison Oeste 14, tenho autoridade para prender essa pessoa?

Jansson concordou. Não muito depois do Dia do Salto, enquanto algumas pessoas se limitavam a explorar os novos mundos, outras se interessavam em reivindicar propriedade. Cercavam um terreno, construíam uma casa e se preparavam para cultivar a terra e criar os filhos, no que consideravam, a partir daquele momento, sua posse. Será que tinham direito a se apropriar daquelas terras e ponto final? Qual era o papel do governo no processo? O território correspondente aos Estados Unidos nos mundos alternativos podia ser considerado território norte-americano? Parecia que o governo estava finalmente querendo assumir uma posição.

— Dizem que o presidente vai declarar que todos os Estados Unidos paralelos são território norte-americano, ao qual se aplicam as leis do nosso país — prosseguiu Clichy. — Na linguagem jurídica, essas terras estão "sob a égide do governo federal". Isso vai simplificar as coisas, acho. Se bem que não sei se podemos chamar de "simples" uma decisão que envolve um número infinito de mundos. Estamos todos sobrecarregados, todos os órgãos do governo. Os soldados que estavam nas zonas de guerra estão todos sendo chamados de volta. A Segurança sabe que agora os terroristas têm muito mais liberdade para agir e, ao mesmo tempo, as grandes empresas estão se preparando para explorar os novos territórios... Que merda! Bem que minha mãe me disse que eu devia ter ficado no Brooklyn.

"Tá, escute, oficial Jansson — Clichy inclinou-se para a frente, muito sério, com os dedos entrelaçados. — Vou explicar porque mandei chamá--la. Seja qual for o parecer dos juristas, nossa obrigação é manter a paz em Madison. Por um capricho do destino, Madison parece atrair uma grande quantidade de saltadores."

— Eu sei, tenente...

Como o primeiro Saltador tinha sido montado em Madison, era natural que as pessoas convergissem para o local. Além disso, Jansson, estudando os relatórios a respeito das pessoas que preferiam iniciar suas viagens em Madison, estava começando a desconfiar que havia algo mais que as atraía. Talvez fosse *mais fácil* saltar a partir de Madison. Talvez o segredo da Terra Longa tivesse alguma coisa a ver com estabilidade. Talvez as partes mais antigas, mais estáveis do continente fossem os lugares mais fáceis para saltar — assim como o ferro tinha o núcleo mais estável. E Madison, no coração da América do Norte, era um dos lugares mais estáveis do planeta, do ponto de vista geológico. Se voltasse a se encontrar com Joshua, perguntaria a ele o que achava da ideia.

— Isso quer dizer que estamos com um grande problema nas mãos — afirmou Clichy. — E foi por isso que mandei chamá-la, Jansson.

— Não sou especialista, tenente.

— O importante é a forma como você reagiu a essa merda que parece um episódio de *Além da Imaginação*. Mesmo na primeira noite, manteve a cabeça fria e a mente concentrada nos seus deveres de policial enquanto seus colegas estavam se mijando e vomitando o café da manhã. Quero que assuma este caso. Entendido? Quero que cuide tanto dos casos particulares como dos aspectos gerais. Aqueles desgraçados certamente vão descobrir outras formas de infernizar nossa vida. Quero que você seja minha Mulder, oficial Jansson.

A policial sorriu.

— Scully seria mais apropriado.

— Como quiser. Escute, não posso prometer nada em troca. É uma missão extraoficial. Vai ser difícil incluir essa contribuição no seu currículo, mas posso tentar. Terá que passar muito tempo longe de casa. Sozinha. Sua vida pessoal...

Jansson deu de ombros.

— Tenho uma gata. Ela sabe se cuidar.

O tenente apertou uma tecla e Jansson percebeu que ele estava examinando sua folha corrida.

— Vinte e oito anos.

— Vinte e nove, tenente.

— Nasceu em Minnesota. Seus pais ainda moram lá. Não tem irmãos nem filhos. Um casamento lésbico que não deu certo?

— No momento estou solteira, tenente.

— Isso não é da minha conta, Jansson. Certo, volte para a Terra Padrão, resolva os casos pendentes com o sargento, veja o que é preciso para se instalar neste posto e no posto de Leste 1... que cacete, faça o que tiver que fazer, mas lide com essa situação, está bem?

— Sim, senhor.

Revendo mentalmente a entrevista, Jansson considerou-a satisfatória e aceitou de bom grado a nova missão. Ficava aliviada ao constatar que pessoas como o Clichy e os que estavam acima dele na hierarquia tentavam lidar com aquele fenômeno extraordinário, a descoberta da Terra Longa, da melhor forma possível. O que não estava acontecendo, de acordo com os noticiários, em outros países do mundo.

10

— A MELHOR SOLUÇÃO, primeiro-ministro, não seria simplesmente proibir as pessoas de saltar? Trata-se de um risco evidente para a segurança!

— Geoffrey, isso seria como proibir as pessoas de respirar. Até minha mãe já saltou!

— Acontece que a população está diminuindo rapidamente. Os centros urbanos foram abandonados. A economia entrou em colapso. Precisamos fazer *alguma coisa*...

Hermione anotou escrupulosamente o diálogo.

Hermione Dawes era uma excelente tomadora de notas. Tinha orgulho do seu trabalho; extrair o que as pessoas queriam dizer do que de fato diziam era uma arte, e ela havia praticado essa arte satisfatoriamente durante quase trinta anos, para políticos de todos os matizes. Nunca se casara e parecia lidar muito bem com o fato, comentando jocosamente com os colegas de trabalho que o anel de ouro que nunca tirava do dedo funcionava como um cinto de castidade. Era uma pessoa em quem todos confiavam; o único pequeno defeito que os chefes haviam observado era que colecionava compulsivamente todos os discos de Bob Dylan.

Ela sentia que nenhum de seus colegas de trabalho a conhecia de verdade. Nem mesmo os cavalheiros que, periodicamente, quando estava trabalhando, entravam em seu apartamento e faziam uma busca metódica, certamente trocando um leve sorriso ao colocarem de volta no lugar a pequena lasca de madeira que ela introduzia todo dia entre a porta de entrada e o batente. Um sorriso muito parecido com o que ela dava quando notava que eles haviam mais uma vez esmagado, sem perceber, o pedacinho de suspiro que deixava todo dia no tapete da sala de estar.

Como Hermione nunca tirava o anel de ouro, só ela e Deus sabiam que mandara gravar, na superfície interna da joia, uma linha inteira de uma música de Bob Dylan chamada "It's Alright Ma (I'm Only Bleeding)". Ela se perguntava, esses dias, se algum dos colegas mais jovens, ou mesmo a maioria dos ministros, saberia a origem daquela frase.

No momento, alguns anos após o Dia do Salto, enquanto os membros do Gabinete continuavam a discutir o que fazer, ela se perguntou se estaria velha demais para parar de trabalhar com os tolos e conseguir um emprego com os mestres.

— Nesse caso, devemos criar uma taxa pelo uso dos Saltadores. A Terra Longa está drenando nossa economia, mas se cobrássemos pelo uso das caixas poderíamos recuperar pelo menos parte desse dinheiro!

— Ah, não diga bobagens — protestou o primeiro-ministro. — Não podemos cobrar por uma coisa que não está sob nosso controle.

O ministro da saúde parecia surpreso.

— Por que não? Já fizemos isso antes.

O primeiro-ministro batucou a caneta na mesa.

— As cidades estão ficando vazias. A economia está implodindo. Claro que há um lado positivo. A imigração deixou de ser um problema... — Ele riu, mas era um riso irônico, e, quando voltou a falar, parecia quase desesperado. — Deus nos ajude, senhores. Os cientistas dizem que existem mais versões do planeta Terra do que habitantes desta versão. Que medidas podemos tomar diante *disto?*

Bastava: naquele momento, Hermione percebeu que tinha chegado ao limite.

Enquanto a conversa insubstancial, incoerente e inútil prosseguia, Hermione, com um vago sorriso nos lábios, escreveu algumas linhas na sua imaculada taquigrafia Pitman, pousou o bloco de papel na mesa, pediu licença ao primeiro-ministro com um gesto de cabeça e deixou a sala. Ninguém pareceu notar sua ausência. Saiu para a Downing Street e saltou para a próxima Londres, que estava cheia de policiais, mas ela era uma visão tão familiar que aceitaram seu cartão de identidade e a deixaram passar.

Saltou de novo. De novo. De novo...

Muito mais tarde, quando notaram sua ausência, uma das outras secretárias foi chamada para traduzir a pequena nota que ela havia escrito, os traços delicados e curvas graciosas.

— A mim parece uma poesia, senhor. Ou pode ser a letra de uma música. Diz que as pessoas criticam aquilo que não conseguem entender. — Olhou para o primeiro-ministro. — Significa alguma coisa para o senhor? Senhor ministro? Está se sentindo bem, senhor?

— Você é casada, dona...? Desculpe, não sei o seu nome.

— Eu me chamo Caroline, senhor. Tenho um namorado, um namorado firme, muito trabalhador. Posso chamar um médico, se quiser.

— Não, não. Somos tão incompetentes, Caroline. Essa história de governo é uma farsa. Imaginamos que podemos controlar nosso destino. Se eu fosse você, Caroline, me casaria agora mesmo com seu namorado, se gosta de verdade dele, e ia embora para outro mundo. Qualquer lugar é melhor do que aqui. — Afundou-se na cadeira e fechou os olhos. — Deus salve a Inglaterra. Deus salve todos nós.

A secretária não sabia se ele estava dormindo ou acordado. Depois de algum tempo, foi embora, levando o bloco de Hermione.

11

Menos de uma semana depois do encontro com Clichy, os colegas de Jansson começaram a chamá-la de Jansson "Fantasma".

Menos de um mês depois, a policial foi visitar a Casa, como Joshua a chamava. Era um orfanato, que ficava em um prédio adaptado de um conjunto residencial para famílias de baixa renda na Allied Drive, em um dos bairros mais violentos de Madison. Entretanto, era visível que o lugar estava sendo bem cuidado. Foi ali que ela se encontrou, mais uma vez, com um menino de 14 anos chamado Joshua Valienté. Jansson prometera que, se Joshua colaborasse, tomaria providências para assegurar que não o tratassem como um Problema, mas como alguém capaz de ajudar a comunidade, alguém como, sabe... como o Batman?

Foi assim que, por vários anos após o Dia do Salto, a vida de Joshua tomou um novo rumo.

— Hoje em dia, isso tudo deve parecer muito distante para você — comentou Selena, enquanto guiava Joshua nas profundezas do complexo do transEarth.

Ele não disse nada.

— Quer dizer que você se tornou um herói. Usava uma capa? — perguntou Selena.

Joshua não gostava de sarcasmo.

— Só quando estava chovendo.

— Eu estava brincando.

— Eu sei.

Outra porta reforçada se abriu diante deles, revelando mais um corredor.

— Este lugar faz Fort Knox parecer uma peneira, não é? — comentou Selena, soando nervosa.

— Hoje em dia, Fort Knox *é* uma peneira — retrucou Joshua. — É uma sorte que as barras de ouro sejam tão pesadas que as pessoas não possam carregá-las com facilidade.

Ela fungou.

— Eu só estava fazendo uma comparação, Joshua.

— Sim. Eu sei.

Selena parou. A pausa que ele fazia no meio da resposta a irritava, ainda mais porque ela estava tentando expressar seu sincero sentimento de que, mesmo naquele momento, aquela história de mundos alternativos continuava sendo assustadora. Não para Joshua, aparentemente. Ela forçou um breve sorriso.

— É aqui que nos separamos, pelo menos por enquanto. Não estou autorizada a passar desse ponto. Poucas pessoas estão. Sei que Lobsang quer falar a respeito dos problemas que você teve com a comissão do Congresso que investigou sua incursão anterior nos mundos distantes.

Ela estava jogando uma isca, é claro. Joshua suspeitava que aquele era, de fato, o poder de pressão que Lobsang pretendia usar para recrutá-lo.

Ele ficou calado, e ela não teve como medir sua reação.

A moça parou na porta de um aposento e apontou para o interior.

— Foi um prazer conhecê-lo pessoalmente, Joshua.

— Espero que consiga a classificação de segurança que deseja, Selena.

Antes que a porta se fechasse totalmente, Selena julgou ver um sorriso aflorar naquele rosto impassível.

O aposento que ficava no coração daquela fortaleza tinha sido decorado como o escritório de um cavalheiro eduardiano, incluindo uma lareira acesa. O fogo, porém, era falso e não inteiramente convincente, pelo menos para Joshua, que acendia uma fogueira de verdade toda noite quando estava acampando. O couro da cadeira colocada estrategicamente ao lado da lareira, porém, era genuíno.

— Boa tarde, Joshua — disse uma voz incorpórea. — É uma pena que você não possa me ver, mas a verdade é que não há muito de mim para isso. Além do mais, o que há, posso lhe assegurar, é muito prosaico.

Joshua sentou-se na cadeira. Durante algum tempo, fez-se um silêncio quase amigável. Ao lado dele, o fogo crepitava artificialmente. Era possível perceber, prestando atenção, por causa de certas sequências marcantes, que a trilha sonora era repetida a cada 41 segundos.

A voz de Lobsang disse, suavemente:

— Eu devia ter sido mais caprichoso. Sim, estou falando do fogo. Não se preocupe, Joshua, não sou capaz de ler pensamentos. Ainda não. Você estava olhando para a lareira a intervalos regulares e tem uma tendência mover os lábios quando está contando. Mas foi a primeira pessoa que notou essa pequena falha da simulação.

"Naturalmente, partindo de você, isso não é surpresa. Você observa, escuta, analisa e, dentro desse seu crânio espaçoso, passa pequenos vídeos de todas as consequências da situação presente que é capaz de imaginar. Dizem que um antigo político inglês, se levasse um chute no traseiro, não moveria um músculo do rosto até decidir que atitude tomar. Essa prudência é uma das suas maiores qualidades, Joshua.

"Você também não se deixa intimidar, não é? Não consigo detectar um único traço de medo em você. Acho que isso acontece porque é a única pessoa que esteve neste escritório, que mais parece uma fortaleza, com a consciência de que pode sair daqui no momento em que quiser. Por quê? Porque é capaz de saltar sem um Saltador... Ah, sim, eu sei disso. Sei também que é a única pessoa que não fica enjoada depois de saltar."

Joshua não reagiu.

— Selena me disse que você queria conversar comigo a respeito daquela investigação do Congresso.

— Ah, sim, aquela expedição. Ela o deixou em apuros, não foi, Joshua?

— Escuta, estamos só nós dois aqui, não é mesmo? Sendo assim, não há motivo para você *ficar repetindo meu nome* toda vez que me dirige a palavra. Sei por que faz isso. Para mostrar superioridade. — Aquilo era uma antiga fonte de irritação para ele. — Posso não ser muito esperto, Lobsang, mas não é preciso ser um gênio para decifrar as regras do jogo!

Durante alguns instantes, não houve nenhum som, a não ser o crepitar do falso fogo. Mais tarde, Joshua se deu conta de que, se havia uma pausa nas conversas com Lobsang, não passava de jogo de cena; a velocidade do seu processador era tão grande que ele era capaz de responder a qualquer pergunta em uma fração de segundo, depois do equivalente a uma vida inteira de reflexão.

— Sabe de uma coisa? Somos muito parecidos, meu amigo — disse Lobsang.

— Por enquanto, prefiro que me trate apenas como "conhecido".

Lobsang riu.

— Entendo. Desculpe. Entretanto, eu gostaria de me tornar seu amigo, porque, pelo que percebi, em qualquer situação, nós dois estamos interessados, acima de tudo, em descobrir *quais são as regras*.

"Acredito também que você seja um indivíduo extremamente valioso. É muito esperto, Joshua; caso contrário não teria sobrevivido tanto tempo sozinho na Terra Longa. Claro que existe gente mais inteligente do que você ocupando altas posições nas universidades e fazendo pouco ou nada de útil. A inteligência pode ser abrangente, mas o importante é que seja profunda. Algumas pessoas inteligentes abordam os problemas de forma superficial. Outras trabalham devagar, como Deus, mas trabalham bem, e, quando chegam a uma solução, é a solução correta. Pessoas como você, Joshua. — Lobsang riu novamente. — A propósito: meu riso não é uma gravação. Cada risada é um produto único do momento, fácil de distinguir de qualquer risada anterior. Essa risada foi exclusivamente para você. Eu fui humano, sabe? Ainda sou.

"Joshua, vamos nos conhecer melhor. Estou disposto a ajudá-lo e, é claro, quero que você me ajude. Não posso imaginar uma pessoa melhor para se juntar a mim na expedição que estou planejando, na qual pretendo dar um número muito grande de saltos. Achei que você poderia estar interessado. Afinal de contas, gosta de se manter longe deste insano mundo, não gosta?"

— O título do livro de Thomas Hardy é *Longe deste insensato mundo*.
— Ah, claro que é. Gosto de cometer pequenos erros de vez em quando, para não dar a impressão de que sou infalível.

As tentativas desajeitadas de cativá-lo estavam deixando Joshua impaciente.

— Lobsang, o que *você* pode fazer por *mim*?
— Sei que o que aconteceu naquela expedição não foi culpa sua e posso provar.

Agora estavam chegando aos finalmentes, pensou Joshua.

— Aqueles bundões.
— Ah, sim, bundões — concordou Lobsang. — Foi assim que você os descreveu na primeira fase da investigação. Uma espécie desconhecida de primata, que se podia ser descrita como um babuíno carnívoro particularmente agressivo. Desconfio que a Linnaean Society não aprovaria sua terminologia. Bundões!
— Eu não matei aqueles caras. Concordo que não sou muito sociável, mas não tinha *motivo* para matar ninguém. Você leu o relatório? Aqueles bun...
— Pode chamá-los de babuínos, por favor, Joshua? Vai soar melhor na gravação.

Tinha sido uma viagem paga para Joshua, arranjada por uma velha amiga, a oficial Jansson.

"Você amadureceu enquanto eu envelhecia", dissera a policial. "Agora consegui para você um trabalho financiado pelo governo. Vai ser uma espécie de guia e guarda-costas..."

Ela estava falando de uma excursão oficial de um grupo de cientistas, advogados e um deputado federal aos mundos distantes a oeste, acompanhados por um pelotão de soldados. E terminara em morte.

Os cientistas estavam colhendo dados. Os advogados estavam tirando fotografias do deputado saltando de um mundo para outro, fazendo uma espécie de reconhecimento virtual dos Estados Unidos alternativos, para estabelecer simbolicamente a soberania do governo federal dos Estados Unidos Padrão. Os soldados se queixavam da comida e do estado dos pés. Joshua estava satisfeito com seu papel na excursão e com o pagamento que estava recebendo, mas teve o cuidado de manter em segredo sua capacidade de saltar sem um Saltador e sem ficar enjoado. Então carregava consigo uma mistura de leite azedo e pedaços de legumes que podia passar por vômito causado pelo salto. Afinal, quem é que estaria olhando de perto?

Tudo funcionava muito bem. Eles todos enchiam o saco, reclamavam e diziam que estavam se sentindo miseráveis depois de cada salto, e Joshua fingia estar passando tão mal quanto eles usando o vômito falso. Depois de duas mil Terras, sofreram um ataque.

Eram humanoides parecidos com babuínos, porém mais inteligentes e agressivos. Alguns cientistas os chamaram de "Superbabuínos". "Bundões" foi o termo escolhido por Joshua, ao ver seus traseiros rosados balançarem quando os pôs em retirada.

Essa, pelo menos, foi a história que ele contou mais tarde. O problema foi que não havia testemunhas para confirmar sua versão e tudo acontecera longe demais para uma expedição ser enviada.

— Os desgraçados sabiam planejar um ataque! Não me incomodaram depois que matei dois deles, mas os soldados foram pegos de surpresa, e os cientistas nunca souberam se defender.

— Você deixou os corpos para os babuínos?

— Você precisa entender que é difícil cavar um túmulo com uma pá de madeira em uma das mãos e uma pistola de plástico na outra. Coloquei fogo no acampamento e caí fora.

— Acho que a conclusão preliminar do inquérito foi muito injusta com você. Posso provar que tudo que disse é verdade. Posso *provar* que existe um afloramento de rocha negra a cerca de um quilômetro do acampamento, perto de uma nascente, como você disse, atrás do qual estão os restos do animal alfa, que você baleou. Por falar nisso, a rocha é carvão impuro.

— Como pode saber de tudo isso?

— Segui seus passos. As informações que você apresentou foram muito precisas, Joshua. Eu estive lá.

— *Você* esteve *lá*? Quando?

— Ontem.

— Você voltou ontem?

— Fui e voltei ontem — respondeu Lobsang, pacientemente.

— Não acredito! É impossível saltar tão depressa!

— É o que você pensa, Joshua. Vai descobrir oportunamente que não é bem assim. Você tentou cobrir os corpos com pedras e deixou marcas no local, como relatou no inquérito. Eu trouxe registros fotográficos. Provas de que você estava falando a verdade, entende?

"Na verdade, reconstruí tudo que aconteceu. Usei trilhas de feromônios, verifiquei os ângulos dos tiros e a posição dos corpos. Recuperei todas as balas. Além disso, naturalmente, colhi amostras de DNA. Trouxe de volta o crânio do animal alfa e a bala que o matou. Está tudo de acordo com seu testemunho. Os soldados não souberam o que fazer quando os babuínos bundões atacaram, não é mesmo? Pelos padrões do mundo animal, os superbabuínos são verdadeiros maníacos. Extremamente agressivos. Mesmo assim, acho que não teriam atacado se um dos soldados não tivesse ficado nervoso e atirado primeiro."

Joshua estremeceu de vergonha.

— Se você sabe de tudo isso, deve saber que eu caguei nas calças durante o episódio.

— Acha que isso depõe contra você de alguma forma? Em todo o reino animal, faz muito sentido evacuar em uma situação de perigo. Todos os campos de batalha mostram isso, para não falar dos pássaros. Acontece que depois você os *enfrentou*, esfaqueou um deles na cabeça e afugentou os demais, parando apenas quando matou o líder com um tiro. Você não se acovardou, e isso faz toda a diferença.

Joshua pensou por um momento.

— Certo. Isso é um trunfo e tanto. Você pode me inocentar, mas por que precisa de mim?

— A esta altura, você já devia saber. Pelo mesmo motivo pelo qual Jansson o recomendou para a expedição do deputado Popper. Você tem a síndrome de Daniel Boone, Joshua. É muito rara. Você não precisa de companhia. Não desgosta das pessoas, pelo menos de algumas delas, mas a ausência delas também não o desagrada. Isso pode ser muito útil nos lugares que vamos visitar. Não espero encontrar muitos seres humanos nesta expedição. Sua ajuda pode ser muito valiosa para mim por conta dessa qualidade; você será capaz de se concentrar no que está fazendo, sem se deixar distrair pelo isolamento excepcional da Terra Longa. Além disso, como a oficial Jansson percebeu desde o início, o talento único para saltar, a capacidade de saltar sem usar um aparelho e, mais importante ainda, a capacidade de se recuperar rapidamente depois de cada salto, serão muito úteis em emergências... que sem dúvida ocorrerão.

"As recompensas para você, se quiser me acompanhar, serão extremamente generosas, de sua livre escolha. Entre elas estará, certamente, um relato de suas atividades que o inocentará totalmente das acusações que pesam contra você e será entregue às autoridades no dia de nossa partida."

— Tenho tanto valor assim para você?

Lobsang riu.

— Joshua, como se pode definir o valor de um bem ou de uma pessoa? Atualmente, o ouro vale apenas pelo seu brilho, já que qualquer pessoa pode ter uma mina de ouro. Terrenos? A física da Terra Longa mostra que cada um de nós pode ser dono de um planeta inteiro, se desejar. Esta é uma nova era, Joshua, e vamos ter novas morais e novos valores, incluindo amor, cooperação, verdade e, acima de tudo, sim, acima de tudo, a amizade de Lobsang. Você deve me escutar, Joshua Valienté. Pretendo viajar até os confins da Terra... não, até os confins da Terra Longa, e quero que venha comigo. Você concorda?

Joshua ficou parado, encarando o nada. Disse:

— Você sabe que o crepitar do fogo na lareira agora parece realmente aleatório?

— Claro que sei. Aquela pequena falha foi fácil de consertar. Achei que assim você ficaria mais à vontade.

— Quer dizer que, se eu aceitar sua proposta, você vai cuidar para que os investigadores me deixem em paz?

— Isso mesmo. Prometo.

— E caso contrário?

— Vou defendê-lo da mesma forma. A meu ver, você fez tudo que estava ao seu alcance, e a morte daquelas pessoas não foi culpa sua. Apresentarei aos investigadores todas as provas que coletei.

Joshua se levantou.

— Resposta certa.

Naquela noite, Joshua sentou-se diante da tela de um computador, na Casa, e fez uma pesquisa a respeito de Lobsang.

Oficialmente, Lobsang residia no MIT, em um computador ultrarrápido e de grande capacidade de armazenamento, e não no transEarth. Quando Joshua leu isso, sentiu uma confortável certeza de que o que estava em um supercomputador do MIT não era Lobsang, ou, pelo menos, não era Lobsang *inteiro*. Se Lobsang fosse esperto, e ele certamente era esperto, daria um jeito de se distribuir *por toda parte*. Isso seria uma garantia contra um botão de desligar e o colocaria em uma posição na qual ninguém poderia pressioná-lo, nem mesmo o sócio, o todo-poderoso Douglas Black. Ali estava alguém que conhecia as regras, pensou Joshua.

Joshua desligou o monitor. Outra regra: a Irmã Agnes considerava uma questão de fé o fato de que todo monitor deixado ligado por um tempo suficiente explodia. Ele se sentou em silêncio e se pôs a pensar.

Seria Lobsang humano ou uma inteligência artificial se fazendo passar por humano? A imagem de um emoticon lhe veio à mente: um círculo, uma curva, dois pontos, e você vê um rosto humano sorrindo. Qual era o mínimo necessário para se *ver* um ser humano? O que tinha de ser dito, o que tinha de ser rido? As pessoas, afinal de contas, eram feitas de barro — pelo menos metaforicamente, embora Joshua não gostasse muito de metáforas, considerando-as uma espécie de embuste. E tinha de admitir que Lobsang era capaz de adivinhar quase tudo que ele estava pensando, o que o classificaria como um ser humano dotado de um alto grau de empatia. Talvez a única diferença significativa entre uma boa simulação e o ser humano fosse o barulho que faziam ao levarem um soco.

Por outro lado... viajar até os confins da Terra Longa?

Haveria um fim? Alguns acreditavam que as Terras formavam um círculo, já que os sentidos indicados no Saltador eram leste e oeste, e todo mundo sabia que leste mais cedo ou mais tarde encontra oeste. A verdade, porém, é que ninguém *sabia*. Talvez estivesse na hora de alguém tentar descobrir.

Joshua olhou para o Saltador que havia acabado de montar usando uma chave de três posições comprada pela internet. Pousado na mesa, ao lado do monitor, ele era vermelho e prateado e tinha um aspecto profissional, ao contrário do primeiro, no qual usara uma chave tomada emprestada da cadeira elevadora da Irmã Regina. Passara a andar com um Saltador desde que lhe ocorrera que, como não sabia por que era capaz de saltar sem usar um Saltador, o mais sensato era poder contar com Saltador em caso de *necessidade*; um talento que surgira subitamente e sem explicação poderia muito bem desaparecer da mesma forma. Além disso, a presença do Saltador o tornava igual a todo mundo. Ele não queria parecer diferente dos outros viajantes.

Girando a caixa nas mãos, Joshua imaginou se Lobsang teria percebido qual era o detalhe mais importante da montagem de um Saltador. Ele havia notado isso no Dia do Salto, e era óbvio em retrospecto. Joshua sempre dera muita importância aos detalhes. A oficial Jansson notava detalhes como aquele, que estava nas instruções. O Saltador só funcionava se tivesse sido montado pela pessoa que o estava usando.

Tamborilou com os dedos na caixa. Podia viajar ou não com Lobsang; a decisão era sua. Joshua tinha 28 anos, não precisava pedir permissão a ninguém. Mas tinha aquela porra da investigação do Congresso atrás dele.

Além disso, gostava da ideia de estar incomunicável e inalcançável.

Apesar da promessa da Jansson, feita logo após o Dia do Salto, os homens maus o haviam incomodado uma ou duas vezes. Como no dia em que tipos com distintivos entraram na Casa e tentaram fazê-lo desmaiar para que fosse com eles, mas a Irmã Agnes os atacou com uma chave de roda, a polícia foi chamada, a oficial Jansson apareceu e o prefeito foi avisado. Acontece que um dos meninos que Joshua tinha ajudado no Dia do Salto era filho do prefeito, e, sendo assim, os três carros pretos de chapa fria deixaram apressadamente a cidade... Foi então que estabeleceram a regra de que se alguém quisesse falar com Joshua, teria de falar primeiro com a oficial Jansson. Ele não era o problema, afirmara o prefeito.

O problema era a alta taxa de criminalidade, eram os presos fugidos, era a falta geral de segurança. Joshua, disse o prefeito ao conselho municipal, podia ser um pouco estranho, mas era também maravilhosamente dotado e, como a oficial Jansson podia assegurar, tinha sido de grande ajuda para o departamento de polícia de Madison. Aquela era a posição oficial.

Isso, porém, não consolava muito Joshua, que detestava ser o *centro das atenções*, que detestava que um número cada vez maior de pessoas *soubesse que ele era diferente*, achassem ou não que ele era um Problema.

Nos últimos anos, Joshua tinha saltado sozinho, para cada vez mais longe na Terra Longa, muito além das paliçadas de Robinson Crusoé que havia construído na adolescência, viajando para mundos tão remotos que não tinha de se preocupar com os malucos, mesmo que fossem malucos com distintivos e intimações. Quando um ou outro aparecia, simplesmente saltava de novo; quando o intruso acabasse de vomitar, Joshua estaria a cem mundos de distância. Se bem que às vezes ele voltava para amarrar os cadarços dos sapatos dos infelizes um no outro enquanto eles botavam tudo para fora. Afinal, todo mundo precisa de um pouco de diversão. Viagens cada vez mais longas, para mundos cada vez mais distantes. Joshua chamava essas viagens de sabáticas. Era uma forma de se afastar das multidões — e da estranha pressão que sentia na cabeça quando estava na Terra Padrão, ou mesmo ultimamente nas Terras Próximas. Uma pressão que o atrapalhava na escuta do Silêncio.

Então ele era estranho. Ora, de acordo com as Irmãs, o mundo inteiro estava ficando cada vez mais estranho. A Irmã Georgina lhe dissera um dia, no seu elegante sotaque britânico:

— Joshua, talvez você esteja um pouquinho à frente do resto da raça humana. Eu imagino que o primeiro *Homo sapiens* se sentiu como você se sente quando olha para nós, com nossos Saltadores e nossos enjoos, quando achava estranho que os companheiros levassem tanto tempo para juntar duas sílabas.

Mas Joshua não sabia se gostava da ideia de ser diferente, mesmo que no sentido de superior.

Entretanto, gostava da Irmã Georgina quase tanto quanto gostava de Irmã Agnes. A Irmã Georgina lia para ele obras de Keats, Wordsworth e Ralph Waldo Emerson. A Irmã Georgina tinha estudado em Cambridge, ou, como ela dizia: "Não-aquela-Universidade-de-Cambridge-de-Massachusetts-mas-a-verdadeira-você-sabe-a-da-Inglaterra."

Às vezes ocorria a Joshua que as freiras que administravam a Casa não eram como as freiras que ele via na televisão. Quando comentou esse fato com a Irmã Georgina, ela riu e disse:

— Talvez seja porque somos um pouco como você, Joshua. Estamos aqui porque somos diferentes das outras.

Sentiria falta delas, pensou ele, quando fosse viajar com Lobsang.

De certa forma, a decisão se tomara sozinha.

12

UMA SEMANA DEPOIS da conversa com Lobsang no transEarth, a Irmã Agnes levou Joshua ao Aeroporto Regional do Condado de Dane na garupa da sua Harley, o que podia ser considerado uma honra. Quando chegaram, ela disse uma coisa que Joshua jamais esqueceria: Deus devia estar a favor daquela viagem, porque todos os sinais pelos quais haviam passado tinham ficado verdes sem que ela precisasse reduzir a marcha. (Como se reduzir a marcha fizesse parte do repertório da Irmã Agnes.) Joshua, porém, suspeitou que aquilo fosse um efeito não da mão de Deus, mas das sub-rotinas de Lobsang.

Joshua tinha visitado muitas Terras, mas nunca viajara de avião. A Irmã Agnes conhecia o procedimento e o levou até o balcão para fazer o check-in. Quando o funcionário entrou com o número da reserva, fez uma cara estranha, pegou o telefone e Joshua começou a perceber o que significava ser amigo de Lobsang, porque foi tirado do saguão e escoltado pelos corredores com o respeito que seria conferido a um político de um país que tinha armas nucleares, mas não escrúpulos de usá-las em caso de necessidade.

Ele foi levado a uma sala com um bar do tamanho do balcão da hamburgueria do parque da Disney. Joshua ficou impressionado, mas raramente bebia e, na verdade, teria preferido um hambúrguer. Quando comentou o fato, em tom de brincadeira, com o rapaz que dançava nervosamente em torno dele, perguntando se precisava de uma coisa, recebeu, em questão de minutos, um hambúrguer com tantos complementos que a carne poderia cair sem que ele notasse. Joshua ainda estava digerindo o lanche quando o rapaz reapareceu e o conduziu até o avião.

O assento de Joshua ficava logo atrás da cabine do piloto, discretamente escondido dos outros passageiros por uma cortina de veludo. Ninguém pediu para ver seu passaporte; melhor assim, pois ele não tinha um. Ninguém verificou se estava levando explosivos nos sapatos. Ninguém falou com ele depois que entrou no avião.

Quando chegou ao aeroporto O'Hare, em Chicago, foi levado para outro avião, supreendentemente pequeno, estacionado fora do terminal principal. No interior, o que não era forrado de couro era acarpetado, e o que não era forrado de couro nem acarpetado eram os dentes imaculados de uma jovem que, quando ele se sentou, ofereceu a ele uma Coca-Cola e um telefone. Joshua colocou sua bagagem de mão embaixo do banco à sua frente, onde podia vê-la, e ligou o telefone.

Lobsang atendeu imediatamente.

— É bom ter você a bordo, Joshua! Está gostando da viagem até agora? O avião é todo seu. Atrás de você há um quarto de dormir que, pelo que me disseram, é muito confortável, e não faça cerimônia para usar o chuveiro!

— A viagem vai ser longa?

— Vou me encontrar com você na Sibéria, Joshua. Na sede de um *skunk works* da Black Corporation. Você sabe o que isso significa?

— Uma fábrica secreta — respondeu ele, pensando consigo mesmo: fábrica *de quê?*

— Certo. Ah, mencionei que fica na Sibéria?

Joshua ouviu o som dos motores sendo ligados.

— A propósito: você vai ter um piloto humano. A maioria das pessoas gosta de ver um homem uniformizado no controle. Mas não se preocupe. Na verdade, *eu* estou no controle.

Joshua se acomodou no assento confortável e tentou colocar os pensamentos em ordem. Ocorreu-lhe que Lobsang estava cheio de si, como diriam as Irmãs, mas talvez tivesse motivos para isso. Ali estava ele, acasulado *em* Lobsang, por assim dizer. Joshua não estava muito familiarizado com computadores e com a civilização eletrônica maravilhosamente interconectada da qual fazia parte. Como nos mundos alternativos os telefones celulares não funcionavam, a única coisa que contava era *ele*, o que sabia, o que era capaz de fazer. Com sua faca de estimação, feita de vidro temperado, sentia-se em condições de enfrentar qualquer perigo. Gostava que as coisas fossem assim. Talvez isso o levasse a algum tipo de confronto com Lobsang, ou com a parte de Lobsang que estava viajando com ele.

O avião decolou, fazendo tanto barulho quanto a máquina de costura da Irmã Agnes na salinha adjacente. Durante o voo, Joshua assistiu ao primeiro episódio de *Star Wars*, bebendo gim-tônica e mergulhando na nostalgia da adolescência. Depois, tomou um banho (não que precisasse realmente, mas para se divertir com a nova experiência) e experimentou a cama enorme, ocasião em que foi seguido pela jovem, que lhe perguntou mais de uma vez se precisava de alguma coisa e pareceu desapontada quando Joshua pediu apenas um copo de leite morno.

Algum tempo depois, acordou com a aeromoça tentando afivelá-lo. Ele a empurrou; detestava se sentir tolhido. A jovem insistiu, com a delicadeza firme imposta por seu treinamento, até que um telefone tocou. Ela atendeu e disse a Joshua:

— Desculpe o incômodo, senhor. Parece que as regras de segurança foram temporariamente suspensas.

Joshua esperava que a Sibéria fosse árida, fria e ventosa, mas estavam no verão, e o avião mostrou uma paisagem na qual colinas suaves estavam cobertas de grama e as flores silvestres e borboletas eram salpicos de vermelho, amarelo e azul. A Sibéria era inesperadamente bela.

O jato pousou tão suavemente que pareceu beijar a pista de concreto. O telefone tocou.

— Bem-vindo a Lugar Nenhum, Joshua. Esperamos que volte a voar em breve nas Linhas Aéreas Anônimas. Vai encontrar roupas de baixo térmicas e agasalhos no armário de bordo.

Enrubescendo, Joshua recusou a oferta da aeromoça de ajudá-lo a vestir as roupas de baixo térmicas. Apesar disso, deixou que ela o ajudasse a vestir o volumoso casaco, que, em sua opinião, o deixava parecido com Pillsbury Doughboy, mas era supreendentemente leve.

Ele desceu do avião e foi recebido por um grupo de homens que usavam trajes iguais aos seus. Joshua começou imediatamente a suar, porque não fazia o frio que estava esperando. Um dos homens sorriu, gritou

"Oeste!" para Joshua, com um sotaque nitidamente bostoniano, moveu uma chave na caixa que levava amarrada na cintura e desapareceu. Logo depois, outro homem do grupo o imitou.

Joshua saltou para oeste e se viu em uma paisagem quase igual — a não ser pelo fato de que estava nevando, e ele entendeu a necessidade de estar bem agasalhado. Havia uma cabana nas proximidades, e o homem de sotaque de Boston estava na porta entreaberta, convidando-o a entrar. Parecia uma casa de passagem, um local de descanso para viajantes que vinha ficando popular nos mundos alternativos. Mas era utilitária, um lugar protegido do vento no qual os recém-chegados podiam vomitar com certo conforto antes de prosseguir.

O bostoniano, que parecia nauseado, fechou a porta assim que Joshua entrou.

— Você é quem estou pensando, não é? Em perfeita forma, não é? Eu não sou dos mais suscetíveis, mas eles... — Apontou para o fundo da cabana.

Joshua olhou naquela direção e viu dois homens deitados de bruços na borda de camas estreitas, cada um com um balde debaixo da cabeça; o cheiro dizia tudo.

— Escute, se está mesmo se sentindo bem, vá em frente. Você é o convidado de honra. Não precisa esperar por nós. Precisa dar mais três saltos para oeste. Existem casas de passagem em todas as paradas, mas acho que não vai precisar delas... Quer dizer... como consegue fazer isso?

Joshua deu de ombros.

— Não sei. Acho que nasci assim.

O bostoniano abriu a porta.

— Ei! Antes de alguém partir, costumamos dizer: você está saltando, não sabe o que o espera do outro lado!

Quando Joshua fez força para rir, mas não conseguiu, o bostoniano disse, em tom de quem pede desculpas:

— É por isso que não temos muitos visitantes. Boa sorte, meu amigo.

Os três saltos o levaram a um lugar onde estava chovendo. Havia uma cabana das proximidades e uma dupla de empregados, um deles uma mulher, que apertou-lhe a mão.

— Seja bem-vindo — disse ela, com um sotaque russo acentuado. — Gosta do nosso clima? A Sibéria deste mundo é dois graus mais quente, ninguém sabe por quê. Vou ter que ficar aqui esperando os outros, mas pode seguir por aquela estrada de tijolos amarelos — disse, apontando para uma fila de postes cor de laranja. — O estaleiro fica aqui perto.

— Estaleiro? Que tipo de estaleiro?

— Você vai saber quando chegar lá.

A mulher estava certa. Uma grande clareira fora aberta na floresta de pinheiros, e pairando acima da área desmatada havia o que à primeira vista parecia ser um edifício flutuante. Flutuante, sim; apesar da chuva, podia ver os cabos que o mantinham no lugar. Era imenso; parecia uma baleia aérea. O corpo parcialmente inflado era feito de algum tipo de plástico reforçado, coberto por logotipos do transEarth, abaixo do qual havia uma gôndola que parecia um Art Deco fantasiosa, com vários conveses, feita de madeira polida, com amplas vidraças.

Um dirigível!

Enquanto observava aquela relíquia, um empregado se aproximou a passos rápidos, com um telefone na mão.

— Você é o Joshua? — perguntou, com um sotaque europeu, belga, talvez. — Prazer em conhecê-lo, muito prazer! Siga-me. Permite que eu carregue sua mala?

Joshua puxou a mala de mão tão bruscamente que o homem levou um susto.

— Desculpe, desculpe. Pode carregar sua mala, se quiser. Segurança não é problema, não no seu caso. Venha comigo.

Joshua seguiu o homem até o centro da clareira, pisando na terra molhada. A gôndola, que tinha a forma de um casco de navio, parecia estar presa a uma armação de metal, provavelmente feita de aço produzido localmente, na base da qual havia uma cabine de elevador. O empregado entrou na cabine e, depois que Joshua entrou também, apertou um botão.

Um curto percurso os levou à parte inferior da gôndola, na qual entraram por uma escotilha, fugindo da chuva. Joshua viu que estavam em um pequeno compartimento e sentiu um forte cheiro de madeira. Havia janelas, ou possivelmente vigias, mas não mostravam nada do lado de fora a não ser a chuva.

— Gostaria de ir com você, rapaz — disse o empregado, em tom jovial.
— Ir para onde esta coisa vai... nenhum de *nós* precisa saber, é claro. Se tiver uma chance, observe a estrutura. Nada de ferro, por razões óbvias. Usamos uma liga de alumínio... Bem. Estamos orgulhosos do nosso trabalho. *Bon voyage*, aproveite o passeio!

Ele entrou de volta no elevador, e, quando a cabine começou a descer, uma placa deslizou, fechando a abertura no piso.

A voz de Lobsang encheu o ar.

— Mais uma vez, bem-vindo a bordo. Que tempo horroroso, não é mesmo? Não importa. Logo nos colocarei sobre ele, ou, melhor ainda, longe dele.

Houve um tranco e a gôndola começou a balançar.

— Não estamos mais presos à armação de metal. Já decolamos?

— Não traríamos você a bordo se tudo já não estivesse pronto. Abaixo de nós, eles já estão empacotando as coisas e, depois, este lugar vai sofrer uma versão em menor escala do evento de Tunguska.

— Por segurança, imagino.

— É claro. Quanto aos empregados, eles são uma mistura eclética: russos, norte-americanos, europeus, chineses. Nenhum deles é o tipo de pessoa que gostaria de falar com as autoridades. Gente esperta, que já teve muitos patrões e se esquece das coisas com facilidade.

— Quem forneceu o avião?

— Ah, você gostou de viajar no Lear? Ele pertence a uma empresa que o aluga ocasionalmente a uma estrela do rock, que no momento deve estar lamentando que o jato não esteja disponível por causa de problemas de manutenção. Logo, porém, ela vai deixar a questão de lado quando descobrir que seu último disco subiu dois lugares na lista dos mais vendidos. Lobsang sabe mexer seus pauzinhos. Agora que estamos a caminho...

Uma porta interna se abriu sem ruído, revelando um corredor com paredes forradas de madeira e iluminação indireta, em cuja extremidade havia uma porta azul.

— Bem-vindo ao *Mark Twain*. Por favor, sinta-se à vontade. Neste corredor existem seis camarotes, todos iguais; pode escolher qualquer um. Os agasalhos não serão mais necessários. A porta azul no final do corredor leva, entre outras coisas, a um laboratório, uma oficina e uma usina. Existe uma porta semelhante em todos os conveses. Gostaria que você não passasse da porta azul a menos que seja convidado. Alguma pergunta?

Joshua mudou de roupa no camarote que tinha escolhido ao acaso e saiu para explorar o *Mark Twain*.

O enorme balão, cujo invólucro ondulava sob o efeito da pressurização parcial, estava coberto por células solares que serviam de fonte de energia, e havia unidades de propulsão, grandes hélices, de aspecto frágil, que podiam ser inclinadas em qualquer direção. A gôndola era tão luxuosa por dentro como parecia do lado de fora. Havia vários conveses com camarotes, uma ponte de comando, um convés de observação, um refeitório com uma cozinha tão bem equipada quanto a cozinha de um restaurante de primeira e um grande salão que podia funcionar com um restaurante para cinquenta pessoas ou, surpreendentemente, como um *cinema*. Em todos os conveses havia uma porta azul fechada e trancada.

Joshua estava começando a perceber a vantagem de saltar em uma aeronave, contanto que fosse possível fazer a aeronave saltar, o que, para ele, era uma novidade. Um problema de saltar rápido eram os obstáculos. Ele havia descoberto na sua primeira noite de exploração da Terra Longa que alguns obstáculos simplesmente não podiam ser contornados, como a calota de gelo, às vezes com quilômetros de altura, que cobria a maior parte da América do Norte durante uma Era Glacial. A aeronave era uma tentativa de contorná-lo: ela podia voar acima de obstáculos menores como geleiras e inundações, tornando a viagem muito mais rápida e segura.

Ele perguntou para o ar:

— Por que ela tinha que ser tão grande, Lobsang?

— Por que não? Já que não podemos passar despercebidos, quero que nossa nave de exploração seja como aqueles navios de tesouro chineses, que deixaram embasbacados os nativos da Índia e da Arábia no século XV.

— Vamos deixar qualquer um embasbacado, estou notando. E imagino que não existam peças de ferro a bordo, estou certo?

— Infelizmente, isso é necessário. O fato de a barreira das terras alternativas não poder ser atravessada pelo ferro é até hoje um mistério, mesmo para os cientistas da Black Corporation. Várias teorias foram propostas, mas nenhuma surtiu resultados práticos.

— Sabe de uma coisa? Quando você me convidou para a viagem, pensei que eu teria que *carregá-lo*, de algum jeito.

— Ah, não. Estou conectado aos sistemas da aeronave. O dirigível se tornou o meu corpo, por assim dizer. Na verdade, Joshua, sou *eu* que estou carregando *você*.

— Apenas criaturas pensantes podem salta...

— É verdade, mas acontece que eu sou um ser pensante!

Foi então que Joshua compreendeu. O dirigível *era* Lobsang, ou, pelo menos, era seu corpo; quando Lobsang saltava, a carcaça do dirigível saltava com ele, assim como Joshua "carregava" seu corpo e suas roupas sempre que saltava. Era assim que um dirigível podia saltar.

Lobsang gostava de contar vantagem.

— Claro que não funcionaria se eu não fosse um ser pensante. Isso é mais uma prova de que eu sou um ser humano como você, não é? Já testei a tecnologia... bem, você sabe disso. Fui capaz de reconstituir toda a sua expedição anterior, como contei antes. Não acha fascinante?

Joshua desceu até a parte inferior da gôndola e entrou no convés de observação que tinha visto de longe, uma bolha de vidro reforçado que oferecia uma vista espetacular da Sibéria daquele mundo. O estaleiro se espraiava abaixo da aeronave, com instalações auxiliares, como depósitos, dormitórios e uma pista de pouso penetrando na floresta.

Joshua se deu conta de que Lobsang conseguira um feito extraordinário — *se* o dirigível funcionasse da forma prevista. Ninguém, até aquele momento, tinha conseguido construir um *veículo* capaz de saltar para outros mundos como os seres humanos, e isso dificultava a exploração dos recursos da Terra Longa. Em partes do Oriente Médio, e mesmo no Texas, usavam mutirões para transportar petróleo em baldes. Se Lobsang tinha realmente descoberto um método para transportar um dirigível até outros mundos, era uma espécie de pioneiro moderno dos meios de transporte; sua invenção mudaria o mundo, ou melhor, mudaria todos os mundos. Não era de admirar que mantivesse o projeto em segredo. *Se* funcionasse. Evidentemente, o plano ainda não havia passado da fase de testes. E Joshua estaria viajando pela Longa Terra no ventre de uma baleia prateada.

— Você espera que eu concorde em arriscar minha vida a bordo desta coisa?

— Mais que isso. Se "esta coisa" falhar, espero que você me leve de volta para casa.

— Você está louco.

— Pode ser, mas temos um contrato.

Uma porta azul se abriu e, para espanto de Joshua, Lobsang apareceu em pessoa — ou melhor, na forma de uma unidade ambulante.

— Bem-vindo mais uma vez! Achei que devia me vestir a caráter para nossa viagem inaugural.

O autômato era masculino, com um corpo esbelto e atlético, o rosto de um astro de cinema e cabelos escuros, usando um terno preto. Parecia um James Bond de museu de cera; quando se movia, e, pior ainda, quando sorria, a impressão se acentuava.

Joshua arregalou os olhos e teve de se conter para não começar a rir.

— Joshua?

— Desculpe! Prazer em conhecê-lo pessoalmente...

O convés vibrou quando os motores foram ligados. Joshua se sentia estranhamente animado pela perspectiva da viagem, como se fosse uma criança.

— O que acha que vamos encontrar no caminho, Lobsang? Acho que tudo é possível, se formos suficientemente longe. Você acredita em dragões?

— Acho que existe uma possibilidade de encontrarmos qualquer coisa que *possa existir* neste planeta, dentro das limitações das leis da física e levando em conta que o planeta nem sempre foi tão pacífico como nos dias atuais. As criaturas da Terra sempre estiveram sujeitas à força da gravidade, por exemplo, que influencia o tamanho e a morfologia. Por essa razão, não acredito que seja possível encontramos répteis capazes de voar e expelir chamas pela boca.

— Que chatice.

— Por outro lado, eu não seria humano se não levasse em conta um fator importante, que é a possibilidade de que eu esteja totalmente errado. *Isso* seria fascinante.

— É o que vamos descobrir... se esta coisa for realmente capaz de saltar.

O rosto sintético de Lobsang esboçou um sorriso.

— Na verdade, já estamos saltando há mais de um minuto.

Joshua olhou pela janela e constatou que Lobsang falava a verdade. A clareira havia desaparecido; deviam ter passado por todos os mundos conhecidos nos primeiros passos, se bem que a palavra "conhecidos" seria um exagero. A exploração dos mundos mais próximos da Terra Padrão mal havia começado; os seres humanos estavam colonizando a Terra Longa em linhas finas que se estendiam de mundo para mundo. Podia haver ainda muitas coisas para serem descobertas nesses mundos... e também, naturalmente, nos mundos que ele e Lobsang iriam explorar pela primeira vez.

— Com que velocidade esta coisa se move?

— Você vai ficar agradavelmente surpreso, Joshua.

— Você vai mudar o mundo com esta tecnologia, Lobsang.

— Eu sei. Até agora, a Terra Longa vinha sendo explorada a pé, como se estivéssemos na Idade Média. Não, pior do que isso, porque não podíamos usar cavalos. Como se estivéssemos da Idade da Pedra! No entanto, mesmo a pé, os seres humanos têm investigado os outros mundos desde o Dia do Salto. Sonhando com uma nova fronteira, com as riquezas dos novos mundos...

13

Monica Jansson sabia muito bem que era a promessa das riquezas dos novos mundos que atraía pessoas como Jim Russo à Terra Longa para tentar a sorte, insistentemente, com a lei parecendo às vezes não mais que um pequeno obstáculo para sua ambição.

Na primeira visita a Portage Leste 3, dez anos depois do Dia do Salto, Jansson tinha levado um minuto ou dois, mesmo depois de passar o enjoo do salto, para encontrar alguma coisa familiar na cidade. Aquela nova Portage tinha grandes serrarias a vapor, com chaminés vomitando fumaça e fundições que cheiravam a metal quente. Ela ouviu os gritos dos operários, os apitos a vapor, o ruído metálico dos martelos dos ferreiros. Era um ambiente parecido com o de um livro de fantasia que ela havia lido na infância. Ah, mas em livro algum que ela lera havia algo como turmas de operários levantando nos ombros toras de madeira de dez metros de comprimento e desaparecendo como em um passe de mágica. Entretanto, ela podia ver que, naquele mundo em particular, uma empresa com o nome modesto de Companhia Comercial da Terra Longa estava transformando um canto de uma Wisconsin alternativa em um parque temático *steampunk*.

Chegava então o homem responsável por tudo isso.

— Sargento Jansson? Obrigado pela visita ao meu pequeno negócio.

Jim Russo era mais baixo que a policial. Ele usava um terno cinza amarrotado e o cabelo bem penteado era de um castanho tão vivo que parecia suspeito. Russo a saudou com um enorme sorriso entre bochechas que poderiam ou não ter recebido um pouco de ajuda para permanecer viçosas. Ela sabia que Russo tinha 45 anos e havia declarado falência três vezes, mas sempre conseguira se recuperar e hipotecara a casa para investir naquele novo negócio.

— Não há por que me agradecer, senhor — disse a policial. — Sabe que temos a obrigação de investigar denúncias.

— Ah, mais mimimi anônimo de um dos meus empregados. Isso sempre acontece. — Conduziu-a para um caminho lamacento, evidentemente esperando impressioná-la com o vulto do empreendimento. — Nesse caso, eu não deveria ser investigado pelo departamento de polícia de Portage? É esse o departamento local.

— A sede da sua empresa fica em Madison — explicou Jansson, sem mencionar que, além disso, Jansson "Fantasma" era chamada para resolver os casos mais comentados de toda Wisconsin envolvendo a Terra Longa.

Os dois pararam para observar mais uma turma de operários levantar uma gigantesca tora de madeira de uma pilha; um capataz contou até três, e eles desapareceram com uma leve implosão.

— Como pode ver, este é um lugar muito movimentado, sargento Jansson — disse Russo. — Começamos do zero, é claro. Não podíamos trazer nada que não pudéssemos carregar, tampouco ferramentas de ferro. No início, as fundições eram a maior prioridade depois das serrarias. Agora estamos produzindo peças de ferro e aço de boa qualidade. Logo estaremos construindo colheitadeiras florestais e você nos verá abrir caminho nessas florestas como uma faca na manteiga. Toda essa madeira é enviada para a Terra Padrão, onde uma frota de caminhões se encarrega da distribuição.

Ele conduziu a policial até uma cabana de madeira, aberta na frente, que devia ser uma espécie de mostruário.

— Estamos investindo em outras áreas além da exploração de madeira. Olhe só — disse, apontando para uma espingarda feita de um material que brilhava como latão. — Como não tem peças de ferro, é ideal para os novos pioneiros.

"Sei que a descoberta da Terra Longa abalou o mercado financeiro, mas isso é temporário. A perda de uma porcentagem da mão de obra não qualificada, a desvalorização de metais preciosos por excesso de oferta, tudo isso vai passar. Na Terra Padrão, os Estados Unidos evoluíram de um país colonial para a conquista da Lua em poucos séculos. Não há razão para não fazermos a mesma coisa em outras Terras. Pessoalmente, estou muito otimista. Trata-se de uma nova era, sargento Jansson, e com produtos e mercadorias como estes, pretendo me colocar na vanguarda..."

Você e centenas, milhares de outros empresários em dificuldades, sabia Jansson. E a maioria deles era mais jovem que Russo, mais esperta e sem o peso de fracassos anteriores, como, no caso desse sujeito, a tentativa ridícula de procurar ouro em uma versão alternativa de Sutter's Mill, um exemplo emblemático de falta de sintonia com a realidade econômica da nova era.

— É um problema, não é, Sr. Russo? Conciliar o lucro da sua empresa com as reivindicações dos empregados?

Russo sorriu fácil; estava preparado para aquele tipo de pergunta.

— Não estou construindo pirâmides aqui, sargento Jansson. Não estou chicoteando escravos.

Podia ser, mas também não estava dirigindo uma instituição filantrópica, pensou a policial. Os operários, a maioria jovens com pouca instrução, muitas vezes não tinham ideia do que estava acontecendo na Terra Longa antes de chegarem para trabalhar em lugares como aquele. Quando percebiam que podiam usar seu poder de pressão para melhorar de vida, começavam a partir para outras companhias para irem colonizar outros mundos — ou então, ao tomarem conhecimento de que havia uma infinidade de mundos para serem explorados, nenhum dos quais pertencia a Jim Russo, simplesmente iam embora. Alguns deles se contentavam em levar uma vida itinerante, saltando de Terra em Terra e vivendo com parcos recursos. Síndrome da Terra Longa: era assim que chamavam o estado de espírito que levava a esse estilo de vida. Era a reação a essa situação que tinha levado às denúncias contra Russo. Diziam que estava obrigando os empregados a assinar contratos punitivos para evitar que deixassem a empresa e a contratar seguranças para caçá-los, caso resistissem.

Jansson teve um pressentimento súbito de que Russo iria fracassar, como tinha fracassado antes. Quando as coisas começassem a dar errado, seria forçado a tomar medidas cada vez mais drásticas.

— Sr. Russo, precisamos discutir as queixas que pesam contra o senhor. Existe um local onde possamos conversar sem sermos interrompidos?
— É claro...

Jansson sabia que em muitas Terras próximas, nas quais os empregados trabalhavam sem regime de semiescravidão, as pessoas sonhavam com liberdade. Enquanto esperava pelo café que Russo tinha ido providenciar, ela viu um folheto na mesa do empresário: apenas uma página impressa toscamente em papel reciclado, a respeito da formação de uma nova Companhia para explorar novas Terras a oeste. Sonhos de uma nova fronteira, mesmo ali, no escritório de um pequeno empresário. Às vezes, a policial, que estava chegando aos 40 anos, pensava se não seria melhor juntar os trapos e partir, deixando para trás a Terra Padrão e os mundos cada vez mais poluídos das Terras Próximas.

14

Sonhos da Terra Longa. Sonhos da nova fronteira. Sim, dez anos depois do Dia do Salto, Jack Green compreendia aqueles sonhos. Porque eles tinham sido os sonhos de sua esposa, e Jack temia que estivessem destruindo sua família.

> *1º de janeiro. Madison Oeste 5. Viajamos para cá e nos hospedamos em um lodge para passar o Ano-Novo depois de passar o ~~Nalta~~ Natal em casa, mas vamos ter de ~~votar~~ voltar à Terra Padrão para o início das aulas. Eu me chamo Helen Green. Tenho ~~onze~~ onze anos. Minha mãe (Dra. Tilda Lang Green) disse que eu devia fazer um ~~diario diàrio~~ diário neste ~~cardeno~~ caderno que foi ~~presnt~~ presente de Natal da Tia Meryl porque ela achava que ~~aqui~~ não existem ~~compudatores~~ computadores esta coisa não tem um corretor ortográfico e está me deixando MALUUUCA!!!...*

Jack Green cuidadosamente folheava o diário da filha. Era como um livro muito gordo, com a textura granulosa do papel produzido ali em Oeste 5. Ele estava sozinho no quarto de Helen, em uma tarde ensolarada de domingo. Ela saíra para jogar softball em ParkZone Quatro. Kate também tinha saído, mas ele não sabia para onde. Tilda estava no andar de baixo, conversando com um grupo de amigos e colegas a quem conseguira vender a ideia de formar uma Companhia para ir a Oeste.

— ... Os impérios aparecem e desaparecem. É o caso da Turquia. Foi um grande império no passado e vejam como está agora...

— ... Se você é da classe média, olha para a esquerda e vê os ativistas minando os valores da família norte-americana; olha para a direita e vê o livre mercado exportando nossos empregos...

— ... Acreditávamos no futuro dos Estados Unidos, mas agora vemos o país mergulhado na mediocridade, enquanto a China...

A voz de Tilda:

— A ideia do Destino Manifesto é historicamente suspeita, naturalmente, mas não se pode negar a importância da experiência da fronteira na formação da consciência americana. Agora, a fronteira está se abrindo mais uma vez, para nossa geração e talvez para um número incontável de futuras gerações...

A conversa do grupo se tornou um zum-zum incompreensível e um rico aroma chegou às narinas de Jack. Estava da hora do café com biscoitos.

Ele voltou ao diário. Finalmente, chegou a um trecho que mencionava o filho. Continuou a leitura, ignorando as palavras riscadas e os erros de ortografia.

23 de março. Mudamos para uma casa nova em Madison Oeste 5. Vai ser legal passar o verão aqui. Papai e mamãe se revezam voltando à Terra Padrão para trabalhar. Eles precisam ganhar dinheiro. Rod ficou de vez com a Tia Meryl, porque ele é fórbico [ela queria dizer fóbico, uma pessoa que não conseguia saltar — Jack franziu o nariz para o erro] *não consegue saltar é uma pena eu chorei desta vez depois que nós saltamos mas Rod não chorou a não ser que tenha chorado depois que nós fomos embora. Vou escrever para ele e depois vou voltar para me encontrar com ele. É UMA PENA porque aqui é tão legal no verão e Rod não pode vir...*

— Tsc tsc — fez Tilda. — Isso é coisa particular.

Jack levantou a cabeça, com ar de quem foi pego fazendo algo errado.

— Eu sei, eu sei, mas estamos passando por tantas mudanças. Eu quero saber o que está passando na cabeça dos nossos filhos. Acho que isso é mais importante que o direito à privacidade. Ao menos por enquanto.

Ela deu de ombros.

— Se você pensa assim...

Entregou a ele uma xícara de café e aproximou-se da janela panorâmica, a janela da casa com a melhor vista, na qual haviam colocado o vidro fabricado localmente com menos defeitos que acharam. O casal olhou para Madison Oeste 5, na qual as sombras da tarde estavam apenas começando a se espalhar. Tilda usava seu cabelo loiro-avermelhado, levemente grisalho, curto, e a curva graciosa do pescoço era uma silhueta recortada na janela.

— Ainda é um belo dia.

— E um belo lugar...

— É mesmo. Quase perfeito.

Quase perfeito. A frase escondia uma porção de coisas.

Madison Oeste 5 ocupava praticamente a mesma área que a versão original da Terra Padrão. Mas aqui era um lugar de graça e luz e espaços abertos, com apenas uma fração da população da Madison verdadeira. Isso não queria dizer que as construções não fossem firmes. O estilo arquitetônico que se tornara típico das Terras Próximas era caracterizado pela robustez. Os materiais de construção eram baratos nos mundos virgens, o que queria dizer que os edifícios tinham muito mármore e granito e a mobília era feita de madeiras nobres. Um exemplo era a sede da prefeitura, com paredes grossas como as de uma catedral, e as vigas do teto feitas de árvores inteiras cortadas a laser. Por outro lado, havia muitos aparelhos eletrônicos e outros tipos de dispositivos modernos, pequenos e leves, fáceis de importar da Terra Padrão. Por isso, era possível ver cabanas de madeira com painéis solares no telhado.

Entretanto, alguns detalhes lembravam constantemente aos habitantes que não estavam na Terra Padrão. No perímetro da cidade havia um complexo sistema de cercas e valas para impedir o acesso dos animais selvagens mais perigosos. No passado, a migração de uma manada de mamutes-columbianos havia provocado a evacuação às pressas de um bairro dos subúrbios.

Nos primeiros anos após o Dia do Salto, muitos casais como Jack e Tilda Green, com profissões, filhos e dinheiro no banco, tinham começado a encarar os novos mundos como uma ou outra propriedadezinha a ser comprada, lugares onde passar as férias com as crianças em uma casa de campo. Logo descobriram que Madison Oeste 1 era uma mera extensão de Madison Padrão, um aglomerado de residências e escritórios. Os Green chegaram a alugar uma pequena cabana em Oeste 2, mas o lugar logo começou a ficar parecido com um parque temático. Organizado demais, muito próximo de casa. Além disso, todos os terrenos já pertenciam a outras pessoas.

Foi então que descobriram o projeto para ocupar Madison Oeste 5, que seria uma comunidade ecológica de alta tecnologia construída a partir do zero, ao contrário das cidades comuns. Os dois ficaram entusiasmados e investiram parte da poupança para participar do projeto desde o começo. Jack e Tilda tinham contribuído bastante nas etapas finais, ele como engenheiro de programação, trabalhando nos detalhes técnicos, ela como professora de história cultural, ajudando a formular a política de governo e de participação popular. Era uma pena que não pudessem se sustentar com o que ganhavam ali e tivessem de voltar a Madison Padrão para trabalhar em seus empregos antigos.

— Esta é a nossa cidade, mas é apenas "quase perfeita"? — perguntou Jack.

— Isso mesmo. Estamos vivendo um sonho, mas é o sonho de outras pessoas. Quero viver o *nosso* sonho.

— Mas nosso filho é fóbico...

— Não use essa palavra.

— Todo mundo usa, Tilda. Não vamos poder compartilhar nosso sonho com ele.

Ela bebeu um gole de café.

— Temos que pensar no que será melhor para todos nós. Para Katie e Helen, também, além de Rod. Não podemos ficar travados por causa disso. É um momento único, Jack. De acordo com as novas leis de assentamento, o governo está oferecendo propriedades nas novas Terras praticamente de graça. Isso não vai durar muito tempo.

— Fazem isso por motivos estratégicos — resmungou Jack.

A Nova Fronteira: esse era o lema, copiado de um bordão da campanha eleitoral de John F. Kennedy. O governo federal estava estimulando a emigração dos norte-americanos e até de cidadãos de outros países para os Estados Unidos das Terras alternativas, com a condição de que, ao habitarem essas outras Terras, eles estariam sujeitos às leis norte-americanas e pagariam impostos ao governo dos Estados Unidos; para todos os efeitos, eles *seriam* cidadãos norte-americanos.

— O objetivo do governo é assegurar que todas as versões alternativas dos Estados Unidos sejam colonizadas por nós antes de serem invadidas por outros povos.

— Não vejo nada de errado nisso. O mesmo tipo de impulso motivou a expansão para oeste no século XIX. Instintivamente, a maioria dos norte-americanos prefere ir para oeste, embora se trate apenas de uma convenção arbitrária, sem nenhuma relação com os pontos cardeais, enquanto, pelo que tenho ouvido falar, a maioria dos chineses prefere saltar para *leste*...

— Meu Deus do céu, a viagem leva meses. Tudo por uma chance de viver com nossos filhos em uma terra selvagem. O que um engenheiro de programação vai fazer lá, ou mesmo uma professora de história cultural?

A esposa sorriu. Era irritante; Jack sabia que ela não o estava levando a sério.

— Tudo que precisarmos saber, vamos aprender. — Colocou na mesa a xícara de café e o abraçou. — Acho que precisamos fazer isso, Jack. É a nossa chance. A chance da nossa geração. A chance dos nossos filhos.

Nossos filhos, pensou Jack. Todos, a não ser o pobre Rod. Ali estava a esposa, uma das pessoas mais inteligentes que ele conhecia, com a cabeça cheia de idealismo a respeito do futuro dos Estados Unidos e da humanidade, mas, ainda assim, pensando em abandonar o filho. Encostou o rosto no cabelo grisalho da mulher e imaginou se um dia conseguiria entendê-la.

15

Sonhos da Terra Longa, em todo o velho mundo. Alguns sonhos eram novos, e, ao mesmo tempo, muito, muito antigos...

Os amigos estavam sentados perto do carro, no meio do matagal, bebendo cerveja e pensando no mundo em transformação e nos Saltadores que todos haviam fabricado e deixado na areia vermelha. Sobre eles, o céu da Austrália Central estava tão lotado de estrelas que algumas tinham de esperar a vez para cintilar.

Depois de alguns instantes, um deles disse, em tom preocupado:

— Um animal arrancou as entranhas do Jimbo... Ele ficou feito uma canoa cavada na madeira. Sabem disso, não é? Não estou brincando! Um guarda também foi lá e perdeu metade do rosto!

Billy, que não gostava de falar sem pensar um pouco, talvez durante uma semana, disse:

— É coisa séria, cara, como era antes de nossos ancestrais chegarem. Não se lembra do que disse aquele cientista, uma vez? Desenterraram os ossos de animais enormes, *enormes*, por toda parte; grandes pra cacete! Grandões, lerdos, mas com dentes muito, muito grandes! Todos esses mundos novos debaixo do mesmo céu! Nenhum ser humano em nenhum deles, certo? Como era este mundo antes de ser estragado! Imagine o que poderíamos fazer se fôssemos até lá!

Alguém do outro lado da fogueira replicou:

— Pois é, cara, podíamos zoar eles também. Além disso, eu gosto do meu rosto inteiro!

Alguns começaram a rir, mas Albert argumentou:

— Sabem o que aconteceu? Nossos ancestrais mataram todos esses animais e os comeram. Só restaram os animais menores. Não precisamos fazer a mesma coisa, certo? Dizem que esses mundos são muito parecidos com este aqui, a não ser pelo fato de que lá não existem homens, nem mulheres, nem policiais, nem armas, apenas terras e mais terras. A nascente que está aqui é a nascente que está lá, prontinha, à nossa espera!

— A nascente não está aqui. Está a meio quilômetro *naquela direção*.

— Você sabe o que eu quis dizer. Por que não vamos dar uma olhada, galera?

— Acontece que este é o *nosso* país. Este aqui.

Albert se inclinou para a frente, com os olhos brilhando.

— Concordo, mas quer saber de uma coisa? *Os outros também são! Todos eles!* Foi o que os cientistas disseram. Cada pedra, cada rocha, tudo. Juro!

Na manhã seguinte, o pequeno grupo, com uma ligeira ressaca, tirou a sorte para decidir quem iria.

Billy voltou meia hora depois, vomitando, surgindo do nada. Eles o levantaram do chão, deram-lhe água e esperaram. O rapaz abriu os olhos e disse:

— É verdade, mas lá está chovendo muito, galera!

Eles se entreolharam.

Alguém disse:

— Tá, mas e as criaturas de que ouvi falar, que viviam aqui nos velhos tempos? Cangurus com dentões! Dentões enormes! Animais enormes, com garras afiadas!

Houve o silêncio. Então, Albert perguntou:

— Por acaso somos piores que nossos antepassados? Eles enfrentaram aquelas desgraças. Por que não podemos fazer a mesma coisa?

Houve um arrastar de pés.

Finalmente, Albert disse:

— Escutem, amanhã vou para lá e não vou voltar. Quem vai comigo? Está tudo lá, time. Está tudo lá esperando por nós, desde o começo...

No final do dia seguinte, as linhas encantadas tinham começado a se espalhar, enquanto o nunca-nunca começava a se tornar o sempre-sempre, embora, às vezes, os amigos voltassem para beber uma cerveja.

Mais tarde, foram surgindo cidades, se bem que cidades diferentes, e novas formas de viver, uma mistura de passado e presente, enquanto velhos costumes se transformavam gradualmente em novos. A comida era boa, também.

Mais tarde ainda, as pesquisas mostraram que na grande migração pós-Dia do Salto, a proporção de aborígenes australianos que deixaram a Terra Padrão para sempre foi maior que a de qualquer outro grupo étnico do planeta.

16

Trechos do Diário de Helen Green, ~~respitosamente~~ respeitosamente corrigidos por Papai, também conhecido como Sr. J. Green:

> *Esta é a história
> de como a família Green
> atravessou a Terra Longa
> para chegar ao seu novo lar.*

11 de fevereiro de 2016. Viajamos de helicóptero. Legal! Vamos partir de Richmond Oeste 10, estou falando de Richmond, ~~Virgina~~ Virginia, porque é mais fácil começar ao sul de todo aquele gelo dos mundos da Era do Gelo. Voltamos à Terra Padrão e viajamos até Richmond em um helicóptero! Mas tivemos de nos despedir de Rod no aeroporto de Chicago e isso foi triste triste...

O trabalho de Jack Green como engenheiro de programação envolvia viagens constantes, que nos últimos anos vinham se tornando cada vez mais interessantes. Todos preferiam fazer viagens longas, do ponto de vista geográfico, na Terra Padrão, já que ela dispunha de um sofisticado sistema de transporte. Um Saltador podia levar a pessoa a mil mundos diferentes, mas não proporcionava um metro de movimento lateral. Por essa razão, o transporte se tornara um dos poucos setores da economia da Terra Padrão que haviam prosperado na era pós-salto. A Padrão estava começando a parecer, na verdade, a encruzilhada da Terra Longa.

Isso queria dizer que ninguém sabia quem iria encontrar na próxima estação de trem. Exploradores voltando para casa para tratar dos dentes ou comprar um novo jogo de ferramentas de cobre. Hippies com alta tecnologia, trocando leite de cabra por pomada para mastite. Uma vez, Jack viu uma mulher vestida como Pocahontas que carregava um vestido de noiva embrulhado em papel celofane, e havia uma história inteira só naquele sorriso. Pessoas com um novo estilo de vida se cruzavam o tempo todo na Terra Padrão.

No que seria a última viagem para Richmond, Jack e Tilda decidiram presentear as meninas com um voo de helicóptero. Se no futuro teriam de recorrer a carros de boi e canoas, por que não deixá-las usufruir um pouco da alta tecnologia?

Além do mais, era uma forma de distraí-las da cena triste no heliporto, quando todos se despediram de Rod. Meryl, irmã de Tilda, tinha concordado em cuidar do menino, mas não escondia sua desaprovação quanto ao modo como a família estava se separando. Rod, com apenas 13 anos, parecia alheio. Jack suspeitou que todos se sentiram aliviados quando o helicóptero finalmente decolou; ele viu o pequeno rosto voltado para cima, o cabelo loiro-avermelhado curtinho muito parecido com o da mãe, e logo estavam a caminho, com as meninas gritando de alegria.

A principal fonte de renda de Richmond Oeste 10 eram as pessoas que estavam ali de passagem para cópias mais distantes da parte leste dos Estados Unidos, como os membros da Companhia de Tilda. Jack não sabia o que esperar.

Ele se viu em uma rua de terra de uma cidade em que as casas eram feitas de troncos, tábuas e até placas de grama. Cartazes pintados à mão anunciavam que, entre as construções da rua principal, havia igrejas, bancos, pousadas, hotéis, e lojas que vendiam alimentos, roupas e outras necessidades dos que iniciavam ali sua jornada. A bandeira dos Estados Unidos tremulava em postes e no alto dos telhados, intercaladas com poucas bandeiras sulistas da Confederação. O lugar estava apinhado de gente. Alguns recém-chegados limpinhos usavam roupas feitas de tecidos artificiais de cores vivas, mas a maioria vestia-se no estilo rústico "fronteiriço": calças e camisas gastas e remendadas, casacos e mantos de couro cortado à mão. Era praticamente uma imitação do tempo em que a Richmond da Terra Padrão era um entreposto de peles, couros e tabaco, na margem de um continente vazio.

Parecia o cenário de um filme antigo de faroeste. Jack se sentiu deslocado. Esfregou o estômago, lutando contra a náusea.

A Pousada Mármore da Pradaria tinha sido batizada com o nome do material usado para construí-la: "mármore da pradaria", placas de grama e solo sustentadas por uma armação de madeira. Era sombria e úmida, mas espaçosa, e estava quase lotada. A mulher atrás do balcão informou que o resto do grupo estava reunido no "salão de baile", que era um celeiro com móveis toscos de madeira e um tapete velho. Lá dentro devia haver quase cem pessoas, a maioria adultos, mas havia também algumas crianças e bebês. Um homem estava falando: era um tipo extrovertido, com uma juba espetacular de cabelo loiro-acinzentado. Ele fazia um discurso a respeito da necessidade de escalas de trabalho. Alguns dos presentes se voltaram para os recém-chegados, com ar desconfiado e um meio sorriso.

Tilda sorriu de volta.

— A maioria teve contato comigo pela internet quando combinamos esta viagem, mas não conheço ninguém pessoalmente...

Essas, pensou Jack, podem ser as pessoas com as quais vamos passar o resto da vida. Completos estranhos. Jack deixara tudo por conta de Tilda, mas sabia que não era fácil organizar uma Companhia. Era preciso dispor de capitães profissionais para liderarem o grupo, além de batedores, guias, carregadores; eles eram relativamente fáceis de encontrar e contratar. O mais importante, porém, eram as pessoas que iriam viver juntas a centenas de milhares de mundos de distância da Terra Padrão. Era preciso escolher tipos complementares: alfaiates, carpinteiros, tanoeiros, ferreiros, operadores de moinhos, produtores de rodas, tecelões, fabricantes de móveis. Médicos, claro, e um dentista, se fosse possível. Depois de ser recusada por algumas Companhias, Tilda tinha decidido se reinventar e se apresentar como professora e historiadora. Jack se candidatou na condição de lavrador — considerava-se fisicamente apto para os trabalhos de campo — com alguns conhecimentos de medicina.

Ele ficou surpreso ao constatar, depois de dar uma primeira olhada nos novos companheiros, que eram todos muito parecidos com ele e Tilda. Havia uma variedade de etnias, mas todos pareciam prósperos, sérios, um pouco apreensivos — pessoas de classe média prestes a enfrentar o desconhecido. Esse era o perfil dos pioneiros da Terra Longa, o mesmo, de acordo com Tilda, dos pioneiros que haviam desbravado o Velho Oeste. Os muito ricos não estavam dispostos a abrir mão do conforto de que desfrutavam na Terra Padrão, enquanto os muito pobres não tinham recursos suficientes para uma viagem organizada como aquela. Assim, era a classe média que rumava para o oeste selvagem, especialmente aqueles que passavam por dificuldades financeiras.

Ele ficou sabendo que o falastrão se chamava Reese Henry, havia trabalhado como vendedor e estudara técnicas de sobrevivência nas horas vagas. Ele já não estava discursando a respeito de escalas de serviço para limpar os banheiros.

— Uma vez mais, jovens americanos vão experimentar a vida no campo e vão conhecer lugares em que não existem lâmpadas nas ruas, em que não há um policial do outro lado de uma ligação telefônica. Urbanizados, conectados, civilizados, mimados, enfeitados... e agora mergulhados na natureza selvagem. Senhoras e senhores — concluiu, com um sorriso —, bem-vindos de volta à realidade!

17

O DONO DA ÚNICA LIVRARIA de Richmond Oeste 10 vibrava de contentamento cada vez que vendia um livro aos pioneiros que passavam pela cidade. Livros, impressos em papel de verdade! Fabricado com a polpa de árvores de verdade! Informações que, caso os volumes fossem bem conservados, poderiam durar milhares de anos! E funcionavam sem baterias. Deviam ser anunciados em toda parte, pensou.

Pela vontade de Humphrey Llewellyn III, todos os livros jamais escritos deviam ter sido ser preservados, pelo menos um exemplar com capa de pele de carneiro e ilustrado por monges (ou especificamente por freiras nuas, para atender a uma preferência pessoal). Agora, pensava, tinha chegado o momento de reviver o amor da humanidade pelos livros. Ele estava radiante. Ainda não havia equipamentos eletrônicos nos mundos para onde estavam indo os pioneiros, havia? Onde estava a internet? Ha! Onde estava o Google? Onde estava o velho Kindle de sua mãe? Onde estava seu iPad 25? Onde estava a "Wikitédio"? (Ele usava sempre esse nome para mostrar o desprezo que sentia, com a maior cara de pau; poucos pareciam notar.) Todos mortos, infiéis! Todos aqueles brinquedos sofisticados guardados no fundo de gavetas, com as telas apagadas como os olhos de cadáveres.

Os livros — ah, sim, livros de verdade — vendiam como nunca. Nos mundos remotos da Terra Longa, a humanidade estava começando de novo a partir da Idade da Pedra. Precisava recuperar habilidades perdidas. Precisava saber o que podia comer e o que não podia. Precisava saber construir uma fossa e adubar os campos com fezes humanas e animais nas proporções corretas. Precisava saber cavar poços artesianos. Fazer sapatos! Ah, sim, tinha de descobrir minério de ferro, mas também fabricar lápis e tinta. Assim, as prensas de Humphrey não paravam de funcionar, imprimindo mapas geográficos e geológicos, livros e almanaques, devolvendo à página impressa os conhecimentos que tinham sido praticamente pedidos para os meios digitais.

Humphrey acariciou a capa de couro de um livro. Ah, mais cedo ou mais tarde todo o conhecimento voltaria a ser confiado precariamente à eletricidade. No momento, porém, os livros, que tinham esperado com paciência durante tanto tempo, estavam de volta.

Em outro local de Richmond Oeste 10, havia uma espécie de feira de empregos, onde as Companhias procuravam encontrar recrutas para ocupar as vagas restantes. Franklin Tallyman abriu caminho na multidão, segurando um cartaz acima da cabeça. Era um dia quente e ele estava com muita sede.

Logo foi abordado por um pequeno grupo liderado por um homem de meia-idade.

— Estou falando com o Sr. Tallyman, o ferreiro? Vimos seu currículo na Pousada Mármore da Pradaria.

Franklin assentiu.

— Sim, sou eu.

— Estamos tentando completar nossa Companhia — disse o homem, estendendo a mão. — Meu nome é Green, Jack Green. Este aqui é o Sr. Batson, nosso capitão. Tallyman... É um sobrenome do Caribe, não é?

— Não, senhor, embora, se não me engano, seja usado no Caribe para designar uma profissão. Eu posso estar errado; nunca fui ao Caribe. Nasci em Birmingham. Birmingham da Inglaterra, não Birmingham do Alabama. A original e melhor.

Os outros não tiveram nenhuma reação.

— Então vocês viram meu currículo?

Uma mulher perguntou, com ar ansioso:

— Você realmente pode fazer tudo que diz? Fabricar bronze? Ainda existe quem faça isso?

— Sim, senhora. Passei quatro anos em Oeste 1 como aprendiz de um ferreiro muito experiente. Quanto ao ferro, tudo de que preciso é o minério. Posso montar uma forja completa, com fornalha e tudo. Também sou um eletricista razoável; o suficiente para eletrificar a colônia de vocês usando uma roda d'água. Além disso, entendo um pouco de armas; posso fabricar um mosquete decente... não poderia competir com um rifle moderno, mas serviria para caçar.

"Estou interessado em um contrato de três anos. De acordo com a lei, poderei requerer cidadania americana no final do terceiro ano. A essa altura, não precisarão mais de mim."

Franklin tirou um caderno de notas do bolso, abriu-o e mostrou uma página;

— *Isto* é o que vocês vão me pagar, por favor.

Os futuros colonizadores da Nova Fronteira ficaram sem fala por alguns instantes. Finalmente, Green perguntou:

— Isto é negociável?

— Só se for para cima. Vocês podem fazer um depósito no Banco dos Pioneiros. Ah, se quiserem que eu treine um aprendiz, vão ter que pagar um pouco mais.

Franklin sorriu e ficou olhando para o grupo, que parecia indeciso. Não era hora de se fazer de difícil. Eles pareciam pessoas decentes em busca de um lugar no qual pudessem confiar nos vizinhos, em um mundo em que o ar fosse limpo, em que pudessem começar de novo em busca de um futuro melhor. Aquele era o sonho, aquele *sempre* tinha sido o sonho. Até as crianças pareciam animadas.

— Escute, Sr. Green, eu também fiz meu dever de casa. Li o prospecto da Companhia de vocês e pude constatar que não faltou planejamento. Já têm um médico, um carpinteiro e um químico. Gosto de como trabalham. A proposta de vocês não seria a única de hoje, mas vocês parecem ter firmeza, com a cabeça no lugar. Se me quiserem, estou com vocês. Vamos fechar negócio?

Fecharam negócio.

Naquela noite, Franklin arrumou as malas e a caixa de ferramentas não ferrosas para a viagem. Agora tudo que tinha a fazer era manter o segredo durante toda a jornada, e *isso* significava que ele não podia se descuidar e acabar saltando sem colocar uma batata no Saltador.

Ele tinha ouvido falar de saltadores naturais na internet. Por isso, quando estava em Oeste 1, movido por um súbito impulso, tentara saltar com a batata fora da caixa, ou seja, com uma caixa sem energia. Para sua surpresa, conseguira executar o salto. Estranhamente, ainda precisava da caixa, porque só conseguia saltar quando ouvia o estalido da chave. Era muito estranho.

Sim, tinha ouvido falar de pessoas como ele. Algumas dessas pessoas haviam sido espancadas, como se fossem aberrações, como se não fosse certo fazer o que faziam. Por isso, tinha o cuidado de manter sempre a batata no lugar, de fingir que estava enjoado e todo o resto. Não era tão difícil, depois que se adquiria o hábito.

Com o tempo, começou a imaginar se haveria outras pessoas que, como ele, estavam fingindo.

Franklin dormiu bem naquela noite, sonhando com forjas e colinas distantes.

18

Dia Três *(desde Richmond Oeste 10)*
Já se passaram três dias! O capitão Batson disse que vamos precisar de uns cem dias para atravessar o Cinturão de Gelo. Depois, vamos levar alguns meses para atravessar o Cinturão de Minas, que eu não sei o que é. Temos de chegar ao nosso destino antes do inverno. O inverno acontece na mesma época em todos os mundos.

Todo dia estamos dando mais ou menos um salto por minuto durante seis horas. Tomamos comprimidos para combater o enjoo, mas mesmo assim é muito cansativo. Procuramos escolher lugares em que o nível do chão não muda muito de mundo para mundo. Se você salta para um mundo em que o solo é mais baixo, pode levar um tombo, e é impossível saltar para um mundo em que o solo fica acima do tornozelo. É chocante ver duzentas pessoas, carregadas de bagagem, desaparecerem de repente e tornarem a aparecer em outro mundo, muitas vezes por dia.

Sinto falta da internet.

Sinto falta do meu telefone!!!

Sinto falta da escola. Quer dizer, de alguns colegas que eu tinha nela. Nem todo mundo.

Sinto falta do Rod. Mesmo sendo esquisito como ele é.

Sinto falta de ser líder de torcida.

Papai disse que eu devo falar das coisas que estou gostando, também, se não os netos dele não vão gostar de ler este diário. Netos?! Espero que um dia ele tenha netos.

* * *

Dia Cinco
Eu adoro acampar!
Acampamos algumas vezes em Oeste 5, e eu também acampei quando estava estudando coisas de pioneiro, mas aqui é muito mais legal.
Depois de alguns dias, ficamos amigos de uma família chamada Doak. Eles têm quatro filhos, dois meninos e duas meninas. Disseram que eu podia ficar com as duas meninas, que se chamam Betty e Marge, e é como se eu dormisse fora toda noite!
Aprendi a fazer uma fogueira! Tenho um vidro para acender o fogo e sei sobre combustível, como acender e que madeira queima bem. Posso encontrar sozinha coisas de comer: ervas, raízes e cogumelos. Sei também que se pode comer sementes e frutas, mas não estamos na estação. Posso fazer uma vara de pescar com uma linha velha ou até com talos de urtiga. Sei até onde achar peixes. Legal.
Hoje o Sr. Henry nos ensinou a fazer uma armadilha para trutas no rio. É preciso colocar um tipo de cercado no rio, e os peixes entram e não conseguem mais sair. O Sr. Henry ri quando mata os peixes com uma paulada, mas eu tenho vontade de chorar. O Sr. Henry diz que As Crianças Precisam Aprender.
Marge Doak já foi líder de torcida! Praticamos algumas coreografias.

Dia Oito
Ontem nós chegamos a uma barreira de gelo.
Estamos seguindo uma trilha. Tem pilhas de pedras para marcar o caminho e postes com o número do mundo em que estamos, como se fossem sinais em uma estrada. Às vezes também achamos depósitos de suprimentos e caixinhas em que qualquer um pode deixar mensagens para Leste ou para Oeste.
Como eu estava dizendo, ontem a gente chegou a um cartaz que dizia gelo à frente. No primeiro ou no segundo dia passamos por uns poucos mundos que estavam na Era do Gelo, mas era só um ou outro de cada vez, então dava para passar rapidamente por eles. Dessa vez havia um monte de mundos gelados pela frente. Os carregadores distribuíram casacos de pele, calças de lã e máscaras de esquiador. Hoje de manhã, o capitão Batson fez todos nós nos amarrarmos com cordas em grupos de

oito ou de dez e explicou que os bebês tinham que ficar bem enrolados nas trouxinhas, sem nenhum dedo do pé ou da mão para fora.

Nós saltamos e o dia estava lindo; não havia uma nuvem no céu e eu não vi muito gelo, mas a terra estava tão gelada que parecia pedra. E o frio me pegou, parecendo agulhinhas espetando meu rosto.

Continuamos a saltar, de novo e de novo. Mais mundos gelados. Às vezes estava nevando, ou numa nevasca. Outras vezes, fazia menos frio, e nesse caso havia lama no chão e as marcas dos nossos pés ficavam gravadas e havia umas estranhas árvores anãs até onde dava para enxergar, além de muitos mosquitos! Eu vi um veado enorme, com chifres que pareciam um candelabro (papai me ensinou como se escreve). Ben Doak disse que viu um mamute peludo, mas ninguém acredita no que ele diz.

Foi por isso que tivemos que vir para o sul, para Richmond, antes de saltar para oeste. Como a Terra Padrão fica no meio do Cinturão de Gelo, formado por um monte de mundos que estão na Era do Gelo, viajamos para mais perto do equador para podermos saltar. Mesmo assim, bem longe das calotas polares, esses mundos são muito frios.

Algumas pessoas do nosso grupo resolveram voltar depois da primeira noite no frio. Disseram que não tinham sido avisadas de que ia fazer muito frio, o que não é verdade. Acho que elas não tinham prestado atenção.

Dia Vinte e Cinco

De noite nós temos que nos espremer em tendinhas. Não me sinto muito à vontade. Afinal, as meninas são quase estranhas. Marge Doak é legal, mas Betty vive palitando os dentes. Além disso, ela ronca.

Mamãe teve uma discussão com o Sr. Henry, que acha que cozinhar e lavar roupa deve ficar por conta das mulheres! O capitão Batson disse que o Sr. Henry não manda em ninguém. Papai comentou que ele não teve coragem de dizer isso na frente do Sr. Henry.

Que confusão!

Dia Quarenta e Três

Às vezes eu me esqueço de escrever as coisas no diário. Ando muito cansada. Tanta coisa acontecendo.

No meio dos mundos gelados aparecem de vez em quando mundos parecidos com a Terra Padrão, mundos "interglaciais" (papai me ensinou como se escreve). Os mundos interglaciais estão cheios de animais. Eu vi as manadonas de cavalos, vacas engraçadas, antílopes e camelos. Camelos! Papai disse que animais como aqueles provavelmente existiam na América da Terra Padrão antes da chegada das pessoas. Lobos. Coiotes. Alces. Maçaricos. Ursos! O capitão Batson diz que ursos cinzentos podem estar escondidos nas florestas e por isso não devemos ir até lá. Cobras por toda parte, precisamos tomar cuidado para não pisar em uma delas. Corvos, urubus, corujas. De dia os passarinhos cantam, e de noite os sapos coaxam e os mosquitos zumbem, se existe água por perto. Às vezes os homens caçam coelhos, patos e até antílopes.

Também vi tatus! Muito maiores que os do jardim zoológico. Papai disse que eles devem ter vindo da América do Sul, onde surgiram. Aparentemente as pessoas viram macacos, na América. Às vezes os continentes se juntam e os animais passam de um continente para outro, mas isso não acontece em todos os mundos, ninguém sabe por quê. Ninguém tem um mapa desses mundos.

Em alguns mundos não existem árvores e temos que usar cocô de búfalo para fazer fogueiras. *Cocô!!* Queima bem, mas você pode imaginar o cheiro, querida.

Também existem os mundos malucos, em que só existe cinza, ou areia, ou outra coisa qualquer. Mundos isolados. Quando são perigosos, há um aviso no mundo anterior e temos que usar chapéu ou cobrir a boca com um pano antes de saltar. O capitão Batson chama esses mundos de curingas.

Às vezes passamos por mundos que já foram habitados. São mundos feios, com cabanas em ruínas e tendas queimadas. Até mesmo cruzes fincadas no chão. Na Terra Longa, nem sempre as coisas dão certo, como costuma dizer o Sr. Batson.

Dia Sessenta e Sete

Ben Doak está doente. Ele bebeu água em uma nascente que não tinha sido testada. Às vezes elas são contaminadas por xixi de búfalo. Eles o encheram de antibióticos. Tomara que ele fique bem. Algumas pessoas do nosso grupo já adoeceram antes, mas até agora ninguém morreu.

Mais algumas pessoas resolveram voltar. O capitão Batson está tentando convencê-los a ficar, e o Sr. Henry faz pouco caso deles e diz que são covardes. Não acho que seja covardia admitir que você se enganou. Na verdade, se quer saber, acho que é uma prova de coragem.

Devemos parecer muito estranhos para os animais que vivem aqui e provavelmente nunca viram um ser humano. Que direito a gente tem de passar por aqui e bagunçar tudo?

Dia Cento e Dois

Saímos do Cinturão de Gelo com apenas dois dias de atraso!

É engraçado pensar que atravessamos 36 mil mundos, mas cobrimos uma distância de apenas alguns quilômetros. Nesta terra vai ser diferente. Temos que viajar algumas centenas de quilômetros para o norte, até o estado de Nova York. Depois, vamos saltar por mais uns sessenta mil mundos até chegarmos à Terra onde vamos morar.

Pensei que teríamos que ir a pé. Não! Existe uma cidade aqui, uma cidade pequena, que é mais um posto de troca. Aqui podemos trocar os equipamentos que usamos para atravessar o Cinturão de Gelo por coisas mais apropriadas para o Cinturão das Minas.

Encontramos uma frota inteira de carroças à nossa espera! Grandes carroças cobertas que o papai chama de Conestogas. Elas parecem barcos com rodas, puxados por cavalos. Cavalos esquisitos, mas ninguém pode dizer que não são cavalos. Existe uma fundição aqui para fazer todas as peças de ferro de que vamos precisar e as carroças têm rodas com pneus parecidos com pneus de automóvel. Quando vimos as carroças, batemos palmas! Conestogas! Deve ser tão divertido quanto andar de helicóptero!

Dia Cento e Noventa e Nove

Estamos na Terra Oeste Setenta Mil e Pouco, como diria o papai. Estou escrevendo de manhã cedo, antes de continuarmos a viagem. Na noite passada, os adultos ficaram acordados até tarde, discutindo quem iria fazer os trabalhos domésticos. Quando eles estão discutindo nas reuniões, nós, crianças, podemos sair um pouco e fazer o que quisermos.

Não que a gente esteja a fim de fazer alguma coisa errada. Pelo menos, a maioria das vezes. A maioria das vezes nós

(Pausa para pensar. Procurando a palavra certa.)

observamos. É isso. Nós observamos. Papai diz que estamos todos virando zumbis porque não há nada para fazer, a não ser trabalhos domésticos. Não é bem assim. Nós observamos, não há nada para nos distrair. É por isso que ficamos quietos. Não porque nossos cérebros estão virando geleia. Porque observamos. Vemos coisas que os adultos não veem.

Alguns animais e plantas *muito* estranhos, que não se encaixam em nenhum livro sobre evolução que eu conheça.

Os Mundos Curingas, no meio daqueles mundos áridos, monótonos, do Cinturão das Minas. Os adultos pensam que são mundos mortos, mas não é bem assim. Pode apostar.

Para não falar dos Cinzas.

Nós os chamamos assim, apesar de terem pelo laranja. Parecem criancinhas peludas, mas olhando de perto e vendo o que eles têm na virilha, dá pra ver que não são crianças. Têm olhos enormes, como os alienígenas das histórias em quadrinhos. Aparecem no nosso acampamento e de repente desaparecem no ar. Saltando, claro.

Animais que sabem saltar!

A Terra Longa é ainda mais estranha do que todos pensavam. Até mesmo o papai. Até mesmo o capitão Batson. Até mesmo o Sr. Henry.

Especialmente o Sr. Henry.

Dia Oitenta e Um

Estamos em novembro? Papai deve saber.

Chegamos!

Chegamos à Terra Oeste 100.000! A Boa e Velha Cem K, como nós, pioneiros, gostamos de chamar esta Terra, que marca o início do Cinturão do Milho.

A Boa Velha Cem K tem uma *loja de lembranças*, onde podemos comprar camisas e canecas onde está escrito "Saltei até a Boa e Velha Cem K". Acontece que a etiqueta diz *Made in China*!

Os mundos mudaram um pouco ultimamente. São mais verdes. Mais úmidos. Os animais são diferentes. O mais importante é que têm *árvores*. Árvores, madeira, é disso que precisamos, mais que tudo, para construir uma colônia, com uma cidade e todo o resto. Foi por isso que precisamos vir tão longe. Não havia árvores suficientes no Cinturão das Minas. Aqui existem estepes, chuvas e árvores; uma Terra boa para plantar. Ninguém sabe até onde vai o Cinturão do Milho. Espaço à vontade, e tudo indica que não será ocupado tão cedo.

Seja como for, agora estamos aqui. Para provar que este mundo é fértil, eles têm alguns terrenos logo atrás da loja de lembranças onde há pés de milho e ovelhas pastando, como na Terra Padrão. Ovelhas! Papai disse que elas são descendentes dos cordeirinhos que foram trazidos para cá da Terra Padrão nos braços de pessoas que saltavam, porque não existem ovelhas nativas na América do Norte em nenhum dos mundos já visitados.

Fizeram um grande *auê* por causa de nós, as crianças. Eles nos ofereceram uma bebida local, cerveja com limonada e sementes; é a coisa mais deliciosa que já provei. Perguntaram muitas coisas sobre a Terra Padrão e as Terras Próximas. Nós falamos e nos exibimos, contamos da nossa história, da nossa viagem. Todo ano é um pouco diferente, parece.

Uma mulher inglesa, que se apresentou como Hermione Dawes, escreveu nossa história em uma espécie de livro de registros, que tirou de uma estante cheia de outros livros parecidos. A Sra. Dawes contou que sua vocação era escrever e que estava muito feliz ali, com muitas histórias reais para anotar. Provavelmente vai passar a vida escrevendo as histórias das pessoas que estão aqui de passagem! As pessoas são estranhas... Se ela está satisfeita com essa vida, tudo bem. Parece que é casada com uma vaqueira.

Fizemos compras! Que chique.

Enquanto isso, os adultos tiveram que ir registrar nossas propriedades. Existe um funcionário de governo dos Estados Unidos que troca de tempo em tempo, que fica aqui para examinar os títulos das terras que compramos na Terra Padrão antes de partir. Todos comparamos formulários de concessão para decidir aonde ir. Quando fomos fazer isso, os adultos escolheram uma Terra ao acaso: Oeste 101.753. Só uma semana de viagem. Nós nos preparamos para partir: os Doak, Harry Bergreen e seu violino, oba, e Melissa Harris, certo, e Reese Henry, quando menos falar dele, melhor. Cem pessoas, ao todo.

Começamos a última parte da nossa viagem. Saltamos e acampamos com uma disciplina que deixaria o capitão Batson orgulhoso. Se bem que a Sra. Harris continuou sem fazer sua parte na lavagem de roupa.

Uma semana depois, quando chegamos a 101.753, estava chovendo. Olhamos um para outros, nos demos as mãos e saltamos mais uma vez, em busca da luz do sol.

Foi assim que escolhemos um mundo diferente no último momento. Porque estava fazendo sol quando chegamos lá! Poderia haver montanhas de diamante na Austrália da Terra 101.753 e nunca ficaríamos sabendo. Não tinha importância. Terra Oeste 101.754: *nossa* Terra. Estamos em casa!

19

NA PRIMEIRA TARDE, o *Mark Twain* saltou de novo e de novo, cada transição fazendo Joshua sentir um frio na espinha. A frequência de saltos aumentava aos poucos enquanto Lobsang explorava as capacidades de seu dirigível. Joshua podia contar os mundos que passavam usando um dos pequenos monitores que Lobsang chamava de terrômetros, embutidos nas paredes de todos os camarotes. Joshua viu que havia dígitos suficientes para contar aos milhões.

Enquanto saltava, a nave também se movia lateralmente, rumando para oeste na Eurásia. Os monitores mostravam um pequeno mapa, de modo que Joshua podia acompanhar o curso do dirigível; a posição era determinada a partir da observação das estrelas, mas a distribuição das terras que atravessavam, naqueles mundos ainda inexplorados, era baseada no chutômetro.

No convés de observação, sentado em frente a Joshua, Lobsang sorriu seu sorriso de plástico. Cada um segurava uma xícara de café — Lobsang bebericava do seu também, e Joshua imaginou um tanque na barriga do outro recebendo o líquido.

— Que está achando da viagem? — perguntou Lobsang.

— Tudo bem, por enquanto.

Na verdade, tudo ótimo. Como sempre acontecia quando Joshua deixava para trás a Terra Padrão, a sensação de confinamento logo desaparecera; uma pressão da qual não tivera consciência na infância, até ver-se livre dela. Era a pressão de um mundo cheio de outras mentes, suspeitava, a pressão de um mundo cheio de consciências humanas.

Joshua parecia ser dotado de uma sensibilidade excessiva; mesmo nos mundos remotos da Terra Longa, ele sempre percebia a chegada de novas pessoas ao planeta, mesmo um pequeno grupo. Não havia discutido com ninguém, a não ser a Irmã Agnes, aquela estranha capacidade — ou incapacidade — quase telepática, nem mesmo com a oficial Jansson, e não estava disposto a comentar o assunto com Lobsang. Entretanto, a sensação de alívio era real. Isso, a presença do Silêncio, como a de uma mente distante, vagamente percebida, como o dobrar de um sino gigante em uma montanha longínqua... ou melhor, a presença do Silêncio quando Lobsang não estava falando, o que não se aplicava à presente situação.

— Vamos seguir aproximadamente a linha de latitude ao oeste. Podemos viajar numa velocidade de cinquenta quilômetros por hora sem problemas. Não há pressa; estamos aqui para explorar. Devemos chegar à costa dos Estados Unidos em algumas semanas...

O rosto de Lobsang não parecia muito real, pensou Joshua, como se fosse um efeito especial que deixava algo a desejar. Mesmo assim, naquela nave fantástica, naquela realização dos sonhos ambiciosos do outro, Joshua sentiu uma estranha afeição por ele.

— Sabe, Lobsang, dei uma olhada na sua história quando voltei para a Casa depois daquela entrevista no transEarth. As pessoas estavam dizendo que a coisa mais inteligente que um supercomputador poderia fazer no momento em que é ligado seria assegurar que ninguém pudesse desligá-lo. E a história do tibetano reencarnado foi inventada para garantir que ninguém se atreveria a desligá-lo. Nós todos conversamos a respeito, e a Irmã Agnes disse que, bem, se um computador tem medo de ser desligado, significa que ele tem consciência e, portanto, tem uma alma. Sei que o Papa mais tarde declarou o oposto, mas sempre apoio a Irmã Agnes contra o Vaticano.

— Talvez um dia você possa me apresentar à Irmã Agnes — disse Lobsang, depois de alguns instantes. — Entendo o que está dizendo. Obrigado, Joshua.

Joshua hesitou.

— Já que está me agradecendo, talvez possa responder a uma pergunta. Esse que está à minha frente é *você*, Lobsang? Ou você está na Terra Padrão, em algum prédio do MIT? Essa pergunta faz sentido?

— Ah, claro que faz. Joshua, na Terra Padrão eu estou distribuído em vários módulos de memória e bancos de processadores. Faço isso em parte por questão de segurança e em parte para aumentar a eficiência do acesso aos bancos de dados e do processamento global. Eu poderia dizer que meu *eu* está distribuído por vários centros, por vários focos de consciência.

"Mas acontece que sou humano, sou Lobsang. Eu me lembro de como era olhar para fora de uma caverna de osso, por um único foco de consciência. E é assim que me mantenho até hoje. Só existe um eu, Joshua, apenas um Lobsang, embora eu tenha memórias de reserva armazenadas em vários mundos. É esse 'eu' que está com você nesta jornada. Estou totalmente dedicado a esta missão. A propósito: quando ocupo esta unidade ambulante, ela também se torna parte de mim, embora uma parte de mim continue independente na nave para permitir que eu a pilote. Se eu sofrer algum acidente e parar de funcionar, uma cópia reserva na Terra Padrão será ativada e sincronizada com o que restar dos bancos de memória a bordo desta nave. Entretanto, seria outro Lobsang; ele se lembraria de mim, não seria mais *eu*... Espero que tenha sido claro."

Joshua refletiu um pouco.

— Ainda bem que sou um ser humano comum.

— Bem, mais ou menos, no seu caso — retrucou Lobsang. — Mudando de assunto, logo depois de começarmos a viagem, entreguei às autoridades meu relatório a respeito daquela malfadada expedição. Para garantir, enviei cópias aos órgãos da imprensa em que confio, como o *Fortean Times*, que tem publicado muitos artigos sobre o fenômeno da Terra Longa. Pode consultar os números atrasados na tela do seu camarote... Está feito. Trato é trato.

— Obrigado, Lobsang.

— De modo que estamos aqui, em nossa pequena viagem! A propósito: não fique assustado se a cafeteira falar com você; é uma versão beta de um modelo inteligente desenvolvido por um de nossos programadores. Outra coisa: você gosta de gatos?

— Sou alérgico aos pelos.

— Não terá esse problema com Shi-mi.

— Shi-mi?
— Outra criação do transEarth. Você viu o tamanho desta gôndola; está cheia de lugares de difícil acesso, e os ratos podem se tornar um problema. Não seria difícil para eles subir pelos cabos de amarração quando pousarmos. A última coisa que queremos é um rato roendo nossos fios elétricos. É aí que entra Shi-mi. Venha cá, *gatim gatim gatim*...

Um gato se aproximou. Era ágil, silencioso, quase convincente, embora tivesse uma luz de LED em cada olho verde.

— Posso te garantir que ela...
— Ela, Lobsang?
— Ela foi programada para produzir um ronronar especialmente agradável aos ouvidos humanos. Dispõe de visão infravermelha para caçar ratos e tem uma excelente audição. Pode atordoar o animal com um choque de baixa intensidade, engoli-lo para um estômago que dispõe de um pequeno suprimento de água e comida e depois transferi-lo para um viveiro, onde será mantido até podermos soltá-los em um ambiente apropriado.
— Muito trabalho por causa de um ratinho.
— É a forma budista de agir. Este protótipo é limpo e higiênico, não machuca a presa e, de forma geral, faz a maioria das coisas que se espera de um gato doméstico, exceto cagar nos seus fones caros... o que, ao que me consta, é uma queixa comum dos donos de gatos. Ah, ela foi programada para dormir na sua cama, mas você pode mudar isso, se quiser.
— Um gato robô em uma nave robô?
— As vantagens são muitas. Shi-mi tem um cérebro de gel, como o meu cérebro ambulante, e é muito mais esperta que um gato comum. Além disso, o pelo é sintético. Nada de alergias, eu garant...

De repente, pararam de saltar, e Joshua sentiu um estranho solavanco, como se estivesse sendo arremessado para a frente. Uma luz inundou o convés. Joshua olhou pela janela. Estavam em um mundo ensolarado. Ensolarado, mas coberto de gelo.

— Por que paramos?
— Olhe para baixo. Há um binóculo no armário.

Visto de binóculo, um pequeno ponto colorido na vastidão branca se transformou em uma tenda laranja, perto da qual se moviam duas pessoas usando pesados agasalhos. Uma perfuratriz portátil tinha sido montada no gelo, e uma bandeira dos Estados Unidos pendia de um mastro.

— São cientistas?

— Um grupo de universitários de Rhode Island. Vieram estudar a biota, colher amostras de gelo etc. Estou registrando todos os traços de presença humana que consigo detectar. Esperava encontrá-los, embora tenham viajado alguns mundos além do que pretendiam inicialmente.

— Mesmo assim, conseguiu localizá-los.

— Sou quase onisciente, Joshua.

Joshua, olhando para baixo, não sabia ao certo se os universitários tinham notado a presença do dirigível; uma baleia subitamente flutuando acima deles.

— Vamos descer?

— Não está nos meus planos. Poderíamos falar com eles sem pousar, mas nem isso é necessário. Temos vários equipamentos de comunicações a bordo, desde rádios de ondas médias e curtas que nos permitem transmitir e receber de qualquer lugar de um mundo até... meios mais simples. Um heliógrafo da Marinha. Um alto-falante.

— Um alto-falante! Lobsang, uma voz trovejando do céu como a de Jeová.

— O instrumento é para fins eminentemente práticos, Joshua. Nem toda ação precisa ter um significado simbólico.

— Toda ação humana tem um significado simbólico. Você é humano, não é, Lobsang?

Lobsang reiniciou os saltos sem avisar, fazendo a nave dar um leve solavanco. O acampamento desapareceu, e novos mundos desfilaram por eles.

Depois da primeira noite no dirigível, Joshua acordou cheio de energia. A nave se deslocava suavemente, e o som dos mecanismos de bordo era como o ronronar de um felino. Joshua logo descobriu que o ronronar *era* coisa da gata, naquele momento aninhada nas suas pernas. Quando ele se mexeu, ela se levantou com elegância, espreguiçou-se e pulou da cama.

Movido pelos roncos do estômago, Joshua foi investigar a cozinha.

Nos últimos tempos, fora fácil para ele arranjar comida boa nos outros mundos; os pioneiros meio que gostavam de vê-lo por perto e tratavam-no como uma espécie de mascote da sorte. E havia sempre um prato à sua disposição nas casas de passagem, as pousadas dos viajantes que estavam se tornando cada vez mais comuns nas Terras Próximas. Por outro lado, como a Irmã Agnes costumava dizer, não se deve viver à custa dos outros, de modo que sempre levava consigo um veado recém-abatido ou algumas aves. Como os pioneiros de primeira viagem gostavam de carne fresca, mas ficavam chocados com a visão de Bambi esquartejado, Joshua se demorava um pouco para disfarçar sua presa. Em geral viajava com farinha de trigo e uma cesta de ovos, contanto que tivesse uma cesta para carregar os ovos.

Como pôde constatar, a cozinha do dirigível estava mais abastecida que qualquer casa de passagem. Havia um freezer com uma quantidade generosa de bacon e ovos e um armário com sacos de sal e pimenta. O conteúdo do armário deixou Joshua impressionado: em muitos mundos, um punhado de sal valia um jantar e uma cama, e a pimenta era ainda mais valiosa. Joshua começou a fritar o bacon.

A voz de Lobsang o assustou.

— Bom dia, Joshua. Dormiu bem?

Joshua virou o bacon e respondeu:

— Nem me lembro de ter sonhado. É como se estivéssemos parados. Onde estamos no momento?

— A mais de quinze mil saltos de distância de casa. Diminuí temporariamente o ritmo dos saltos para você ter mais conforto enquanto come. Estamos voando a novecentos metros de altitude, descendo ocasionalmente quando os sensores revelam algo interessante. Em muitos dos mundos pelos quais estamos passando está fazendo uma manhã ensolarada, com um pouco de orvalho na vegetação, de modo que sugiro que você termine o desjejum e desça para o convés de observação para apreciar a vista. A propósito, há vários sacos de Muesli na despensa; tenho certeza de que a Irmã Agnes gostaria que você cuidasse do intestino.

Joshua olhou para o ar, já que não tinha ninguém para olhar, e retrucou:

— A Irmã Agnes não está aqui.

Mesmo assim, sentindo-se culpado, tendo em mente que as freiras às vezes sabiam o que ele estava fazendo mesmo a distância, remexeu na despensa e comeu um pouco de frutas secas e sementes, com melancia de sobremesa.

Antes de voltar para o bacon.

Além disso, fez uma torrada para mergulhar na gordura do bacon. Fazia frio ali em cima, afinal; precisava de combustível.

O pensamento o fez voltar ao camarote. No armário espaçoso, juntamente com o os agasalhos que estivera usando ao embarcar, encontrou várias roupas um pouco mais leves, algumas em vários padrões de camuflagem. Estava claro que Lobsang havia pensado em tudo. Escolheu uma parca, desceu para o convés de observação e ficou ali sentado, vendo as Terras passarem como uma apresentação de slides dos deuses.

Inesperadamente, a nave passou por uma série de mundos gelados.

Uma luz atingiu Joshua: a brilhante e ofuscante luz do sol refletida pelo gelo e preenchendo o ar, como se todo o convés tivesse se transformado em uma lâmpada de flash e Joshua fosse um inseto preso em seu interior. Os mundos abaixo eram planícies de gelo, com leves ondulações e apenas uma ou outra área mais elevada projetando-se como uma faixa escura acima da cobertura de gelo. Então em nuvens, depois em granizo, então luz do sol de novo, dependendo do clima local nos mundos diferentes. A luz intermitente fazia seus olhos doerem. O nível da cobertura de gelo subia e descia, como uma maré gigantesca. Em cada mundo, a grande placa de gelo que cobria a Eurásia devia estar pulsando, domos de gelo mudando de posição, a extremidade sul avançando e recuando com o passar dos séculos; o dirigível estava registrando instantâneos daquele lento processo climático.

Depois de passar pelos mundos gelados, chegaram a uma série de mundos interglaciais, cobertos de florestas. A Terra Longa era rica nesse tipo de mundo. Terra após Terra, árvore após árvore.

Joshua raramente ficava entediado, mas, com o passar do tempo, para sua surpresa, aquele desfile de mundos se tornou cansativo. Afinal de contas, estava vendo milhares de paisagens que, provavelmente, jamais tinham sido contempladas por um ser humano. Lembrou-se da Irmã Georgina, que era fã de Keats:

Então me senti...
... como o destemido Cortez quando, com olhos de águia,
Contemplou o Pacífico, e todos os seus homens
Se entreolharam com um presságio inquietante,
Silenciosos, em um pico de Darien.

Na época, Joshua tinha pensado que presságio devia ser algum tipo de pássaro exótico. No momento, contemplava os novos mundos com um presságio relaxante.

Ouviu o som de passos. Era a unidade ambulante de Lobsang. Ele estava vestido para a ocasião, com camisa e calças safári. Era interessante, pensou Joshua, o modo como logo se acostumara a pensar em Lobsang como *alguém* e não *algo*.

— Pode ser desconcertante, não é mesmo? Lembro-me das minhas reações quando fiz minha primeira viagem de exploração. A Terra Longa se estende a perder de vista, Joshua. Maravilhas em excesso entorpecem a mente.

Pararam ao acaso em um mundo por volta do vigésimo milésimo. O céu estava nublado; ameaçava chover. Na ausência da luz direta do sol, a vegetação rasteira assumia um tom cinza-esverdeado, com manchas esparsas mais escuras onde havia florestas. Naquele mundo em particular, Joshua não viu sinais de presença humana, como, por exemplo, nuvens de fumaça. Entretanto, havia movimento. Olhando para o norte, viu uma grande manada se deslocando na estepe. Cavalos? Bisões? Camelos, talvez? Animais exóticos? Além disso, na margem de um lago, viu outros grupos de animais, uma faixa escura acompanhando o contorno do lago.

Quando a nave parou, vários sistemas do *Mark Twain* entraram em operação. Escotilhas no alto do dirigível e na gôndola foram abertas para liberar balões e boias que desceram lentamente para o solo presas a paraquedas, todas ostentando o logotipo da transEarth e a bandeira dos Estados Unidos. Havia até pequenos foguetes de sondagem que foram lançados com um silvo, deixando rastros de fumaça no ar.

— Esta vai ser nossa rotina quando pararmos em uma Terra para colher amostras — explicou Lobsang. — É uma forma de colher observações a partir de outros pontos de vista. Vou obter alguns dados agora e os restantes serão baixados das sondas na viagem de volta ou quando outra nave passar por aqui no futuro.

Entre as criaturas que estavam na margem do lago havia um aglomerado de animais muito grandes, parecidos com rinocerontes, com pernas curiosamente finas, que empurravam uns aos outros para ter acesso à água.

— Você vai achar binóculos e câmeras pelo convés de observação. Esses animais parecem ser parentes dos elasmotérios — comentou Lobsang. — Ou um descendente mais evoluído.

— Para mim você está falando grego, Lobsang.

— Está certo. Quer batizar uma espécie? É só indicar o animal e escolher o nome. Estou gravando tudo que vemos, ouvimos, dizemos e fazemos; posso fazer o registro quando voltarmos para casa.

Joshua fez que não.

— Vamos andando. Já perdemos muito tempo aqui.

— Tempo? Temos todo o tempo dos mundos. Mas...

Saltaram mais uma vez, e o mundo dos primos dos rinocerontes desapareceu. Para Joshua, a viagem passou a ser uma série de pequenos solavancos, como um carro com uma boa suspensão em uma estrada malconservada.

Ele teve a impressão de que estavam atravessando uma Terra a cada dois segundos, o que corresponderia a mais de quarenta mil mundos por dia, se mantivessem a mesma velocidade de forma contínua (o que com certeza não aconteceria). Joshua estava impressionado, mas não o diria. As paisagens desfilavam lá embaixo, mas ele só tinha tempo para ver os aspectos mais gerais antes que o cenário mudasse. Animais, isolados ou em bandos, eram apenas entrevistos antes que o salto seguinte os fizesse desaparecer. Até mesmo as florestas mudavam de forma e de tamanho de mundo para mundo, mudando, mudando, mudando. A luz piscava o tempo todo: períodos de breve escuridão, clarões ocasionais, mosaicos de cores estranhas na paisagem. Mundos exóticos, que eram removidos do seu campo de visão antes que pudesse compreendê-los. Com exceção desses mundos, era apenas uma série de mundos, Terra após Terra, tornadas indistintas pelo movimento da nave.

— Joshua, você quer saber onde estamos?

— Eu sei onde estou. Estou aqui.

— Pode ser, mas onde é *aqui*? Passamos apenas alguns segundos em cada mundo. Onde está *este* mundo em relação à Terra Padrão? Onde estará o próximo? Como pode haver espaço para todos?

Na verdade, as mesmas perguntas tinham ocorrido a Joshua. Era impossível ser um saltador sem fazer essas perguntas.

— Sei que Willis Linsay deixou um bilhete: "O próximo mundo está a um pensamento de distância."

— Infelizmente, é a única coisa compreensível que ele escreveu. Fora isso, só nos resta especular. Onde está *este* mundo, esta Terra em particular? Está exatamente no mesmo espaço e no mesmo tempo que a Terra Padrão; é como outro modo de vibração de uma corda de guitarra. A única diferença é que agora podemos visitá-la; antes, não tínhamos nem conhecimento de que ela existia. Esta é a melhor resposta que os cientistas conservadores do transEarth podem oferecer.

— Esta explicação está de acordo com as anotações deixadas por Linsay?

— Não sabemos. Parece que ele inventou uma nova matemática. A Universidade de Warwick está trabalhando no assunto. Acontece que Linsay comprimiu a maior parte do que escreveu em um código extremamente complexo. A IBM não tem previsões para o tempo que vai levar para decifrar o código. Além disso, ele tem uma caligrafia horrorosa.

Lobsang continuou falando, mas Joshua parou de prestar atenção. Era uma habilidade, suspeitava, que teria de usar com frequência naquela viagem.

Uma música encheu o convés. Eram as notas frias de um cravo.

— Você se incomoda de desligar essa música?

— É Bach — explicou Lobsang. — Uma fuga. Uma escolha natural para um fruto da matemática como eu.

— Prefiro o silêncio.

— Está bem. Você se importa se eu continuar a escutar, como se fosse na minha cabeça? — perguntou Lobsang, fazendo a música parar.

— Faça como quiser — respondeu Joshua, olhando sem interesse para o desfile de paisagens.

E a próxima, e a próxima.

Ele se levantou do sofá e foi até o banheiro do convés. Era um banheiro químico, com um chuveiro em um box de plástico. Joshua ficou pensando se Lobsang poderia vê-lo ali dentro. Bem, é claro que poderia.

Assim o dia passou. Finalmente, começou a escurecer em todos os mundos, os milhares de sóis desaparecendo nos respectivos horizontes.

— Preciso ir até o camarote para dormir?

— Seu sofá pode ser transformado em cama. Puxe a alavanca do lado direito. A roupa de cama e os travesseiros estão em uma gaveta embaixo do assento.

Joshua seguiu as instruções. O sofá era como um assento da primeira classe de um voo intercontinental.

— Acorde-me se acontecer alguma coisa interessante.

— Tudo é interessante, Joshua. Durma bem.

Enquanto se ajeitava para dormir embaixo de um leve cobertor, Joshua ouviu o ronco dos motores e sentiu o leve, porém vertiginoso, balanço dos saltos. Aquele movimento serviu para embalar o sono de Joshua Valienté. Dormiu quase instantaneamente.

Quando acordou, o dirigível estava parado.

20

A NAVE HAVIA descido perto de um monte de pedras, no local onde Lobsang tinha lançado uma âncora. Ainda era cedo e o céu estava azul-escuro, com nuvens esparsas. Como aquele era um mundo típico do Cinturão do Gelo, o solo estava coberto de neve. Ali perto, viu um pequeno lago.

Joshua se recusou a continuar olhando pela janela antes de tomar uma boa xícara de café.

— Seja bem-vindo a Oeste 33.157, Joshua. Estamos parados aqui desde o amanhecer. Eu estava esperando que você acordasse.

— Presumo que tenha encontrado algo interessante.

— Olhe para baixo.

Na pilha de pedras em que estavam ancorados, com rochas negras despontando na neve, havia um monumento natural: um pinheiro solitário, grande, antigo e isolado. Entretanto, a árvore tinha sido cortada perto da raiz; os galhos e a parte superior do tronco jaziam no solo e o disco pálido de madeira do toco estava exposto. O uso de um machado era evidente.

— Achei que você poderia se interessar por este sinal da presença de seres humanos. Além disso, Joshua, chegou a hora de testar minha unidade ambulante reserva.

Joshua olhou ao redor.

— Onde está?

— É você.

O equipamento estava guardado em um baú. No peito ele iria usar uma bolsa que continha uma máscara, um suprimento de oxigênio, um kit de primeiros socorros, uma lanterna, uma pistola feita de um material não ferroso, uma corda e alguns outros itens. Nas costas, levaria uma mochila contendo um módulo misterioso, protegido por um invólucro hermeticamente fechado. Usaria fones Bluetooth para se comunicar com Lobsang, mas suspeitava de que o equipamento que estava carregando contivesse outros alto-falantes e microfones.

Joshua foi até o camarote, voltou vestido com a roupa que usara ao embarcar no Mark Twain e colocou a mochila nas costas.

— Esse troço é pesado.

— Você deve usá-la o tempo todo que estiver fora da nave.

— O que tem dentro da caixa fechada?

— Eu mesmo — explicou Lobsang. — Ou melhor, uma unidade remota de mim. Pode chamar de backup. Enquanto o dirigível estiver funcionando, esse módulo guardará uma cópia atualizada da minha memória. Se o dirigível for destruído, o módulo guardará uma cópia da minha memória, que você levará de volta para a Terra Padrão.

Joshua riu.

— Você perdeu tempo e dinheiro desenvolvendo este sistema, Lobsang. Em que circunstâncias acha que este plano vai funcionar? Estamos tão longe de casa que, se perdermos o dirigível, nenhum de nós dois vai conseguir voltar para a Terra Padrão.

— Não pode me censurar por tomar minhas precauções. Você é meu último recurso, Joshua. É por isso que está aqui. Ainda não viu todo o seu kit.

Joshua examinou mais uma vez o interior do baú e encontrou outro item. Era um conjunto de lentes, microfones e outros sensores, para ser carregado no ombro.

— Só pode estar brincando.

— É mais leve do que parece. As tiras permitem que você o transporte quase sem sentir, e existe um cabo de conexão com o módulo que está na mochila.

— Você espera que eu saia para explorar a Terra 33 mil e pouco com este *papagaio* no ombro?

— Pode chamar de papagaio, se quiser — disse Lobsang, ofendido.

— Não pensei que fosse vaidoso, Joshua. Quem vai ver você? Além do mais, é muito prático. Estarei vendo tudo que você vir, ouvindo tudo que ouvir; estaremos permanentemente em contato. Se precisar de ajuda...

— O que ele vai fazer, botar um ovo?

— Joshua, por favor, apenas vista.

O equipamento se encaixou confortavelmente no ombro direito de Joshua e era muito leve, como Lobsang havia prometido. Entretanto, Joshua sabia que não iria se esquecer da presença da coisa, de que Lobsang estava literalmente olhando por cima do ombro dele. Tudo bem. Não esperava que a viagem fosse um mar de rosas, e o papagaio era apenas um incômodo a mais. Além disso, aquilo provavelmente logo quebraria.

Sem mais delongas, Joshua desceu para o convés de acesso, puxou a porta — a nave era mantida a uma pressão ligeiramente maior que a pressão externa para evitar que o ar do mundo em que estavam penetrasse — e entrou na pequena cabine do elevador. Um mecanismo fez o elevador descer lentamente até o chão, ao lado do monte de pedras.

Depois de sair, com neve até os joelhos, respirou fundo o ar daquela Terra gelada e olhou em torno. O céu estava nublado e a atmosfera tinha um jeito translúcido: sinal de nevasca.

— Imagino que você esteja vendo junto comigo. É um campo de neve comum.

— Estou vendo — sussurrou Lobsang em seu ouvido. — Sabe, existe um sensor no papagaio que me permite sentir o cheiro...

— Esqueça — interrompeu Joshua.

Alguns passos à frente, deu meia-volta, ficando de frente para o dirigível.

— A nave está em ordem? Estou fazendo isso para que você possa ver se há sinais de desgaste.

— Boa ideia — murmurou o papagaio.

Joshua se ajoelhou ao lado da árvore.

— Tem bandeirinhas marcando os anéis da árvore. — Puxou uma das bandeiras e leu o que estava escrito. — Universidade de Cracóvia. Isto é coisa de cientista. Para que fizeram isso?

— Para extrair registros climáticos dos anéis das árvores, Joshua, como fazem na Terra Padrão. Por falar nisso, esses registros mostram que a distância entre mundos vizinhos é da ordem de cinquenta anos. Menos que o tempo de vida de um pinheiro. Isso, naturalmente, levanta uma série de questões.

Joshua ouviu um rugido distante, o som de algo caindo na água, e um tipo de trompete estridente. Voltou-se devagar; era evidente que não estava sozinho naquele mundo. Deparou com uma cena típica de predador e presa: um felino com dentes tão grandes que, aparentemente, mal conseguia manter a cabeça levantada; perseguia um bicho gordo e desajeitado, com um couro que mais parecia a blindagem de um tanque. Esses eram os primeiros animais que ele tinha visto neste mundo.

Lobsang viu o que ele via.

— Um animal com armas mortíferas corre atrás de um animal com defesas inexpugnáveis: o resultado de uma corrida armamentista da evolução. Uma corrida que ocorreu muitas vezes na Terra Padrão, em vários contextos, desde o tempo dos dinossauros, até que os dois participantes sucumbissem. Um fenômeno universal, ao que parece. Assim na Terra Padrão como na Terra Longa. Joshua, contorne a pilha de pedras. Você vai encontrar um lago.

Joshua deu meia-volta e foi para o outro lado da pilha de pedras. Como a neve era profunda e compacta, tinha de fazer um esforço constante para caminhar, mas era bom poder esticar as pernas depois de passar tanto tempo no dirigível.

A extensão do lago se revelou para ele. A parte central estava coberta por uma camada de gelo, mas havia água em estado líquido perto da margem, e havia movimento, enorme, gracioso: elefantes, uma família deles; adultos peludos com filhotes entre as patas. Alguns haviam entrado na parte rasa do lago. Os adultos tinham presas em forma de pás, que usavam para revolver o fundo do lago, deixando a água lamacenta em um raio de vários metros. Uma das fêmeas brincava com um filhote, lançando nele um jato de água cristalina. A neve começou a cair; flocos grandes e pesados que salpicavam de branco o pelo dos animais.

— Gonfotérios — murmurou Lobsang. — Ou parentes, ou descendentes. É melhor não entrar na água. Suspeito de que possa haver crocodilos.

Joshua se sentiu estranhamente comovido com a cena. Havia um clima de paz entre aquelas enormes criaturas.

— Foi para observar estes animais que você nos trouxe aqui?

— Não. Esses mundos estão cheios de animais parecidos com elefantes. Existem também outros tipos de paquidermes, mas não achei que merecessem sua atenção. Acontece que estes aqui estão sendo observados. Na verdade, você também está sendo observado.

Joshua ficou imóvel.

— Obrigado pela informação.

Olhou em torno, tentando, sem sucesso, ver alguma coisa além da nevasca, que estava cada vez mais intensa.

— Só me avise quando estiver na hora de correr, pode ser? Não me importo se disser *agora mesmo*...

— Joshua, as criaturas que se aproximam cautelosamente estão conversando a seu respeito. Você não pode ouvir porque os sons que eles produzem são de alta frequência, mas suas obturações podem começar a formigar.

— Não tenho obturações. Sempre escovei os dentes muito bem.

— Claro que sim. A comunicação é também muito complexa e está ficando mais rápida, como se tivessem chegado a uma conclusão quanto ao modo de agir. O som vai e vem porque eles não param de saltar. O movimento é quase rápido demais para que eu possa observá-los. Na verdade, é rápido demais para que *você* possa observá-los. Pelo modo como se comportam, posso concluir que podem contar com um método muito engenhoso para determinar o ponto em que todos eles vão cercar a vítima, ou seja, *você*...

— Espere. Volte atrás. Você disse que eles estão *saltando*? Animais que saltam? Predadores que saltam? — A cabeça de Joshua estava girando.

— Isso é novidade para mim.

— Com toda a certeza.

— Foi por causa dessas criaturas que você parou aqui, não foi?
— Não vejo razão para você ficar assustado.
— *Você* não vê razão para *eu* ficar assustado?
— Eles parecem ser criaturas curiosas. Provavelmente estão com mais medo de você do que você, deles.
— Quanto você quer apostar? Minha vida, por exemplo?
— Vamos ver o que acontece. Joshua, agite as mãos acima da cabeça, por favor. Isso mesmo. Deixe que o vejam. A neve, obviamente, está reduzindo a visibilidade. Agora ande em círculos. Isso mesmo. Pode parar. Não se preocupe. Estou no controle da situação.

As palavras de Lobsang não significavam muito para Joshua. Ele tentou ficar o mais quieto possível. A nevasca ficara mais forte. Se entrasse em pânico, poderia saltar sem querer... para onde? Já que existiam animais predadores capazes de saltar, poderia ir parar em uma situação ainda pior.

Lobsang murmurou no seu ouvido, aparentemente a par do seu estado de nervos, tentando acalmá-lo.

— Joshua, não se esqueça de que fui eu que construí o *Mark Twain*. Ele, o que naturalmente significa *eu*, está observando você o tempo todo. Se eu perceber que alguém está colocando sua vida em perigo, será eliminado antes que saiba o que o atingiu. Sou por natureza um pacifista, mas o *Mark Twain* está equipado com armas de todos os tipos, desde as invisivelmente pequenas até as invisivelmente grandes. Não vou usar o termo nucleares, é claro.

— De acordo. Não use o termo nucleares.
— Nesse caso, estamos entendidos. Quer cantar uma música, por favor?
— Uma música? Que música?
— *Qualquer* uma! Escolha uma música e cante. Alguma coisa alegre... *só cante*!

A ordem da Lobsang, embora totalmente insana, tinha a mesma autoridade que a voz da Irmã Agnes no limite extremo da sua paciência, que fazia até as baratas saírem correndo. Por isso, Joshua começou a cantar a primeira música que lhe veio à cabeça:

— *Hail to the Chief, he's the chief and we must hail him. Hail to the Chief, he is the one we have to hail...**

Quando Joshua terminou, o silêncio tomou conta do campo de neve.

— Uma escolha interessante — disse Lobsang. — Outra herança do tempo que você passou com aquelas freiras, sem dúvida. Elas são muito politizadas, não são? Bem, isso deve servir. Agora precisamos esperar. Por favor, *não se mexa.*

Joshua esperou. No momento em que abriu a boca para dizer que estava cansado de esperar, viu-se cercado por um grupo de estranhos seres. Eram pretos como carvão. Tinham peitos largos, cabeças grandes e patas enormes, ou melhor, mãos enormes, que, felizmente, pareciam ser desprovidas de garras; mãos que lembravam luvas de boxe ou de beisebol.

E eles estavam cantando; grandes bocas rosadas abrindo e fechando com todos os sinais de alegria. Não era uma música política rasteira, como a que Joshua havia cantado, nem um uivo animal. Era um canto *humano*, e Joshua compreendeu todas as palavras que eles repetiam sem parar, os cantores contribuindo com diferentes harmonias e repetições, formando acordes complexos que pairavam no ar como enfeites de Natal. As filigranas daquela música fantástica prosseguiram durante alguns minutos até convergirem gradualmente para um grande e afetuoso silêncio.

O refrão tinha sido algo como, *"Wotcher!" all the neighbours cried, "Oo yer gonna meet, Bill: 'ave yer bought the street, Bill?" Laugh! I thought I should've died. Knocked'em in the Old Kent Road.***

Joshua ficou tão surpreso que mal conseguia respirar.

— Lobsang...

— Uma escolha interessante. Esta música foi escrita por um tal de Albert Chevalier, nascido em Notting Hill, Londres. Curiosamente, mais tarde foi gravada por Shirley Temple.

— *Shirley Temple...* Lobsang, imagino que haja uma razão pela qual esses Fortões aqui estão cantando velhas músicas populares inglesas.

---

* Referência ao filme *Dave*, de 1993. "Saudações ao chefe, ele é o chefe e devemos saudá-lo. Saudações ao chefe, é ele que devemos saudá-lo..." (*N. T.*)
** Em uma tradução literal, "'Olá!', gritaram os vizinhos, 'Quem tá indo ver, Bill? Por acaso comprou a rua, Bill?' Riam! Achei que devia ter morrido. Deixei todos de queixo caído Old Kent Road." (*N. T.*)

— Claro que existe.
— E desconfio de que você saiba qual é essa razão.
— Bem pensado, Joshua, mas cada coisa a seu tempo.

Uma das criaturas se aproximou de Joshua, mantendo em concha as mãos do tamanho de raquetes, como se estivessem escondendo algum objeto. Estava com a boca aberta e ainda ofegava um pouco, por causa do esforço para cantar. Havia muitos dentes lá, mas a expressão geral era de sorriso.

— Fascinante — suspirou Lobsang. — Um primata, sem dúvida. Alguma espécie de símio. Caminha ereto, como um hominídeo, mas isso não indica necessariamente uma correlação com a evolução humana...

— Não acho que esteja na hora de me dar uma aula, Lobsang — protestou Joshua.

— Tem toda razão. Vamos aproveitar o momento. Aceite o presente.

Joshua deu cautelosamente um passo à frente e estendeu as mãos. A criatura parecia agitada, como uma criança que tinha uma missão importante para executar e não queria cometer nenhum erro. Ela colocou alguma coisa moderadamente pesada nas mãos de Joshua. Joshua olhou para baixo e se viu segurando o que parecia um salmão, um belo e iridescente salmão.

Ouviu a voz de Lobsang:

— Excelente! Não posso dizer que é bem o que eu esperava, mas certamente é o que eu queria. Aliás, seria apropriado que você retribuísse o presente.

O antigo detentor daquele peixe maravilhoso estava olhando inquisitivamente para Joshua.

— Tenho uma faca de vidro, mas não acredito que esse cara precise de uma faca — disse Joshua, em tom constrangido. — Afinal, a faca é *minha*. Eu mesmo a esculpi a partir de um bloco de obsidiana que importei.

Um bloco recebido de presente de uma pessoa cuja vida ele salvara.

— Está comigo há muito tempo.

— Pense no seguinte — instruiu Lobsang, impaciente. — Há alguns minutos você achou que estava sendo atacado por um bando de animais ferozes, sim? Agora estamos diante do fato concreto de que o peixe era *dele* e *ele* o deu a *você*. A meu ver, o ato de dar é mais importante que o presente em si. Se você se sente indefeso sem uma arma, pode escolher, mais tarde, a faca que quiser no arsenal de bordo, tudo bem? *Agora dê a faca a ele!*

Irado, principalmente consigo mesmo, Joshua disse:

— Eu nem sabia que nós tínhamos um arsenal!

— Vivendo e aprendendo, meu amigo, e agradeça ao destino por poder fazer as duas coisas. O valor de um presente pouco tem a ver com qualquer moeda. Entregue a faca com um sorriso simpático para as câmeras, Joshua, porque você está entrando para a história ao fazer o primeiro contato com uma espécie alienígena, embora seja uma espécie que teve a decência de evoluir na Terra.

Joshua ofereceu à criatura sua faca de estimação. A faca foi recebida com extremo cuidado, levantada contra a luz, admirada, e teve a lâmina cautelosamente testada. De repente, ouviu uma cacofonia nos fones que soava como bolas de boliche em um misturador de cimento.

Depois de alguns segundos, o barulho cessou, substituído pela voz animada de Lobsang.

— Interessante! Eles cantam para nós usando as frequências que consideramos normais, mas se comunicam entre si usando frequências ultrassônicas. O que você ouviu foi minha tentativa de converter a conversação ultrassônica para uma faixa que os seres humanos pudessem perceber.

De repente, as criaturas desapareceram. Não restou nada que mostrasse que tinham pisado naquele lugar, a não ser grandes pegadas na neve, que logo foram cobertas pela nevasca. Além, naturalmente, do salmão.

De volta ao dirigível, Joshua colocou o peixe na geladeira da cozinha. Depois, sentou-se na sala de estar do lado de fora da cozinha, com uma xícara de café na mão, e disse para o nada:

— Quero falar com você, Lobsang. Não com uma voz no ar. Com um rosto que eu possa socar.

— Estou vendo que ficou zangado, mas posso lhe assegurar que não correu nenhum perigo. Como deve ter deduzido, não foi a primeira pessoa a entrar em contato com essas criaturas. A primeira pessoa que as viu pensou que fossem russos...

Lobsang contou a Joshua a história do soldado Percy Blakeney, reconstituída a partir das notas do seu diário e dos comentários que fez a uma enfermeira muito surpresa de um hospital da França Padrão, para onde foi levado depois de aparecer ali, subitamente, na década de 1960.

21

Para o soldado Percy, cercado por aqueles estranhos impassíveis no meio daquela floresta virgem, a ficha caiu subitamente.

É claro! Só podiam ser russos! Os russos tinham entrado na guerra, não tinham? Quando estava nas trincheiras, não vira um exemplar da revista *Punch* em desenhos mostrando que os russos eram muito parecidos com ursos?

Seu avô, que também se chamava Percy, tinha sido prisioneiro na Crimeia e estava sempre pronto para falar sobre os russos para um menino curioso.

"Fediam, ah, se fediam, garoto, tipos sujos, selvagens, alguns vinham só Deus sabe de onde, do meio do mato, nunca vi nada igual! Muito pelo, e barbas onde poderiam esconder uma cabra, só que eu garanto que a cabra logo pularia fora em busca de melhor companhia. Mas eles sabiam cantar, garoto, podiam ser sujos, mas sabiam cantar, melhor que os galeses, ah, sim, *como* cantavam! Mas os desavisados pensar que eram animais."

Percy olhava para aquele círculo de rostos cabeludos, impassíveis, mas não particularmente hostis, e disse, audaciosamente:

— Eu ser Tommy inglês, sim? Do mesmo lado! Vida longa ao czar!

Isso rendeu olhares educados, com os homens cabeludos se entreolhando.

Talvez estivessem querendo que ele cantasse de novo. Afinal de contas, sua mãe não gostava de dizer que a música era a linguagem universal? Pelo menos, não tinham feito menção de prendê-lo, atirar nele ou coisa do gênero. De modo que ele os presentou com uma versão inflamada de

"Tipperary", culminando com uma continência e um brado de "Deus salve o Rei!".

No que os russos o surpreenderam acenando com as mãos enormes e gritando "Deus salve o Rei!" com grande entusiasmo. Depois, juntaram as cabeças peludas como se estivessem fazendo uma conferência e começaram de novo a cantar "Guarde Seus Problemas".

Só que não era a mesma mochila e não eram os mesmos problemas. O soldado Percy tentou entender o que estava ouvindo. Ah, sim, reconhecia a música, mas eles a cantavam como se fossem um coral de igreja. Às vezes dissecavam a música de tal forma que ela ganhava uma estranha vida própria, harmonias que se entrelaçavam como enguias se acasalando e depois se separavam em um lampejo sonoro, e, mesmo assim, ainda era o velho "Guarde Seus Problemas". Não, era um "Guarde Seus Problemas" melhor, era mais, bem, mais *presente*, mais real. O soldado Percy, que nunca tinha ouvido ninguém cantar assim, bateu palmas. Os russos o imitaram, produzindo um som parecido com o de um canhão. Bateram palmas com o mesmo entusiasmo com que cantavam, talvez ainda mais.

Naquele momento, ocorreu a Percy que os lagostins da noite anterior tinham sido mais um lanche do que uma refeição completa. Se aqueles russos eram amigos, talvez pudessem dividir com ele suas rações. Deviam carregar alguma coisa debaixo daqueles sobretudos. Valia a pena tentar. Percy apontou para o estômago, levou a mão à boca sugestivamente e dirigiu a eles um olhar esperançoso.

Quando a música terminou, eles tornaram a se reunir, e os únicos sons que o soldado Percy ouviu foram sussurros tão fracos quanto o som dos mosquitos, aquele zumbido irritante que às vezes não o deixava dormir. Entretanto, depois que chegaram a um acordo, começaram de novo a cantar. Dessa vez eram silvos e trinados, como se estivessem imitando o canto dos passarinhos: imitando muito bem, por sinal, um toque de rouxinol aqui, um quê de estorninho ali, um canto de passarinho mais belo que qualquer um de que ele se lembrava. Sem nenhuma razão aparente, teve a impressão de que estavam falando, ou melhor, cantando, a seu respeito.

De repente, um deles se aproximou, observado atentamente pelos outros, e cantou "Tipperary" na voz de Percy, do começo ao fim, e era a voz *dele*, que sua mãe, com certeza, reconheceria imediatamente.

Depois disso, um par de russos desapareceu na floresta, deixando os outros sentados placidamente em torno de Percy.

Quando ele se sentou também, uma onda de cansaço tomou conta do seu corpo. Tinha passado anos na guerra e não desfrutara um único dia de paz; talvez merecesse um breve descanso. Bebeu alguns goles de água no rio e, apesar da presença dos russos cabeludos ao redor, deitou-se na relva e fechou os olhos.

Ele levou algum tempo para acordar totalmente do cochilo.

O soldado Percy era um jovem prático e metódico; assim, ainda deitado na relva, decidiu que não iria mais se preocupar com os russos, já que não estavam tentando matá-lo. Guardem a preocupação para as botas, rapazes: era o que os veteranos sempre diziam.

Botas! Foi o que o cérebro sonolento lhe disse. Cuide de suas botas e suas botas cuidarão de você! Ele tinha passado muito tempo pensando nas botas.

Naquele instante ocorreu ao soldado Percy — que ainda não havia acordado totalmente e estava abalado pela guerra e perdido no tempo e no espaço — que talvez estivesse na hora de verificar se ainda tinha pernas para calçar as botas. Diziam que era possível perder as pernas e não perceber até que o choque passasse. Como acontecera com o velho Mac, coitado, que só notou que não tinha mais pés quando tentou levantar-se. Percy se lembrava de ter andado naquela floresta, claro que se lembrava; mas *podia* ter sido um sonho e, no final das contas, talvez ainda se encontrasse no meio de todo aquele sangue e de toda aquela lama.

Por isso, tomou muito cuidado ao levantar o corpo e constatou, aliviado, que, pelo menos, parecia estar de posse de ambas as mãos. Movendo-se devagar, inclinou o tronco dolorido até enxergar, sim, botas! Benditas botas! Parecia que as botas eram suas e, mais que isso, ainda estavam ligadas ao corpo.

As botas, como as pernas, podiam ser traiçoeiras. Como na vez em que uma bala de canhão atingiu uma caixa de munição e ele fez parte do destacamento que foi arrumar as coisas. O sargento estivera muito calado e se mostrara mais simpático que o normal quando Percy ficou aflito por ter achado uma bota no meio da lama revolvida, sem conseguir encontrar a perna do homem que a estivera usando. O sargento dissera, dando tapinhas no ombro de Percy:

— Meu filho, considerando que ele também está sem a cabeça, acho que não vai sentir falta das botas, não concorda? Faça só o que eu mandei: procure carteiras, relógios, cartas, qualquer coisa que possa identificar os pobres coitados. Depois, arrume-os com a parte de cima do corpo para fora da trincheira. Isso, rapaz, coloque esses corpos para fora! Eles podem levar um tiro, mas garanto que não vão sentir nada e será menos uma bala para você ou para mim. Bom menino. Quer um gole de rum? É o melhor remédio para o que você está sentindo.

Assim, descobrir pés, seus próprios pés, ainda ligados ao corpo, deixou radiante o soldado Percy, que os companheiros chamavam de Espinha, porque se alguém se chama Percy Blakeney, que se pronuncia "Blec-ni" e *ainda* sofre de "ac-ni" aos 20 anos, aceita Espinha como apelido e agradece por não ser coisa pior. Ele relaxou e voltou a cochilar.

Quando voltou a abrir os olhos, ainda era dia claro e ele estava com muita sede. Sentou-se. Os russos continuavam ali, observando-o pacientemente. Aqueles rostos peludos tinham uma expressão quase amistosa, pensou.

Enfim sentindo-se mais desperto, ocorreu-lhe pela primeira vez que era melhor dar uma olhada na mochila.

Abriu a mochila, despejou o conteúdo no chão verde e descobriu que tinha sido roubado! O cantil tinha sumido, a lâmina da baioneta tinha sumido, a pá de campanha tinha sumido. Aliás, o capacete também tinha; não se lembrava de estar com ele na cabeça quando acordara, embora a alça continuasse no pescoço. Que diabo, haviam roubado até mesmo os remates dos cadarços e os pregos das botas! Tudo que era feito de ferro ou aço. Ainda mais estranho: embora o cantil tivesse desaparecido, o invólucro de couro estava lá, caído na grama. Por outro lado, a carteira estava intacta, com moedas e tudo e o mesmo podia dizer da garrafa de rum. Era de fato um ladrão estranho! Não levara as tintas — mas a caixa de metal onde guardava os tubinhos havia desaparecido. Não só isso, mas o ladrão se dera ao trabalho de remover os anéis de metal que seguravam os pelos dos pincéis, que agora estavam espalhados no fundo da mochila. Por quê?

E suas armas? Ele tirou a pistola do coldre e constatou que tudo que restava era o cabo de madeira. Mais uma vez: por quê? Roubar uma pistola, sim, mas por que deixar o cabo? Não fazia sentido. Pensando bem, o que fazia sentido? Em que lugar da frente ocidental havia alguma coisa que fizesse sentido?

Os russos observavam em silêncio, aparentemente intrigados com o modo como ele remexia nos próprios pertences.

A memória saiu de repente da toca onde estivera escondida.

Depois de ter sido ferido na perna, o soldado Percy foi transferido para o serviço de camuflagem. Isso aconteceu porque, surpreendentemente, o Exército ficou sabendo que ele tinha sido desenhista, e às vezes aquele Exército, que precisava de homens que soubessem usar uma pistola e ainda mais de homens que soubessem levar um tiro, às vezes também precisava de homens que soubessem usar um lápis e escolher no arco-íris criado pelo bom Deus o tom exato para transformar um tanque Mark I em um inofensivo monte de feno — com uma nuvem de fumaça caso os soldados da infantaria estivessem fumando atrás dele. Percy tinha ficado muito satisfeito com a nova função, e era por isso que carregava a caixa de tintas para encontrar o tom exato e também para pequenos retoques depois de aplicar a camada usual de verde-camuflagem.

De que mais se lembrava? Qual tinha sido a última coisa antes da explosão do projétil? Ah, sim, o sargento estava passando uma descompostura em um recruta porque ele tinha uma daquelas malditas Bíblias que cabem no bolso da camisa, do tipo que as mães e namoradas mandam para a frente de combate na esperança de que as palavras protejam a vida do rapaz e, se as palavras não forem suficientes, talvez a capa de bronze consiga o que a fé sozinha não conseguiu. E Percy, arrumando suas coisas antes de partir para a missão seguinte, lembrou-se de que o sargento estava apoplético, agitando a Bíblia na frente do soldado e gritando:

— Seu idiota, sua desgraça de idiota, sua maldita mãe nunca ouviu falar de estilhaços? Conheci um sapador, um bom rapaz, e uma bala acertou a maldita Bíblia de ferro que estava no bolso dele, e ela arrancou o coração do corpo do coitado, ainda pulsando, diabo!

Foi nesse momento que o sargento foi rudemente interrompido pela explosão do projétil. Por que o rapaz envergonhado e o sargento desapareceram na incandescência de uma bomba que caiu a poucos metros de Percy, que se encontrava ali sentado, naquele mundo pacífico, na companhia daqueles russos que pareciam amistosos, e ainda podendo ouvir aquela música maravilhosa? No fundo, Percy sabia que jamais encontraria a resposta para essa pergunta.

Melhor, então, não perguntar.

Os russos, ali sentados, limitaram-se a observá-lo pacientemente, enquanto ele lutava para sair do buraco escuro no interior da cabeça.

Quando os dois caçadores russos voltaram, um deles estava carregando, com aparente facilidade, o corpo inerte de um veado recém-abatido.

A visão da carcaça de um veado jogada à sua frente por um enorme russo barbudo poderia ter intimidado muita gente, mas a curta adolescência do soldado Percy como caçador furtivo e anos de subalimentação na linha de frente se combinaram para lhe mostrar claramente o que fazer em seguida. Foi difícil retalhar o veado sem a faca de aço, mas a calçadeira que ele carregava na mochila era de latão e ajudou um pouco. Quebrando a garrafa que havia contido o resto da sua porção de rum, ele também conseguiu alguns cacos cortantes.

Ficou chocado com o modo como os russos comiam com as mãos e davam preferência aos intestinos e pulmões do animal, que Percy se acostumara a chamar de miúdos. Além disso, enfiavam grandes pedaços na boca, mas preferiu achar que os pobres coitados não sabiam se comportar de outra forma. Até o momento, não tinha visto metal e muito menos fuzis, e isso era estranho. Afinal de contas, os russos tinham chegado para lutar do lado dos ingleses. Como poderiam lutar sem armas?

O soldado Percy estava começando a entender. Alguns poderiam achar que *ele* era um desertor, embora até o momento não tivesse a menor ideia do que havia acontecido. Talvez os russos fossem desertores. Jogaram fora as armas e ficaram apenas com aqueles enormes casacos de pele. Nesse caso, por que se preocupar? O problema era entre o czar e eles.

Por isso, separou um bife avantajado, afastou-se diplomaticamente para não ter de ficar olhando para a falta de modos dos russos, juntou um pouco de mato seco, arrancou alguns gravetos de uma árvore tombada e usou mais um dos preciosos fósforos para acender outra fogueira.

Cinco minutos depois, enquanto o bife cozinhava, os russos se sentaram em torno dele como se ele fosse um rei.

Mais tarde, quando foram embora com ele, cantando enquanto caminhavam, Percy os brindou com todas as músicas de cabaré que conhecia.

22

— Como você sabe tudo isso, Lobsang?
— Está se referindo ao soldado Percy? A maior parte veio do jornal das coisas inexplicáveis, a *Fortean Times*. O exemplar de dezembro de 1970 contou a história de um homem idoso, usando um uniforme antigo do exército inglês, que tinha sido internado em um hospital da França alguns anos antes. Ele parecia estar tentando se comunicar por meio de assovios. De acordo com os documentos encontrados em seu poder, era o soldado Percy Blakeney de um regimento de Kent, dado como desaparecido em combate depois da batalha de Vimy Ridge. Estranhamente, parecia bem alimentado e bem-disposto, embora um pouco confuso e seriamente ferido, pois tinha sido atropelado por um trator dirigido pelo fazendeiro que o levou ao hospital. O fazendeiro declarou à polícia que o homem ficou parado na frente do trator, como se nunca tivesse visto antes aquele tipo de veículo, e o fazendeiro não conseguiu parar a tempo.

"Apesar dos esforços da equipe médica, Percy morreu dos ferimentos sofridos no atropelamento. Que fim irônico! De acordo com uma das enfermeiras, que falava inglês, antes de morrer ele murmurou algo como: 'No final eu disse aos russos que queria voltar para ver como estava indo a guerra. Eles eram gente boa e me mandaram de volta para casa. Gente boa. Gostavam de cantar. Eram muito simpáticos...' e assim por diante.

"Ele estava usando os restos de um uniforme do Exército Britânico e mencionou a palavra 'russos', o que levantou suspeitas, e a gendarmaria foi chamada para investigar. De acordo com a Legião Britânica, entre os soldados que participaram da batalha de Vimy Ridge houve mesmo um Percy Blakeney dado como desaparecido depois do bombardeio inicial. Parece que ninguém conseguiu explicar como seus documentos apareceram, décadas mais tarde, nas mãos de um estranho que hoje está enterrado em um cemitério francês."

— Você tem uma explicação, aposto.

— Você já deve ter percebido qual é a explicação, Joshua.

— Ele saltou para cá? Para a floresta, com os russos?

— Pode ser — disse Lobsang —, mas pode ser que um dos trolls tenha ido parar, por acaso, nas trincheiras, e tenha ficado com pena dele. Que o tenha levado embora.

— "Trolls"?

— Esse parece ser o termo mitológico que melhor descreve essas criaturas, extrapolando a partir de histórias que devem ser resultado de observações ainda mais antigas: criaturas avistadas apenas de relance em nosso mundo antes de voltarem a desaparecer, totalmente incompreendidas, uma fonte inesgotável de lendas... um termo que já se tornou comum em algumas partes da Terra Longa, Joshua. Percy não foi o único que teve contato com eles.

— Quer dizer que você já esperava encontrar esses... esses humanoides que saltam?

— Era uma conclusão lógica. Eu também esperava que cantassem, com base nos relatos de Percy. Pense bem: humanos podem saltar, mas chimpanzés não, como vários experimentos demonstraram. Por outro lado, talvez os hominídeos do passado, ou seus descendentes modernos, fossem, ou *sejam*, capazes de saltar. Por que não? Encontrar esses seres logo no início de nossa jornada, claro, foi um golpe de sorte. É provável que encontremos muitos outros desses grupos no resto da viagem. Que maravilha intelectual, Joshua!

— Quer dizer que eles mantiveram Percy vivo durante todo aquele tempo?

— Parece que sim. Os "russos" encontraram Percy vagando em uma França na qual não havia franceses e cuidaram dele durante décadas. Durante várias de suas gerações, talvez. Muito interessante. Pelo que sei,

Percy jamais desconfiou de que não fossem russos. É provável que *nunca* tivesse visto um estrangeiro antes de ser enviado para lutar na França e, naturalmente, sendo analfabeto e inglês, estava preparado para acreditar que um estrangeiro podia ter qualquer aparência. Por que um russo não podia ser parecido com um grande macaco peludo?

"Durante muitos anos, o soldado Percy viajou com os 'russos' em um mundo calmo, com muito verde, com muita água, no qual era alimentado com carne e vegetais e, de modo geral, foi muito bem tratado até o dia em que manifestou... e confesso que não sei como conseguiu passar a ideia a eles... o desejo de voltar ao lugar de onde veio."

— A música pode ser muito expressiva, Lobsang. Dá para transmitir a saudade de casa cantando.

— Talvez. Sabemos por experiência própria que eles gostam de aprender novas músicas e conseguem memorizá-las com facilidade. Talvez sejam passadas de geração em geração ou mesmo de grupo em grupo... É curioso. Precisamos estudar melhor a organização social dessas criaturas. Seja como for, no final os trolls o levaram de volta para casa, como boas fadas madrinhas, de volta para a França, mas, felizmente, não em uma época na qual homens estavam mutilando homens com explosivos.

Nesse momento, a unidade ambulante entrou pela porta azul que ficava na extremidade do convés e, sem perda de continuidade, assumiu a conversa que o equivalente desencarnado havia começado.

— Alguma pergunta, Joshua?

— Eu li a respeito daquela guerra. Não durou tanto tempo assim. Por que ele não voltou antes?

A unidade ambulante pousou uma mão gelada no ombro de Joshua.

— O que você teria feito? Era um conflito terrível, desumano, uma guerra que tinha se tornado uma máquina de matar homens jovens com a maior eficiência possível. Você estaria ansioso para voltar a um lugar assim? Não se esqueça de que ele não sabia que havia saltado. Percy *achava* que a explosão o havia lançado em outra parte da França. Além disso, os "russos" apreciavam sua companhia, provavelmente por causa das músicas que cantava. Ele deve ter ensinado aos trolls todas as músicas que sabia. E você, Joshua Valienté, ouviu uma delas hoje.

"Eis nossa primeira pesquisa de campo. Talvez esteja na hora de esclarecermos uma coisa. Você pensou que eu estava colocando sua vida em risco, não é? Eu jamais faria isso, acredite. Não seria do meu interesse, seria?"

— Você sabe muito sobre o que encontraremos antes mesmo de encontrarmos. Poderia ter me avisado com antecedência.

— Tem razão. Desculpe. Precisamos melhorar nossa comunicação. Escute... estamos apenas começando nossa jornada épica; mal nos conhecemos. O que acha de passarmos um tempo juntos?

Às vezes, a melhor coisa que se pode fazer é ficar calado. *Passar um tempo juntos*, disse o homem artificial! Joshua conhecia a expressão, é claro, até porque a Irmã Agnes tinha um acesso de raiva cada vez que a ouvia. Os acessos de raiva da freira não eram nada de chamar a atenção: poucos palavrões eram ditos, além de "republicano", que era um dos piores palavrões na opinião da Irmã Agnes, e certamente nenhum objeto era arremessado, pelo menos não com muita força, e nada que pudesse machucar alguém, mas termos como "tempo só meu" e "passar um tempo juntos" a deixavam possessa. "Palavras que só servem para confundir! Que desvalorizam a moeda da expressão, que fazem qualquer coisa significar o que se quer que signifique, até que nada *significa* nada e nada é dito com precisão!" Ele se lembrava do dia em que alguém na televisão usou a expressão fatal "Pense fora da caixa". As crianças chegaram a se esconder com medo da reação da freira.

Passar um tempo juntos, com Lobsang.

Joshua olhou para o rosto simulado da unidade ambulante. Ele parecia estranhamente cansado, ou estressado, se bem que não era fácil interpretar as expressões de um computador.

— Você precisa dormir, Lobsang?

O rosto pareceu assumir uma expressão ofendida.

— Todos os meus componentes têm um ciclo de repouso, com sistemas secundários assumindo temporariamente o controle. Acho que isso pode ser considerado uma forma de dormir. Você franziu a testa. Não achou minha resposta satisfatória?

Joshua podia ouvir todos os ruídos sutis da nave, os estalidos e rangidos, o zumbido dos subsistemas — Lobsang, sempre trabalhando.

Como devia se sentir, a nível de consciência? Como se Joshua tivesse de controlar cada respiração ou regular cada batimento cardíaco. Lobsang certamente tinha de controlar os saltos, artefatos da consciência.

— Alguma coisa específica está incomodando você, Lobsang?

O rosto simulado se abriu em um sorriso.

— Claro que sim. Tudo me incomoda, especialmente as coisas que eu não *conheço* e não posso controlar. Afinal, *conhecer* é meu trabalho, meu dever, minha razão de existir. Entretanto, minha saúde mental é excelente. Não se preocupe. Não sei onde poderia *encontrar* uma bicicleta para dois, mas acho que não levarei mais do que algumas horas para construir um modelo aceitável... Você não sabe do que estou falando, não é? Hoje à noite vamos assistir juntos a uma sessão de cinema. A atração principal será *2001*. Precisamos completar sua instrução, Joshua.

— Supondo que você seja humano, com fraquezas humanas, é bem possível que esteja estressado. Sendo assim, talvez seja uma boa ideia relaxar um pouco. Claro, vamos passar "um tempo juntos". Só não conte à Irmã Agnes.

Uma ideia estranha ocorreu a Joshua.

— Você sabe lutar?

— Joshua, se eu quiser, posso destruir paisagens inteiras.

— Não, não. Estou falando de lutas corpo a corpo.

— Explique.

— Uma luta de boxe de vez em quando ajuda a manter a forma. Alguns amigos meus treinam boxe para evitar qualquer surpresa, você sabe, na rua. Até dar uns socos em um saco de pancada serve para descarregar a tensão, além de ser divertido, claro. Que tal? É uma coisa muito humana. E você teria chance de testar as respostas desse seu corpo.

Não houve resposta.

— Não vai me dizer o que você acha da ideia?

Lobsang sorriu.

— Desculpe. Eu estava assistindo a *Rumble in the Jungle*.

— Estava vendo o quê?

— A luta de George Foreman com Mohammed Ali. Sempre faço meu dever de casa, Joshua. Pude ver que Ali ganhou usando de esperteza, por ser mais velho e mais experiente. Fascinante!

— Está querendo me dizer que guarda na memória todas as lutas de boxe que foram mostradas na televisão?

— É claro. Por que não? Atendendo a sua sugestão, já comecei a fabricar dois pares de luvas de boxe, ataduras, dois shorts, dois protetores bucais e um protetor genital para você.

Joshua pôde ouvir a atividade febril dos conveses de fabricação e, preocupado com a menção do protetor genital, apressou-se a comentar:

— A *Rumble in the Jungle* não foi uma luta de brincadeira, Lobsang. Foi como se fosse uma guerra. Eu assisti ao vídeo mais de uma vez. A Irmã Simplicidade gostava de lutas. Nós todos achávamos que ela tinha uma queda por homens grandes e suados...

— Estudei as regras das lutas de treinamento por tempo suficiente — retrucou Lobsang, levantando-se. — Dois milionésimos de segundo, para ser exato. Desculpe, isso pareceu exibicionismo?

Joshua suspirou.

— Acho que pareceu mais que você estava exagerando para fazer graça.

— Ótimo! — exclamou o outro. — Essa era exatamente a minha intenção.

— *Agora* você está se exibindo.

— Você não acha que eu tenho muito de que me orgulhar? Agora, se me dá licença...

Lobsang se afastou. Quando Joshua vira pela primeira vez a unidade ambulante, os movimentos eram forçados, obviamente artificiais, e ele não pôde deixar de notar que passara a se mover como um atleta. Lobsang estava sempre buscando a perfeição. Ele voltou a aparecer minutos depois, usando um roupão branco, e entregou a Joshua as peças necessárias para a luta. Joshua deu-lhe as costas e começou a trocar de roupa.

Lobsang recitou:

— Boxe: uma forma saudável de fazer exercício, estimular as regiões do cérebro responsáveis pela observação, dedução e antecipação, e, além disso, desenvolver o espírito esportivo. Sugiro que, em vez da regra de uma luta, usemos as regras de uma sessão de treinamento, formuladas em 1891 pelo general de brigada Houseman, que, pelo que apurei, meses depois foi baleado acidentalmente na cabeça por um de seus próprios homens no Sudão, um acidente para o qual as técnicas de esquiva aprendidas no boxe, evidentemente, não tiveram serventia. Quão irônico! Depois dessa época, encontrei milhares de alusões ao esporte. Joshua, aprecio seu recato ao me dar as costas para se trocar, embora isso não seja realmente necessário.

Joshua se voltou... e deparou com um novo Lobsang. Quando ele tirou o roupão, debaixo da camisa e do short havia um corpo de fazer inveja a Arnold Schwarzenegger.

— Você leva as coisas mesmo a sério, não é, Lobsang?

— Como assim?

— Deixe para lá. Certo. A ideia é encostarmos as luvas, recuarmos um passo, e começamos...

Joshua olhou pela janela para os mundos que desfilavam lá fora e acrescentou, em tom apreensivo:

— Você não devia estar dirigindo o *Mark Twain*? Não sei se gosto da ideia de trocarmos golpes enquanto a nave segue em frente às cegas.

— Não se preocupe. Tenho subunidades autônomas que podem cuidar temporariamente da nave. Aliás, por falar nisso, o próprio Mark Twain passou pela situação em que me encontro no momento! Vamos conversar sobre isso depois que eu vencer a luta. Vamos dançar, Joshua?

Joshua não ficou surpreso ao descobrir que ainda sabia lutar. Afinal de contas, na Terra Longa, era preciso manter os reflexos em dia para sobreviver. No momento, ele parecia estar acertando mais golpes em Lobsang do que sendo atingido.

— Está lutando sério, Lobsang?

Lobsang riu.

— Eu poderia matá-lo com um único soco. Em caso de necessidade, estes braços funcionam como um bate-estacas — afirmou, recuando para evitar um golpe de Joshua. — Foi por isso que deixei que você me atingisse primeiro, para que eu pudesse calibrar uma resposta equivalente. Estou lutando com a mesma força que você, mas, infelizmente, não com a sua agilidade, que, aparentemente, é maior do que a minha por conta do fenômeno da memória muscular... cognição incorporada, os músculos como parte da inteligência global, é fascinante! Vou levar isso em conta ao planejar meu próximo corpo, adotando um processamento mais distribuído. Além disso, Joshua, você é muito bom nas fintas, mesmo com uma linguagem corporal limitada. Parabéns.

Como para confirmar o que Lobsang estava dizendo, Joshua acertou um soco no meio daquele peito enorme.

Joshua disse:

— Existe um velho ditado que não sei se é tibetano: "Quando estiver lutando, não fale, lute!"

— Sim, você tem razão. Precisamos dar tudo de nós numa luta.

De repente, havia um punho direito entre os olhos de Joshua. O soco não chegou a atingi-lo; Lobsang tinha interrompido o golpe com precisão milimétrica, e Joshua sentiu apenas uma leve pressão nos pelos do nariz.

— *Existe* um velho ditado tibetano: "Não se aproxime de um tibetano quando ele estiver cortando madeira." Você é muito mais lento que eu, Joshua. Mesmo assim, talvez consiga me derrotar usando de malícia até que eu chegue ao seu nível de competência. Estou achando este exercício terapêutico, revigorante e educativo. Vamos continuar?

Joshua retomou a luta, ofegante.

— Você está mesmo se divertindo com isso, não está? Se bem que, com o seu passado, eu esperava que preferisse o estilo kung fu ou algo assim.

— Você esteve vendo filmes demais, meu amigo. Eu era um mecânico de motocicletas; trabalhava melhor com coisas mecânicas e elétricas do que com pés e mãos. Uma vez liguei um circuito à porta da minha oficina para dar um choque violento no cara que costumava roubar meus equipamentos. Um carma instantâneo, e foi a única vez que derrubei alguém. Sem usar golpes de kick-boxing.

Eles se afastaram de novo.

— Além disso, meu amigo, você me ajudou a emular o Mark Twain original, que, de acordo com seu livro autobiográfico *A vida no Mississipi*, lutou com outro piloto em uma barca a todo vapor, depois que o homem maltratou um jovem aprendiz. De vez em quando, ele tinha que interromper a luta para manter a barca no curso, do mesmo modo como estou guiando os saltos da nossa nave enquanto lutamos. Dada a tendência de Twain de enfeitar suas histórias, não sei bem se as coisas se passaram exatamente dessa forma, mas admiro o homem e, por isso, batizei a nave em sua homenagem... Na verdade, o título que ele havia escolhido inicialmente para o livro era *Saltando para Oeste*, mas, infelizmente, o nome já tinha sido registrado por William Wordsworth. O velho carneiro de Lake District: um excelente poeta, mas, por alguma razão, "explorar a Terra Longa no *Wordsworth*" não soa muito bem, não acha?

— Wordsworth teve seus momentos, de acordo com a Irmã Georgina. *É uma noite bela, serena e livre...*

— Eu conheço o soneto, é claro. *A hora santa é serena como uma freira, tomada por adoração.* Muito apropriado! É um duelo de poesias, também, Joshua?

— Cale a boca e lute, Lobsang.

23

Quando pararam de lutar, o sol estava se pondo em todos os mundos.

Joshua tomou um banho de chuveiro pensando em todos os significados da palavra "estranho". Lutar boxe como um comandante de um vapor do século XIX com um homem artificial enquanto se navega por uma infinidade de mundos. Pode haver algo mais estranho na vida de alguém? Provavelmente sim, concluiu, resignado.

Estava começando a gostar de Lobsang, embora não soubesse exatamente por quê. Nem estava certo, mesmo depois de algum tempo de convivência, de quem era exatamente Lobsang. Estranho, sem dúvida, mas não havia muitas pessoas que achavam *ele*, Joshua, estranho, ou coisa pior?

Enxugou-se, vestiu um short limpo e uma camiseta com a inscrição "Não se preocupe! Em outra Terra isso já aconteceu" e foi para o convés do restaurante. Ao passar pelos camarotes vazios, teve uma sensação desagradável; era como se o *Mark Twain* fosse uma nave fantasma e ele o primeiro, e possivelmente o último, fantasma.

Entrou na cozinha; lá estava Lobsang, usando um macacão simples, esperando por ele com a paciência de uma estátua.

— Vamos jantar, Joshua? De acordo com uma análise cladística preliminar, seu salmão não é, propriamente, um salmão, mas é salmão o suficiente para ser saboreado. Temos todos os condimentos necessários. Temos também *tracklements*, e aposto que você não sabe o que são.

— Condimentos que realçam o sabor do ingrediente principal de uma refeição e, pelo menos tradicionalmente, podem ser encontrados nas vizinhanças desse ingrediente; como, por exemplo, a raiz-forte nas regiões de criação de gado. Estou impressionado, Lobsang.

Lobsang pareceu agradavelmente surpreso.

— Na verdade, quem deve estar impressionado sou eu, que sou um gênio e tenho acesso a todos os dicionários e enciclopédias que existem no mundo. Posso saber como ficou conhecendo essa palavra?

— A Irmã Serendipidade entende de culinária como ninguém. Em particular, ela tem um livro chamado *Comida na Inglaterra*, escrito por uma certa Dorothy Hartley. A Irmã Serendipidade manja disso, ela pode fazer comida boa de qualquer ingrediente. Você precisava ver o ensopado de animais atropelados que ela faz; é uma verdadeira iguaria. Foi ela que me ensinou a viver da terra.

— É notável que uma mulher com tais habilidades tenha se disposto a ajudar crianças desamparadas. Quanta dedicação.

Joshua fez que sim.

— Eu também acho, mas talvez também tenha a ver com o fato de que ela é procurada pelo FBI. É por isso que quase não sai da Casa e dorme no porão. A Irmã Agnes me disse que tudo não passou de um grande mal-entendido e que, além disso, a bala não passou nem perto do senador. As freiras não gostam de comentar o assunto.

Lobsang se pôs a andar de um lado para outro no convés, dando meia-volta quando chegava a uma antepara e reiniciando a marcha, como se fosse uma sentinela.

Joshua começou a temperar o salmão, mas o movimento incessante do outro e o ranger das tábuas do piso o deixava nervoso. Quando Lobsang passou por ele pela décima vez, Joshua disse:

— Sabe que o capitão Ahab costumava fazer isso? Viu o que aconteceu com ele? Em que está pensando, Lobsang?

— Em praticamente tudo; este exercício físico suave, como a nossa luta de boxe, faz maravilhas para o processo cognitivo. Uma observação tipicamente humana, não acha? — respondeu Lobsang, sem parar de caminhar.

Finalmente, o quase salmão foi para o fogo, mas Joshua se julgou na obrigação de vigiá-lo.

Lobsang enfim parou de caminhar.

— Você sabe se concentrar, não é mesmo, Joshua? É capaz de ignorar distrações, o que é uma qualidade muito útil, além de assegurar certa tranquilidade.

Joshua não respondeu. Um súbito clarão invadiu a cozinha; um vulcão distante em erupção no verde interminável da Eurásia, que logo desapareceu quando saltaram para o mundo seguinte.

— Joshua, vamos conversar a respeito de saltadores naturais como você — disse Lobsang.

— E como o soldado Percy?

— Você se mostrou interessado nas minhas pesquisas. Desde o Dia do Salto, tenho procurado explorar rodos os aspectos deste notável fenômeno. Assim, por exemplo, enviei pesquisadores para vários lugares do mundo, com a missão de estudar cavernas usadas por homens primitivos. Eles estavam encarregados de investigar cavernas semelhantes nos mundos próximos, para verificar se havia algum sinal de que também tinham sido habitadas, se é que eles existiam. Foi um empreendimento dispendioso, mas rendeu frutos, pois, ao examinar uma caverna perto de Chauvet, em uma França paralela, meus enviados encontraram, entre outras coisas, uma pintura. Mais precisamente, era o distintivo de certo regimento de Kent na época da Primeira Guerra Mundial, reproduzido com grande fidelidade.

— Soldado Percy?

— Certamente. Bem, eu já sabia a respeito dele e de suas viagens quando, em uma versão paralela das cavernas de Cheddar Gorge, em Somerset, Inglaterra, meus investigadores infatigáveis encontraram o esqueleto completo de um homem de meia-idade, juntamente com um garrafão de sidra, algumas moedas e um relógio de ouro fabricado em meados do século XVIII, no qual as únicas peças de metal que restavam eram as de ouro e de latão. A caverna estava submersa, mas as botas do homem haviam sobrevivido e tinham um leve brilho, assim como o pobre sujeito, graças a uma camada de carbonato de cálcio depositada por um gotejamento do teto. Curiosamente, os pregos das solas e os remates dos cadarços estavam faltando.

— Remates?

— Os pequenos cilindros de aço na ponta de cada cadarço... Estou compondo uma imagem aqui, Joshua.

— Não está muito nítida, Lobsang.

— Paciência. O mais curioso dessa descoberta é que o corpo foi encontrado apenas porque estava deitado com os dedos de uma das mãos introduzidos em uma fenda estreita no piso da caverna. Meus enviados encontraram aquele bom senhor enquanto exploravam uma caverna mais abaixo. Viram os ossos se projetando do teto, como se o homem tivesse tentado inutilmente alargar a pequena abertura. A coisa toda é bem no estilo de Edgar Allan Poe, não acha? Naturalmente, eles abriram um buraco no teto para chegar à outra caverna, e você pode adivinhar o resto. O homem era um ladrão barato e desastrado que os locais chamavam de Páscoa.

— Ele era um saltador, não era? — interrompeu Joshua. — Aposto que a caverna não tinha nenhuma abertura a não ser aquela fenda.

Por um momento, ele imaginou a água gelada pingando nos dedos ensanguentados do infeliz, um homem que tentava cavar uma saída daquela caverna que mais parecia um sepulcro.

— Talvez ele tenha bebido daquele garrafão. A Irmã Serendipidade me disse uma vez que a sidra de Somerset é feita de chumbo, maçã e ingredientes desconhecidos. Ele ficou tonto, *saltou* e foi parar em uma caverna sem perceber que havia saltado, o que, naturalmente, o deixou ainda mais desorientado. Tentou encontrar uma saída, bateu com a cabeça e perdeu os sentidos. Como estou me saindo?

— Muito bem. O crânio estava, realmente, um pouco danificado — afirmou Lobsang. — Não foi uma boa morte, e imagino quantas pessoas se descobrem aprisionadas em um local desconhecido sem ter a menor ideia do que está acontecendo.

"*Saltadores naturais*, Joshua. A história da Terra Padrão está cheia deles para quem sabe analisar os registros. Desaparecimentos misteriosos. Aparições misteriosas! Mistérios do quarto fechado de todos os tipos. Thomas de Ercildoun é um dos meus exemplos favoritos, o profeta escocês que, pelo que consta, beijou a rainha dos elfos e deixou este mundo...

Mais recentemente, existem muitos casos documentados na literatura científica e investigativa alternativa, é claro."

— É claro.

— Você é uma pessoa fora do comum, Joshua, mas não é único.

— Por que está me dizendo tudo isso agora?

— Porque não quero segredos entre nós. Além disso, agora vou entrar em um terreno perigoso: vou falar sobre sua mãe.

O *Mark Twain* deu mais um salto para oeste, sem nenhum ruído a não ser o leve estalido do ar deslocado.

Joshua reduziu a temperatura do forno onde o peixe estava assando e disse, no tom mais casual:

— O que você pode me dizer sobre a minha mãe? A Irmã Agnes já me contou tudo sobre ela.

— Acho que não, porque *ela* não sabia *tudo* a respeito da sua mãe. Eu sei, e posso adiantar que a verdade é, de modo geral, favorável, e explica muitas coisas. Pensei que você gostaria de saber, mas posso tirar isso da cabeça se preferir. Estou dizendo que, se quiser, posso apagar esse assunto definitivamente da minha memória. A escolha é sua.

Calmamente, Joshua continuou olhando o peixe.

— Acha que me resta alternativa a não ser dizer "me conte o que sabe sobre ela"?

— Muito bem. Você sabe, certamente, ou pelo menos deve ter concluído, que a Irmã Agnes assumiu a direção da Casa por sua causa. Estou me referindo ao escândalo que cercou seu nascimento. Foi um acontecimento que fez a expulsão dos vendilhões do Templo parecer uma despedida de solteiro. Eu consultei os arquivos, acredite; duvido que um conselho de cardeais tenha coragem de destituir a Irmã Agnes. Ela conhece toda a sujeira. Além disso, conhece a sujeira que foi varrida para baixo do tapete...

"Sua mãe era jovem, muito jovem, quando ficou grávida de você. A propósito: ninguém sabe quem é seu pai. Nem eu sei."

— Sei disso. Maria se recusou a revelar.

— De acordo com o velho regulamento, ela devia se penitenciar diariamente. Documentos que mostram como essas penitências eram administradas estão guardados no cofre pessoal da Irmã Agnes e também, naturalmente, em meus arquivos, à espera do momento oportuno para serem divulgados. O regulamento era totalmente absurdo do ponto de vista moderno, e deveria ser considerado absurdo em qualquer época, embora tenha sido tolerado durante muito tempo.

Joshua encarou Lobsang e disse, em tom monótono:

— Eu sei que alguém tomou da minha mãe uma pulseira de macaco. Era uma bobagenzinha, mas tinha sido um presente da mãe dela. Na verdade, era seu único bem pessoal. Foi a Irmã Agnes que me contou. Acho que as irmãs achavam que estava ligado a uma superstição, ou coisa parecida.

— Elas pensavam dessa forma, sim, mas acho que também havia um traço de crueldade no que fizeram. Maria estava na fase final da gravidez. Parece um incidente sem importância, mas deixou-a abalada em um momento crucial. Assim, naquela noite, quando as contrações começaram, Maria sentiu uma vontade incontrolável de sair dali, entrou em pânico e *saltou*. Foi aí que você entrou em cena.

"Na verdade, ela saltou *duas vezes*. Logo depois que você nasceu, ela saltou de volta para a Terra Padrão e apareceu na rua, perto da Casa, onde foi encontrada pela Irmã Agnes. A freira tentou acalmá-la. Maria estava obviamente em um estado lamentável, mas se deu conta de que não podia abandoná-lo e saltou de volta. Logo depois, apareceu de novo, com você nos braços, embrulhado em um suéter de lã angorá cor-de-rosa, e entregou-o a Irmã Agnes, que estava atônita e não tinha como entender o que estava acontecendo. Foi apenas depois do Dia do Salto, quando os saltos se tornaram comuns, que ela começou a vislumbrar a verdade.

"E Maria morreu, Joshua, de hemorragia pós-parto. Sinto muito. A Irmã Agnes, apesar de agir rápido, não conseguiu salvá-la.

"Tudo isso o deixa, meu amigo, como sendo, provavelmente, por um minuto ou dois, a única pessoa *em um universo inteiro*. Totalmente só! Imagino quais devem ter sido os efeitos da solidão sobre a sua consciência infantil..."

Joshua, que durante toda a vida tivera consciência da presença distante e solene do Silêncio, começou a ligar as coisas. Meu nascimento milagroso, pensou.

— Veja bem... você não estava a par desses detalhes, não é mesmo? Isso não o ajuda a se conhecer um pouco melhor?

Joshua permaneceu impassível.

— Vou servir o peixe antes que estrague.

Lobsang observou em silêncio enquanto Joshua comia uma parte considerável do peixe, assado com cebola picada (não havia chalotas a bordo), vagens e um molho de endro cuja composição nem o olfato apurado de Lobsang era capaz de determinar com precisão, mas certamente continha uma boa porcentagem de erva-doce. Ele observou enquanto Joshua lavava e enxugava metodicamente todos os utensílios até ficarem reluzentes e guardava tudo nos armários.

E então percebeu que Joshua havia acordado, como pareceu a Lobsang; como se realidade o assaltasse feito uma maré de primavera.

— Tenho algo para você — disse Lobsang, em tom carinhoso. — Acho que sua mãe gostaria que você ficasse com isso.

Mostrou um pequeno objeto envolto em papel de seda e colocou-o na bancada, ao mesmo tempo em que baixava vários livros sobre como lidar com a dor de uma perda e monitorava o funcionamento da nave.

Joshua abriu cuidadosamente o embrulho e verificou que continha a pulseira de plástico que pertencera à mãe.

Em seguida, Lobsang se retirou e deixou Joshua sozinho.

Lobsang se dirigiu à proa da nave, surpreso mais uma vez com o fato de que, como Benjamin Franklin havia observado, caminhar ajudava a refletir. Cognição incorporada, pensou, um fenômeno que devia investigar mais de perto. Atrás dele, depois que passava, as luzes ficavam mais fracas, pois a nave estava entrando no modo noturno.

Quando chegou à casa do leme, abriu a janela, apreciou o ar fresco de mundo após mundo usando os nanossensores embutidos na pele artificial e contemplou a Terra Longa, revelada pela luz de muitas luas. A paisagem raramente mudava de forma significativa: o contorno geral das montanhas e o percurso dos rios permaneciam praticamente os mesmos, embora, de vez em quando, erupções vulcânicas iluminassem o céu ou uma floresta atingida por relâmpagos ardesse em chamas. A lua, o sol e a geometria básica da Terra eram um palco quase estático para as biologias passageiras, fervilhantes, dos mundos paralelos. Entretanto, o luar não era exatamente o mesmo em todos os mundos. Lobsang prestava muita atenção nas luas, e verificou que a paisagem lunar mudava sutilmente de mundo para mundo. Enquanto os antigos mares de lava persistiam, em cada realidade uma sucessão diferente de meteoritos havia castigado a superfície do satélite, produzindo um padrão distinto de crateras e raios. Mais cedo ou mais tarde, ele sabia, chegariam a um mundo com uma lua *ausente*, uma lua negativa. Afinal de contas, a própria lua era um acidente, o resultado de colisões fortuitas durante a formação do sistema solar. A ausência da lua era inevitável se viajassem por tempo suficiente na Terra Longa; Lobsang tinha apenas de esperar, como no caso de muitas outras eventualidades que havia previsto.

Ele tinha aprendido muitas coisas, mas, quanto mais viajavam, mais o mistério da Terra Longa o preocupava. Na Terra Padrão, os professores que contratara falavam da Terra Longa como uma espécie de estrutura quântica, porque aquele tipo de linguagem científica parecia, pelo menos, pintar uma imagem que fazia sentido. Entretanto, estava começando a pensar diferente: seus cientistas não só estavam com a imagem errada; tinham frequentado outra galeria de arte. A Terra parecia ser algo muito mais estranho do que supunham. Ele não sabia e *detestava* não saber das coisas. Naquela noite, se preocuparia e ficaria acordado até as luas se porem, depois se preocuparia até o sol nascer e chegar a hora de cuidar das coisas de sempre, entre as quais... se preocupar.

24

No dia seguinte, Joshua pediu a Lobsang, quase timidamente, para falar mais um pouco a respeito dos saltadores naturais, de outras pessoas como ele e a mãe.

— Não estou interessado em lendas antigas, prefiro exemplos modernos. Imagino que você conheça vários casos.

Então, Lobsang contou a história de Jared Orgill, um dos primeiros saltadores naturais a chamar a atenção das autoridades.

Foi apenas mais um jogo de "Jack in the Box": era assim que o chamavam em Austin, Texas, embora as crianças tenham inventado independentemente variantes do jogo em todo o planeta, com muitos nomes diferentes. Naquele dia, havia chegado para Jared Orgill, de 10 anos, a vez de ser Jack.

Tinham encontrado uma velha geladeira em um depósito de lixo: uma grande caixa de aço inoxidável, no chão, com a porta para cima. "Parece um caixão de robô", comentara Debbie Bates. Depois que removeram as prateleiras e caixas de plástico, havia espaço suficiente para um deles entrar.

Jared não foi obrigado a entrar na geladeira, embora seus pais tenham argumentado o contrário mais tarde. Na verdade, Jared alegou que era a vez dele. Entregou a Debbie o celular — não se levava um celular, claro —, entrou na geladeira e deitou-se. Não se sentia muito confortável, com as saliências do contorno interno da geladeira espetando suas costas e um cheiro de produto químico no ar. A pesada porta foi fechada, escondendo o céu e o rosto sorridente de seus amigos. Não tinha importância; sairia dali quando quisesse. Ouviu pancadas graves, conforme os outros seguiram a rotina costumeira de empilhar objetos na porta da geladeira para mantê-la bem fechada.

Houve um momento de silêncio e depois a geladeira começou a se mover ruidosamente. As crianças tinham descoberto um modo melhor de mantê-lo preso. Levaram apenas um minuto para se organizar antes de se juntarem para fazer a geladeira balançar de um lado para outro cada vez mais, até rolar, ficando com a porta para baixo. Jared, perdendo o equilíbrio no escuro, caiu de bruços na porta... e ouviu o barulho de alguma coisa sendo esmagada. O Saltador que levava na cintura era apenas uma caixa de plástico recheada de componentes, amarrada no cinto com barbante; um arranjo muito frágil.

De acordo com a brincadeira, ele esperaria cinco ou dez minutos — claro que não podia ver as horas —, saltaria para Oeste 1 ou Leste 1, andaria alguns passos para o lado e — surpresa! — lá estaria "Jack", fora da caixa.

O problema era que Jared tinha caído em cima do Saltador.

Talvez ainda estivesse funcionando. Não tentou usá-lo de imediato. Não queria parecer covarde, aparecendo cedo demais. Além disso, temia *descobrir* que o Saltador estava quebrado e ele, ferrado.

Jared não saberia dizer quanto tempo esperou. O ar estava quente, pesado. Talvez tivessem transcorrido dez minutos, possivelmente mais.

Tateou no escuro até encontrar a chave do Saltador, fechou os olhos e colocou a chave na posição Leste. Nada aconteceu. Sentiu um frio na espinha. Moveu a chave para Oeste sem resultado. Ficou mudando a chave de posição, para lá e para cá, até que ela quebrou. Tentou não gritar. Virou de costas e começou a bater na carcaça da geladeira.

— Socorro! Pessoal! Tirem-me daqui! Debbie! Mac! Estou preso! Socorro!

Parou de gritar. Ficou bem quieto, escutando. Esperou. Nada.

Sabia o que os amigos iriam fazer, porque faria a mesma coisa. Esperariam alguns minutos, meia hora, uma hora, talvez um pouco mais. Depois, começariam a desconfiar que alguma coisa tinha dado errado e iriam para casa. Acabariam dando com a língua nos dentes, todos voltariam para o depósito de lixo, e papai gritaria com os outros e os obrigaria a dizer onde estava a maldita geladeira e começaria a retirar o lixo com as próprias mãos...

O problema era que isso talvez levasse horas para acontecer. O oxigênio já rareava; tinha de fazer força para respirar. Voltou a entrar em pânico. Sacudiu o Saltador avariado até ele começar a desmanchar. Gritou, socou a carcaça da geladeira, urinou na calça. Começou a chorar.

Depois, exausto, deitou-se mais uma vez e tateou no escuro os restos do Saltador: a batata, o fio de alimentação, os componentes do circuito. Não devia ter sacudido o aparelho daquela forma. Devia ter tentado consertá-lo. Se conseguisse se lembrar do circuito, talvez pudesse montá-lo de novo. Procurou rememorar o diagrama, da forma como despontara da tela do telefone. Jared tinha uma boa memória visual. *Pensou* em cada componente da figura, na sintonia das bobinas e...

Caiu, de uma pequena altura, em um solo macio. De repente, havia um céu azul acima de sua cabeça, um sol brilhante, e o ar encheu seus pulmões.

Estava livre! Levantou-se, trêmulo. Pedaços do Saltador caíram no chão. A abundância de oxigênio o deixou tonto. Se tinha estado morto, estava vivo de novo. Percebeu, envergonhado, que a calça estava molhada.

Olhou em torno. Estava em uma floresta, mas podia ver luzes por entre as árvores. Austin Leste 1 ou Austin Oeste 1, provavelmente. Tinha de voltar para casa. Como? O Saltador estava em pedaços. Mesmo assim, deu alguns passos para longe do lugar onde estaria a geladeira e...

Viu-se no meio de um mar de objetos velhos e malcheirosos, perto de um monte que só podia ser a geladeira coberta de lixo. Tinha saltado de volta para a Terra Padrão. Como era possível? Dessa vez, não havia nem mesmo tocado no Saltador. Nem ao menos estava enjoado.

Não importava. Estava de volta! Saiu correndo para longe da geladeira. Talvez os pais ainda não tivessem dado por sua falta. Aliviado, começou a planejar o que iria dizer aos amigos depois que recuperasse o telefone.

Infelizmente para Jared, os pais tinham notado sua ausência e chamado a polícia. Um dos policiais notou que o Saltador estava quebrado e fez a pergunta crucial: como ele havia conseguido saltar para outro mundo e saltar de volta sem um Saltador? Para surpresa de Jared, ele foi suspenso da escola para tratamento médico e entregue nas mãos de três "especialistas" em saltos e na Terra Longa: um físico, um psicólogo e um neurologista.

A história foi divulgada por um site de notícias local antes de ser tirada do ar. Depois disso, o governo dos Estados Unidos, com uma farta experiência na área, passou a negar tudo, desacreditar as testemunhas — incluindo o próprio Jared — e a enterrar a coisa toda em arquivos secretos.

Naturalmente, Lobsang conhecia perfeitamente o conteúdo de tais arquivos.

— Então por que as pessoas precisam de Saltadores? — perguntou Joshua.

— Talvez precisem de um modo mais indireto do que imaginam, Joshua. As breves notas que Linsay deixou insistem que a posição exata de cada componente é importante e precisa ser determinada com extremo cuidado, o que significa que a atenção do montador deve estar totalmente concentrada na tarefa. A necessidade de alinhar duas bobinas enroladas à mão faz lembrar a sintonia dos primeiros detectores de metais. Quantos aos outros componentes, ao que tudo indica, estão ali apenas por causa da *aparência*. O trabalho de enrolar as bobinas, em particular, pode ser hipnótico. Se me permite ser tibetano por um momento, acredito que o que temos aqui é uma espécie de mandala tecnológica, destinada a colocar a mente em um estado sutilmente diverso, disfarçada como um produto de consumo. É o ato de construir um Saltador que permite que a pessoa salte, e não o aparelho em si. Eu mesmo passei pelo processo de montar um Saltador, usando uma unidade ambulante. Cheguei à conclusão de que o processo abre uma porta dentro de nós que a maioria não suspeita que exista. Entretanto, como mostra a história de Jared Orgill, além da sua própria história, algumas pessoas estão descobrindo que não precisam de Saltadores, quando saltam acidentalmente com um aparelho quebrado, ou quando, tomados pelo pânico, saltam sem o aparelho.

— Somos todos saltadores naturais — disse Joshua, pensativo. — O problema é que não sabemos disso. Precisamos de um artifício para fazer esses músculos da cabeça funcionarem.

— Algo assim. Só que *nem todos*; nesse ponto, você está errado. Já estudei um número suficiente de saltadores para fazer uma estatística aproximada. Acredito que os saltadores naturais constituem cerca de um quinto da humanidade. Para eles, a Terra Longa é tão acessível quanto o parque da esquina, sem necessidade de um treinamento especial, ou talvez com poucas aulas ou disciplinas mentais do tipo que Jared inadvertidamente usou quando tentou visualizar o diagrama do circuito. Por outro lado, pode ser que um quinto da humanidade seja incapaz de deixar a Terra Padrão, a não ser humilhantemente carregada por outra pessoa.

Joshua pensou nas implicações do que acabava de ouvir. Parecia que a humanidade estava irremediavelmente dividida em diferentes categorias — embora ainda não soubesse disso.

25

Joshua ficou vendo os mundos passarem como as páginas de um álbum de fotografias. E, rumando sem parar para o oeste geográfico, passaram por um importante marco de fronteira: os Montes Urais, uma cordilheira no sentido norte-sul que existia em quase todos os mundos. Esses mundos, porém, eram muito diferentes dos anteriores. Tanto o Cinturão do Gelo quanto o Cinturão das Minas tinham ficado para trás. Chegara a vez dos mundos do Cinturão do Milho, como os exploradores americanos e os capitães das excursões gostavam de chamá-lo: mundos quentes, ricos, que, pelo menos na América do Norte, estavam cobertos de estepes e pradarias, florestas com árvores conhecidas e rebanhos de animais de aspecto saudável. Mundos favoráveis à agricultura e à pecuária. De acordo com o terrômetro de Lobsang, as Terras lá embaixo já estavam na casa dos cem mil. Os exploradores levavam nove meses, viajando a pé, para chegar tão longe; o dirigível levara apenas quatro dias.

Sempre que paravam, Lobsang tentava captar transmissões de ondas curtas, que deviam acompanhar a curvatura de qualquer Terra que dispusesse de uma ionosfera. Interromperam a jornada em alguns mundos do Cinturão do Milho. Um deles foi o Oeste 101.754, onde ouviram um noticiário longo e detalhado proveniente de uma colônia instalada em uma Nova Inglaterra paralela. Era a leitura do diário de uma jovem nascida em Madison. Pertencia a uma das comunidades pioneiras espalhadas pelos continentes da Terra Longa. Cada uma delas, pensou ele, teria suas histórias para contar...

* * *

Olá, fiéis ouvintes. Aqui fala Helen Green, sua blogueira favorita, em mais uma transmissão. Hoje vou contar o que aconteceu há três anos. Era o dia 5 de julho, que, como devem saber, é o que vem depois de 4 de julho. Aqui vai...

É isso que chamam de *ressaca?*

Ai! Meu! Deus!

Ontem foi o Dia da Independência! Legal. Estamos aqui há oito meses e ninguém morreu ainda. Legal! Isso é motivo de comemoração. Somos americanos, e aqui oficialmente são os Estados Unidos, e era 4 de julho, e é isto.

Se bem que, se você nos visse neste primeiro verão, pensaria que somos índios. Estamos vivendo em cabanas, palhoças e grandes casas comunitárias, e algumas pessoas ainda usam as tendas de acampar. Os cães e galinhas que as pessoas trouxeram nas costas estão correndo soltos por aí. Ainda não estamos cultivando os campos; nossa primeira colheita será no ano que vem. Antes temos que limpar a terra: cortar, queimar, remover pedras; um trabalho pesado, no qual só podemos contar com músculos humanos. Para o futuro, trouxemos sementes de milho, feijão, linho e algodão, o suficiente para sobreviver a anos de quebra de safra, se for necessário. Ah, já plantamos abóbora e feijão perto das casas, em nossos "jardins".

Mesmo assim, por enquanto, somos caçadores-coletores! Este é um mundo muito bom para caçar e coletar. No inverno, o rio está cheio de robalos. Na floresta procuramos por coisas que parecem coelhos e coisas que parecem veados e uns daqueles cavalinhos em miniatura, se bem que, neste último caso, todos nós sentimos certo nojo, porque é como se estivéssemos comendo um pônei. Agora, que é verão, passamos mais tempo na costa, pescando peixes e colhendo mariscos.

Você se sente na natureza selvagem. Na Terra Padrão, eu morava em um lugar onde as pessoas haviam passado vários séculos *domesticando* tudo. Aqui, a floresta não foi limpa, os pântanos não foram drenados, os rios não foram represados ou desviados. É estranho. E perigoso.

Meu pai acha que algumas pessoas também são perigosas. Estamos nos conhecendo melhor, mas devagar; nem sempre a primeira impressão é a que vale. Alguns tipos vieram para cá, não em busca de alguma coisa, mas para fugir de alguma coisa. Um veterano do Exército. Uma mulher que minha mãe acha que foi abusada na infância. Uma mulher que perdeu um filho. Por mim, tudo bem.

Seja como for, aqui estamos. Se você sai para explorar a floresta ou faz uma caminhada rio acima, vê a fumaça que sai das chaminés das casas e ouve a voz das pessoas que estão trabalhando no campo. Percebe a diferença quando salta para um mundo ou dois para qualquer lado. Um mundo habitado por humanos em comparação com um mundo desabitado. É sério, dá para sentir no ar.

Tivemos uma grande discussão a respeito do nome da nova comunidade. Os adultos fizeram uma reunião para decidir e cada um propôs um nome diferente. Melissa achava que devíamos escolher um nome inspirador como "Nova Independência", "Liberdade" ou "Nova Esperança", mas meu pai riu dessa última sugestão e fez uma piada sobre *Star Wars*.

Não sei se a ideia foi minha ou de Ben Doak, mas encontramos um nome que agradou a todos ou, pelo menos, que ninguém detestou o suficiente para protestar em voz alta. Quando todos concordaram, papai e alguns outros prepararam uma placa, que colocaram na trilha que leva ao litoral.

BEM-VINDO AO REINÍCIO
FUNDADO EM 2026 A.C.
POP. 117

"Agora só está faltando um CEP", comentou meu pai.

Vou ler uma coisa do ano seguinte, escrita pelo meu pai! Ele tem me ajudado muito neste blog, inclusive corrigindo meus erros de ortografia, hã. Obrigada, pai!

Meu nome é Jack Green. Se você está lendo este diário, sabe que sou o pai de Helen. Ela me autorizou a escrever neste diário, que está se tornando uma memória preciosa de nossa comunidade. No momento, Helen está ocupada, mas hoje é aniversário dela e eu queria ter certeza de que este dia seria lembrado.

Por onde começo?

Nossas casas estão quase todas construídas. Os campos estão sendo limpos aos poucos. Passo quase o tempo todo de cabeça baixa, trabalhando. Todos nós. Vez ou outra, porém, dou uma volta pela cidade e vejo que estamos progredindo.

A serraria começou a funcionar. É o nosso primeiro grande projeto comunitário. Posso ouvi-la agora, enquanto escrevo. Tentamos mantê-la em operação dia e noite, produzindo aquele ruído característico de dois tempos enquanto transforma os troncos em tábuas. Temos um forno para cerâmica, um forno para calcário, uma caldeira para fazer sabão e, naturalmente, uma forja, graças a Franklin, nosso geniozinho britânico. Os mapas geológicos acertaram na mosca. Não sei como conseguimos avançar tanto em tão pouco tempo.

Mas também pudemos contar com uma ajuda de fora. Uma família amish veio nos procurar, por indicação do reverendo Herrin, nosso pastor itinerante. Eles são meio estranhos, mas muito amistosos e competentes no que fazem. Eles nos ajudaram a construir o forno de cerâmica, um forno retangular com uma chaminé no teto. Nossos vasos são toscos, mas imagine o orgulho que sentimos quando colocamos um vaso que fizemos em uma prateleira que montamos, cheio de flores que plantamos no jardim que preparamos a partir da terra nua.

Isso, porém, não é nada em comparação com as primeiras ferramentas da forja de Franklin. Não poderíamos trabalhar sem ferramentas de ferro e aço, é claro, mas o ferro teve outro tipo de influência na nossa economia doméstica. Logo depois da chegada, espalhamo-nos pelos mundos mais próximos em vez de permanecermos todos no mesmo. Por que não? Havia espaço de sobra. Acontece que não é possível transportar objetos de ferro de um mundo para outro. Assim, as pessoas estão voltando gradualmente para a 754, a Terra que dispõe de uma forja, em vez de construir forjas em outros mundos (embora Franklin tenha se oferecido para fazer isso em troca de uma remuneração).

Fico impressionado com o modo como a exploração da Terra Longa pela humanidade é afetada por um único fato: a impossibilidade de transportar objetos de ferro para outros mundos. Pensamos, por exemplo, em cultivar os mundos vizinhos, para não corrermos o risco de perder uma safra por causa do mau tempo ou de uma praga. Não valia a pena: preferimos usar as ferramentas de que dispomos para ampliar nossas culturas na 754.

A propósito: o modo como recompensamos visitantes como os amish pelos serviços que nos prestam é interessante. Bem, eu acho. Dinheiro! O que pode ser considerado um meio de troca adequado, com tantos mundos à nossa disposição? Que metal pode ser considerado precioso, quando qualquer um pode ter uma mina de ouro? Uma pergunta interessante do ponto de vista teórico, não é mesmo?

Entre nós, continuamos a usar as moedas da Terra Padrão. Apesar da recessão causada pela Terra Longa, o iene e o dólar americano resistiram, especialmente porque são impossíveis de falsificar. A libra esterlina entrou em colapso quando metade da população deixou aquela ilhota abarrotada — incluindo Franklin, nosso inestimável ferreiro. Entretanto, a Inglaterra, não pela primeira vez, encontrou uma saída em meio à adversidade. Nos tempos de economia fraca, os britânicos criaram o "favor", uma moeda de valor flexível. Para resumir, era uma moeda nacional cujo valor era decidido por comum acordo entre o vendedor e o comprador no momento da transação — o que a tornava difícil de ser taxada, então funcionava muito mal na Terra Padrão. Mas é a moeda ideal para os novos mundos, o que não é surpreendente, já que o sistema foi usado nos primeiros anos de existência dos Estados Unidos da América, quando não havia ainda uma moeda oficial nem um governo para validar seu uso.

Em lugares como o Reinício, sabe, a vida é feita de pequenas trocas. Você ferve gordura animal para fazer sebo e, como sobrou um pouco, pergunta se a vizinha está precisando. Ela responde que sim e oferece em troca meio quilo de minério de ferro. Você não tem o que fazer com o minério de ferro, mas Franklin, o ferreiro, certamente tem, então fica com o material em troca de um favor a ser pago no futuro. Isso significa que alguém lhe *deve* um favor, que pode ser alguma coisa material ou mesmo o compromisso de carregar suas compras na próxima vez que você for a Cem K ou à Terra Padrão.

Não é um sistema viável para uma grande cidade, mas funciona muito bem em uma colônia de cem habitantes que se conhecem pessoalmente.

Não faz sentido tapear os outros; *isso* funcionaria por muito pouco tempo. Afinal de contas, quem gostaria de ver todas as portas fechadas quando precisa de ajuda?

Assim, de vez em quando, cada um faz a conta dos seus favores, positivos e negativos, e se o saldo for amplamente positivo, pode se dar ao luxo de tirar um dia de folga e sair para pescar. As enfermeiras e parteiras se dão particularmente bem com este sistema. Quantos favores vale um parto bem-sucedido? Quantos favores vale o tratamento de uma mão machucada, um tão bom que lhe permite voltar a trabalhar?

O senso comum funciona muito bem em pequenas comunidades como essa, em que cada um depende da aceitação de todos os outros. Isso se aplica até mesmo ao modo como tratamos os andarilhos — como os chamamos — que de vez em quando aparecem entre nós. Pessoas que passaram a vida saltando de mundo em mundo sem intenção de se fixar em lugar algum, simplesmente conhecendo lugares novos e vivendo de pequenos serviços. Que mal há nisso? Na Terra Longa há espaço suficiente para que as pessoas vivam assim, se quiserem. Eles chegam a nós atraídos pela fumaça das fogueiras; nós os acolhemos, os alimentamos e lhes oferecemos cuidados médicos, se necessário.

Deixamos bem claro que esperamos algo em troca, em geral um pequeno serviço ou mesmo novidades interessantes da Terra Padrão. A maioria aceita esse tipo de acordo. As pessoas não precisam de muito estímulo para viver em comunidade. Imagino que foi assim que neandertais se socializaram. Alguns deles, porém, parecem atordoados, como se tivessem passado muito tempo olhando para o horizonte, e não conseguem passar muito tempo na mesma Terra. O nome popular para isso é *síndrome da Terra Longa*, ou foi o que me contaram.

Recebemos notícias mais formais da Terra Padrão. Existe um carteiro que faz a ronda dos mundos! É um sujeito simpático chamado Bill Lovell. Uma das correspondências dizia que um órgão federal aceitou nosso pedido de registro das terras. A carta mais importante que recebi foi uma comunicação do Apoio aos Pioneiros, o órgão do governo que supervisiona as finanças dos emigrantes, avisando que minhas contas bancárias e meus fundos de investimentos continuam em vigor. Estou sustentando Rod, naturalmente, nosso filho fóbico, nosso "esqueceram de mim", como são chamadas atualmente, na gíria da Terra Padrão, as pessoas que não conseguem saltar. Tilda acha que isso está errado. Que esse não é o espírito de um pioneiro. Mas a minha intenção nunca foi deixar qualquer um de nós sofrendo lá. Por que deveríamos? Esta é a minha solução, meu jeito de garantir que minha família esteja protegida.

Rod não nos enviou nenhuma carta desde que chegamos, nenhumazinha. Nós *escrevemos* para ele, mas ele não respondeu. Por bem ou por mal, evitamos discutir o assunto. Mas isso vem partindo meu coração.

Quero encerrar com uma notícia alegre.

Faz mais de 24 horas que Cindy Wells entrou em trabalho de parto, o primeiro nascimento na colônia. Cindy chamou as amigas, e Helen, que está treinando para ser parteira, também foi. Ela tem apenas 15 anos, meu Deus. Bem, o trabalho de parto foi longo, mas a criança nasceu sem complicações. Neste momento em que escrevo, amanheceu há pouco e elas ainda estão com Cindy.

Não consigo expressar como estou orgulhoso. Pelo aniversário da Helen, também. (Valeu, pai!)

Hoje vou ter um trabalho a mais, que vai ser modificar o cartaz da cidade:

BEM-VINDO AO REINÍCIO
FUNDADO EM 2026 A.C.
POP. ~~117~~ 118

E no céu, do outro lado do mundo, uma aeronave espalhafatosa flutuava à luz da alvorada, escutando histórias sussurradas como aquela, antes de desaparecer em outras realidades mais distantes.

26

Joshua acordou. O grande cobertor de lã com o qual ele gostava de se cobrir era ligeiramente mofado, bem pesado e, de certa forma, muito reconfortante. Do lado de fora, como pôde ver pela janela do camarote, o desfile de Terras prosseguia. Lá estava a interminável floresta eurasiana, às vezes em chamas, às vezes coberta de neve. Mais uma manhã no *Mark Twain*.

Saiu cuidadosamente da cama, tomou um banho de chuveiro, enxugou-se e colocou no pulso a pulseira de macaco. Era a única coisa de sua mãe que possuía. Era feita de plástico barato e estava um pouco apertada no pulso, mas, para ele, valia mais que ouro.

O *Mark Twain* deu o leve solavanco que Joshua se acostumara a esperar toda vez que paravam de saltar. Teoricamente, não havia razão para o solavanco, mas toda embarcação tem suas idiossincrasias. Olhou de novo pela janela.

Para sua surpresa, depois de passar vários dias cruzando as vastas planícies da Eurásia, a nave estava no meio de um oceano que se estendia a perder de vista. Joshua era de Madison e tinha crescido com os lagos próximos. Meu Deus, pensou ele, eu bem que podia nadar um pouco. Tirou a roupa, ficando só de bermuda.

Em seguida, sem consultar Lobsang, entrou no elevador da gôndola e o fez descer até ficar a poucos metros da água, que tinha um tom azul-escuro e era tão tranquila quanto a água de um lago.

A unidade apareceu na escotilha acima dele.

— Ah, aí está você. Se está querendo dar um mergulho nessa água salobra, acho melhor pensar duas vezes. Como de costume, soltei meus balões e foguetes de sondagem e cheguei à conclusão de que, se existe terra firme neste planeta, é muito pouca. O nível do mar está muito elevado; provavelmente estamos sobrevoando um continente submerso.

— Então é mundo oceânico.

— Ainda não posso dizer se existe algo sofisticado como peixes nadando por aqui. Não *parece* haver formas de vida mais evoluídas do que algas flutuantes, algumas das quais extremamente verdes. Este é um mundo fascinante, e acho que vale a pena explorá-lo. Entretanto, embora eu não possa proibi-lo de mergulhar, aconselho-o fortemente a esperar até que eu possa garantir sua segurança.

A água calma reluzia, convidativa.

— Ah, por favor. Não vou correr nenhum risco.

Ele ouviu som de atividade mecânica acima, na nave.

— Como pode ter certeza? — perguntou Lobsang. — Quem sabe qual foi o rumo que a evolução tomou neste tipo de mundo? Joshua, a qualquer momento alguma coisa pode surgir das profundezas e fazer você partir deste e de todos os outros mundos com um som que pode ser descrito como "crau", com tudo que a palavra sugere.

Joshua ouviu o som de uma escotilha se abrindo na nave, seguido pelo barulho de algo caindo na água.

— Uma pessoa rara como você não tem o direito de servir de cobaia quando existem criaturas mais qualificadas, como a unidade submarina. Observe! — disse Lobsang.

Um objeto parecido com um golfinho mecânico pulou para fora d'água, descreveu uma curva no ar e mergulhou de novo.

Joshua olhou para cima, para Lobsang. Continuava sem saber se as expressões da unidade ambulante eram programadas ou representavam emoções verdadeiras. Fosse como fosse, Lobsang observava sua mais recente criação cheio de alegria. Ele gostava de seus brinquedos, afinal.

Entretanto, o sorriso durou pouco. Ele disse:

— Vários peixes observados, amostras de água colhidas, plâncton identificado, profundidade do oceano incerta... Há alguma coisa subindo... talvez seja melhor você voltar para bordo. Segure-se!

O elevador deu um salto, fazendo um ruído metálico ao esbarrar nos batentes. Joshua olhou para baixo e viu o golfinho mecânico fazer

uma última pirueta antes que mandíbulas gigantescas se fechassem em torno dele. Voltou-se para Lobsang e perguntou, com a voz falhando:
— Você chamaria aquilo de crau?
— Na verdade, acho que poderia ser, levando todos os fatos em consideração, um *CRAU!*
— Confesso que me enganei. Sinto muito pelo seu submarino de brinquedo. Ele custou muito caro?
— Uma verdadeira fortuna, e estava cheio de invenções patenteadas, só que, infelizmente, não contava com uma boa blindagem. Mas tenho outro de reserva. Vamos comer. Deixe que eu faça o café da manhã, para variar.

Quando a refeição ficou pronta, Lobsang esperou por Joshua no convés de observação.
— Nosso visitante foi identificado provisoriamente como um tubarão. A Terra Padrão já teve tubarões gigantescos, e consegui uma boa fotografia deste espécime; os ictiólogos darão a última palavra. Por favor, aproveite, com os meus cumprimentos, o uso continuado das suas pernas.
— Está certo. Entendi. Obrigado...
O *Mark Twain* já estava saltando novamente. Joshua tornou a ver florestas; o oceano e o céu claro, sem nuvens, tinham ficado para trás. De uma forma que estava se tornando um hábito, Lobsang e Joshua ficaram juntos em silêncio. Embora estivessem se dando bem, podiam passar horas daquele jeito, praticamente sem trocar palavras.
Quando seu pensamento se voltou para oeste, Joshua sentiu uma pressão estranha na cabeça. Era quase como se estivesse viajando de volta para a Terra Padrão, em vez de estar se afastando cada vez mais.
Pela primeira vez, por algum motivo, começou a especular quanto ao fim da jornada.
— Lobsang, até onde pretende ir? Vou ficar com você até o fim, esse foi o nosso trato, mas tenho responsabilidades em casa. A Irmã Agnes e as outras freiras não têm mais a mesma disposição...
— Uma reação interessante, partindo do grande andarilho solitário — disse Lobsang secamente. — Você me faz lembrar os mateiros e caçadores

do Velho Oeste. Como Daniel Boone, com quem já o comparei no passado, você dispensa a companhia de outras pessoas, mas não o tempo todo. Além disso, mesmo Daniel Boone tinha uma Sra. Boone e vários Boonezinhos.

— Só que, pelo que ouvi dizer, alguns desses Boonezinhos não eram Boones *dele*, e sim Boones do irmão — retrucou Joshua.

— Eu te entendo, Joshua. É isso que estou tentando dizer.

— Duvido muito, homem de lata — protestou Joshua.

— Vamos combinar uma coisa? Se não encontrarmos alguém para você conversar nas próximas duas semanas, eu dou meia-volta com a nave e voltamos para casa. Já temos dados suficientes para deixar meus amigos nas universidades mais felizes que pintos no lixo. Você pode tirar umas férias enquanto eu começo a trabalhar no *Mark Trine*, o espírito do Sr. Clemens que me perdoe.

Percebendo a expressão intrigada de Joshua, explicou:

— No dialeto em que "Twain" significa o número dois, "Trine" significa três. Uma pequena brincadeira.

— Pensei que você tivesse destruído o estaleiro. Um pequeno Tunguska, você disse.

— A Black Corporation tem muitas instalações clandestinas, Joshua. Pensando bem, é curioso que você tenha falado em voltarmos no momento em que descobri que nossos amigos cantores daquele mundo gelado tiveram a mesma ideia.

— Os trolls? Como assim?

— Tenho observado vários bandos dessas criaturas, viajando pela Terra Longa. Trolls e outras espécies semelhantes. É difícil estabelecer o tipo de parentesco com base em observações superficiais; ainda há muito que estudar. Mesmo assim, uma simples análise demográfica mostra que, na média, eles estão *voltando* no sentido oposto ao nosso, e em número considerável. Parece algum tipo de migração.

— Humm... — murmurou Joshua, sentindo aquela leve pressão na cabeça. — Talvez estejam fugindo de alguma coisa.

— Seja como for, é interessante, não acha? Humanoides que saltam! Imagino o que vai acontecer quando mais desses trolls migrantes chegarem à Terra Padrão.

— *Mais* deles? O que quer dizer com isso?

— Já contei a você sobre relatos fragmentários, muito antigos, a respeito de seres transitórios. Acredito que trolls e outras espécies tenham visitado a Terra Padrão por milênios, de passagem ou com outros propósitos. A frequência desses relatos diminuiu nos últimos séculos, talvez por causa da disseminação dos conhecimentos científicos.

Ou por causa do excesso de população, pensou Joshua, se os trolls e seus primos tinham a mesma aversão a multidões que ele.

— Por outro lado, nas últimas décadas, e mesmo a partir do Dia do Salto, o número de aparições voltou a aumentar. Talvez estejamos testemunhando o início da migração. Vou dar o exemplo de um caso que agora começa a fazer sentido...

27

DE ACORDO COM o relato dos dois estudantes — classificado como sigiloso segundo a Lei dos Segredos Oficiais da Inglaterra —, o tempo estava nublado na noite do incidente. Tudo se passou em Oxfordshire, no centro da Inglaterra. À luz de uma lanterna de pilha, Gareth esvaziou a mochila de lona e conferiu o material: um taco e uma estaca de críquete, um taco de beisebol, baquetas surrupiadas do depósito de instrumentos musicais da escola e até mesmo um martelo de croquet. Coisas para fazer as pedras cantarem.

Enquanto isso, Lol estava batendo com a testa em um tronco de carvalho.

O carvalho e seus companheiros se destacavam acima das pedras, que lembravam a dentadura parcialmente enterrada de um gigante. Aquele era considerado um dos monumentos mais antigos do país: talvez precedesse a era dos agricultores que haviam construído quase todos os grandes monumentos de pedra da Inglaterra. Entretanto, ninguém sabia ao certo, porque não tinha havido um estudo arqueológico decente do local. Não havia uma trilha demarcada, com cartazes para guiar turistas inexistentes. Apenas as pedras, a floresta que quase os escondia e uma lenda, a de que aquelas pedras cantavam para espantar os elfos e outros demônios. Uma lenda que era a razão para Gareth estar ali.

Lol abraçou o tronco nodoso.

— Árvores! As árvores são a nossa base, Gaz. Elas nos sustentam. Existem árvores neste planeta há trezentos milhões de anos. Você sabia? Grandes fetos arbóreos no Carbonífero. Uma árvore é definida pela forma, não pela espécie. Nós já *moramos* em árvores, no passado. Elas estão no centro dos nossos mitos! Existem histórias no mundo inteiro a respeito de *árvores do mundo*, como escadas para o céu.

Os dois eram estudantes de ciência, universitários de 20 anos. Lol estudava física quântica; Gareth, acústica. Lol parecia mais jovem do que de fato era, como um adolescente de 15 anos fantasiado de motociclista, e morava com os pais. Por trás daquela mitologia verde que gostava de apregoar, porém, havia uma mente brilhante. Gareth achava as equações não lineares da mecânica dos fluidos na qual se baseavam os estudos de acústica bastante desafiadoras, mas a física quântica era *difícil*...

Gareth ouviu um estalido, como se alguém tivesse saltado. Olhou para trás e julgou vislumbrar um movimento nas longas sombras que as pedras projetavam à luz da lanterna. Algum animal da floresta?

— Passe uma cerveja — disse Lol.

Gareth olhou para ele, surpreso.

— Você é que trouxe as cervejas.

— Não, foi *você*.

— Eu trouxe as ferramentas. Jesus Cristo. Você nunca faz a sua parte.

Jogou uma baqueta, que por pouco não acertou na cabeça do amigo.

— Se não temos o que beber, vamos acabar logo com isso e voltar para o pub antes de ficarmos sóbrios.

— Desculpe, cara — disse Lol, pegando a baqueta no chão.

Gareth tirou o telefone do bolso e se preparou para gravar os sons que as pedras produziriam quando eles começassem a golpeá-las.

Ele estava fazendo aquilo para chamar a atenção de uma moça.

Ela era uma aluna do curso de arte e às vezes os dois voltavam para casa no mesmo ônibus, mas Gareth não conseguia encontrar um assunto para puxar conversa. A moça sem dúvida não se interessaria pelos seus estudos maçantes de engenharia. Por outro lado, talvez um experimento de arqueoacústica a impressionasse.

Durante muitos séculos, os arqueólogos haviam ignorado o elemento *som* nos monumentos que estudavam. Gareth uma vez tinha ouvido um quarteto de *barbershop* se apresentar em um jazigo neolítico, e o som era fantástico; o lugar com certeza fora projetado com a acústica em mente. No momento, estava tentando *tocar* aquelas pedras para verificar se elas tinham sido escolhidas por causa de suas propriedades acústicas — uma ideia inspirada pelo nome tradicional do monumento, Pedras Cantantes, e pela lenda associada, segundo a qual as pedras cantavam para afugentar os espíritos malévolos. As lendas de fantasmas, espíritos e outras aparições tinham voltado a ser populares na era da Terra Longa, em que a realidade se tornara mais fluida.

Talvez seu raciocínio estivesse errado. Além disso, não tinha atingido o objetivo principal: quem estava ali com ele era Lol, e não *ela*. Pelo menos era um modo mais criativo de pensar sobre os novos mundos que o da maioria dos ingleses. Apenas alguns anos tinham decorrido desde o Dia do Salto. Antes de entrar para a faculdade, Gareth passara o verão nos Estados Unidos, onde muita gente vinha pensando em explorar os outros mundos, em fundar uma infinidade de Américas paralelas. A Inglaterra, por outro lado, permanecera no mesmo marasmo. A Terra Longa simplesmente não tinha inspirado John Bull. Claro que não ajudava que as Inglaterras paralelas fossem cobertas de florestas, mas, basicamente, tudo que se via na Inglaterra Oeste ou Leste eram pequenos terrenos retangulares abertos na floresta, delimitando com precisão os quintais das casas de campo que as famílias da classe média frequentavam nos fins de semana para plantar feijão, pegar sol quando estava chovendo na Terra Padrão ou, apenas ocasionalmente, ser atacadas por um javali selvagem. Enquanto isso, os desvalidos, jovens e velhos, fugiam da caridade e dos empregos miseráveis e desapareciam no verde, as cidades morriam de dentro para fora, e a economia se deteriorava lentamente...

Lol não dizia nada havia muito tempo, ou, pelo menos, o que para ele era muito tempo. Gareth ergueu o olhar em sua direção.

Os olhos de Lol estavam arregalados.

Havia alguma coisa no centro do círculo de pedras, um grupo de formas atarracadas que não estivera lá no instante anterior. No primeiro momento, Gareth teve a impressão de que se tratava de um círculo menor de pedras. Não, não eram pedras. Tinham cara de chimpanzé, corpos pretos e peludos e postura ereta. Pareciam crianças fantasiadas de macacos. A luz da lanterna era incerta; as sombras, muito escuras.

— Devem ter saltado para cá — murmurou Lol.

— Isto é algum tipo de piada? Gostosuras ou travessuras? Não é Halloween, cacete.

Gareth estava nervoso; ele sempre se sentia assim perto de crianças desacompanhadas.

— Escutem, se vocês aí não...

Como se tivessem ensaiado, todas as pequenas criaturas começaram a cantar ao mesmo tempo. Iniciaram com um acorde, uma harmonia complexa. Depois de sustentarem o acorde por um tempo absurdo, passaram para uma espécie de melodia. Era muito rápida, incompreensível para os ouvidos de Gareth. A harmonia, porém, era perfeita, e tão bela que deixou o rapaz arrepiado.

Do outro lado do círculo, Lol parecia aterrorizado. Tapou os ouvidos com as mãos e gritou:

— Faça eles pararem!

Gareth teve uma inspiração. Pegou os apetrechos.

— Vamos bater nas pedras! Venha!

Golpeou a pedra mais próxima com o taco de beisebol. Ela *ressoou*.

Gareth e Lol começaram a bater freneticamente nas pedras. Os sons que elas produziam eram feios e discordantes. Apesar do medo, Gareth sentiu uma ponta de orgulho, de triunfo. Ele estava certo; aquelas pedras eram litofones, cuja forma tinha sido escolhida, não por razões estéticas, mas pelo som que produziam. Assim, ele continuou a bater nas pedras e Lol o imitou.

As criaturas pareciam nervosas. Romperam a formação, franziram os focinhos, mostraram os dentes e a canção degenerou em uivos e chiados. Em seguida, desapareceram, um a um, sem deixar vestígios. Era para *isso* que serviam as Pedras Cantantes? Para produzir dissonâncias capazes de afugentar os macacos cantores, exatamente como dizia a lenda?

Em pouco tempo, o espaço no interior do círculo de pedras estava novamente vazio. Gareth olhou para as pedras, para as longas sombras. As paredes do mundo pareciam muito finas.

Tinha sido a partir de histórias como essa que Lobsang e Joshua, a bordo do *Mark Twain*, concluíram que os pioneiros da migração dos trolls já tinham chegado à Terra Padrão havia muito tempo.

28

Joshua e Lobsang foram mais além na Terra Longa, continuando a viagem de exploração.

Numerosos Curingas estavam encravados na monotonia dos mundos do Cinturão do Milho. Um deles era um mundo de gafanhotos; o dirigível parecia estar bem no meio de uma nuvem de insetos grandes e pesados, que se chocaram por alguns instantes com as janelas da gôndola. Passaram mais tempo em um mundo no qual, de acordo com Lobsang, o planalto tibetano, resultado de uma colisão fortuita entre placas tectônicas, não tinha se formado. Os drones aéreos mostraram que, sem a cordilheira do Himalaia, o clima da Ásia central e meridional, e mesmo da Austrália, era muito diferente.

Havia também mundos que eles não sabiam explicar. Um mundo envolto permanentemente em uma tempestade de poeira vermelha, como se fosse uma réplica sinistra de Marte. Um mundo que parecia uma bola de boliche, totalmente liso, sob um profundo céu azul, sem nuvens.

Pararam de saltar. Joshua sentiu o costumeiro solavanco, como se tivesse caído de um balanço. Olhou para baixo. Estavam em um mundo de grama amarelada e árvores retorcidas. A nave sobrevoou um rio que havia diminuído consideravelmente de largura, expondo largas margens de lama rachada. Os animais se aglomeravam na beira do rio, olhando nervosamente uns para os outros. Joshua consultou o terrômetro, que marcava 127.487. Um número como outro qualquer.

— É evidente que este mundo está passando por um período particularmente seco — disse Lobsang —, o que levou um número considerável de animais à água. Você deve ter notado que costumo parar em locais como este, em que é mais fácil observar a vida local.

— Tem uma porrada de cavalos aí.

E realmente havia: eram grandes e pequenos, variando de tamanho desde um pônei Shetland até de uma zebra, e com detalhes sutilmente diferentes; alguns mais peludos, outros mais roliços, alguns com dois dedos em cada casco, outros com três ou quatro... Nenhum deles parecia um cavalo *de verdade*, os cavalos da Terra Padrão.

Entre as manadas que lutavam para chegar até a água, porém, havia outros animais. Uma família de criaturas muito altas e delgadas lembrava um cruzamento de camelo com girafa. Os filhotes, com pernas que pareciam canudinhos, pareciam tão frágeis que era de partir o coração. Havia também elefantes, com trombas de vários tipos, além de criaturas parecidas com rinocerontes, hipopótamos... Esses herbívoros, temporariamente forçados a se juntar, estavam nervosos, apreensivos, porque também havia ali animais carnívoros. Sempre havia animais carnívoros. Joshua avistou o que parecia um bando de hienas e um felino que lembrava um leopardo. Estava à espreita, observando o movimento de presas em potencial.

De repente, uma criatura parecida com um avestruz corpulento se aproximou do rio. Uma família de animais que lembravam rinocerontes recuou, assustada. A ave esticou o pescoço, abriu o bico e disparou uma bola, como se fosse uma bala de canhão. Ela acertou o peito de um grande rinoceronte macho, que tombou, com um grunhido de dor. A família se dispersou, e a ave se aproximou para devorar a presa.

Lobsang usou um rifle anestésico montado na gôndola para derrubar o animal e enviou uma unidade ambulante para examiná-lo. A ave tinha um estômago separado que acumulava uma mistura de fezes, ossos, cascalho, madeira e outros materiais indigestos. Tudo isso era compactado para formar uma bola dura como pedra. A Terra Longa era realmente cheia de surpresas, e, para Joshua, a ave-canhão tinha lugar de honra na galeria de animais exóticos.

O mundo foi registrado e o dirigível seguiu caminho. Naquela noite, o filme foi escolhido por Lobsang: *Heróis Fora de Órbita*. Joshua não conseguiu se concentrar na história. Em vez disso, embalado pelos saltos e murmurando "Nunca desista! Nunca se renda!", adormeceu lentamente.

Quando Joshua acordou, o sol estava alto no céu. A nave tinha parado novamente e foguetes de sondagem deixavam um rastro no céu.

Naquele mundo, um pouquinho mais quente que os anteriores — Lobsang havia observado uma tendência para os mundos se tornarem mais quentes à medida que a viagem prosseguia —, a floresta era interrompida por uma série de lagos. Lobsang especulou que eles podiam ser resultado de uma chuva de meteoritos. Dois dos lagos eram separados por uma estreita faixa de terra que fez Joshua se lembrar do istmo entre Mendota e Monona, em Madison.

— Esta é a Terra Oeste 139.171 — anunciou Lobsang. — Ainda estamos no Cinturão do Milho.

— Por que paramos?

— Olhe para o norte.

Joshua viu a fumaça. Era uma fina coluna negra, a alguns quilômetros de distância na direção nordeste.

— Não é uma fogueira de acampamento — afirmou Lobsang. — Também não é um incêndio florestal. Talvez casas pegando fogo.

— Humanos, então.

— Ah, sim. Estou captando sinais de rádio.

Lobsang colocou a gravação no alto-falante. Uma voz agradável de mulher anunciava sua presença em inglês, russo e francês a um mundo silencioso.

— São peregrinos. De acordo com a transmissão, pertencem à Primeira Igreja Celestial das Vítimas do Embuste Cósmico. Estamos muito longe da Terra Padrão; não devemos encontrar muitas colônias daqui em diante... A fumaça foi produzida por casas em chamas. Alguma coisa deu errado com eles.

— Vamos investigar.

— O risco é desconhecido. Imprevisível.

Joshua podia gostar da solidão, mas havia uma regra não escrita nos confins da Terra Longa segundo a qual todos tinham que se ajudar mutuamente.

— Vamos lá.

Os grandes rotores do dirigível foram postos para girar, e eles se aproximaram da fumaça.

— Quer saber quem são as Vítimas do Embuste?

Joshua foi informado de que, enquanto as religiões tradicionais permaneceram concentradas nas Terras Próximas por causa do acesso aos lugares sagrados da Terra Padrão — como Meca e o Vaticano —, muitas comunidades religiosas menores tinham se internado na Terra Longa em busca de liberdade de expressão, da mesma forma como comunidades semelhantes vinham fazendo havia milênios na Terra Padrão. Esses peregrinos muitas vezes escolhiam locais que, do ponto de vista geográfico, estavam distantes dos grandes centros da Terra Padrão. Aquele lugar, por exemplo, ficava muito a leste de Moscou. Entretanto, mesmo entre esses grupos dissidentes, as Vítimas do Embuste Cósmico se destacavam por sua excentricidade.

— Eles acham que sua religião reflete a verdade a respeito do universo, que é a de que o universo é totalmente absurdo. Segundo as Vítimas, uma delas Nasce de Novo a cada minuto. Elas devem crescer e se multiplicar para criar mais mentes humanas que apreciem a Piada.

— Acho que essa Piada não teve um final engraçado — murmurou Joshua.

Eles sobrevoaram alguns quilômetros quadrados de floresta desmatada com uma aldeia no centro, construída em torno de um outeiro, o único ponto elevado do istmo. No alto do outeiro havia uma construção de porte relativamente grande. Havia plantações, marcadas por filas de pedras. Lobsang chamou atenção para a cor característica de uma das culturas: eram pés de maconha, em uma extensão relativamente grande, o que dizia muita coisa a respeito daquela comunidade.

Havia corpos por toda parte.

Lobsang fez a nave subir até uma altura de 150 metros e parou. Algumas gralhas, assustadas, bateram as asas, subiram um pouco e desceram de novo. As Vítimas do Embuste Cósmico aparentemente preferiam usar vestes verdes, já que a praça central e as estradas de terra que partiam da praça estavam coalhadas de manchas verdes como esmeralda. Quem viajaria até ali para exterminar centenas de almas pacíficas, cuja única excentricidade consistia em acreditar que a vida era um embuste?

— Isso aconteceu recentemente — disse Lobsang. — O crime, o ataque. Observe que os corpos ainda não foram comidos pelos animais. Alguma coisa, ou alguém, massacrou trezentas pessoas, Joshua. Os atacantes podem ainda estar lá embaixo.

— E pode ser que a tricentésima primeira pessoa ainda esteja viva.

— Sabe aquela construção no centro da aldeia, no alto do outeiro? É de lá que vem a transmissão de rádio.

— Deixe-me descer a uns cem metros de distância.

Joshua pensou um pouco.

— E aí salte para alguns mundos de distância, desloque a nave na direção do outeiro e salte de volta para cá. Se ainda houver alguém escondido na aldeia, talvez você consiga atraí-lo para fora.

— Atraí-lo para fora — repetiu Lobsang. — Pode ser perigoso.

— Faça o que estou dizendo, Lobsang.

A nave desceu.

Havia no ar um cheiro de carne queimada.

Joshua, com o papagaio no ombro, caminhou por uma rua de terra. Umas poucas gralhas, irritadas, saíram voando. Era uma comunidade surpreendentemente desenvolvida para a distância a que se encontrava da Terra Padrão. As casas eram de pau a pique, com armações sólidas de madeira, e estavam dispostas em fila ao longo da rua. Ele imaginou que os pioneiros que haviam desenhado aqueles lotes e aquela rua tinham sonhado que um dia a cidade seria construída de acordo com a planta. No momento, muitas das casas estavam reduzidas a cinzas; mais adiante, outro grupo delas ainda ardia em chamas.

Ele topou com o primeiro corpo. Era o de uma mulher de meia-idade, com a garganta estraçalhada. Aquilo não poderia ter sido feito por um ser humano, de jeito nenhum.

Seguiu em frente. Encontrou mais corpos, em uma vala, nos umbrais, dentro das casas; homens, mulheres e crianças. Alguns pareciam ter sido abatidos enquanto corriam. Nenhum parecia estar usando Saltadores, mas isso não era de estranhar. Deviam se sentir em casa nesse mundo; deviam se sentir seguros.

Joshua chegou ao grande edifício central, no alto do outeiro. Se aquele lugar seguia o padrão da maioria das colônias de religiosos, tratava-se da igreja, o edifício sagrado, a primeira estrutura permanente a ser construída, e, como tal, abrigaria os bens comuns da colônia, como o transmissor de rádio e o gerador de eletricidade. Devia ser também o refúgio natural em caso de desastre, como as igrejas sempre foram na história do Ocidente. Havia muitos corpos em volta do edifício; talvez o inimigo tivesse atacado logo após as preces da manhã, ou qualquer que fosse a cerimônia equivalente que as Vítimas praticavam. Engodo da Manhã, talvez.

As portas estavam fechadas. Poderia haver qualquer coisa lá dentro. Nuvens escuras de moscas levantaram voo quando Joshua se aproximou, e gralhas o observaram com desagrado do alto dos telhados.

O dirigível reapareceu, bem acima dele.

— Lobsang, algum movimento?

— Não há nenhum sinal de perigo perto de você.

— Vou entrar na igreja. Templo, sei lá.

— Tome cuidado.

Joshua chegou às portas duplas, montadas em uma parede de pedra revestida com argamassa. Tentou um pontapé na porta e quase quebrou o tornozelo. Preparou-se para uma nova tentativa.

— Poupe seu frágil endoesqueleto — disse Lobsang, secamente. — A porta dos fundos está aberta.

A porta dos fundos, na verdade, tinha sido arrancada das dobradiças e estava caída do lado de fora. Joshua atravessou o umbral em ruínas e entrou em uma pequena sala de rádio na qual um transmissor ainda estava enviando uma mensagem inocente para o universo. Joshua respeitosamente o desligou. Outra porta dava para um quarto de serviço, uma combinação de cozinha e depósito que é comum nas igrejas; lá dentro havia um bule de chá e brinquedos de parquinho feitos de madeira rústica. Havia até mesmo pinturas de dedos de crianças nas paredes e um roteiro de limpeza escrito em inglês. Na semana seguinte, seria a vez da Irmã Anita Dowsett.

Outra porta levava ao saguão principal. Era ali que estava a maioria dos cadáveres. O sangue cobria o piso e respingava as paredes; uma nuvem de moscas zumbia em torno dos corpos inertes.

Para entrar no saguão, Joshua teve de pular por cima dos corpos, com um lenço na boca. Ajoelhou-se para examinar os ferimentos de alguns cadáveres. A princípio, julgou que tivessem fugido para aquele lugar, buscando a segurança das paredes grossas e das portas pesadas; mesmo aqueles pioneiros excêntricos estavam sujeitos aos instintos básicos. Entretanto, havia algo estranho no padrão.

— Joshua?

— Estou aqui, Lobsang — respondeu, aproximando-se do altar.

A imagem central mostrava uma grande mão de prata colocando o dedo em um nariz de ouro.

— Esses indivíduos eram ateus com senso de humor. Deve ter sido *divertido* viver aqui. Eles não mereciam isso. Se foi um crime, se foram pessoas que fizeram isso, precisamos denunciá-las quando voltarmos.

— Não foram pessoas, Joshua. Olhe em volta. Todos os ferimentos são profundos. Mordidas. Crânios esmagados. Isso foi trabalho de animais, animais assustados. Além do mais, a porta por onde você entrou foi arrombada de dentro, não de fora. Quem fez isso não entrou por aquela porta; *saltou* para dentro e arrombou a porta para *sair*.

Joshua assentiu.

— Isso quer dizer que os habitantes da cidade não entraram em busca de refúgio. Já estavam aqui, para alguma cerimônia, e os animais apareceram no meio deles. Animais que saltavam... Deviam estar fugindo de alguma coisa.

— Parece óbvio que os animais entraram em pânico. Imagino que efeito os vapores de maconha que estou detectando no ar tiveram sobre eles...

De repente, Joshua viu um corpo no chão que era diferente dos outros. Despido, coberto de pelos — não era humano. Um corpo de proporções quase humanas, esbelto, obviamente bípede, musculoso, com uma cabeça pequena, parecida com a de um chimpanzé, e o nariz achatado dos símios. Não era um troll, mas outro tipo de humanoide. Tinha sido morto por uma facada na garganta; o peito estava cheio de sangue coagulado. Alguém tivera a coragem de contra-atacar, então, a fúria dos homens-macacos superfortes que haviam saltado no meio de sua família.

— Está vendo isso, Lobsang?

As câmaras do papagaio focalizaram a criatura.

— Estou.

Joshua recuou, fechou os olhos e tentou raciocinar.

— Estamos em um outeiro, o ponto mais alto das vizinhanças. Uma floresta densa é um lugar difícil para saltar quando se está com pressa. Se você tivesse que fugir com seu bando atravessando muitos mundos, escolheria um lugar aberto, um lugar elevado, para não ser bloqueado por árvores. Neste mundo, porém, os humanos construíram uma igreja no ponto mais elevado, bem no caminho.

— Prossiga.

— Acho que essas criaturas estavam saltando. Reuniram-se no alto de uma colina e saltaram para leste, fugindo dos mundos mais a oeste, exatamente como os trolls.

— Fugindo de *quê?* — perguntou Lobsang. — Esta é uma pergunta que teremos que responder antes de voltar para casa, Joshua.

— De repente, eles se viram *aqui*, neste espaço fechado, com todos esses humanos — prosseguiu Joshua. — Entraram em pânico. Mais e mais companheiros chegando... Mataram todos os humanos que estavam aqui, arrombaram a porta e caçaram também os que estavam lá fora.

— Os trolls não fariam isso — disse Lobsang. — Pense no modo como trataram o soldado Percy. Poderiam tê-lo matado com toda a facilidade.

— Não tenho tanta certeza, mas concordo com você. Não foram os trolls.

— Proponho que chamemos essas criaturas de *elfos*. Estou me baseando na mitologia, em vagos registros de encontros pouco compreendidos com criaturas misteriosas, delgadas e parecidas com humanos, que passavam por nosso mundo como fantasmas. A existência de humanoides capazes de saltar pode explicar muitos mitos, Joshua.

— E tenho certeza de que está se baseando também em encontros em outros mundos da Terra Longa de que você teve conhecimento e não me contou.

— É verdade. A propósito, detectei alguma coisa uns quinhentos metros a oeste de onde você está — disse Lobsang, em tom urgente.

— Humanos? Trolls? O quê?

— Vá dar uma olhada.

29

ELE SAIU CORRENDO da igreja, aliviado ao encontrar o ar livre, longe do fedor de sangue.

Quinhentos metros a oeste, dissera Lobsang. Joshua olhou para a posição do sol, voltou-se na direção certa e correu. Antes de percorrer duzentos metros, ouviu os gemidos.

Era uma humanoide, deitada de costas no chão. Não se tratava de uma troll, mas podia ser uma elfa, de acordo com a definição de Lobsang, embora não fosse exatamente igual à criatura que examinara no templo — uma espécie nova a Joshua. Com cerca de um metro e meio de altura, magra, peluda, lembrava um chimpanzé, mas com um rosto surpreendentemente humano, apesar do nariz achatado. E, ao contrário da criatura do templo, para Joshua ela tinha uma cabeça enorme, grande demais para o corpo: o cérebro era claramente maior que o dos humanos. E ela estava em apuros. Estava nos estágios finais de gravidez. Semiconsciente, gemia, se debatia e arrancava o pelo do ventre inchado, enquanto um sangue aguado escorria por entre as pernas.

Quando Joshua inclinou o corpo na sua direção, ela abriu os olhos. Eles eram grandes e oblíquos, como os dos alienígenas dos desenhos animados, mas totalmente castanhos, sem o branco dos olhos humanos. Olhos que se arregalaram, assustados, e depois o encararam como quem pede socorro.

Joshua apalpou o estômago da criatura.

— Ela está em trabalho de parto, mas alguma coisa deu errado. O bebê já devia ter nascido.

— Meu palpite é que a cabeça do bebê é tão grande que ele não consegue sair — murmurou Lobsang.

— O que você colocou nesta bolsa?

Antes que Lobsang pudesse responder, Joshua já havia aberto a bolsa que levava no peito e estava procurando a caixa de primeiros socorros.

— Lobsang, vou precisar de ajuda para fazer o que tem de ser feito.

— O que pretende fazer?

— Vou tirar este bebê — explicou Joshua, acariciando o rosto da fêmea.

A mãe de Joshua também tinha sentido as dores do parto em um mundo desconhecido.

— Ele é grande demais, não é? Vamos fazer isso à moda americana — disse para a criatura.

— Você vai executar uma cesariana? — perguntou Lobsang. — Não tem conhecimento suficiente para isso.

— Pode ser, mas conto com sua ajuda.

Despejou no chão o conteúdo da caixa de primeiros socorros, tentando pensar.

— Vamos precisar de morfina. Álcool. Bisturi. Agulha, linha...

— Estamos muito longe de casa. Você vai usar todos os nossos suprimentos médicos. Posso fabricar muita coisa na nave, mas...

— Eu tenho que fazer isso.

Joshua não podia fazer nada pelas Vítimas, mas podia fazer alguma coisa pela elfa — ou, pelo menos, tentar. Era sua forma de dar uma pequena contribuição para consertar o mundo.

— Me ajude, Lobsang.

Depois de um silêncio que pareceu durar séculos, Lobsang disse:

— É verdade que eu guardo na memória registros das cirurgias mais importantes, entre eles os das cirurgias obstétricas, embora não imaginasse que seriam necessários nesta viagem.

Joshua ajeitou o papagaio para que Lobsang pudesse ver o que ele estava fazendo e espalhou os instrumentos.

— Lobsang, fale comigo. Qual é o primeiro passo?

— Temos que decidir se vamos fazer uma incisão transversal ou uma incisão vertical baixa...

Joshua raspou apressadamente os pelos da barriga da elfa. Em seguida, tentando manter a mão firme, aproximou um bisturi de bronze da parede abdominal. Quando estava aguardando as instruções de Lobsang para iniciar a cirurgia, o bebê desapareceu. Ele pôde notar a ausência porque a barriga da criatura implodiu.

Recuou, surpreso.

— Ele saltou! Cacete, o bebê saltou!

Nesse momento, mais duas elfas chegaram: uma mãe, uma irmã? Moviam-se como em uma imagem estroboscópica, aparecendo e desaparecendo a cada fração de segundo. Joshua não imaginava que fosse possível saltar tão depressa.

— Não se mexa — murmurou Lobsang.

As elfas olharam para Joshua, levantaram a parturiente nos braços e desapareceram com um leve estalido.

Joshua estava atônito.

— Não acredito. O que aconteceu?

Lobsang parecia exultante.

— Evolução, meu caro. Acabamos de ver o resultado da evolução. Todos os humanoides eretos têm dificuldade para dar à luz. Você sabe disso, e sua mãe descobriu da pior forma possível. Com a evolução, a pelve feminina ficou mais estreita para facilitar o bipedalismo e, ao mesmo tempo, a cabeça dos bebês aumentou de tamanho, o que tornou os partos cada vez mais complicados. Uma das soluções foi deixar uma parte maior do crescimento do cérebro para depois do nascimento, o que explica por que os bebês humanos são tão indefesos.

"Tudo indica que, nesta espécie, o problema da pelve foi contornado. No caso dos elfos, os bebês não têm que passar pela vagina; eles *saltam* do útero, Joshua. Junto com eles vão o cordão umbilical e a placenta, imagino. Isso faz sentido. A capacidade de saltar deve influir sobre todos os aspectos do estilo de vida de uma criatura, se você oferece à evolução tempo suficiente para testá-la. Se a mãe não precisa ser submetida a uma experiência penosa no momento de dar à luz, o bebê pode nascer com um cérebro muito maior."

Joshua se sentia vazio.

— Eles cuidam dos seus. Se eu tivesse realizado a operação, provavelmente ela e o bebê não teriam sobrevivido.

— Você não tinha como saber — murmurou Lobsang em seu ouvido. — Estava tentando ajudar. Agora volte para a nave. Você precisa de um banho.

30

QUANDO CONTINUARAM A VIAJAR para oeste, a vegetação da Terra Longa ficou gradualmente mais rica e os mundos áridos se tornaram uma exceção. As florestas eram cada vez mais densas, com árvores parecidas com carvalhos começando nas margens dos rios e subindo pelas colinas, como uma maré verde. Nas campinas, a maioria dos animais ainda tinha traços familiares: lembravam cavalos, veados, camelos. Às vezes, porém, era possível divisar animais mais exóticos a Joshua, como predadores atarracados que não eram felinos nem caninos e manadas de grandes herbívoros que pareciam um cruzamento de elefantes e rinocerontes com um pescoço comprido.

No décimo nono dia, por volta da Terra 460.000 Oeste, Lobsang declarou, de forma um tanto arbitrária, que tinham chegado ao limite do Cinturão do Milho. Os mundos estavam certamente ficando quentes demais, e as florestas, densas demais para que a agricultura fosse viável.

Mais ou menos na mesma ocasião, cruzaram a costa atlântica da Europa, na latitude da Inglaterra. Uma jornada que se tornara um desfile monótono de florestas ficou ainda mais monótona quando começaram a sobrevoar o oceano.

Joshua passava a maior parte do tempo no convés de observação. Lobsang raramente falava, o que para Joshua era um alívio. O silêncio da gôndola só era quebrado pelo sussurro das bombas de ar e pelo zumbido dos motores. Prisioneiro daquele tanque de privação sensorial ambulante, Joshua estava preocupado com a perda de tônus muscular e aptidão física. Às vezes ele praticava exercícios de alongamento, posições de ioga ou corrida estacionária. Uma coisa que não existia na nave era uma sala de ginástica, e Joshua não queria pedir a Lobsang para construir aparelhos com medo de acabar tendo de competir com a unidade ambulante em uma bicicleta ergométrica.

Lobsang tinha aumentado a velocidade do dirigível. No vigésimo quinto dia, atingiram a costa leste dos Estados Unidos, mais ou menos na latitude de Nova York, e começaram a sobrevoar outra série de florestas.

Não falavam mais sobre parar ou voltar. Ambos reconheciam a necessidade de continuar até onde conseguissem, até que tivessem mais informações sobre as causas da migração dos humanoides. Joshua tremia só de pensar na possibilidade de que o massacre que testemunhara na cidade das Vítimas do Embuste Cósmico se repetisse em Madison, Wisconsin.

Por outro lado, quando voltaram a sobrevoar terra firme, fizeram um acordo. Lobsang continuaria pilotando durante a noite. Isso não atrapalhava o sono de Joshua, e os sentidos de Lobsang eram infinitamente mais acurados, mesmo no escuro, que os de Joshua à luz do dia. Durante o dia, Joshua negociava com ele uma parada de ao menos algumas horas para descer e passear na boa Terra, qualquer "boa Terra" que fosse. Às vezes, Lobsang descia com ele no elevador, usando a unidade ambulante. Para surpresa de Joshua, a unidade não tinha problema para enfrentar terrenos acidentados e chegou a nadar em um lago de forma praticamente humana.

Os mundos continuavam cobertos de florestas. Durante as descidas diárias, Joshua observou pequenas diferenças nos herbívoros e carnívoros e uma mudança gradual da vegetação: menos plantas floríferas e uma quantidade maior de samambaias, o que tornava os mundos mais sombrios. A nave estava cobrindo vinte ou trinta mil mundos em cada ciclo noite-dia, mas pouca coisa mudava de mundo para mundo. Quando não estavam na superfície, enquanto Lobsang catalogava suas observações e rascunhava artigos científicos, Joshua cochilava ou deixava a mente vagar em pensamentos sobre florestas e animais cheios de dentes, tão vívidos que às vezes não sabia ao certo se estava acordado ou sonhando.

De vez em quando, surgia uma novidade. Uma vez, perto de onde estaria Tombstone se houvesse alguém para batizar o local, Joshua colheu amostras de fungos gigantescos, do tamanho de um homem, que certamente teriam impressionado Wyatt Earp e Doc Holliday. Os fungos tinham um aspecto cremoso e um cheiro bastante agradável, que atraíra pequenas criaturas parecidas com camundongos. Os animais haviam deixado o fungo tais quais um queijo suíço.

— Pode provar, se quiser, mas não deixe de trazer um bom pedaço para análise — disse a voz de Lobsang no fone de ouvido.

— Quer que eu coma antes de você verificar se é venenoso?

— Acho pouco provável. Na verdade, eu também pretendo experimentar.

— Não duvido. Já o vi beber café. Quer dizer que você também come?

— Claro que sim! Meu organismo tem necessidade de matéria orgânica. Posso aproveitar para analisar o fungo enquanto faço a digestão. É um processo levemente tedioso. Muitos humanos com restrições alimentares têm que passar pela mesma rotina, mas sem usar um espectrômetro de massa, instrumento que faz parte da minha anatomia. Você ficaria surpreso se eu lhe dissesse quantos alimentos contêm glúten...

A conclusão de Lobsang naquela noite foi que alguns quilos daqueles cogumelos gigantes continham uma quantidade de proteínas, vitaminas e sais minerais suficiente para manter um homem vivo durante semanas, se bem que totalmente entediado em termos culinários.

— No entanto — acrescentou —, algo que cresce tão depressa, contém todos os nutrientes de que um ser humano necessita e pode ser cultivado praticamente em qualquer lugar é, sem dúvida, de grande interesse para a indústria de alimentos.

— Sempre pronto a ajudar o transEarth a faturar uns trocados, não é, Lobsang?

Naquela noite, para quebrar a rotina, Joshua decidiu ficar acordado e observar o que se passava do lado de fora da nave. Tudo que viu foram incêndios esparsos nas florestas escuras, o que já era esperado em lugares com tempestades elétricas e capim seco. Circulando, circulando, nada de especial aqui.

Queixou-se com Lobsang da monotonia da paisagem.

— O que você esperava? — perguntou o outro. — É natural que a maioria das Terras seja, à primeira vista... e não se esqueça, a primeira vista é tudo que temos... muito sem graça. Lembra-se, quando você era criança, dos desenhos de dinossauros do Jurássico? Todas aquelas espécies reunidas no mesmo local, com um tiranossauro lutando com um estegossauro em primeiro plano? A natureza não é assim, nunca foi, mesmo no tempo dos dinossauros. O mundo é normalmente silencioso, com uma explosão ocasional de ruído aqui e ali. Predadores e presas estão muito dispersos. É por isso que prefiro parar em mundos relativamente secos, em que muitas espécies se aglomeram nas margens de rios e lagos, embora em condições um pouco artificiais.

— Você faz alguma ideia do que estamos perdendo, Lobsang? Mesmo quando paramos em um mundo, apesar das suas sondas e foguetes, mal arranhamos a superfície antes de seguir viagem. Tudo que estamos obtendo é uma primeira vista, depois outra e outra...

Após ter desembarcado em alguns mundos, Joshua tinha ficado com a sensação de que, para conhecer um mundo, era preciso viver algum tempo nele, em vez de apenas registrá-lo de passagem. Aquele era o trigésimo terceiro dia de viagem.

— Onde estamos agora?

— Está se referindo à nossa localização geográfica, não é? Estamos passando pelo norte da Califórnia. Por quê?

— Vamos dar uma parada. Estou há mais de um mês neste hotel flutuante. Que tal passarmos pelo menos um dia inteiro no mesmo lugar, para relaxar e, além disso, *conhecer melhor* um dos mundos? Um dia inteiro e uma noite. Você pode aproveitar para reabastecer os tanques de água. Estou precisando de um descanso.

— Está bem. Não tenho nada contra. Vou procurar um mundo interessante e interromper temporariamente os saltos. Já que estamos na Califórnia, quer que eu fabrique uma prancha de surf para você?

— Ha-ha-ha.

— Você mudou, Joshua.

— Está dizendo isso porque não concordo com tudo que você diz?

— É por aí. Estou intrigado; você parece mais alerta, menos hesitante, menos distante da realidade. Estou pensando se, na verdade, você está sendo mais *você* do que tem sido nos últimos anos, agora que sabe como nasceu.

Joshua deu de ombros.

— Não me amole, Lobsang. Agradeço pela pulseira, mas você não é nenhum psicólogo. Talvez viajar abra sua men...

— Joshua, se a *sua* mente se abrir mais, ela começará a escorrer pelos ouvidos.

Embora fosse meia-noite, Joshua não estava com sono, então começou a preparar uma refeição.

— Que tal assistirmos a um filme, Joshua?

— Prefiro ler. Alguma sugestão?

A tela do monitor se iluminou.

— Não conheço título mais apropriado!

Joshua parecia surpreso.

— *Vida dura*?

— Sob alguns aspectos, é, em minha opinião, o melhor livro de Mark Twain, embora eu tenha uma queda por *A vida no Mississipi*. Leia e depois me diga o que achou. O livro é uma viagem a um novo território com um toque de humor ácido. Aproveite!

Joshua gostou muito do livro. Depois, adormeceu e, dessa vez, sonhou que estava sendo atacado por índios.

No dia seguinte, por volta do meio-dia, a nave parou de saltar, com o costumeiro solavanco. Joshua olhou pela janela e viu um lago, uma mancha azul-acinzentada no meio da floresta.

— Hoje é dia de surf, *baby* — anunciou Lobsang.

— Ah, pelo amor de Deus.

Quando chegou à superfície, Joshua achou que a floresta era um lugar muito agradável. Morcegos caçavam moscas em um céu esverdeado; o ar cheirava a madeira úmida e folhas em decomposição. Os sons sutis eram, curiosamente, mais *quietos* que um silêncio completo. Joshua havia aprendido que o silêncio absoluto na natureza era tão raro que podia ser considerado um sinal de perigo. Entretanto, o murmúrio daquela densa floresta era um ruído branco natural.

— Olhe para a direita, Joshua — disse Lobsang. — Vire-se devagar.

As criaturas se pareciam com cavalos, com pescoços estranhamente curvos e patas peludas, mas tinham o tamanho de cachorros. Viu também um animal parecido com um elefante, com uma grossa tromba e apenas um metro de altura.

— Fofinhos — comentou Joshua.

— O lago está bem à frente — informou Lobsang.

O lago era cercado por uma parede de troncos de árvores e uma pequena faixa de campo aberto. As águas calmas estavam cheias de juncos e outras plantas aquáticas. Naquela área exposta aos raios diretos do sol, sob um céu azul, bandos de pássaros exóticos cor-de-rosa batiam asas. Na margem oposta, Joshua avistou um animal parecido com um cachorro, mas imensamente grande. Devia ter quatro ou cinco metros de comprimento, uma cabeça enorme e dentes poderosos. Antes que Joshua pudesse usar o binóculo, a criatura desapareceu nas sombras da floresta.

— Tenho certeza de que era um mamífero — comentou ele —, mas tinha dentes de crocodilo.

— Também acho que era um mamífero. Deve ser um parente distante da baleia... quer dizer, da *nossa* baleia. Por falar em crocodilo, existem crocodilos de verdade nesse lago, Joshua. Tome cuidado.

— É como se partes de vários animais tivessem sido misturadas... como se alguém tivesse brincado com a evolução.

— Estamos no momento a centenas de milhares de saltos da Terra Padrão, Joshua. Neste mundo remoto, vemos representantes de muitas ordens de animais que temos em nosso ramo da árvore de probabilidades, mas com características diferentes. A evolução é obviamente caótica, como o tempo...

Joshua ouviu um grunhido, como o de um porco, um porco com fortes pulmões, atrás dele.

— Joshua. Não corra. Atrás de você. Vire a cabeça devagar.

Ele obedeceu. Fez um inventário das armas de que dispunha: uma faca no cinto, uma pistola de ar na bolsa. Lá em cima, no dirigível, Lobsang controlava um verdadeiro arsenal. Tentou se acalmar.

Porcos enormes; essa foi sua primeira impressão. Meia dúzia deles, da altura de um homem adulto, com pernas musculosas, dorsos encurvados com pelos hirsutos, pequenos olhos negros e grandes mandíbulas. Cada um carregava um humanoide. Não era um troll, mas uma criatura esguia, com cara de chimpanzé e pelo avermelhado, montada no porco como se fosse um cavalo horroroso.

Joshua estava muito longe da proteção das árvores.

— Mais elfos — murmurou Lobsang.

— Da mesma espécie que exterminou as Vítimas?

— Ou primos em primeiro grau. A Terra Longa é uma grande arena, Joshua; deve haver muitos eventos de especiação.

— Você me mandou aqui para baixo para encontrar essas criaturas, não foi? É isso que chama de descanso?

— Não pode negar que é interessante, Joshua.

Um dos elfos deu um guincho parecido como o de um chimpanzé e bateu com os calcanhares nas costelas da montaria. Os seis animais trotaram na direção de Joshua, emitindo grunhidos guturais.

— Lobsang, o que você sugere?

Os porcos estavam acelerando o passo.

— Lobsang...

— Corra!

Joshua saiu correndo, mas os porcos eram mais rápidos. Tinha alcançado apenas uma pequena parte da distância que o separava da floresta e do dirigível que descia para tentar ajudá-lo quando um elfo saltou sobre ele. Joshua sentiu cheiro de poeira, sangue, fezes e uma espécie de almíscar gorduroso quando um pequeno punho o golpeou nas costas, jogando-o no chão.

Os porcos o rodearam, estranhamente dóceis apesar do tamanho e do aspecto ameaçador. Joshua esperava ser esmagado a qualquer momento ou ser dilacerado pelos dentes caninos engastados na ponta dos focinhos. Em vez disso, os porcos continuaram correndo à sua volta, e os humanoides, os elfos, bradando e guinchando, inclinavam-se para fazer gestos desafiadores, brandindo facas — de pedra! Joshua se encolheu e cobriu a cabeça com as mãos.

Finalmente, eles se afastaram um pouco e ficaram parados, formando um círculo. Joshua levantou-se, trêmulo, e procurou suas armas. Não estava ferido, a não ser por alguns arranhões no rosto e no ombro, onde uma faca havia atravessado o tecido do macacão. Entretanto, eles haviam se apropriado da bolsa e surrupiado a faca que levava na cintura. Tinha sido habilmente desarmado, restando apenas o papagaio no ombro e a unidade remota nas costas.

Os elfos estavam brincando com ele.

Agora as criaturas ficaram em pé nas estranhas montarias. Não eram como os trolls; eram muito mais magros, graciosos, ágeis, fortes, como ginastas olímpicos infantis. Tinham braços compridos de trepadores de árvores, pernas muito humanas e cabeças pequenas, com feições simiescas. Todos pareciam ser machos. Alguns estavam tendo magras ereções.

Joshua tentou pensar positivamente.

— Pelo menos eles são menores que eu. Não passam de um metro e meio, imagino?

— Não os subestime — murmurou no fone a voz de Lobsang. — Eles são mais fortes que você. Além disso, este é o mundo deles, não se esqueça.

Os guinchos começaram de novo e aparentaram aumentar de intensidade. Um dos elfos bateu com os calcanhares nas costelas da montaria, que se aproximou de Joshua, olhando fixamente para ele. O elfo mostrou os dentes, que pareciam humanos, e emitiu um som sibilante.

Dessa vez eles não estavam brincando.

Existem momentos em que o terror é como um melado que retarda a passagem do tempo. Uma vez, quando Joshua era criança, tinha escorregado na borda de uma pedreira de calcário, a apenas dez minutos de bicicleta da Casa. Os amigos não conseguiram puxá-lo de volta, e ele teve de esperar, pendurado, enquanto iam buscar ajuda. Os braços doíam como o diabo, mas o que ficou na memória, com todos os detalhes, foi a pedra diante de seus olhos. Tinha flocos de mica e líquen, uma floresta em miniatura amarelecida pelo sol. Aquele pequeno cenário se tornara o mundo dele até que alguém começou a gritar e outra pessoa o agarrou pelos pulsos, ligados a braços pelos quais parecia circular chumbo fundido..

O elfo pulou e desapareceu. O porco continuou a trotar na direção de Joshua, grunhindo. Joshua percebeu, com a clareza de um floco de mica em uma rocha banhada pelo sol, que o elfo pretendia emboscá-lo e havia *saltado*.

O porco se aproximava. Joshua continuou onde estava. No último momento, o animal hesitou, tropeçou e se desviou.

O elfo apareceu de novo, com os pés apoiados no dorso da montaria e as mãos no pescoço de Joshua — na posição exata para estrangulá-lo, *no momento em que saltou de volta para aquele mundo*. Joshua ficou atônito com a precisão da manobra.

As mãos fortes do elfo apertaram com força e Joshua caiu no chão, sem conseguir respirar. Tentou empurrar o oponente para longe, mas ele tinha braços mais longos; Joshua se debateu, sem conseguir atingir o focinho da criatura, e a visão começou a escurecer. Tentou pensar. A faca e sua bolsa tinham sido roubadas, mas ainda estava com o papagaio no ombro. Agarrou o papagaio com as duas mãos e arremessou-o contra o focinho do elfo. Cacos de vidro e plástico saltaram no ar. O elfo recuou, gritando, e piedosamente o aperto mortal em seu pescoço se afrouxou.

Os outros elfos, porém, gritaram e atiçaram os porcos na direção dele.

— Joshua! — bradou um alto-falante suspenso no ar. O dirigível estava descendo devagar, com uma escada de corda pendurada.

Joshua levantou-se, lutando para respirar pela garganta esmagada, mas havia um bando de elfos montados em porcos entre ele e a escada de corda. O elfo ferido, no chão, guinchava de raiva. A única abertura no círculo era o espaço deixado pelo atacante. Correu naquela direção, afastando-se da nave, mas tentando sair do círculo de elfos. O papagaio avariado ainda estava preso por cabos ao seu macacão; teve de arrastá--lo. Os elfos o perseguiam aos gritos. Se conseguisse contorná-los, ou chegar à floresta...

— Joshua! Não! Cuidado com o...

De repente, o chão cedeu.

Caiu mais ou menos um metro e se viu no fundo de um buraco, cercado por cães... Não, cercado por animais que pareciam uma mistura de cães e ursos. Já vira animais como aqueles, corpos caninos com cabeças e focinhos de urso. Os animais de pelo escuro estavam espremidos à sua volta, fêmeas e filhotes. Aquilo era uma toca, não uma armadilha. Contudo, mesmo os filhotes eram agressivos. O menor deles, quase fofo, fechou as mandíbulas de urso na perna de Joshua, que sacudiu, tentando se livrar da pequena criatura. Os outros cachorros-ursos latiam e rosnavam, e Joshua teve a impressão de que o atacariam a qualquer momento.

Foi nessa hora que chegaram os elfos em suas montarias suínas. Os cães adultos saíram da toca e atacaram os porcos. A luta se tornou um festival de uivos, latidos, rosnados, gritos, grunhidos, ranger de dentes, gemidos de dor e jorros de sangue, enquanto os elfos apareciam e desapareciam como em uma imagem estroboscópica.

Joshua saiu da toca e tentou correr para longe, mas o filhote teimoso continuava a abocanhar sua perna e, além disso, tinha de arrastar o que restara do papagaio. Olhou para o alto. O dirigível estava bem acima de sua cabeça. Joshua pulou, agarrou a escada de corda e livrou-se do filhote com um pontapé. A nave subiu de imediato.

Lá embaixo, os cachorros tinham cercado os porcos gigantes, que resistiam furiosamente. Joshua viu um cachorro-urso enterrar os dentes no pescoço de um porco, que tombou sem vida. Outro porco, porém, colheu um cachorro nas presas aguçadas e o jogou para o alto, ganindo, com a barriga dilacerada. Enquanto isso, os elfos entravam e saíam do campo de batalha. Joshua viu um elfo lidar com um cachorro que tentou morder sua garganta. O elfo despareceu e tornou a aparecer atrás do cão enquanto ele ainda estava no meio do salto, girou o corpo em um movimento acrobático e rasgou o peito do animal com uma faca de pedra. Os elfos estavam lutando pela vida, mas Joshua teve a impressão de que lutavam individualmente, sem se preocupar com os companheiros. A cena parecia mais uma série de duelos isolados do que uma batalha. Era cada um por si.

A nave continuou a subir, distanciando-se da copa das árvores. A luta se reduziu a um terreno manchado de sangue pelo qual a sombra do dirigível desfilava serenamente. Joshua, ainda sem fôlego, subiu a escada e entrou na gôndola.

— Você chutou um filhotinho — disse Lobsang, em tom acusador.

— Pode colocar na minha conta — suspirou Joshua. — Da próxima vez que escolher um lugar para eu passar as férias, Lobsang, prefiro algo mais no estilo da Disneylândia.

Dito isso, a escuridão que ameaçava tomar conta de sua visão desde o primeiro encontro com o elfo o envolveu por completo.

31

Como Joshua descobriu mais tarde, os ferimentos eram mais sérios do que imaginara. Vários machucados menores, muitos dos quais não havia notado na ocasião. O dano ao seu pescoço, sua garganta. Arranhões, cortes e até uma marca de mordida — não do filhote em seu tornozelo, mas uma marca parecida com a de dentes humanos em seu ombro. A unidade ambulante de Lobsang tratou dos cortes, aplicou antibióticos nos ferimentos e administrou-lhe analgésicos.

Joshua levou algum tempo para se recuperar. Às vezes acordava por alguns instantes, para ver, vagamente, estrelas brancas no céu ou os carpetes verdes na terra sob a nave. O balanço suave dos saltos era reconfortante e voltava a dormir. Passou vários dias nesse estado.

Quanto mais viajavam para oeste, porém, mais se acentuava uma pressão estranha na cabeça, mesmo quando cochilava. Era a mesma sensação que tinha quando voltava à Terra Padrão: a pressão de todas aquelas mentes, abafando o Silêncio. Seria possível que, como acreditavam alguns, a Terra Longa fosse uma espécie de círculo fechado e que estivessem retornando ao ponto de partida, aproximando-se da Terra Padrão? Isso seria muito estranho. Se não fosse isso, o que seria? A mesma coisa que estava provocando a migração dos trolls pelo arco dos mundos?

Quando, afinal, se sentiu totalmente desperto, tinham parado de saltar. Sentou-se no sofá e olhou em volta.

— Vá com cuidado, Joshua — sugeriu a voz incorpórea de Lobsang.

— Estamos parados — disse Joshua, com a voz rouca, mas funcional.

— Você dormiu muito, Joshua. Estou feliz por vê-lo acordado. Precisamos conversar. Sabe que nunca correu perigo de verdade, não sabe?

Joshua esfregou o pescoço.

— Não foi o que me pareceu na ocasião.

— Eu poderia ter abatido aqueles elfos, um por um, quando quisesse. A precisão da minha mira laser é...

— Por que não fez isso?

— Você disse que queria se exercitar. Pensei que estivesse apreciando a aventura!

— Como você mesmo disse, Lobsang, precisamos melhorar nossa comunicação.

Joshua afastou o cobertor, ficou de pé e espreguiçou-se. Estava usando short e uma camiseta que não se lembrava de ter vestido. Não se sentia como se estivesse em condições de correr uma maratona, mas o pior parecia ter passado. Foi até o banheiro, caminhando com cuidado, e tomou uma chuveirada para tirar o suor do corpo. Os ferimentos pequenos estavam quase cicatrizados, e a garganta já não doía tanto. Saiu do banheiro e foi buscar roupas limpas no armário.

Olhando pela janela do camarote, viu que o dirigível estava ancorado acima de uma floresta tropical que se estendia até o horizonte, coberta em parte por camadas de neblina. O sol estava baixo; Joshua desconfiou que era o começo da manhã. A nave estava a uns trinta metros de altura.

— Não temos parado todo dia, e, quando paramos, é difícil observar alguma coisa aqui de cima — disse Lobsang.

— Porque a floresta é muito densa?

— Isso mesmo. Tenho que recorrer à unidade ambulante. Estamos longe de casa, Joshua. Já demos mais de novecentos mil saltos. Pense nisso. Pode ver como as coisas são lá embaixo. Esta é uma floresta típica dos mundos que estamos encontrando. Tudo indica que cobre o continente inteiro, o que torna as observações muito difíceis.

— Você encontrou alguma coisa diferente nesta floresta, não é?

— Veja por conta própria.

A imagem na tela da parede era trêmula, pouco nítida, obtida por uma câmera situada a grande distância. Mostrava uma abertura na floresta, causada pela queda de uma árvore gigantesca, cujo tronco estava no centro da clareira, coberto de líquen e fungos exóticos. O acesso da luz tinha permitido o crescimento de novas árvores e arbustos.

As novas plantas tinham atraído humanoides. Joshua viu o que parecia um bando de trolls. Estavam sentados na clareira em um grupo compacto, pacientemente catando insetos das costas uns dos outros. Cantavam, o tempo todo, trechos de canções, com duas, três, quatro vozes diferentes, improvisadas na hora e captadas com dificuldade por microfones distantes.

— Trolls?

— Tudo indica que sim — murmurou Lobsang. — Os musicólogos levariam um século para decifrar a estrutura dessas músicas. Continue observando.

Quando os olhos de Joshua se acostumaram à imagem vacilante, começou a divisar outros grupos de humanoides, do outro lado da clareira e nas sombras da floresta, alguns de tipos que não reconheceu, brincando, trabalhando, talvez caçando. Ao que parecia, eram todos humancides e não símios; cada vez que um deles se levantava, era possível notar a firmeza da postura bípede.

— Eles parecem não se incomodar com a proximidade de outros humanoides. Humanoides de tipos diferentes, quero dizer.

— Isso é óbvio. Na verdade, é o oposto.

— Por que se reuniram ali? Afinal, pertencem a espécies diferentes.

— Desconfio que, nesta comunidade em particular, eles estabeleceram algum tipo de cooperação. Ajudam-se mutuamente. Provavelmente têm sentidos com diferentes sensibilidades, de modo que um tipo pode detectar certos perigos antes de outros. Sabemos, por exemplo, que os trolls são sensíveis ao ultrassom. Na Terra Padrão, golfinhos de diferentes espécies gostam de nadar juntos. Como pode ver, estou seguindo seu conselho, Joshua. Estou dedicando mais tempo à investigação das maravilhas da Terra Longa, como esta congregação de humanoides. Uma visão inesquecível, não é mesmo? É como um sonho do passado evolutivo da humanidade: muitos tipos de hominídeos juntos.

— Como vai ser no futuro, Lobsang? O que vai acontecer quando os colonizadores humanos chegarem até aqui? Acha que as espécies locais vão sobreviver?

— Boa pergunta. Tenho outra para você: o que vai acontecer se eles todos migrarem na direção da Terra? Você quer descer?

— Não.

Mais tarde, enquanto o dirigível viajava para outros mundos, conversaram a respeito da estranha ausência de seres humanos em outros mundos da Terra Longa. Lobsang contou que, pouco tempo após o Dia do Salto, tinha procurado primos dos seres humanos em mais de mil Terras, e narrou a Joshua a história de um homem chamado Nelson Azikiwe.

32

DE ACORDO COM A história oficial da família, ele foi batizado com o nome de Nelson por causa do famoso almirante inglês. Na realidade, porém, o nome provavelmente tinha sido escolhido em homenagem a Nelson Mandela. Na opinião da mãe, *este* Nelson estava sentado à direita de Deus Pai, e Nelson júnior, depois de adulto, passou a achar que isso seria uma boa coisa, pois Mandela estaria em posição de impedir que o vingativo deus dos israelitas despejasse mais problemas nas costas da humanidade.

A mãe de Nelson tinha criado o filho com Jesus, como ela dizia, e por causa da mãe ele perseverou. No final, depois de uma carreira um tanto complicada e uma jornada filosófica ainda mais complicada, ele foi ordenado sacerdote. Um dia, foi chamado à Inglaterra para levar a Boa-Nova aos pagãos: uma prova de que o bom filho à casa torna. Nelson gostou dos ingleses. Eles pediam desculpa por qualquer coisa, o que era compreensível em vista dos crimes cometidos por seus antepassados. Por alguma razão, a Arcebispa da Cantuária o enviou a uma paróquia rural que era tão branca que brilhava. Era difícil dizer se a arcebispa tinha senso de humor, estava tentando provar alguma coisa ou simplesmente queria ver o que acontecia.

Uma coisa era certa: aquele não era o Reino Unido do qual a mãe falava quando ele era pequeno. E tantos anos depois do falecimento dela, estava em uma Londres que abrigava uma população de muitos matizes. Era raro ver um noticiário que não fosse apresentado por um locutor cujos antepassados recentes tinham caminhado sob as estrelas africanas. Que diabo, havia até mesmo homens e mulheres negros para dizer quando iria chover no berço da democracia, isso a despeito da estranheza de um país em processo de esvaziamento, de uma capital que estava sendo abandonada subúrbio após subúrbio.

Foi o que ele comentou com o vigário que iria substituir na paróquia de São João na Água, o reverendo David Blessed, um homem que acreditava na teoria do determinismo nominativo, e que disse, no dia em que conheceu Nelson Azikiwe: "Meu filho, você será convidado para jantar todos os dias nos próximos seis meses, pelo menos." Foi uma profecia verdadeira do reverendo Blessed — que, com a ajuda de algum dinheiro de família, estava se aposentando precocemente para morar em uma casa própria de onde, em suas próprias palavras, "poderei assistir de camarote ao seu primeiro sermão".

Blessed deixou a casa da paróquia para Nelson, que a teria só para si, sem contar uma velha senhora que preparava o almoço todos os dias e se encarregava da limpeza. Ela não falava muito, e Nelson não sabia como puxar conversa. Além do mais, tinha outras coisas para se preocupar, como o fato de que a casa não dispunha de isolamento térmico e tinha um encanamento que nem Deus entendia; às vezes, deixava a água correr no meio da noite sem motivo aparente.

Aquela era uma parte da Inglaterra miraculosamente intocada pela Terra Longa, ou mesmo, até onde Nelson podia ver, pelo século XXI. Ele chegou à conclusão de que os moradores daquela parte da Inglaterra eram os zulus da Grã-Bretanha. Parecia que mais da metade dos moradores da aldeia tinham sido militares, alguns de alta patente. Agora reformados, cuidavam dos jardins e das plantações, comandando batatas em vez de homens. Por outro lado, a cortesia com que o tratavam era cativante. As esposas assaram tantos bolos para ele que teve de dividi-los com o reverendo (aposentado) Blessed, que, segundo suspeitava, recebera ordens para ficar por perto e manter o Palácio de Lambeth informado a respeito do desempenho de Nelson.

Estavam conversando na casa de David enquanto a esposa do reverendo Blessed participava de uma reunião do Instituto das Mulheres.

— É claro que sempre existem os eternos inconformados — disse David —, mas você não encontrará muitos por aqui, porque os reflexos do sistema de classes inglês predominam, entende? Você é alto, tem boa aparência e fala inglês melhor que os filhos deles. Quando citou passagens de *A vida de um pastor*, de W.H. Hudson, no funeral do velho Humphrey, depois da cerimônia, que, a propósito, conduziu com maestria, alguns deles vieram me perguntar se eu tinha ajudado você a escrever o discurso. Naturalmente, respondi que não. Depois que a notícia correu, acredite, você os conquistou. Eles perceberam que não só era fluente em inglês, mas também era fluente em Inglaterra, o que significa muito nestas bandas.

"Depois, para culminar, você arrendou um lote e foi visto cavando, plantando e adubando o solo da Boa Terra, o que colocou todo mundo do seu lado. Todos ficaram um pouco nervosos quando souberam que viria, entende? Estavam, como posso dizer, esperando que fosse um pouco mais... distante? Você parece muito bem preparado para sua missão entre nós."

— De certa forma, toda a minha vida me preparou — disse Nelson. — Fui uma criança de sorte, de muita sorte para um *bongani* como eu, na África do Sul daquela época. Acontece que meus pais previam um futuro melhor para quem estivesse preparado para trabalhar por ele. Você poderia dizer que foram duros comigo, e acho que estaria certo, mas eles me mantiveram fora das ruas e me fizeram frequentar a escola.

"Depois disso, é claro, apareceu a Black Corporation com o programa 'Preparando para o Futuro'. Minha mãe ouviu falar do programa, fez questão de que eu marcasse uma entrevista, e foi como se eu tivesse sido escolhido pelo destino. Pelo que me parece, eu era exatamente a pessoa que eles queriam. De repente, a Black Corporation havia encontrado o garoto-propaganda ideal, um menino africano pobre com um QI de 210. Eles meio que me disseram para pedir o que quisesse, mas eu não sabia o que fazer da vida. Foi então que aconteceu o Dia do Salto... O que **você** estava fazendo no Dia do Salto, David?"

O velho sacerdote foi até uma grande escrivaninha de carvalho, pegou um grande caderno de capa dura, folheou-o e disse:

— Eu estava me preparando para as vésperas quando ouvir falar pela primeira vez dos saltos. O que pensei? Quem teve tempo para pensar de forma lógica?

"Na verdade, as coisas por aqui não mudaram muito. O campo é diferente da cidade, sabe? As pessoas não se entusiasmam com facilidade e os jovens não estão acostumados a mexer com componentes eletrônicos. Acho que o lugar mais próximo para comprar coisas como chaves e bobinas é Swindon. Mesmo assim, todo mundo acompanhou o que estava acontecendo pela televisão. As pessoas começaram a olhar para o céu, tentando *enxergar* esses outros mundos... Dá para ter uma ideia de como estávamos mal-informados. Por outro lado, o vento continuava soprando nas árvores, as vacas continuavam a dar leite, e acho que ouvíamos os noticiários, intercalados com *The Archers*, apenas para passar o tempo.

"Não me lembro de ter formado nenhum tipo de opinião até anunciarem que havia outras Terras, milhões delas, tão próximas de nós quanto o pensamento e, aparentemente, ainda sem dono. *Isso* deixou todo mundo alerta. Estavam falando de terrenos! No campo, todos se interessam por terrenos. — Olhou para o copo de conhaque, viu que estava vazio e deu de ombros. — Para resumir, eu me surpreendi, pensando: 'Que coisas Deus tem realizado!'"

— Livro dos Números — disse Nelson, instintivamente.

— Muito bem, Nelson! Além disso, por uma coincidência feliz, foram as primeiras palavras oficiais transmitidas por Samuel Morse pelo telégrafo elétrico em 1838.

David encheu o copo de conhaque e perguntou a Nelson, com um gesto, se também queria mais. Mas o jovem parecia distraído.

— Que coisas Deus realizou! Deixe que eu lhe diga o que Deus realizou, David. O Dia do Salto chegou, descobrimos a existência da Terra Longa e, de repente, o mundo ficou cheio de novas perguntas. Naquela época eu já tinha lido a respeito de Louis Leakey e o trabalho que ele e a mulher fizeram na Garganta de Olduvai. Eu estava empolgado com a ideia de que todos os habitantes do mundo tinham raízes na África. Por isso, disse à Black Corporation que estava interessado em saber como o homem se tornou humano. Eu queria saber *por quê*. Mais que tudo, queria saber o que estávamos fazendo aqui, no novo contexto da Terra Longa. Em resumo, queria saber qual era o nosso *propósito*.

"Naturalmente, àquela altura minha mãe e a fé dela já me haviam perdido. Eu era esperto demais para meu próprio Deus, por assim dizer. Arranjara tempo para ler a respeito do que se passou nos primeiros quatro séculos após o nascimento de Jesus e até mesmo para acompanhar o progresso errático do cristianismo desde então. Cheguei à conclusão de que, qualquer que fosse a verdade do universo, certamente não era algo que pudesse ser discernido por um bando de velhinhos religiosos briguentos."

David deu uma gargalhada.

— Eu adorava paleontologia. Era fascinado pelos ossos e pelo que eles podiam revelar, especialmente agora, que dispomos de instrumentos com os quais os cientistas nem sonhavam há vinte anos. *Esse* era o caminho para conhecer a verdade. Eu era bom nisso. *Muito* bom; era como se os ossos cantassem para mim...

O reverendo Blessed permaneceu prudentemente em silêncio.

— Não muito tempo após o Dia do Salto, recebi uma mensagem da Black Corporation. Eles me deixariam organizar expedições a muitas versões da Garganta de Olduvai, tantas quantas os fundos permitissem. Em outras palavras, estavam interessados em investigar o local de nascimento da humanidade nos novos mundos.

"Agora, quando se trata da Black Corporation, os fundos são quase ilimitados; o problema era a escassez de mão de obra qualificada. Era uma época muito boa para ser paleontólogo, e treinamos muitos jovens. Qualquer um com o diploma certo e uma colher de pedreiro podia ter alguma garganta para trabalhar. Independentemente de todo o resto, os caçadores de ossos tinham encontrado seu Eldorado.

"A verdade é que algo como o Vale da Grande Fenda existe em quase todos os mundos da Terra Longa; a geologia varia pouco de mundo para mundo. Além disso, como esperávamos, encontramos em várias ocasiões ossos que certamente haviam pertencido a hominídeos. Trabalhei no projeto durante quatro anos. Estendemos nossos campos de trabalho, mas era sempre a mesma coisa. Ah, sim, havia ossos, sempre havia ossos.

Escolhi outros locais no mundo que poderiam dar origem a uma Lucy diferente; um ramo chinês, por exemplo, que resultasse de uma migração a partir da África.

"Entretanto, depois de mais de *duas mil* escavações em Terras paralelas, realizadas por expedições financiadas pela Black Corporation e outras empresas, não foi encontrado nenhum sinal de evolução da humanidade além daqueles ossos muito primitivos, alguns deformados, alguns mutilados por animais, a maioria muito pequenos. Não havia nada mais avançado que australopitecos como Lucy. Os berços da humanidade estavam vazios.

"Ainda há pessoas fazendo escavações nesses mundos, ainda procurando, e até o ano passado eu ainda estava no comando do programa, mas a falta de resultados me deixou tão frustrado que pedi demissão. Aceitei a quantia generosa que a Black Corporation me ofereceu como presente de despedida, embora eu saiba que eles esperam que um dia eu volte a trabalhar para eles.

"Eu não aguentava mais ver aqueles crânios vazios, ver aqueles ossos pequenos. Havia um início, mas não levava a lugar algum. Um dia, eu me peguei tentando imaginar o que teria dado de errado em todos aqueles mundos. Ou será que foi *aqui* que as coisas deram errado? Talvez a evolução da humanidade tenha sido um erro monstruoso."

— Foi então que você voltou para a Igreja? Que mudança de rumo.

— Já me disseram que ninguém na história recente foi ordenado tão depressa quanto eu. Compreendo que no passado a Igreja da Inglaterra era benevolente com homens que, na época, eram considerados filósofos naturais. Muitos vigários passavam alegremente as tardes de domingo prendendo novas espécies de borboletas em jarros. Sempre achei que devia ser uma vida muito boa: a Bíblia em uma das mãos e um garrafão de éter na outra.

— Não foi assim que Darwin começou?

— Darwin não chegou a ser ordenado. Ele se distraiu com os besouros... e é por isso que estou aqui. Acho que estava precisando de uma nova abordagem. Pensei comigo mesmo: por que não experimentar a teologia? Tentar levá-la a sério. Ver o que poderia extrair dela. Aliás, minha conclusão provisória é que Deus não existe. Sem ofensa.

— Ah, não se preocupe.

— Isso significa que eu preciso descobrir o que *existe*. No momento, porém, minha filosofia atual pode ser descrita por um antigo pensamento: "Quando você acordar de manhã, pense no precioso privilégio que é estar vivo... respirar, pensar, divertir-se, amar."

O reverendo Blessed sorriu.

— Ah, o bom e velho Marco Aurélio. Mas, Nelson, ele era pagão!

— O que ajuda a provar que estou certo. Posso me servir de mais uma dose de conhaque, David?

— Nelson não se enganou — disse Lobsang. — Joshua, a linha dos hominídeos, e os símios que os precederam, tinham um grande potencial evolutivo. Entretanto, se a capacidade de saltar surgiu primeiro na Terra Padrão, os humanoides que podiam saltar logo se afastaram rapidamente da Terra Padrão, deixando poucos fósseis no caminho; apenas na Terra Padrão é possível encontrar ossos que ilustram a lenta jornada em direção ao homem.

— O que significa tudo isso, Lobsang? Essa era a pergunta de Nelson. Para que *serve* a Terra Longa?

— Estamos aqui para procurar a resposta. Prossigamos?

33

Continuaram a viagem, deixando para trás a intrincada comunidade de humanoides. Viajaram para leste, afastando-se da costa do Pacífico e sobrevoando mais uma vez o centro do continente.

Quase sem notar, passaram por outro marco: o milionésimo salto desde que haviam deixado a Terra Padrão. Não houve nenhuma alteração brusca, nenhuma percepção nova, apenas a mudança silenciosa de todos os algarismos do terrômetro, mas estavam nos mundos que os exploradores chamavam de Megaterras. Ninguém, nem mesmo Lobsang, sabia se algum ser humano havia chegado tão longe.

A selva que cobria a América do Norte estava ficando mais densa, quente e úmida. De cima só era possível ver um tapete verde, interrompido aqui e ali por rios e lagos. Os levantamentos aéreos conduzidos por Lobsang mostravam que nesses mundos poderia haver florestas até nas regiões dos polos, que estariam livres de gelo.

Como antes, Lobsang parava a cada dia para que Joshua explorasse os arredores e esticasse as pernas. Joshua era baixado em uma densa floresta de samambaias de todos os tamanhos e árvores conhecidas e desconhecidas, cobertas de trepadeiras como madressilvas e videiras. As flores eram sempre uma festa de cores. Algumas vezes Joshua voltava com cachos de uma fruta parecida com a uva, menor e mais firme que as variedades domesticadas, porém igualmente doce. A mata cerrada não favorecia os animais de grande porte, mas havia estranhos animais saltadores que lembravam um pouco os cangurus, apesar de terem focinhos compridos e flexíveis. Joshua aprendeu a confiar nessas criaturas, cujas trilhas, abertas na mata, levavam sempre a um rio ou lago. Ele viu também criaturas aladas acima da copa das árvores, com asas gigantescas. Uma vez, viu um animal estranho que parecia um polvo, mas girava como um frisbee, de galho em galho. Como diabos isso tinha ido parar *lá em cima*?

Joshua passou algumas noites fora da nave, só para lembrar os velhos tempos. Era quase como estar de férias, principalmente quando, saltando, colocava um mundo ou dois de distância entre ele e Lobsang, mas seu mestre e senhor não aprovava esse tipo de aventura. Ainda assim, sempre que tinha oportunidade, ficava sentado diante de uma fogueira, escutando o Silêncio. Em uma noite favorável, achava que podia sentir as outras Terras, vastos espaços vazios à sua volta, pouco além do alcance do pequeno círculo de luz criado pela fogueira, com suas incontáveis possibilidades. Em seguida, voltava para o dirigível, deixando para trás um mundo inteiro, com seus mistérios particulares investigados apenas superficialmente.

A viagem prosseguiu, mundo após mundo.

De repente, após cinquenta dias, a mais de um milhão e trezentos mil mundos de distância de casa, a superfície e a atmosfera começaram a cintilar e a floresta foi substituída por um mar que se estendia até o horizonte, no coração da América do Norte.

Ainda saltando, Lobsang dirigiu a nave para o sul, à procura de terra firme.

Em mundo após mundo o mar persistia, decorado por algas verdes, formas irregulares que lembravam recifes de coral e criaturas parecidas com golfinhos que saltavam e nadavam. Descidas cautelosas até o nível do mar mostraram que a água era salgada. Isso não significava necessariamente que o Mar Americano tivesse comunicação com o oceano; mares internos podem se tornar salinos por causa da evaporação. As amostras que Lobsang recolheu estavam cheias de algas e crustáceos exóticos — exóticos, pelo menos, para especialistas. Lobsang guardava espécimes e fotos.

Finalmente, continuando a rumar para o sul, chegaram a um litoral. Lobsang interrompeu os saltos e eles examinaram um mundo escolhido ao acaso. Passaram primeiro por um nevoeiro, depois por grandes pássaros sobrevoando o mar a baixa altura e finalmente alcançaram terra firme, na qual uma densa floresta chegava quase até a água. Lobsang comentou que as terras altas que entreviam ao longe podiam ser o equivalente do planalto de Ozark.

Desse ponto em diante, rumaram para leste até encontrarem um vale gigantesco, talvez produzido por um primo distante do rio Mississipi ou do rio Ohio. Seguiram para o norte, acompanhando o vale, até chegarem ao local em que o rio desaguava no mar interior. A descarga de água doce no mar era visível na forma de uma língua lamacenta que se estendia até quilômetros de distância da costa.

Era ali, no estuário do rio, fora da floresta, que os animais se aglomeravam para beber água. Quando seguiram viagem, saltando para outros mundos, Joshua viu manadas de animais de grande porte aparecerem e desaparecerem, quadrúpedes e bípedes, alguns parecidos com elefantes, outros que lembravam avestruzes, com criaturas menores correndo a seus pés. Um breve lampejo e depois outra cena extraordinária, quase irreal, e mais outra, e mais outra.

— Parece um *showreel* de Ray Harryhausen — comentou Lobsang.

— Quem é Ray Harryhausen? — perguntou Joshua. — O que é um *showreel*?

— O filme de hoje vai ser a versão original de *Jasão e os argonautas*, seguido por uma palestra ilustrada. Você não pode perder. Mas... que achado, Joshua! Estou me referindo ao Mar Americano. Todo esse litoral. Que lugar para ser colonizado! *Esta* América do Norte tem outro Mediterrâneo, um mar interno com todas as riquezas e toda a conectividade cultural que o mar proporciona. Deixa o Cinturão do Milho no chinelo! Sabe de uma coisa? Este pode muito bem ser o berço de uma nova civilização, para não mencionar o potencial turístico. Estou falando de apenas um desses mundos, mas já passamos por centenas deles!

— Talvez batizem esse lugar de "Cinturão de Lobsang" — disse Joshua, secamente.

Se Lobsang percebeu o sarcasmo, não deixou transparecer.

Mais uma noite, mais um sono tranquilo para Joshua.

Quando acordou na manhã seguinte, o monitor do quarto mostrava o que parecia ser uma fogueira de acampamento.

Joshua saltou da cama. Lobsang entrou no quarto quando ele estava vestindo a calça, o que fez com que se apressasse. Precisava ensinar a Lobsang a não entrar sem bater.

Lobsang sorriu.

— Bom dia, Joshua. Este é um dia auspicioso.

— Sei, sei.

Joshua não queria perder tempo conversando com Lobsang. A ideia de ter companhia, uma companhia autêntica, inegavelmente humana, era empolgante. Meias, botas...

— Certo, estou pronto para descer. Lobsang, eu vi a fogueira. Foi acesa por seres humanos?

— Acho que sim. Você provavelmente vai encontrá-la tomando sol com os dinossauros.

— Dinossauros? Encontrá-*la*? Tomando sol?

— É o que você vai ter que enfrentar lá embaixo. Tome cuidado, Joshua. Os dinossauros parecem amigáveis, mas *ela* pode morder...

Além do elevador, havia agora outro meio de chegar à superfície, um dispositivo altamente sofisticado composto por um velho pneu de automóvel (encontrado em um depósito de lixo no espaçoso compartimento de carga da nave), uma corda e um botão de pânico, na bolsa que Joshua levava no peito, que podia ser usado para fazer a corda ser baixada ou, mais importante, para fazer a corda ser içada depressa em caso de necessidade. Joshua tinha insistido para que o botão fosse instalado depois do encontro com os elfos assassinos e, além disso, exigira que o pneu fosse mantido o tempo todo no solo como meio de escape de emergência.

Mais uma vez, estava sendo baixado para a superfície de uma nova Terra. A novidade era que, nessa Terra, havia outro ser humano... em algum lugar. Ele podia *sentir* sua presença. Podia mesmo. A presença de pessoas fazia Joshua sentir um mundo de forma diferente.

Como estava se tornando rotina para Lobsang, ele decidiu baixar Joshua a uma distância prudente do local onde deveria realizar a observação. Para isso, o dirigível flutuou sobre a borda do estuário, um lugar de árvores esparsas, vegetação rasteira, terreno pantanoso e pequenos lagos. O ar era fresco, mas cheirava a sal, madeira podre, proveniente da floresta — e um odor mais sutil, mais seco, pensou Joshua durante a descida, que não foi capaz de identificar. A floresta ficava ao sul, em um terreno mais elevado, e terminava em uma planície lamacenta. A coluna de fumaça vinha de algum ponto da planície.

Joshua desceu na floresta, não muito longe da água, e começou a caminhar na direção da fumaça.

— Estou sentindo cheiro de... secura. Ferrugem. É como a jaula dos répteis em um jardim zoológico.

— Este mundo pode ser muito diferente da Terra Padrão, Joshua. Percorremos um longo caminho na árvore de probabilidades.

A floresta deu lugar a uma praia. Em um promontório, perto da água, Joshua avistou um grupo de animais gordos e pesados, parecidos com focas, tomando sol preguiçosamente. Eram cerca de uma dúzia, incluindo alguns filhotes. O corpo era coberto de pelos amarelados e tinham cabeças pequenas, quase cônicas, com olhos pretos, bocas pequenas e narizes chatos como os dos chimpanzés. Eram como focas com rostos humanoides. O papagaio no ombro de Joshua, que tinha sido consertado depois de ser usado como porrete, começou a zumbir quando as lentes foram ajustadas para filmar os animais.

As focas notaram a presença do visitante muito antes que ele se aproximasse. Levantaram a cabeça, gritaram de susto, desceram das pedras e escorregaram pela areia até a água, os filhotes correndo atrás dos adultos. Joshua viu que os membros deles eram uma espécie de combinação de braços e pernas com nadadeiras, pois os dedos das mãos e dos pés eram ligados por membranas. Deslizaram para a água com facilidade, evidentemente muito mais à vontade no mar do que em terra.

De repente, porém, a água se agitou, e uma mandíbula superior do tamanho de uma canoa se projetou no ar. As bestas-focas se dispersaram em pânico, guinchando e se debatendo.

— Um crocodilo — murmurou Joshua. — Esses desgraçados estão em toda parte.

Pegou uma pedra chata no chão e correu em direção à água.

— Joshua, tome cuidado...

— Ei, você! — gritou Joshua, atirando a pedra o mais longe que pôde, fazendo-a quicar na superfície da água.

A pedra acertou o olho direito do crocodilo. A fera deu meia-volta, rugindo, e saiu do mar, apoiada nas fortes patas traseiras. Devia ter uns onze metros de comprimento; era como se uma nave anfíbia estivesse subitamente pulando da água. Joshua sentiu o chão tremer a cada passo dele. Estava indo na sua direção, furioso.

— *Merda.*

Joshua se virou e correu.

Conseguiu chegar a tempo, abrir caminho no matagal e refugiar-se sob as sombras úmidas das árvores. Excluído por elas, o crocodilo deu alguns rugidos, moveu a enorme cabeça para um lado e para outro, obviamente frustrado, e em seguida voltou para a praia, em busca de outra presa.

Joshua se encostou a uma árvore, ofegante. Havia flores na vegetação à sua volta; o lugar era muito colorido, apesar da sombra. Além disso, havia uma grande variedade de sons, de guinchos agudos na copa das árvores a rugidos graves e distantes.

— Você teve sorte de escapar daquele supercrocodilo — disse Lobsang. — Sabe que o que fez foi estupidez, não sabe?

— Estava tentando ajudar aqueles humanoides. Eles *eram* humanoides, não eram, Lobsang?

— Acho que sim, mas estão apenas parcialmente adaptados. Dois milhões de anos não é tempo suficiente para transformar um bípede em uma foca. Esses humanoides são como o cormorão dos galápagos de Darwin...

Uma sombra diferente chamou atenção de Joshua. Algo passou acima de sua cabeça — algo enorme, como um arranha-céu em movimento.

O solo estremeceu sob o impacto de uma pata redonda como a de um elefante, da grossura de um tronco de carvalho e mais alta do que Joshua. Ele se encolheu, temendo deixar a proteção das árvores, e olhou para cima, para uma pele grossa, enrugada e cheia de velhas cicatrizes, semelhantes a crateras, como se tivessem sido causadas por tiros de canhão.

De repente, surgiu do nada, a toda velocidade, um predador que lembrava um tiranossauro, com um corpo do tamanho de uma locomotiva, grandes patas traseiras, patas dianteiras menores e uma cabeça que parecia um triturador industrial. Joshua se encolheu ainda mais. O caçador deu um salto em direção ao outro animal, fechou as enormes mandíbulas e arrancou um naco de carne do tamanho do torso de Joshua. O animal soltou um uivo que parecia o apito de neblina de um superpetroleiro, mas continuou andando, tão alheio ao enorme ferimento como Joshua estaria a uma picada de mosquito.

— Lobsang.

— Eu vi. Estou *vendo*. Um jantar do Jurássico.

— Pareceu mais um lanche — disse Joshua. — São dinossauros, Lobsang?

— Negativo. Apesar de eu ter suspeitado de que você usaria esse nome. Nesse caso, já houve evolução *demais*. Alguns desses animais podem ser descendentes dos répteis do Cretáceo em uma série de mundos nos quais não caiu o meteorito responsável pela extinção dos dinossauros na Terra Padrão. Talvez tenha passado de raspão, um empurrãozinho para a morte... Entretanto, a coisa não é tão simples. O grande herbívoro que quase pisou em você não é um réptil, e sim um mamífero.

— É mesmo?

— Tratava-se de uma fêmea da subclasse dos marsupiais, creio. Você não teve oportunidade de ver, mas ele carregava na bolsa um filhote do tamanho de um cavalo. Depois mostro as imagens. Por outro lado, o padrão, grandes herbívoros servindo de alimento para predadores ferozes, era comum na época dos dinossauros e pode ser universal.

"Joshua, lembre-se sempre de que não estamos viajando para o passado ou para o futuro. Você viajou ao longo da árvore de probabilidades, em um planeta no qual eventos catastróficos obliteram periodicamente a maior parte das espécies, deixando espaço para inovações evolutivas. Em cada Terra, os resultados são diferentes, às vezes por pouco, às vezes por muito... Você está se aproximando da fogueira. Vá para a água."

Com um som de vegetação esmagada, um novo grupo de animais atravessou a floresta em direção ao estuário. Por entre as árvores, Joshua avistou corpos musculosos, chifres, tremendas cristas coloridas. Havia várias dessas criaturas, os adultos mais altos que ele, os filhotes serpenteando entre as pernas dos adultos. Feras imensas, mas minúsculas em comparação com o grande marsupial que Joshua tinha visto. Como estavam indo na direção da água, ele decidiu segui-los.

Chegou à orla da floresta perto de um regato. Ao longo da planície pantanosa do estuário, grandes bandos de pássaros, ou criaturas parecidas com pássaros, pavoneavam-se, trocavam gritos e comiam. As flores do pântano eram uma massa de cores sob um céu azul-escuro. Joshua achou que estava vendo os dorsos serrilhados de crocodilos singrando a água, a certa distância da costa. Mais perto, os animais de cristas coloridas tinham se reunido para beber a água do regato.

Em uma praia de areia branca, lagartos bípedes estavam parados, em postura ereta, tomando sol. Espécimes menores corriam de um lado para outro na areia e ocasionalmente mergulhavam no mar. Eram quase humanos em suas brincadeiras, como se fossem adolescentes da Califórnia. De repente, um dos bípedes maiores notou a presença de Joshua e cutucou o companheiro mais próximo. Houve uma troca de silvos, após a qual o segundo dinossauro em miniatura voltou a cochilar, enquanto o primeiro se sentava e ficava olhando fixamente para Joshua.

— Não são bonitinhos? — disse uma voz de mulher.

Joshua se virou, com o coração pulando.

A mulher era baixa, rija, com o cabelo loiro preso em um coque eficiente. Usava um casaco sem mangas cheio de bolsos. Não parecia muito mais velha que Joshua; devia ter pouco mais de 30 anos. O rosto era quadrado, normal, mais forte do que belo, bronzeado de sol. Olhava para ele como se o estivesse avaliando.

— São inofensivos, a menos que se sintam ameaçados — disse a mulher. — Além disso, são muito inteligentes. Usam objetos que podem ser chamados de ferramentas, pequenas varas, para desenterrar mariscos; fabricam barcos primitivos, mas funcionais, e armadilhas para peixes bastante sofisticadas. Tudo isso envolve observação, dedução, planejamento e trabalho de equipe, além da ideia de investir no presente para ter um futuro melhor...

Joshua estava paralisado de espanto.

Ela riu.

— Não acha que devia fechar a boca? — perguntou, estendendo a mão.

Joshua olhou para a mão como se fosse uma arma de guerra.

— *Eu conheço você.* Você é Joshua Valienté, não é? Eu sabia que um dia iríamos nos encontrar. Mundos pequenos, não acha?

Joshua estava perplexo.

— Quem é *você*?

— Pode me chamar de... Sally.

No ouvido de Joshua, a voz de Lobsang ordenou:

— Convide-a para subir a bordo! Tente-a! Temos uma comida deliciosa, desperdiçada com você, infelizmente. Ofereça sexo a ela! Qualquer coisa para trazê-la para cá!

— Lobsang? Você não entende nada de relações humanas — sussurrou Joshua.

O outro pareceu ofendido.

— Eu li todos os tratados sobre sexualidade humana que já foram escritos. Além disso, já tive um corpo. Como acha que os bebês tibetanos são produzidos? Escute, não interessa como, mas *você precisa trazer essa jovem para a nave.* Pense bem! O que uma garota como ela está fazendo nas Megaterras?

Lobsang estava certo. Quem quer que ela fosse, como tinha chegado ali, a mais de um milhão de saltos de distância da Terra Padrão? Seria uma saltadora natural, imune à náusea, como Joshua? Talvez. Mesmo assim, havia um limite para o número de saltos que alguém podia executar por dia. *Ele* podia saltar milhares de vezes por dia, sem ajuda. Mas a moça certamente precisaria dormir e comer. É claro que em muitos mundos era possível caçar um veado desprevenido, mas, mesmo assim, seria preciso retalhar o animal e cozinhar a carne... Uma pessoa a pé levaria anos para chegar tão longe.

A moça estava olhando para ele, desconfiada.

— O que está pensando? Com quem estava conversando?

— Hummm... com o capitão da minha nave.

Não era exatamente uma mentira, e, como as Irmãs sempre tinham sido muito rigorosas em matéria de mentiras, Joshua se sentiu aliviado por encontrar uma saída razoável.

— É mesmo? Suponho que esteja se referindo àquele balão ridículo. Qual é a tripulação daquele monstro? A propósito, Robur, o conquistador, espero que não tenha intenção de depenar este mundo. Eu gosto destes camaradinhas.

Joshua olhou para baixo. Os dinossauros em miniatura tinham formado um círculo em torno dos dois e se equilibravam nas patas traseiras, como os suricatos, com a curiosidade superando a cautela.

— O capitão gostaria que você subisse a bordo — conseguiu dizer Joshua.

A moça sorriu.

— A bordo daquela coisa? Não, obrigada, de jeito nenhum... Mas...

Pareceu pensar um pouco e acrescentou, em tom hesitante:

— Por acaso vocês têm sabonete? Eu faço sabão de lixívia, é claro, mas não desprezaria algo mais suave para minha pele.

— Tenho certeza de que...

— Com perfume de rosas, de preferência.

— Isso é tudo?

— Estou com saudade de chocolate.

— É claro.

— Em troca, ofereço... informações. Que tal?

A voz no ouvido de Joshua ordenou:

— Pergunte a ela que tipo de informações pode nos fornecer que não podemos obter sozinhos.

Quando Joshua repassou a pergunta, Sally replicou:

— Não sei. O que vocês *não podem* obter sozinhos? Pelo aspecto de todas aquelas antenas, você poderiam hackear até o e-mail de Deus.

— Escute, eu vou subir, pegar o sabonete e o chocolate, e estarei de volta num instante, pode ser? Não saia daí.

Para surpresa e embaraço de Joshua, a moça deu uma gargalhada.

— Ai-meu-Deus, um cavalheiro *de verdade!* Aposto que você já foi escoteiro!

Enquanto Joshua subia para o *Mark Twain*, Lobsang sussurrou no seu ouvido:

— Se existe um modo mais eficiente de saltar, precisamos descobrir qual é!

— Eu sei, Lobsang, eu sei! Estou trabalhando nisso!

No momento, porém, o mistério dos saltos era a última coisa na mente de Joshua.

Almoçaram na praia: ostras frescas assadas na fogueira.

O encontro deixou Joshua mais perturbado do que ele gostaria. Não estava acostumado com a companhia de mulheres, ou, pelo menos, de mulheres que não usassem véus. Na Casa, todas as garotas eram mais ou menos como se fossem irmãs, e as freiras tinham visão telescópica e audição apurada; no que dizia respeito ao sexo oposto, os rapazes estavam sob constante vigilância. Além disso, depois de passar muito tempo nas novas Terras, em total solidão, qualquer tipo de companhia era uma experiência penosa, uma privação de espaço.

A isso era preciso acrescentar um círculo de dinossauros em miniatura, virando a cabeça de um lado a outro para não perder nada do que se passava. Era como estar sendo observado por um bando de crianças curiosas. Gostaria de poder oferecer a eles uns trocados e propor que fossem a um cinema.

Entretanto, precisava conversar com a enigmática Sally. Era uma tensão interior, uma grande necessidade não satisfeita. Olhando para a moça, teve a impressão de que ela estava sentindo a mesma coisa.

— Não se preocupe com os dinos — disse ela. — Eles não são perigosos, embora sejam muito espertos. Conseguem se manter a salvo dos dinos maiores e dos crocs com relativa facilidade. De vez em quando volto aqui para ver como estão se saindo.

— *Como?* Como chegou aqui, Sally?

Sally revirou as brasas da fogueira e as pequenas criaturas recuaram, assustadas.

— Isso não é da sua conta, sabe? É o que dizia o código do Velho Oeste, e continua valendo por aqui. As ostras não estão gostosas?

Estavam. Joshua tinha acabado de comer a quarta.

— Estou sentindo gosto de bacon, e vi vários animais parecidos com porcos, parece que eles existem em quase todos os mundos. Acontece que eu também senti gosto de molho inglês. Estou certo?

— Mais ou menos. Eu viajo preparada. — Sally olhou para ele, com o suco de ostras Kilpatrick escorrendo da boca. — Vamos fazer um trato, que tal? Vou ser franca com você, e espero que seja franco comigo. Pelo menos, dentro de certos limites. Vou lhe dizer o que acho que sei a seu respeito. Em primeiro lugar, cheguei à conclusão de que existe apenas uma pessoa a bordo daquela coisa enorme lá em cima. Se não fosse assim, no momento em que você me encontrou, os outros viriam correndo para conhecer meu pequeno mundo. Isso significa que vocês viajaram com uma tripulação de apenas duas pessoas. É muito pouca gente para uma nave tão grande, não acha? Em segundo lugar, devem ter gasto muito dinheiro, e como as universidades não são ricas e o governo não tem imaginação, só posso concluir que a viagem foi financiada por uma grande empresa. Isso foi coisa de Douglas Black, não foi? — Ela sorriu. — Não fique triste, você não tem culpa. Black é esperto, e o estilo dele é fácil de reconhecer.

O fone de Joshua permaneceu mudo.

A moça interpretou corretamente sua leve hesitação.

— Nenhum comentário do quartel-general? Ah, confesse! Mais cedo ou mais tarde, todo mundo que tem um talento que interesse a Douglas Black acaba trabalhando para ele. Com meu pai foi assim. Em muitos casos, o mais importante não é o dinheiro. Porque se você for realmente bom, seu amigo Douglas providencia um saco de brinquedos fascinantes, como aquele dirigível lá em cima. Estou certa?

— Não sou um dos empregados de Black.

— Foi contratado apenas para esta empreitada, suponho? — disse a moça, com ar de desdém. — Você sabia que na sede da empresa, em

New Jersey, todos os empregados da Black Corporation usam um fone de ouvido igual ao seu, para que Douglas possa falar com eles pessoalmente na hora que quiser? Dizem até que o silêncio dele é considerado um mau sinal. Um dia, meu pai declarou: "Não vou mais usar esta coisa." Agora, Joshua, vou pedir que tire o fone. Gostaria de conversar com *você*. Ouvi falar de como salvou aquelas crianças no Dia do Salto. Sei que é uma pessoa decente, mas, por favor, tire essa pulseira de escravo da era tecnológica.

Joshua obedeceu, sentindo-se envergonhado.

Sally assentiu, satisfeita.

— Agora podemos conversar.

— Não há nada de sinistro em nós — começou Joshua, embora não tivesse total certeza do que estava afirmando. — Trata-se de uma viagem de exploração. Estamos aqui para observar e registrar, para fazer um mapa da Terra Longa. É o único objetivo da expedição.

Pelo menos era, pensou Joshua, até terem descoberto as estranhas migrações dos humanoides.

— Não é o *seu* objetivo. Você pode ser muita coisa, Joshua Valienté, mas não é um explorador. Por que está aqui?

Joshua deu de ombros.

— Sou um guarda-costas, se quer saber. Estou aqui para proteger o explorador.

Ao ouvir isso, a moça soltou uma única risada.

— Você disse que seu pai trabalhou para Black — afirmou Joshua.

— É verdade.

— O que ele fazia?

— Ele inventou o Saltador, se bem que fez isso por fora.

— Você é filha de *Willis Linsay?* — perguntou Joshua, pensando no Dia do Salto e em como sua vida tinha mudado por causa da invenção de Linsay.

Sally sorriu.

— Está bem. Você quer a história completa? Pertenço a uma família de saltadores. Saltadores naturais... Ah, feche essa boca, Joshua. Meu avô sabia saltar, minha mãe sabia saltar e eu sei saltar. Acontece que meu pai *não sabia*, e foi por isso que ele teve que inventar o Saltador. Saltei pela primeira vez quando tinha 4 anos e logo descobri que papai podia saltar se estivesse segurando minha mão. Tiraram uma fotografia de nós dois. Graças à mamãe, nunca tive problemas com meu dom, com a porta mágica a meu dispor. Mamãe era uma leitora compulsiva e leu para mim livros de Tolkien, Larry Niven, E. Nesbit e muitos outros autores. Não preciso dizer que fui educada em casa, com uma Nárnia à minha disposição! Confesso que depois do Dia do Salto fiquei aborrecida por ter que dividir *meu* lugar secreto com o resto do mundo. Quando eu era criança, mamãe sempre me dizia que eu não deveria contar a ninguém o que era capaz de fazer.

Joshua se limitou a escutar, fascinado. Ele não podia nem imaginar como seria pertencer a uma família inteira de saltadores, a uma família de pessoas como ele.

— Tive uma infância feliz. Às vezes passava algum tempo com o papai na cabana dele, que ficava em outro mundo. Naturalmente, ele não podia ter acesso a esse Wyoming paralelo sem a companhia de algum membro da família.

"Na verdade, papai não ia muito lá, porque estava sempre viajando a serviço da Black Corporation, fosse para o MIT, fosse para algum laboratório de pesquisa na Escandinávia ou na África do Sul. Às vezes, tarde da noite, aparecia um helicóptero, ele embarcava, e uma hora depois estava de volta. Quando eu perguntava o que esteve fazendo, ele sempre dizia: 'Só umas coisas aí.' Para mim, isso bastava, porque meu pai sabia o que estava fazendo. Papai sabia *tudo*.

"Eu não fazia a menor ideia dos projetos em que papai estava trabalhando, mas não fiquei surpresa quando inventou o Saltador. Ele era uma mistura incomum de teórico brilhante com engenheiro de mão cheia; acho que chegou mais perto do que qualquer pessoa de compreender a verdadeira natureza da Terra Longa. Isso, porém, não o ajudou quando mamãe morreu. Aquele era um problema que ele não podia resolver com o uso da tecnologia. Depois disso, as coisas ficaram estranhas. — Sally hesitou. — Quer dizer, mais estranhas do que antes.

"Papai continuou a trabalhar, mas acho que deixou de se importar com o que estava fazendo. Ele sempre tinha sido uma pessoa ética, sabe? Um hippie de uma longa linhagem de hippies. De repente, sua atitude mudou.

"Acontece que ele estava levando uma vida dupla. Mantinha escondidas coisas como o Saltador. Papai gostava de esconder coisas. Ele contava que tinha aprendido isso nos tempos de hippie, quando escondia a plantação de maconha no porão. Ele me mostrou uma vez. Havia uma passagem secreta que só se abria se *um* prego frouxo fosse pressionado e se *um* dos potes de tinta fosse girado em noventa graus. Nesse caso, um painel deslizava e revelava um espaço que ninguém poderia imaginar que existia, e ainda era possível sentir o cheiro das plantas que tinham estado lá...

"Essa é minha história. Eu sempre saltei; para a minha família, o Dia do Salto foi apenas uma lombada na estrada. No seu caso foi diferente, não foi, Joshua? Teve que descobrir sozinho que podia saltar... Ouvi dizer que foi criado por freiras. Isso faz parte das histórias que contam a seu respeito."

— Não gosto que contem histórias a meu respeito.

— Freiras, não é? Elas batiam em você, ou faziam alguma coisa... estranha?

Joshua coçou a cabeça.

— Não havia nada disso. Quer dizer, a não ser no caso da Irmã Maria José, que a Irmã Agnes logo pôs para fora. Minha nossa, ela era totalmente pirada! Mas tenho que concordar com você: era um lugar estranho, no bom sentido. As freiras nos davam muita liberdade. Nós líamos Carl Sagan antes do Antigo Testamento.

— Liberdade. Entendo o que quer dizer. Foi por isso que meu pai rompeu com Douglas Black. Um dia, Douglas ficou sabendo da existência do Saltador. Ele praticamente obrigou papai a revelar o que estava fazendo. Com a morte da mamãe e tudo mais, acho que papai já estava de mal com a humanidade, mas o que Black fez foi a gota d'água. Um dia, papai simplesmente desapareceu. Foi dar aulas em Princeton usando falsas credenciais. Entretanto, era uma posição de certo destaque, e, quando desconfiou que Black estava prestes a denunciá-lo, pediu demissão, mudou-se para Madison, levando com ele os planos do Saltador, e começou a dar aulas na universidade local usando outro nome falso. Fui com o papai para Madison e comecei a estudar na universidade em que ele ensinava. Não o via com frequência, mas o mantinha de olho, por assim dizer. Aliás, o nome verdadeiro dele não é Willis Linsay.

— Eu já desconfiava.

— Foi então que papai decidiu, ao perceber que a Black Corporation estava *de novo* no seu encalço, que era hora de ensinar o mundo inteiro a saltar, antes que alguém pudesse monopolizar sua invenção ou começar a taxá-la. Ele tinha contraído uma aversão pelas grandes indústrias e não confiava no governo. Acho que ele pensava que o mundo se tornaria um lugar melhor se todo mundo pudesse saltar para longe das garras das grandes empresas e do governo. Pelo que eu sei, papai ainda está vivo, em algum lugar.

— É por isso que está aqui? Procurando o seu pai?

— É um dos motivos.

Houve uma curiosa mudança no ar. Os pequenos dinossauros levantaram os olhos para o céu. Joshua olhou para Sally. Ela não mostrou nenhuma reação; estava usando uma vara para remover cuidadosamente a última ostra da panela.

— Você acha que seu pai fez a coisa certa? Ao revelar o Saltador ao mundo, quer dizer?

— Talvez. Pelo menos, ele ofereceu às pessoas uma nova opção. Ao mesmo tempo, porém, ele disse que, para viver na Terra Longa, as pessoas teriam que aprender a *pensar*. Uma vez ele afirmou: "Estou oferecendo à humanidade a chave para um número ilimitado de mundos. É uma forma de acabar com a escassez e, possivelmente, com as guerras, além de dar à vida um novo significado. Deixo a exploração de todos esses mundos por conta da sua geração, minha querida, embora eu pessoalmente acredite que vocês vão foder a porra toda." Por que está olhando para mim desse jeito?

— Seu pai te disse *isso?*

Sally deu de ombros.

— Eu já lhe contei que meu pai é um hippie de uma longa linhagem de hippies. Vivia dizendo coisas assim.

Nesse momento, a voz de Lobsang no alto-falante do dirigível reboou na praia, assustando de novo os pequenos dinossauros.

— Joshua! Volte imediatamente para a nave! Emergência!

Havia um estranho cheiro no ar, parecido com de plástico queimado. Joshua olhou para o norte. Uma nuvem cinzenta aumentava rapidamente de tamanho.

— Eu as chamo de sugadoras — disse Sally, com calma. — São parentes das libélulas. Injetam nos animais um veneno que dissolve rapidamente as células, transformando a criatura em saco cheio de sopa, que elas chupam como se fosse de canudinho. Por alguma razão, elas não atacam os dinossauros. Seu amigo está certo quando diz que se trata de uma emergência, Joshua. É melhor dar o fora enquanto pode.

E ela desapareceu.

34

Logo que Sally sumiu, Joshua deu um salto para trás, para Leste, na direção da Terra Padrão. Essa era a reação instintiva de quem se via em perigo: saltar de volta para um mundo já conhecido, porque o seguinte poderia ser ainda mais perigoso. Viu-se em um mundo aparentemente normal, coberto de árvores até onde se podia ver, o que não chegava a cem metros, justamente por causa das árvores. Nenhum sinal de Sally, dos dinossauros ou do dirigível.

Como podia ver um pouco mais de luz à direita, caminhou nessa direção. Foi parar em uma região de tocos carbonizados e solo coberto de cinzas: não era um fogo recente, já que novas plantas estavam brotando no meio da massa negra, com folhas verdes aparecendo aqui e ali. Apenas um incêndio florestal, parte do grande ciclo da natureza que, depois de ser visto 1,3 milhões de vezes, começa a emputecer qualquer um.

O dirigível apareceu de súbito, e sua sombra cobriu a clareira em um eclipse abrupto. Joshua colocou de novo o fone de ouvido.

A voz de Lobsang refletia sua frustração.

— Nós a perdemos! Como você não conseguiu atraí-la para nossa nave? Ela com certeza descobriu uma nova forma de saltar! Além do mais...

Joshua arrancou o fone do ouvido e sentou-se em um toco coberto por fungos coloridos. Ainda estava atordoado pelo encontro com Sally, pela avalanche de palavras que evidentemente se acumulara dentro dela. Além disso, ela estava viajando sozinha, como Joshua costumava fazer. Era uma ideia tentadora. Nas férias, visitava mundos como aquele.

De repente, ocorreu-lhe que não queria nem precisava mais daquele maldito dirigível gigante flutuando sobre sua cabeça.

Joshua colocou o fone de volta e pensou no que dizer. Qual era a frase que a Irmã Agnes sempre usava quando um eclesiástico do alto escalão tentava impor sua vontade na Casa?

— Pode me ouvir, Lobsang? Você não manda em mim! A única coisa que pode fazer no momento é me matar, e *mesmo assim* não vai mandar em mim.

Não houve resposta.

Joshua levantou-se e caminhou morro abaixo, se é que estava em um morro. Havia, sim, uma inclinação no terreno, o que significava que encontraria um rio e, portanto, água fresca e, quase com certeza, algum tipo de alimento. Tudo de que precisava para sobreviver naquele mundo.

Finalmente, Lobsang respondeu:

— Você está certo, Joshua. Eu não mando em você, nem quero mandar. Por outro lado, não acredito que esteja falando sério se pensa em ficar aqui. Não se esqueça de que temos uma missão a cumprir.

— Seja qual for a missão, não deve envolver sequestros, Lobsang.
— Hesitou. — Certo, vou voltar a embarcar, mas apenas sob certas condições.

A nave agora estava bem acima de Joshua.

— A primeira é que vou poder descer e voltar quantas vezes quiser, na hora que quiser, certo?

Dessa vez, Lobsang respondeu usando o alto-falante, no que parecia uma voz celestial:

— Está tentando *negociar* comigo, Joshua?

Joshua coçou o nariz.

— O que estou fazendo é impor condições, acho. Quanto a Sally, tenho a impressão de que vamos voltar a vê-la num futuro próximo, faça você o que fizer. *Você* nunca vai conseguir encontrar um ser humano isolado nesses mundos florestais, mas ela poderá ver com facilidade um dirigível no céu. *Ela* vai achar *a gente*.

— Por que faria isso? Ela viaja sozinha, como você costumava fazer. Na verdade, já viajou muito mais do que você. Tudo indica que não precisa de companhia e não tem nenhum motivo para nos procurar.

Joshua caminhou pela clareira em direção ao elevador, que já estava descendo.

— Ela não precisa de companhia, mas acho que *quer* companhia.

— Como chegou a essa conclusão?

— Pela conversa que tivemos. Ela sente necessidade de compartilhar suas experiências. *Eu também* sou assim. Este ser humano chamado Joshua de vez em quando volta para casa, para matar a saudade, para rever velhos amigos. Para ser humano, porra, e Daniel Boone que se foda.

— Como eu já disse, Joshua, as viagens certamente enriqueceram sua mente, embora não se possa dizer a mesma coisa do seu vocabulário.

— E tem mais, Lobsang. Algo que você não percebeu. Acha que foi *por acaso* que ela apareceu debaixo do nosso dirigível, com uma fogueira acesa?

— Bem...

— Ela sabia que estávamos chegando, Lobsang. Tenho certeza. Ela quer alguma coisa de nós. Só não sei o quê.

— Acho que tem razão. Vou pensar a respeito. Mudando de assunto, sabe que eu capturei e dissequei vários daqueles insetos voadores? Parecem ser parentes próximos das vespas, embora se comportem mais como abelhas. Pertencem a uma ordem previamente desconhecida. É por isso que devemos ter cuidado ao usar arbitrariamente nomes como "dinossauros".

— Você mudou de voz?

— Mudei. Não acha esta nova voz mais agradável e ponderadora?

— Você parece um rabino com ela!

— Ah, sim, quase isso. Na verdade, é a voz de David Kossoff, um ator judeu muito conhecido nas décadas de 1950 e 1960. Acredito que uma ocasional hesitação e um leve ar de amabilidade paternal podem ter um efeito calmante e tranquilizador.

— Eu sei, mas também acho que você não devia falar sobre os efeitos que sua voz pode ter. É como se um mágico fosse revelar o truque...

Merda. Lobsang o estava fazendo rir de novo. Era difícil ficar zangado com ele por muito tempo.

— Está bem, vou subir a bordo. Temos um acordo, não é?

A subida aconteceu sem acidentes.

O módulo ambulante de Lobsang, que estava à espera no camarote de Joshua, também tinha passado por uma reforma. Ao vê-lo, Joshua deu uma gargalhada.

— Você está parecendo um porteiro de hotel! Que ideia foi essa?

— Procurei assumir a aparência de um mordomo inglês da década de 1930, senhor, e muito classudo, sem falsa modéstia. Acredito que o efeito seja menos intimidador que o de replicante assassino chique no estilo *Blade Runner* que estava usando anteriormente, embora esteja aberto a sugestões.

Classudo.

— Bem, pelo menos é outro tipo de intimidação. Acho que serve, por incrível que pareça. Mas, por favor, pare de me chamar de senhor, está bem?

O mordomo fez uma mesura.

— Obrigado... Joshua. Gostaria de dizer, Joshua, que nesta viagem *nós dois* estamos aprendendo. Daqui em diante, pretendo reduzir a frequência diária dos saltos ao valor normal para um ser humano até que aquela jovem decida nos procurar.

— Boa ideia.

Joshua sentiu, como de costume, uma leve desorientação quando voltaram a saltar. Abaixo, desfilando a uma velocidade modesta de apenas alguns saltos por hora, a Terra Longa era como as imagens produzidas por um velho projetor de transparências que Joshua tinha encontrado, entre outros objetos fora de uso, no sótão da Casa. Clicando uma vez, você via uma imagem da Virgem Maria; clicando de novo, via uma imagem de Jesus. Ele ficava parado enquanto os mundos passavam. Podia escolher o que parecesse mais interessante.

Aquela noite, na grande tela do salão, Lobsang mostrou um antigo filme inglês chamado *O Rato na Lua*. Em sua encarnação ambulante, ele se sentou ao lado de Joshua para assistir ao filme, o que teria parecido estranho, pensou Joshua, observando o par pelos olhos de Sally, se há tempos a viagem não tivesse deixado de ser estranha para se tornar quase absurda. O filme era uma sátira da corrida espacial do século XX — e Joshua reconheceu de imediato a voz de David Kossoff; a imitação de Lobsang era irretocável.

Depois que o filme terminou, Joshua teve a impressão de ver um camundongo passar correndo no convés.

— O Rato na Megaterra — brincou.

— Shi-mi vai cuidar dele.

— A gata? Nem me lembrava mais dela. Sabe de uma coisa? Sally me contou que foi criada em uma família de saltadores. Saltadores naturais. Ela nunca estava sozinha nos mundos alternativos. Entretanto, a família recomendou que conservasse seu dom em segredo, como *eles* tinham feito no passado.

— É claro. Você sempre fez a mesma coisa, Joshua. É um instinto natural.

— Acho que ninguém quer ser diferente dos outros.

— Isso mesmo. Antigamente, um homem com o dom de saltar teria sido queimado na fogueira como feiticeiro. Mesmo depois do Dia do Salto, existem muitas pessoas na Terra Padrão que não gostam da ideia dos saltos e da Terra Longa.

— Quem são essas pessoas?

— Você não entende mesmo de política, não é, Joshua? Os que não conseguem saltar, é claro! Elas detestam a Terra Longa e os indivíduos que a exploram, e toda a grande abertura que ela proporcionou. Além disso, os que estão perdendo dinheiro com a nova ordem das coisas. *Sempre* existem essas pessoas...

35

Então ali estava a policial Monica Jansson, quinze anos após o Dia do Salto. Sua vida, como a de todo mundo, tinha sofrido uma verdadeira revolução. Enquanto a população se esforçava para tirar algum sentido da nova realidade, a polícia tentava manter a paz. Aquela noite, ficou olhando, consternada, para uma tela que mostrava Brian Cowley, o líder cada vez mais popular de um movimento tóxico chamado Humanidade em Primeiro Lugar, cuspindo seu veneno manipulador e anedotas que envolviam uma política aparentemente lógica e esperta, mas altamente divisionista e perigosa. Impulsivamente, desligou o som, mas, mesmo assim, o veneno parecia escorrer da boca do palestrante.

Na verdade, o fenômeno da Terra Longa estivera carregado de ódio e violência desde o início.

Apenas dois dias após do Dia do Salto, tanto o Pentágono como as Casas do Parlamento Britânico foram alvo de atentados terroristas. Podia ter sido pior. O rapaz que saltou para o interior do Pentágono calculou mal as coordenadas e a bomba caseira explodiu em um corredor, matando apenas seu criador. O terrorista inglês havia prestado mais atenção às aulas de geometria e conseguira se materializar (e se explodir em seguida) no plenário da Câmara dos Comuns, mas aparentemente não estivera familiarizado com a rotina da casa, pois a última coisa que viu foram cinco Membros do Parlamento debatendo uma lei irrelevante a respeito da pesca de arenque. Se tivesse programado o atentado para o bar da Câmara, certamente a colheita de almas teria sido muito maior.

Mesmo assim, as duas explosões causaram consternação no mundo inteiro e as autoridades entraram em pânico. Os cidadãos comuns também estavam preocupados. Não era preciso ser um gênio para concluir que, de repente, qualquer pessoa com um Saltador podia entrar no quarto de alguém no meio da noite. Atrás do medo, sempre vem alguém disposto a ganhar dinheiro com ele. Logo começaram a surgir dispositivos antissaltadores, alguns engenhosos, outros ridículos, muitos mortais, mais para os donos do que para eventuais larápios. Tentativas de proteger os aposentos desocupados com armadilhas acabavam por decepar dedos de crianças e mutilar animais de estimação. A defesa mais eficaz, como as pessoas logo vieram a descobrir, era simplesmente encher os cômodos de móveis, no estilo vitoriano, de modo a não deixar espaço para os saltadores.

Na verdade, furtos em larga escala praticados por saltadores eram mais um mito urbano do que um risco real. Muitas pessoas saltavam para outros mundos para fugir de credores, de obrigações e de desafetos, e havia muitos agentes contratados para persegui-los; havia também poucos que roubavam, estupravam e matavam em vários mundos antes que alguém os detivesse. Mesmo assim, a criminalidade era menor, em média, na Terra Longa, em que as pressões sociais responsáveis pela violência na Terra Padrão praticamente não existiam.

É claro que os governos não ficavam muito satisfeitos quando os contribuintes saltavam para não pagar impostos, mas apenas o Irã, Myanmar e o Reino Unido tentaram *proibir* as pessoas de saltarem. Inicialmente, a maioria dos governos do mundo livre adotou um sistema semelhante ao dos Estados Unidos, declarando soberania em relação às versões paralelas dos seus territórios em todos os mundos da Terra Longa. A França, por exemplo, considerou todos os territórios franceses da Terra Longa abertos à colonização por qualquer pessoa que quisesse *assumir* a cidadania francesa e estivesse disposta a assinar um documento no qual declarasse estar de acordo com os princípios que *norteavam* os cidadãos franceses. Tinha sido uma tentativa louvável, embora prejudicada por, aparentemente, ser impossível encontrar dois franceses que concordassem quanto aos princípios que norteavam os cidadãos franceses. Uma escola de pensamento chegou a sustentar que discutir a respeito desses princípios era uma das coisas que *definiam* o que era ser francês. Na prática, porém, independentemente de quais fossem os regulamentos criados pelos governos em relação à Terra Longa, não demorava muito para que fossem desrespeitados, devido ao simples fato de que nenhum governo podia fiscalizar todos os mundos.

E as pessoas comuns? Elas só saltavam aqui, ali e por todo lugar, preocupando-se mais em *deixar* um mundo que não era do seu agrado do que em *escolher* o mundo de destino. Infelizmente, muitas pessoas viajavam despreparadas e sofriam as consequências. Aos poucos, porém, a maioria absorveu a lição aprendida por povos como os amish, no passado, de que era muito melhor viajar em grupo e planejar muito bem a jornada.

Quinze anos depois do Dia do Salto, havia muitas comunidades prósperas em mundos antes desabitados da Terra Longa. O movimento migratório parecia estar começando a declinar, mas estimava-se que um quinto da população da Terra tinha partido em busca de um novo mundo, um deslocamento demográfico comparável ao produzido por uma guerra mundial, diziam, ou a uma grande pandemia.

Isso, porém, na opinião de Jansson, era apenas o começo. Na verdade, a humanidade ainda estava começando a se acostumar com a ideia de uma fartura infinita, pois sem escassez, de terras e de recursos, modos de vida inteiramente novos se tornavam possíveis. Uma noite, na televisão, Jansson tinha visto uma antropóloga descrever um experimento imaginário. Se a Terra Longa fosse realmente infinita, como se supunha, *toda a humanidade* poderia viver *para sempre* em comunidades de caçadores-coletores, pescando, catando moluscos e se mudando para outro lugar quando os moluscos rareassem ou simplesmente quando tivessem vontade. Sem a agricultura e a pecuária, a Terra Padrão poderia sustentar talvez um milhão de pessoas. Para uma população de dez bilhões, seriam necessárias dez mil Terras, o que era pouco, considerando a vastidão da Terra Longa. Não precisávamos mais da agricultura para sustentar a espécie humana. E então, será que precisaríamos de cidades? Ou até mesmo de alfabetização e numerais?

Entretanto, quando essa vasta perturbação do destino da humanidade prosseguiu, tornou-se cada vez mais claro que havia muitas pessoas para as quais os tesouros ambíguos da Terra Longa estavam para sempre fora de alcance e que se mostravam cada vez mais descontentes com a situação.

Era isso, quinze anos após o Dia do Salto, que mais preocupava Monica Jansson enquanto escutava as palavras de Brian Cowley com crescente apreensão.

36

O DIRIGÍVEL PAROU mais uma vez, em um mundo estéril, cujo ar era marginalmente respirável quando Joshua o experimentou, mas cheirava a queimado. O céu no qual os foguetes de sondagem habituais acabavam de ser lançados estava encoberto.

— Um mundo que sofreu um cataclismo — comentou Lobsang —, talvez causado por um meteoro, embora eu considere mais provável que tenha sido um Yellowstone, há cerca de um século. Pode haver vida no hemisfério sul, mas a natureza vai levar muito tempo para se recuperar.

— Parece uma terra arrasada.

— Claro que é. A Terra mata seus filhos de tempos em tempos. Agora, porém, as coisas são diferentes. Com toda certeza, o vulcão que existe sob o Parque Nacional de Yellowstone na Terra Padrão entrará em erupção num futuro próximo. O que as pessoas vão fazer quando isso acontecer? Saltar para outros mundos. Pela primeira vez na história da humanidade, uma calamidade dessas proporções será um incômodo em vez de uma tragédia. Até que o sol se apague, haverá sempre outros mundos, e a humanidade sobreviverá, em algum lugar da Terra Longa, imune à extinção.

— Será que é para isso que a Terra Longa *existe*?

— Ainda não tenho informações suficientes para responder.

— Por que paramos, Lobsang?

— Porque estou captando um sinal na frequência de rádio AM. Um sinal muito fraco, embora o transmissor esteja próximo. Quer investigar quem está chamando? — perguntou Lobsang, com a simulação perfeita de um sorriso.

Joshua tinha de reconhecer que o restaurante do dirigível dispunha de uma mesa de jantar de primeira classe, bem diferente da prateleira improvisada no convés de observação que ele usava quando não tinha companhia. O prato principal era ave, uma ave de carne macia.

Levantou a cabeça e olhou Sally nos olhos. A moça tinha fornecido a carne.

— É uma espécie de peru selvagem que existe nos mundos desta região — explicou ela. — Um pouco difícil de capturar, porque está acostumado a fugir de predadores e consegue ser mais rápido que um lobo. Às vezes eu caço vários deles e vendo aos pioneiros...

Para uma quase ermitã, ela falava pelos cotovelos, pensou Joshua, mas ele achava que sabia o motivo. Enquanto isso, Joshua se limitava a comer e a apreciar a visita. Talvez estivesse se acostumando com companhia de uma mulher, ou, pelo menos, daquela mulher.

Lobsang entrou com uma bandeja nas mãos.

— Sorvete de laranja. A laranja não é nativa do Novo Mundo, mas eu trouxe sementes para plantar em locais apropriados. Espero que gostem.

Serviu a sobremesa, deu meia-volta e desapareceu do outro lado da porta azul.

Sally tinha sido razoavelmente polida ao ser informada a respeito da identidade e da natureza de Lobsang, isto é, depois que parou de rir. Naquele momento, a moça baixou a voz.

— Por que ele está se comportando como um garçom?

— Acho que quer agradá-la. Eu sabia que você nos enviaria um sinal.

— Como?

— Porque eu teria feito a mesma coisa no seu lugar. Abra o jogo, Sally. Você deixou uma pista, e sabemos que fez isso porque deseja alguma coisa de nós. Vamos negociar. Você sabe o que queremos saber de você. *Como conseguiu chegar tão longe tão depressa?*

— Vou explicar. Não sou a única. Existem mais pessoas como eu do que você imagina. De vez em quando, um Saltador *gagueja*, por assim dizer. Encontrei um homem a vinte mil mundos de distância da Terra Padrão que pensava que estivesse a apenas um salto de Pasadena e não entendia por que não conseguia voltar para casa. Levei-o a uma casa de passagem e o deixei lá.

— Sempre quis saber por que encontro tantas pessoas desorientadas. É como se não soubessem o que estão fazendo.

— Provavelmente não sabem.

A voz incorpórea de Lobsang flutuava pelo cômodo.

— Estou a par do fenômeno que você mencionou, Sally, e aproveito a oportunidade para agradecer a você pelo nome, muito apropriado, que escolheu para ele. *Gagueira*. Infelizmente, não consegui reproduzi-lo.

Sally olhou para cima.

— Estava escutando toda a nossa conversa?

— É claro. Minha nave, minhas regras. Você poderia fazer a gentileza de responder à pergunta de Joshua? Até agora, forneceu apenas uma resposta parcial; o mistério permanece. Como conseguiu chegar até aqui? Sua viagem foi intencional? Nada teve a ver com o que chama de gagueira, não é mesmo?

Sally olhou pela janela. Era noite do lado de fora, mas as estrelas brilhavam no céu.

— Ainda não confio totalmente em vocês dois. Na Terra Longa todos precisam de um trunfo, e este é o meu. Vou lhes dizer uma coisa: se continuarem a viagem, vão cruzar com algo muito perigoso.

A cabeça de Joshua nunca tinha parado de latejar.

— Vamos cruzar com *quê*?

— Nem eu sei. Ainda não.

— Foi o que causou a migração dos trolls e dos outros humanoides, não foi?

— Vocês já perceberam? Eu devia ter imaginado.

— Lobsang e eu achamos que é nosso dever investigar o motivo da migração.

— E o quê, para salvar o mundo?

Joshua já estava se acostumando com o ar debochado dela. Sally não se deixava impressionar pelo dirigível de Lobsang, nem por seus sonhos grandiosos, nem, ao que parecia, pela reputação de Joshua.

— Por que voltou a entrar em contato conosco? Para zombar de nós? Para nos ajudar? Para nos pedir ajuda?

— Entre outras coisas. Tudo no momento certo — afirmou ela, levantando-se. — Boa noite, Joshua. Peça ao seu amigo para arrumar outro camarote, de preferência um que não esteja ao lado do seu. Ah, não faça essa cara, não estou pensando mal de você. É que eu costumo roncar, sabe...

37

A NAVE SALTOU durante a noite inteira e, pela primeira vez, Joshua achou que podia sentir cada salto. Ele se afundou em algo parecido com sono quando já estava quase amanhecendo, e teve mais ou menos uma hora para dormir antes de Sally bater à porta.

— Bom dia, marujo.

— O que aconteceu? — perguntou, sonolento.

— Noite passada, eu dei a Lobsang as coordenadas de um lugar. Já chegamos.

Depois de se vestir, Joshua desceu para o convés de observação. A nave estava parada. Não estavam longe da costa do Pacífico naquela versão do estado de Washington. Lá embaixo, nas profundezas de Terra Longa, muito além do ponto extremo que a onda de colonização da espécie humana poderia ter alcançado, existia uma cidadezinha, onde nenhuma cidadezinha tinha direito de existir. Ela se estendia ao longo da margem de um rio de tamanho razoável, com edifícios e trilhas que penetravam em uma floresta densa e úmida. No entanto, Joshua não viu plantações nem nenhum outro sinal de atividades agrícolas. Havia pessoas em toda parte, fazendo o que as pessoas sempre faziam quando viam um dirigível no céu, que era apontar para cima e conversar, animadas. Sem dispor de fazendas, como podiam viver em uma comunidade tão densamente povoada?

De repente, avistou, perto do rio, formas familiares... Não eram humanos, mas também não eram animais.

— Trolls.

Sally olhou para ele, surpresa.

— É assim que são chamados aqui. Como você sabe, evidentemente.
— Como Lobsang sabia antes de começarmos a viagem.
— Estou impressionada. Já teve contato com eles, não é? Joshua, se querem compreender os trolls, se querem compreender a Terra Longa, precisam compreender este lugar. Foi por isso que trouxe vocês aqui.
"Preste atenção, Joshua. Se estivéssemos na Terra Padrão, estaríamos sobrevoando um povoado chamado Humptulips, no Condado de Harbor County. Naturalmente, alguns detalhes da paisagem são diferentes, como o curso do rio. Espero que eles tenham sopa de marisco fresca."
— Sopa de marisco? Você conhece este lugar tão bem assim?
— Claro que conheço.

À sua maneira, a moça podia ser tão irritantemente presunçosa quanto Lobsang.

Desceram da nave em uma praça de terra no centro do povoado. Joshua notou imediatamente que as construções em volta da praça eram *antigas*, feitas de madeira castigada pelas intempéries, algumas com uma base de pedra muito gasta. Era evidente que aquele povoado, que abrigava umas duzentas pessoas, tinha sido construído muito antes do Dia do Salto. A praça era dominada por um grande edifício de madeira, que Sally identificou como a "Prefeitura" e para onde se encaminhou. No interior, o edifício, sustentado por grossas vigas de cedro, tinha um pé direito alto, piso e mobília de madeira polida, janelas sem vidraças ao nível dos olhos e grandes portas nas duas extremidades. A lareira no centro do salão estava acesa, banhando o local com uma luz avermelhada.

Lobsang tinha descido com eles, escolhendo uma túnica cor de açafrão para a unidade ambulante. Apesar do físico musculoso, no estilo de 1980, nunca parecera mais tibetano. Além disso, ao contrário do habitual, dava impressão de estar inibido — o que era explicável, porque o salão estava cheio de aldeões curiosos e de *trolls*, misturados com as pessoas com a mesma naturalidade de animais de estimação em um piquenique. O ar estava impregnado com o cheiro levemente desagradável dos hominídeos.

Na Prefeitura havia realmente sopa fresca, fervendo em grandes panelas, uma iguaria quase absurda, dada a distância a que se encontravam da Terra Padrão.

Foram recebidos pelo prefeito. Era um homem baixo e magro, que tinha o sotaque de um habitante da Europa central com inglês fluente. Era óbvio que ele e Sally se conheciam. A moça lhe entregou um pequeno pacote, e ele os conduziu a uma mesa de conferências.

Sally notou que Joshua estava olhando com ar curioso para o pacote.

— Pimenta.

— Você faz trocas com muita gente, não é?

— Acho que sim. Você não? Eu também passo a noite em muitos lugares, não só aqui. Se encontro colonos que considero interessantes, fico alguns dias com eles e os ajudo na agricultura ou em qualquer outra coisa. Essa é a melhor forma de conhecer um mundo, Joshua, enquanto vocês dois, chocalhando nesse grande pênis voador, não estão conhecendo praticamente nada.

— Não falei? — murmurou Joshua para Lobsang, sem que a moça ouvisse.

— Talvez — respondeu Lobsang, sem se abalar —, mas, apesar de todos os nossos defeitos, ela nos procurou mais uma vez. Você estava certo, Joshua. Ela quer alguma coisa de nós. No meio de todos esses rodeios, devemos persistir até descobrirmos o quê.

Sally estava dizendo:

— Mesmo assim, este lugar é único entre todos que visitei. Eu o chamo de Boa Viagem.

— Tudo indica que existe há muito tempo — observou Lobsang.

— *Muito* tempo. O pessoal meio que acaba se fixando aqui... O lugar parece um ímã de pessoas. Você vai ver.

O prefeito se apresentou apenas como Spencer. Enquanto tomavam sopa de marisco, ele falou sobre a comunidade.

— Um "ímã de pessoas"... É verdade, pode ser algo desse tipo. Os que chegaram aqui através dos séculos a batizaram, ou a amaldiçoaram, em um monte de línguas. Existem construções centenárias e encontramos ossos muito antigos, alguns em caixões rudimentares. Este lugar existe há séculos, talvez milênios!

"Claro, a maioria da população que você encontra nas ruas nasceu aqui, como eu, mas existe um fluxo constante, embora reduzido, de recém-chegados. Nenhum deles sabe como veio parar aqui. A história é sempre a mesma: um dia estavam na Terra, na Terra Padrão, como é chamada hoje em dia, cuidando dos seus negócios, e de repente se viram aqui. Às vezes parece que o estresse teve alguma influência, a pessoa estava querendo escapar de alguma coisa, mas nem sempre isso é verdade."

O prefeito baixou a voz e acrescentou:

— Às vezes, são crianças. Crianças desgarradas. Meninos e meninas perdidos, até bebês de colo. A maioria nunca tinha saltado antes. São sempre bem recebidos, pode ter certeza. Experimente nossa cerveja, acho que vai gostar. Mais um pouco de sopa, Sr. Valienté? Onde eu estava mesmo?

"Como era inevitável, os moradores com tendências científicas começaram a defender a teoria de que existe uma singularidade, uma espécie de buraco no espaço, que atrai as pessoas para cá. Isso vai de encontro à antiga tradição, segundo a qual este lugar foi objeto de uma misteriosa maldição ou, dependendo do ponto de vista, de uma *bênção*.

"Seja como for, aqui estamos nós, náufragos, por assim dizer, embora, para bem da verdade, nenhuma vítima de naufrágio tenha ido parar em uma terra tão hospitaleira. Não temos de que nos queixar. Pelo que ouvimos falar dos moradores recentes, o pessoal mais antigo se sente feliz por ter sido poupado da maioria das coisas que aconteceram no século XX. — Spencer suspirou. — Alguns chegam aqui pensando que estão no paraíso, mas muitos se sentem desorientados e, às vezes, amedrontados. Ainda assim, todos são bem recebidos. Por meio dos recém-chegados, ficamos sabendo como estão indo as coisas nas outras Terras. Estamos interessados em novas informações, conceitos, ideias e talentos; engenheiros, médicos e cientistas são especialmente bem-vindos. Tenho orgulho de dizer que, no momento, estamos criando nossa própria cultura."

— Fascinante — murmurou Lobsang, levando a colher de sopa aos lábios artificiais. — Uma civilização humana tomando forma nos confins da Terra Longa.

— E um novo meio de viajar — acrescentou Joshua, sentindo-se um tanto atônito com este novo salto conceitual. — Uma forma de pular o transporte salto por salto.

Na verdade, pensou, considerando a "gagueira" de Sally, *mais uma* forma.

— Isso mesmo. A Terra Longa é mais estranha do que pensávamos; podemos aprender muita coisa a respeito de conectividade estudando este lugar. Resta descobrir quão útil será este novo fenômeno.

— Útil?

— A utilidade será menor caso se trate de um buraco de minhoca permanente, um túnel entre dois pontos fixos...

— Como a toca de coelho que dava acesso ao País das Maravilhas — disse Joshua.

Enquanto os dois conversavam, Sally estava observando Lobsang, boquiaberta.

— Joshua... ele *come*?

Joshua sorriu.

— Não ficaria mais estranho se ele não comesse, nesta companhia? Depois eu explico.

Spencer se recostou na cadeira.

— Sally é nossa velha conhecida. Agora me falem a respeito de vocês. O mundo está evidentemente mudando, e essa mudança nos traz um maravilhoso zepelim! Você primeiro, Lobsang. Perdoe-nos por nossa curiosidade a respeito de sua presença, e, particularmente...

Pela primeira vez desde que o conhecera, ali naquele ambiente cosmopolita, cercado por uma multidão e observado avidamente por uma plateia de trolls, parecia que Lobsang estava muito inquieto. Era uma daqueles momentos nos quais Joshua ficava em dúvida se Lobsang era humano ou uma simulação tão bem-feita que podia imitar com perfeição reações tipicamente humanas como a de constrangimento.

Lobsang pigarreou.

— Para começar... eu sou um espírito humano, embora meu corpo seja artificial. Está familiarizado com o conceito de próteses? Membros e órgãos artificiais usados para substituir os correspondentes biológicos? Pode me considerar um caso extremo.

Spencer não parecia particularmente atônito.

— Incrível! É um grande progresso. Na minha idade, a gente começa a se perguntar por que o universo coloca a inteligência em receptáculos tão frágeis como o corpo humano. Posso lhe perguntar se tem talentos especiais para compartilhar conosco? Não se ofenda, por favor; fazemos essa pergunta a todos que nos visitam.

Joshua grunhiu internamente, prevendo qual seria a reação de Lobsang.

— Talentos especiais? Seria mais fácil fazer uma lista dos defeitos. Ainda não sou muito bom com aquarelas, por exemplo... — Olhou ao redor curiosamente. — A comunidade de vocês é um caso peculiar, com uma origem incomum. O que me diz da indústria? Vocês têm ferro, evidentemente. Aço? Excelente. Chumbo? Cobre? Estanho? Ouro? Rádio sem fio? Vocês certamente passaram do estágio do telégrafo. Que me diz da imprensa? Fabricam papel...

Spencer fez que sim.

— Temos papel, mas, infelizmente, é artesanal. Nosso método foi desenvolvido por um imigrante do período elisabetano. Introduzimos alguns aprimoramentos, é claro, mas faz muito tempo que não recebemos alguém que entenda da fabricação de papel. Nessa área, como em todas as outras, dependemos dos talentos das pessoas que chegam.

— Se me fornecerem metais ferrosos, posso fazer uma prensa plana usando energia hidráulica. Vocês estão familiarizados com a energia hidráulica?

Spencer sorriu.

— Temos moinhos movidos a água desde a época dos romanos.

Mais uma vez, Joshua ficou impressionado com a antiguidade daquele povoado. Sally pareceu se divertir com sua reação.

— Nesse caso, posso construir um alternador robusto. Energia elétrica. Prefeito, posso também deixar com vocês uma enciclopédia das descobertas de medicina e tecnologia até à época atual... Se bem que os aconselho a irem com calma. Choque do futuro, sabe?

Um murmúrio de aprovação percorreu a multidão que os cercava, atraída pelo aspecto estranho de Lobsang,

Sally, porém, que estava até então ouvindo a conversa com impaciência, interveio:

— É muita bondade sua, Lobsang, mas acho que não é o momento apropriado para se comportar como um personagem de Robert Heinlein.

Estamos aqui por causa do *problema*, lembra? — Olhou para Spencer. — Você sabe do que estou falando.

— Ah. A migração dos trolls? Veja, Sally está certa. É um assunto preocupante. Não é um problema imediato, mas pode ter graves repercussões para todas as terras, ou seja, para o que vocês chamam de Terra Longa. Sally, mesmo isso pode esperar até amanhã. Vamos sair e apreciar a luz do sol. — Conduziu-os para fora do edifício. — Vocês são muito bem-vindos aqui, não me canso de dizer. Terão oportunidade de ver que recebemos andarilhos de todas as famílias da humanidade. Sally gosta de chamar este lugar de Boa Viagem, o que achamos curioso. Para nós, é apenas um lar. Temos quartos de hóspedes na Prefeitura, mas, se preferem outro lugar, qualquer família ficará honrada em recebê-los em casa. Sejam bem-vindos...

38

OS VISITANTES PASSARAM por grupos sorridentes.
Joshua estava impressionado com a planta e a arquitetura da cidade. Não parecia haver nenhum tipo de planejamento; as ruas eram um emaranhado de trilhas que terminavam na floresta, como se tivessem sido criadas pelo uso. As construções tinham, na maioria dos casos, fundações muito antigas. A impressão geral era de que a aldeia tinha crescido devagar, mas continuamente, durante um período extremamente longo, de modo que as estruturas formavam várias camadas, como os anéis do tronco de uma árvore. Entretanto, parecia haver uma preponderância de construções relativamente modernas sobrepostas a um núcleo muito antigo, como se um número maior de pessoas tivesse chegado ao passado recente, talvez nos últimos dois séculos. O que coincidia, pensou, com a época em que a população da Terra Padrão aumentara aceleradamente, enviando uma quantidade maior de andarilhos para Boa Viagem.

Caminhando pela margem do rio, Joshua pôde ter uma ideia melhor de como era a vida na aldeia. Ao longo do caminho, havia estrados com peixes postos para secar — a maioria peixes parecidos com salmão, espécimes gordos e saudáveis, cortados em filés — e outros estavam pendurados dentro das habitações, alguns defumados. Ninguém parecia estar trabalhando exaustivamente, mas ele viu açudes, armadilhas, redes e alguns aldeões consertando anzóis, linhas e arpões. Embora houvesse, na verdade, poucas plantações a certa distância do centro — a maioria de batatas, cultivadas como reserva para emergências e também para fazer funcionar os Saltadores dos poucos visitantes que precisavam deles —, o rio fornecia a maior parte dos alimentos. Como os amistosos moradores lhe contaram em uma variedade de sotaques exóticos, nas corridas anuais dos salmões, toda a população, de homens e de trolls, ia para o rio recolher os peixes, que eram tão numerosos que o rio chegava a transbordar. Havia evidentemente outros tipos de peixes, e Joshua viu grandes pilhas de cascas de mariscos e ostras. A floresta também fornecia alimento, como pôde deduzir pelas cestas de amoras, bolotas, avelãs, além de pernis de animais que não conseguiu identificar.

— É por isso que aqui ninguém planta, ou quase ninguém — comentou Sally. — Não é *preciso* plantar, porque a natureza é muito generosa. Na região correspondente da Terra Padrão, os caçadores-coletores pré-colombianos criaram sociedades tão complexas quanto as dos agricultores, com uma fração do trabalho braçal. Aqui é a mesma coisa. — A moça riu, porque tinha começado a chover. — Não admira que Boa Viagem seja considerada um dos melhores lugares de todos os mundos para se viver. Se não chovesse o tempo todo, seria o paraíso.

Entretanto, havia trolls por toda parte, o que era uma diferença em relação ao estado de Washington da Terra Padrão. Os humanoides conviviam com os humanos com uma naturalidade que não se esperaria de criaturas que lembravam um cruzamento de ursos com porcos. O relacionamento amistoso entre humanos e trolls dava ao lugar uma atmosfera de paz.

Paradoxalmente, isso deixava Joshua pouco à vontade, ele não sabia bem por quê. Com os trolls tão à vontade, a comunidade parecia *excessivamente* calma, não exatamente humana... Não era a primeira vez na vida que Joshua se sentia intrigado e confuso; havia muita coisa naquele lugar que ele não entendia.

Na praça central, um dos trolls ficou de cócoras e começou a cantar. Logo outros se juntaram a ele. A música dos trolls era sempre fora do comum; ao ouvi-la, as pessoas se sentiam cativadas, de uma forma que Joshua não sabia como explicar. Pareceu durar uma eternidade, os acordes poderosos ecoando na floresta distante. Quando ela terminou e Joshua consultou o relógio, constatou, surpreso, que apenas dez minutos haviam decorrido.

Sally deu-lhe um tapinha no ombro.

— Esse, meu rapaz, é o chamado canto curto dos trolls. O canto longo pode durar um mês. Tocante, não é? De um jeito meio medonho. Às vezes se reúnem em uma clareira, centenas deles, todos cantando, de forma aparentemente autônoma, como se não tomassem conhecimento uns dos outros, até que, de repente, terminam com um grande acorde, como Thomas Tallis, sabe? Como se a música estivesse chegando a você de quatro dimensões ao mesmo tempo.

— Eu conheço todo o cânone de Tallis, Sally — disse Lobsang. — Acho que é uma boa comparação.

Joshua achou que não podia ficar de fora da conversa.

— Ouvi falar de Tallis. A Irmã Agnes disse que, se ele estivesse vivo nos dias de hoje, certamente adoraria dirigir uma Harley, se bem que a maioria dos ídolos da Irmã Agnes, segundo ela, adoraria dirigir uma Harley...

— Posso detectar certos padrões na música dos trolls — declarou Lobsang —, mas vou precisar de algum tempo para analisá-los.

— Eu lhe desejo boa sorte, amigo — disse Sally. — Conheço os trolls há muitos anos e ainda não consigo descobrir qual é o teor da conversa deles. Neste caso, é provável que estejam falando sobre nós e o dirigível. Quando a noite chegar, todos os trolls deste continente estarão repetindo a música até que ela seja reproduzida com perfeição. Em minha opinião, as canções são uma espécie de memória compartilhada. É nisso que eu acredito. Existe até uma espécie de código de erro, um mecanismo de autocorreção para assegurar que todos os trolls recebam a informação correta. Com o tempo, as músicas vão se espalhar para todos os mundos, acompanhando a migração dos trolls. Mais cedo ou mais tarde, todos eles vão saber que estivemos aqui hoje.

Os outros dois receberam a informação em silêncio. Para Joshua, era uma revelação surpreendente, uma ideia misteriosa e estranha, aquela de uma memória em forma de canção que se espalhava por mundos.

Continuaram a caminhada. Era uma tarde calma, de temperatura amena, embora marcada por pancadas isoladas de chuva que todos pareciam ignorar. Não havia veículos nem animais de carga, apenas alguns carrinhos de mão e estrados de peixes por toda parte.

Joshua voltou-se para Sally.

— Acho que está na hora de irmos direto ao assunto. Estamos vendo que você conhece bem os trolls. Na verdade, parece ter simpatia por eles e nos trouxe a este lugar, em que existe uma comunidade estranha de humanos e trolls... Você também tem conhecimento da migração dos humanoides. É óbvio que quer algo de nós. O que quero saber é se o que você quer tem a ver com a migração.

Ela ficou em silêncio por alguns instantes e depois disse:

— Está bem. Eu não tinha intenção de esconder nada de vocês. Achei que era melhor observarem a situação e tirarem suas próprias conclusões. Sim, estou preocupada com a migração. É um fenômeno que está tendo repercussões em toda a Terra Longa. Sim, acho que não posso e não devo investigar a causa sozinha. Mas ela deve ser investigada, certo?

— Nesse caso, nossos objetivos coincidem — afirmou Lobsang.

Joshua interveio.

— Por favor, Sally, pode falar. Precisamos fazer uma troca equivalente. Vamos te ajudar, mas você precisa falar a verdade. Você conhecia a localização exata desta cidade. O que a trouxe aqui? A propósito, como conseguiu chegar tão longe da Terra Padrão?

Sally parecia desconfiada.

— Posso confiar em vocês dois? Quer dizer, confiar *mesmo*?

— Sim — disse Joshua.

— Não — disse Lobsang. — Tudo que você contar que contribua usado para o bem da humanidade será usado da forma que me aprouver. Entretanto, prometo que não farei nada que prejudique você ou sua família. Sabe algo que desconhecemos a respeito da conectividade da Terra Longa, não é?

Um casal passou por eles de mãos dadas. Ela parecia sueca; ele era quase tão negro quanto a noite.

Sally respirou fundo.

— Minha família chama esses lugares de passagens secretas.

— Passagens secretas? — perguntou Joshua.

— Atalhos. Em geral, mas nem sempre, ficam longe da costa, no coração de um continente, na margem de um rio ou de um lago, e se tornam mais fortes ao amanhecer. Não posso dizer exatamente a *aparência* deles ou como consigo encontrá-los. É mais uma sensação do que qualquer outra coisa.

— Não estou entendendo...

— São lugares que permitem que a pessoa salte muitas Terras de uma vez.

— Botas de sete léguas...

— Acho que buracos de minhoca seria uma metáfora melhor — observou Lobsang.

— Eles mudam com o tempo — afirmou Sally. — Abrem e fecham. É preciso encontrar a entrada... saber o que procurar. Mas não é algo que se aprenda, é algo de que recordamos... como se fosse alguma coisa que alguém contou há muito tempo e quando precisamos, ali está. Não é como a gagueira dos saltadores; é mais como um ombro amigo. Uma coisa orgânica, entendem? Um marinheiro que conhece as correntes marinhas, a subida e descida das marés, os caprichos do vento, até mesmo a salinidade da água. Eles mudam de posição, abrem e fecham, levam a destinos diferentes. A princípio tudo é na base das tentativas, mas hoje em dia consigo chegar ao destino desejado em três ou quatro saltos, se a maré estiver favorável.

Joshua tentou imaginar o que a moça estava descrevendo. Visualizou a Terra Longa como um tubo de mundos, uma mangueira que passava por um mundo de cada vez. Esses atalhos eram como... o quê? Furos nas paredes da mangueira, que permitiam passar instantaneamente de uma volta para outra da mangueira sem ter de percorrer um número muito grande de Terras? Ou, talvez, uma espécie de túnel de metrô, invisível no subsolo, ligando pontos distantes, uma rede com uma topologia própria, independente do que se passava na superfície. Essa rede teria conexões, desvios...

— Como elas funcionam? Suas passagens secretas — perguntou Lobsang, sem rodeios.

— Como vou saber? Meu pai tinha algumas hipóteses em relação à Terra Longa. Ele falava a respeito de solenoides e de estruturas matemáticas caóticas. Não pergunte para mim. Se um dia eu encontrar com ele de novo...

— Quantas pessoas você conhece que têm este talento?

Sally deu de ombros.

— Nem todos da minha família são assim, mas de vez em quando encontro pessoas como eu em minhas viagens. Tudo que posso dizer é que sei reconhecer um atalho, e em geral tenho uma boa ideia da distância a que pode me levar e em que direção. Meu avô por parte de mãe era um saltador *de verdade*; podia sentir a presença de um atalho a quilômetros de distância. Vovô os chamava de caminhos de fadas. Era irlandês de nascimento e dizia que, saltando para dentro de um atalho, era possível *queimar etapas*. Mamãe dizia que, sempre que se queimava etapas, se aumentava uma dívida que teria que ser paga um dia.

— O que me diz de Boa Viagem? — perguntou Joshua. — Por que as pessoas vêm parar aqui sem querer, como disse o prefeito? Talvez tenha algo a ver com a rede de atalhos. As pessoas são levadas pela correnteza e vão parar em um remanso, por assim dizer.

— Sim, talvez seja algo do tipo — disse Lobsang. — Sabemos que a estabilidade é uma das características mais importantes da Terra Longa. Boa Viagem pode estar no fundo de um poço de potencial, que se formou muito antes do Dia do Salto, há muito tempo.

— Pode ser — respondeu Sally, sem muito interesse. — Olha, isso não é importante agora. O que importa é que *os trolls estão nervosos*, mesmo aqui. Eu posso perceber, embora vocês não possam. É nisso que temos que nos concentrar. Foi por isso que me juntei a dois palhaços e sua carroça aérea ridícula. Apesar de terem uma visão limitada, vocês viram o que eu vi: em toda a Terra Longa, alguma coisa está afugentando os trolls e outros humanoides, e isso me deixa muito preocupada. Como vocês, estou disposta a descobrir o que está acontecendo.

— Mas o que te preocupa mais, Sally? Ameaça às pessoas ou aos trolls? — perguntou Joshua.

— O que você acha? — retrucou ela.

Ao crepúsculo, houve uma nova sessão de canto, cortesia dos trolls. A canção dos trolls *era* os trolls; eles viviam em um mundo de constante falação.

O mesmo se podia dizer da população humana de Boa Viagem. Mesmo ao anoitecer, as pessoas continuavam circulando pela aldeia, gesticulando, rindo, conversando, apreciando a companhia uns dos outros. Havia fogueiras acesas em toda parte; na maioria dos mundos, madeira era o que não faltava no Noroeste do Pacífico. Além disso, como Joshua observou, com o cair da noite, pessoas começaram a chegar a pé de comunidades vizinhas, algumas puxando pequenas carroças com crianças e idosos. Isso queria dizer que o equivalente do povoado de Humptulips não estava isolado naquele mundo.

Alguns, eles ficaram sabendo, vinham da região daquele mundo equivalente a Seattle. Ficaram sabendo também que aquela região era conhecida como Seattle desde 1954, quando uma mulher chamada Kitty Hartman, ao voltar para casa depois de fazer compras no Mercado Público, saltara involuntariamente e ficara atônita ao constatar que os edifícios à sua volta tinham desaparecido. Os visitantes do *Mark Twain* foram apresentados à Sra. Montecute, como passara a ser conhecida: uma senhora de cabelos brancos, muito animada e falante.

— Claro que foi um choque, vocês podem imaginar, e eu me lembro de ter pensado: nem ao menos sei em que estado vim parar! Tinha certeza de que não estava mais em Washington. Achei que fosse ter saudade do meu cachorrinho e dos meus sapatos vermelhos! A primeira pessoa que encontrei aqui foi François Montecute, que era uma gracinha, fez minha cabeça e se revelou um verdadeiro artista debaixo dos lençóis, se posso dizer assim — afirmou, com a franqueza de uma senhora disposta a revelar aos jovens que também havia desfrutado dos prazeres do sexo e, pelo visto, em abundância.

Havia uma aura de felicidade em torno da Sra. Montecute, e Joshua teve a impressão de que todos os habitantes de Boa Viagem, de alguma forma, a compartilhavam. Era difícil explicar.

Quando ele comentou sua impressão com Sally, ela disse:

— Eu sei o que você quer dizer. Todos parecem muito integrados. Estive aqui várias vezes e é sempre assim. Nada de queixas ou ressentimentos. Eles não precisam de um governo. Pode-se dizer que o prefeito Spencer é o primeiro entre iguais. Quando existe um grande projeto para ser executado, eles simplesmente arregaçam as mangas e colocam a mão na massa.

— Para mim, isso lembra um pouco *Mulheres Perfeitas* — disse Joshua.

Sally começou a rir.

— Isso incomoda você, não é? Uma comunidade humana feliz *incomoda* Joshua Valienté, o herói solitário que mal pode ser considerado humano. Bem, isso é... estranho, mas estranho no bom sentido. Não estou falando de telepatia ou qualquer merda do tipo.

Joshua sorriu.

— Como a de saltar de um mundo para outro quando você quer?

— Tá, entendo o que quer dizer — admitiu Sally —, mas você sabe do que estou falando. A vida aqui é tão *tranquila*! Conversei com eles a respeito. Dizem que pode ser o ar puro; a vida simples; a fartura de recursos naturais; a ausência de impostos injustos etc etc etc.

— Talvez sejam os trolls — afirmou Joshua. — Trolls e humanos, vivendo juntos.

— Pode ser — concordou a moça. — Às vezes eu imagino...

— O que você imagina?

— Imagino que há algo tão importante acontecendo aqui que até mesmo Lobsang vai ter que rever suas teorias. Por enquanto, é apenas um palpite. Estou só desconfiada, mas um saltador que não é desconfiado é um saltador morto.

39

JOSHUA ACORDOU CEDO na manhã seguinte e saiu sozinho para passear. As pessoas que encontrou na rua eram amistosas e se mostraram dispostas a caminhar e a conversar; até lhe ofereceram canecas de barro cheias de limonada. Superando sua tendência natural ao isolamento, ele entrou na conversa.

A região já estava bastante urbanizada, com aldeias na costa e ao longo dos vales fluviais. Nenhuma tinha mais que algumas centenas de habitantes, mas a população aumentava nos dias de festa — ou quando recebiam visitantes ilustres, como Lobsang e seu dirigível. Além disso, em resposta ao aumento do número de recém-chegados nas últimas décadas, a comunidade tivera de se expandir, criando novos povoados.

A rápida expansão só tinha sido possível, explicaram a Joshua, graças à ajuda dos trolls. Os trolls eram prestativos, amistosos, sociáveis e, acima de tudo, estavam sempre prontos a transportar cargas pesadas, com muito prazer. Essa disponibilidade de força muscular compensara a falta de animais de carga e máquinas pesadas.

Na verdade, a razão principal para todo aquele trabalho de construção, para a criação de novas aldeias, *eram* os trolls. Os trolls, Joshua descobriu, eram alérgicos a multidões, ou melhor, a multidões de humanos. Não importava quantos trolls estivessem presentes, eles ficavam nervosos se houvesse mais de 1.890 humanos nas vizinhanças, um número que, ao que parecia, haviam descoberto empiricamente. Não se mostravam zangados, simplesmente se retiravam, de modo pacífico, sem intenção de voltar, a menos que algumas dezenas de humanos encontrassem outro local para morar e o número de humanos se mantivesse abaixo do limite. Como a ajuda dos trolls era extremamente valiosa, Boa Viagem estava crescendo para o sul como uma confederação de pequenas comunidades amigáveis a eles. Não havia grandes inconvenientes nesse tipo de arranjo já que era possível se deslocar a pé de uma comunidade a outra em questão de minutos e havia bastante espaço para o surgimento de mais.

Mais tarde, naquela mesma manhã, Joshua descobriu que esse fato, o tamanho das aldeias, era de grande interesse para um jovem chamado Henry. Ele tinha passado a infância entre os amish até que, um dia, saltara acidentalmente por um atalho e se vira em um tipo diferente de povo escolhido. Joshua teve a impressão de que Henry se adaptara com facilidade ao novo ambiente. Ele explicou a Joshua que os amish sempre haviam acreditado que o número de membros de uma comunidade não devia ser muito maior que 150 e que, por essa razão, ele se sentia muito à vontade em Boa Viagem. Além disso, Henry achava que havia morrido e que, se Boa Viagem não fosse o paraíso, era pelo menos um estágio intermediário de sua jornada para o céu. A possibilidade de estar morto não parecia incomodá-lo. Encontrara seu nicho naquela pequena sociedade: era um bom lavrador, sabia cuidar dos animais e gostava dos trolls.

Foi por isso que naquela manhã, quando, a pedido de Lobsang, Joshua subiu com Henry a bordo do dirigível — acompanhado por alguns trolls —, Henry pensou ter enfim chegado ao céu e estar falando com Deus. Há certas coisas que não se pode tolerar quando é criado por freiras, mesmo que sejam freiras como Irmã Agnes. Joshua tentou dissuadir Henry da ideia de que a figura majestosa, vestida com uma túnica cor de açafrão, que havia encontrado depois de subir ao céu, era o próprio Deus. Contudo, o ar de onipotência de Lobsang só servia para complicar as coisas.

Lobsang, por sua vez, estava morrendo de curiosidade a respeito da linguagem dos trolls. Era por isso que, no momento, no convés de observação, já havia uma dupla de trolls fêmeas ladeando a unidade ambulante de Lobsang, enquanto quatro ou cinco trollzinhos se divertiam brincando com Shi-mi. Henry fora levado para a nave — por sugestão de Sally —, para ajudar a controlar os pequenos, mas nada parecia intimidar os trolls de Boa Viagem. Os filhotes tinham entrado no elevador como se estivessem indo para um passeio e, uma vez a bordo, encararam tudo com muita naturalidade, incluindo o homem artificial e o gato robótico.

— Os trolls, é claro, são mamíferos, e os mamíferos, pelo menos em sua maioria, tratam os filhotes com muita dedicação e carinho — comentou Lobsang. — As mães, em particular, se encarregam da educação dos filhos. Estou tentando aprender com elas como se fosse um filhote dos trolls. Desempenhando o papel de uma criança, creio que já consegui adquirir um vocabulário elementar: bom, mau, para cima, para baixo. Espero conseguir muito mais.

Joshua podia ver que ele estava adorando o encontro.

— Você é o encantador de trolls, Lobsang.

O outro ignorou o comentário e se colocou no centro do alegre bando de criaturinhas.

— Vejam que bola bonita. Isso! Joshua, repare nos sons de admiração e interesse. Vejam que bola bonita! Agora, eu escondo a bola. Ah, os sons de tristeza e decepção, muito bom. Note que a fêmea está alerta, emitindo sons de incerteza, com apenas uma leve sugestão de que, se eu tentar fazer alguma coisa de fato perversa com seu saco de pelo favorito, ela não hesitará em arrancar meu braço e me espancar até a morte com a extremidade ensanguentada. Esplêndido! Joshua, veja, entreguei a bola ao filhote; agora a mãe está menos apreensiva e tudo voltou a ser um mar de rosas.

Lobsang estava certo, pensou Joshua. O *Mark Twain*, ancorado acima de Boa Viagem, balançava suavemente ao sabor da brisa, com pequenos rangidos da armação de madeira, produzindo um embalo parecido com o de uma rede. Um lugar agradável, com trolls muito felizes.

O feitiço foi quebrado quando Lobsang pediu:

— Henry, você acha que poderia me trazer o cadáver de um troll?

Henry pareceu extremamente embaraçado. Quando falou, foi com um sotaque estranho, quase musical.

— Meu senhor, quando um deles morre, os outros cavam um buraco bem fundo e enterram o corpo, espalhando flores previamente para assegurar a ressurreição, penso eu.

— Ah, nesse caso, suponho que uma dissecação forense será impossível. É o que eu temia... Peço desculpas — acrescentou, para surpresa de Joshua, que não estava acostumado com demonstrações de tato por parte de Lobsang. — Não pretendia ser desrespeitoso; é que o valor científico seria muito grande. Estou diante de uma espécie desconhecida que, a despeito da falta do que costumamos chamar de civilização e de nossa forma de inteligência, desenvolveu um método de comunicação cuja riqueza e complexidade não tinham rival na espécie humana até a criação da internet. Graças a esse recurso, acredito que qualquer coisa interessante e útil que um troll aprende logo se torna conhecida por todos os demais. Eles *parecem* ter lobos frontais extremamente desenvolvidos, que provavelmente são utilizados para armazenar e processar memórias, tanto individuais como coletivas... Ah, se eu tivesse um corpo para dissecar! Bem, na falta de um, vou fazer o melhor que puder, que é o melhor possível.

Henry começou a rir.

— O senhor não é nada modesto, não é, Sr. Lobsang?

— Nem um pouco, Henry. Modéstia é só arrogância disfarçada.

Joshua jogou uma bola para um troll bebê.

— Os neandertais também cobriam os corpos dos mortos com flores. Não sou especialista no assunto, vi isso em um programa do Discovery Channel. Podemos dizer que os trolls são quase humanos? — perguntou, esquivando-se da bola, devolvida pelo filhote com tal entusiasmo que tirou uma lasca da parede.

— Os jovens gostam de experimentar — comentou Lobsang. — "Quase humanos" é a expressão correta, Joshua. Como os golfinhos, os orangotangos e, com boa vontade, o resto dos antropoides. A diferença entre nós e eles é pequena. Ninguém sabe como o *Homo sapiens* se tornou, hum... sapiente. Sally, trolls usam ferramentas?

Ela se distraiu da brincadeira.

— Ah, sim. Longe dos humanos, já os vi usar paus e pedras como ferramentas improvisadas. Além disso, se levam um novo bando de trolls para Boa Viagem e um deles vê um humano consertando uma armadilha de peixes, pega um serrote e vai ajudá-lo, se alguém mostrar a ele o que fazer. No final do dia, todos os trolls do bando já sabem.

Lobsang colocou a mão no ombro de um troll.

— Então é um caso de macacos de imitação.

— Não — protestou Sally. — É um caso de troll vê, troll para, troll pensa e depois, se puder, troll fabrica uma imitação passável da ferramenta e, no final do dia, troll explica aos outros trolls qual é a utilidade do objeto. O canto longo dos trolls nada mais é que uma Wikipédia. Se um troll quer saber alguma coisa como "Vou vomitar se comer este elefante cor-de-rosa?", outro fornece a resposta.

— Espere aí — interveio Joshua. — Isso quer dizer que você já viu um elefante cor-de-rosa?

— Não exatamente — respondeu Sally —, mas em uma das Áfricas existe um elefante que, juro, pode mudar de cor como um camaleão. Na Terra Longa, a gente encontra qualquer coisa que seja capaz de imaginar.

— "Qualquer coisa que seja capaz de imaginar" — repetiu Lobsang. — Uma descrição interessante. Cá entre nós, Sally, já me ocorreu que a Terra Longa pode ter uma propriedade que eu chamaria de metaorgânica ou, talvez, meta-animista.

— Hum. Talvez — disse Sally, passando a mão na cabeça de um filhote. — Mas tudo isso me incomoda. A Terra Longa é muito boazinha com a gente. É conveniente demais! No momento em que depredamos a Terra Padrão, extinguimos a maior parte das outras espécies e estamos prestes a sucumbir a uma guerra sem fronteiras por recursos naturais, tcharãn, uma infinidade de Terra aparece à nossa disposição. Que tipo de Deus elabora uma façanha dessas?

— Você é contra a salvação da nossa espécie? — perguntou Lobsang. — Você é bem misantrópica, não é, Sally?

— Tenho razões para isso.

Lobsang passou a mão na cabeça de outro filhote.

— Talvez isso não tenha nada a ver com algum tipo de divindade. Sally, nós... quer dizer, a humanidade... estamos apenas começando a explorar a Terra Longa. Newton, como você deve saber, falou de si mesmo como uma criança brincando em uma praia, divertindo-se em descobrir uma pedrinha mais lisa ou uma concha mais bonita que as outras, enquanto o imenso oceano da verdade continuava misterioso diante dos seus olhos. Newton! Conhecemos tão pouco. Por que o universo estaria acessível a nós em todos os detalhes? Por que seria tão generoso, tão fecundo, tão favorável à vida, e, em particular, à vida inteligente? Talvez, de alguma forma, a Terra Longa seja uma manifestação dessa tendência.

— Se for assim, não fizemos por merecer.

— Bem, isso é uma questão que pode ficar para mais tarde... Sabe, minha pesquisa *não* poderá prosseguir a menos que eu consiga o corpo de um troll.

— Nem pense nisso — disse Sally.

— *Por favor*, não me diga o que pensar — retrucou Lobsang. — Penso, logo existo. Posso sugerir que vocês dois vão desfrutar dos prazeres de Boa Viagem, enquanto fico aqui com meus amigos? Prometo que não vou matá-los e dissecá-los.

No convés de acesso, logo abaixo, a porta do elevador se abriu, uma demonstração clara de que estava na hora de partirem.

Quando chegaram ao solo, Sally começou a rir.

— Ele às vezes se irrita à toa, não acha?

— Talvez — concordou Joshua, levemente preocupado. Ele nunca tinha visto Lobsang agir daquela forma.

— Existe *mesmo* um ser humano naquilo?

— Claro que sim — afirmou Joshua. — Você sabe disso, porque disse que *ele* se irrita à toa. Fala dele como fala de qualquer pessoa.

— Ah, muito esperto de sua parte. Vamos lá, vamos visitar mais alguns moradores.

Para Sally, aquela noite seria como encontrar de novo um velho amigo após outro. Joshua achou melhor deixá-la ir na frente, enquanto tentava analisar o que sentia em relação a Boa Viagem.

Joshua *gostava* do lugar. Por quê? Porque parecia um lugar especial, um dos destinos finais da humanidade. Talvez ele também tivesse um instinto para reconhecer os atalhos, os atalhos todos convergindo ali, no que Lobsang chamava de poço de estabilidade. Os *talvez*, porém, eram muitos. Na verdade, ao mesmo tempo em que gostava de Boa Viagem, tinha certa aversão pelo lugar, como se não confiasse nele.

Ele havia presenciado as discussões de Sally com Lobsang — ela era mais enfática a respeito dessas questões, embora não necessariamente mais bem-informada —, e Joshua tentava entender exatamente o que ouvira. *A que lugar* o homem pertencia? Na Terra Padrão, certamente, com os fósseis dos ancestrais remontando a muitos milhares de anos. No momento, porém, a raça humana estava se dispersando em ritmo acelerado por toda a Terra Longa, independentemente de qualquer atitude por parte dos governos e de questões de soberania; ninguém podia controlar essa expansão, por mais que os zelotas furiosos e solitários da Terra Padrão tentassem. A população humana podia acabar antes que o número de Terras disponíveis acabasse. Mas qual era a razão para tudo aquilo? A Irmã Agnes dizia que o objetivo de uma pessoa na vida era realizar todo o seu potencial — com o objetivo concomitante, é claro, de ajudar outras pessoas a fazerem o mesmo. Talvez a Terra Longa fosse um lugar no qual, como Lobsang talvez argumentasse, o potencial humano poderia ser expresso do modo mais completo... Havia sentido em supor que a Terra Longa existia para algum *propósito?* Para permitir que a humanidade realizasse plenamente o próprio potencial? No meio desse enigma cósmico, ali estava Boa Viagem, para onde tendiam os andarilhos da Terra Longa. O que aquilo *significava?*

É claro que não havia resposta alguma.

No crepúsculo, Joshua passou a tomar cuidado para não esbarrar nos trolls. Os trolls raramente esbarravam nas pessoas. Na verdade, a etiqueta em Boa Viagem exigia que todos tomassem cuidado para não esbarrar em *qualquer criatura.* De repente, porém, Joshua esbarrou em um elefante.

Felizmente, o elefante não era cor-de-rosa nem camuflado. Era pequeno, mais ou menos do tamanho de um boi, de pelo castanho e crespo, e servia de montaria para um homem corpulento, de cabelos grisalhos, que o cumprimentou efusivamente.

— Outro recém-chegado! De onde vem, amigo? Eu me chamo Wally; saltei para cá, sem querer, há onze anos. Que susto! Mexe com a gente! Sorte que eu não era casado! Não por falta de oportunidade, acredite, antes ou depois! — O extrovertido Wally saltou do elefante em miniatura e estendeu a mão de pele grossa para Joshua. — Toque aqui!

Eles trocaram um aperto de mão, e Joshua se apresentou.

— Cheguei faz pouco tempo, pelo céu. Em uma máquina voadora — apressou-se a acrescentar.

— É mesmo! Ótimo! Quando vai partir? Pode me dar uma carona?

Ninguém, até aquele momento, tinha feito um pedido semelhante. Parecia que quase todos os humanos gostavam de morar em Boa Viagem.

— Desculpe, Wally, mas não vai dar. Temos uma tarefa importante pela frente.

— Tudo bem — disse Wally, aparentemente conformado. — Estava passeando rio abaixo e encontrei o Jumbo. Camaradinha simpático, sabe? É o companheiro ideal para longas viagens. Muito esperto. Eles vêm das pradarias. — Suspirou. — Prefiro espaços abertos, eu não me sinto bem nas florestas, sabe? Me dão medo. Gosto de sentir o vento no rosto.

Enquanto caminhavam para a Prefeitura, seguidos de perto por Jumbo, acrescentou:

— Estivemos trabalhando na nova estrada para o sul. As árvores não me incomodam se eu posso derrubá-las! Sabe de uma coisa? Acho que já passei tempo demais aqui, então está na hora de construir um barco e descobrir a Austrália. A viagem mais longa que há, isso sim.

— A Austrália fica do outro lado do mundo, Wally. Além disso, não vai ser igual à Austrália que você conhece.

— Não tem importância. *Qualquer* Austrália serve. Claro, não posso viajar direto para lá. Acho que um plano razoável é navegar para o sul, sem me afastar muito da costa, fazer um bom estoque de peixes e depois rumar para o Havaí. Aposto que é um dos primeiros lugares que os saltadores colonizaram. Depois disso, bem, ainda não tenho certeza, mas onde há pessoas certamente há um pub, e onde há um pub, mais cedo ou mais tarde se encontra Wally!

Joshua apertou de novo a mão de Wally e desejou-lhe boa viagem.

Encontrou Sally na Prefeitura, cercada de rostos amigos, como sempre. Assim que o viu, ela se aproximou e disse:

— Mesmo aqui, as pessoas estão começando a notar.

— O quê?

— Sobre os trolls. Que mais e mais deles estão saltando para Leste. Bandos inteiros já passaram por aqui. Mesmo os trolls da região, que podemos chamar de residentes, estão começando a ficar nervosos.

— Humm... Ondas nas águas tranquilas de Boa Viagem?

— Lobsang ainda não se cansou de bancar o Dr. Dolittle? Acho que está na hora de continuarmos a viagem para Oeste.

— Vamos dar uma olhada.

De volta à nave, o convés de observação parecia vazio, a não ser por uma pilha de trolls, aconchegando-se como filhotes. De repente, a pilha se moveu, e Lobsang pôs a cabeça para fora.

— Sentir a pelugem nas áreas táteis é incrível, não é? Sinto-me abençoado. E eles falam! Usando frequências extremamente elevadas e um vocabulário mínimo... Ao que parece, comunicam-se por vários meios; tenho a impressão de que os trolls vivem para se comunicar. A maior parte das informações, porém, é transmitida quando estão cantando.

"Acho que já conheço os termos que eles usam para bom/mau, aprovar/recusar, prazer/dor, noite/dia, quente/frio, certo/errado e 'quero mamar', embora esta última expressão não tenha muita utilidade para mim. Vou aprender mais durante o resto da viagem, que, a propósito, pretendo recomeçar amanhã de manhã, assim que o dia clarear. Decidi levar esses trolls. Espero que meus novos amigos não se incomodem de viajar pelo céu. Acho que eles *gostam* de mim!

Sally teve de se segurar para não rir.

— Isso é ótimo, Lobsang, mas você está fazendo algum progresso no meio dessa farra?

— Cheguei a algumas conclusões provisórias. Eles são onívoros muito versáteis; não admira que tenham se espalhado por toda a Terra Longa. São nômades ideais. E produto de milhões de anos de evolução, provavelmente desde que os primeiros ancestrais habilinos aprenderam a saltar.

— Habilinos? — perguntou Joshua.

— *Homo habilis*. Homem Hábil. Os primeiros a fabricar ferramentas na linha evolutiva que levou aos seres humanos. Estou chegando à conclusão de que a capacidade de saltar surgiu na mesma época que a capacidade de fabricar ferramentas. Acho que as duas atividades requerem o mesmo tipo de imaginação: imaginar de que forma um pedaço de pedra pode ser tornar um machado; imaginar de que forma um mundo pode ser diferente de outro e saltar para esse outro mundo. Pode ser, também, que a capacidade de saltar esteja relacionada à capacidade de imaginar futuros alternativos, dependendo das decisões do momento: sair para caçar ou visitar de novo aquela aveleira... Seja como for, depois que a capacidade de saltar surgiu, a espécie deve ter se dividido entre os bons saltadores, que se dispersaram, e os maus saltadores, ou os indivíduos incapazes de saltar, que ficaram em casa e possivelmente desenvolveram uma resistência aos saltadores, que teriam uma vantagem competitiva.

— Uma linhagem de não saltadores que deu origem à espécie humana na Terra Padrão — arriscou Joshua.

— Possivelmente. As pesquisas arqueológicas do meu colega Nelson parecem levar a essa conclusão. Mas essa é a *minha* hipótese. Pode ser que a capacidade de saltar tenha aparecido mais cedo, na época dos símios pré-humanos. Devemos chamar essas criaturas de humanoides em vez de hominídeos até que um estudo aprofundado permita estabelecer as relações evolutivas com mais exatidão.

— Os trolls contaram alguma coisa a respeito das causas da migração?

— O suficiente para que eu tivesse uma ideia... Minha conclusão é necessariamente provisória, embora a fêmea alfa tenha uma gesticulação muito expressiva. Imagine uma pressão na cabeça. Tempestades na mente.

Joshua podia sentir uma espécie de tempestade na sua mente, uma pressão que aumentava à medida que se deslocavam para Oeste, como se a Terra Padrão, com seus bilhões de almas, estivesse à frente. Sim, pensou. Mau tempo para a psiquê, vindo daquela direção. O que estaria produzindo aquelas perturbações?

Lobsang não disse mais nada. Atendendo aos miados dos filhotes, submergiu novamente no monte de pelo.

— Ah. Superfícies táteis...

De repente, Lobsang não estava mais ali. A unidade ambulante continuava no mesmo lugar, mas algum aspecto sutil da nave havia desaparecido.

Joshua olhou para Sally.

— Está sentindo a mesma coisa que eu? — perguntou ela — É algo que não podemos mais ver ou ouvir? Para onde ele foi? Ele não pode morrer, pode? Ou... enguiçar?

Joshua não sabia o que dizer. A nave continuava funcionando, os mecanismos zumbindo e clicando como se nada tivesse acontecido. Entretanto, no interior daquele complexo feericamente iluminado, Joshua não sentia a presença do elemento controlador, não sentia mais a presença de Lobsang. Algo essencial estava faltando. Tinha sido assim no dia da morte da Irmã Regina. Ela estava de cama havia vários anos, mas gostava de ver as crianças e, apesar de tudo, sabia o nome de cada uma. Elas tinham entrado em fila para vê-la, nervosas com o cheiro, com a pele fina como papel. De repente, parecia que alguma coisa que não sabiam que estava lá... não estava mais.

— Ando desconfiando de que ele possa estar doente — disse Joshua, preocupado. — Não parece mais o mesmo desde que se misturou com aqueles filhotes de troll.

A voz de Lobsang soou pelo alto-falante:

— Não se preocupem sem motivo.

Sally teve um sobressalto e riu nervosamente.

— Devemos nos preocupar *com* motivo?

— Sally, fique calma. Não houve nenhum defeito. Vocês estão sendo atendidos por um subsistema de emergência. No momento, Lobsang está recompilando, ou seja, integrando imensas quantidades de informações novas. Isso deverá levar algumas horas, mas nós, subsistemas, somos perfeitamente capazes de substituí-lo em todas as funções básicas durante esse período. Lobsang vai passar algum tempo off-line; a partir de certo nível de inteligência, todas as criaturas precisam desligar temporariamente os centros cognitivos para colocar os pensamentos em ordem, como tenho certeza de que sabem. Vocês não correm perigo. Lobsang está ansioso para desfrutar novamente a companhia de vocês, o que deverá ocorrer logo após o nascer do sol.

— Eu estava esperando que ele dissesse "tenham um bom dia", mas acho que seria pedir demais — comentou Sally. — *Quanto* do que ele falou você acha que é verdade?

Joshua deu de ombros.

— Lobsang aprendeu muita coisa, muito depressa, com os trolls.

— E agora está digerindo todas essas informações. O que nos deixa com a noite livre. O que acha de descermos de novo e passarmos algumas horas no bar?

— *Qual* bar...?

Depois de uma longa série de drinques de despedida, todos de graça, Joshua teve de carregar a moça de volta para a nave. Deitou-a com cuidado na cama do camarote. Sally parecia mais jovem quando estava dormindo. Ele sentiu um impulso pouco razoável de proteção e ficou feliz que ela não estivesse acordada para notar.

Ainda não havia sinal de Lobsang; os alto-falantes estavam mudos.

Os trolls não estavam mais no convés de observação. Joshua sabia o que acontecera. Troll vê botão do elevador; troll pensa no botão; troll aperta o botão; tchau, troll... Lobsang esperava extrair mais alguma coisa deles, mas, evidentemente, eles já haviam extraído *dele* tudo que queriam.

Joshua deitou-se no sofá do convés de observação e ficou olhando para as estrelas até o sono chegar.

Ao amanhecer, com todos os passageiros dormindo, a nave subiu lentamente, ganhando altura até estar acima da copa das maiores árvores da floresta, e depois saltou, desaparecendo com um pequeno trovão.

40

Pela manhã, Lobsang estava de volta. Joshua podia sentir sua presença, sentir que uma espécie de finalidade tinha voltado à nave, antes mesmo que a unidade ambulante fosse se juntar a ele no convés de observação, enquanto bebia o primeiro café do dia. Sally certamente ainda dormia.

Estavam saltando gentilmente, os mundos desfilando abaixo da nave. Como sempre, a Terra Longa era composta quase exclusivamente de árvores e água, silêncio e monotonia. Joshua estava se sentindo aliviado por deixar Boa Viagem para trás, porque sentia que havia algo de errado com a aldeia, embora não soubesse apontar exatamente o quê. Entretanto, quando rumaram mais uma vez para Oeste, voltou a sentir uma pressão na cabeça. Tentou ignorá-la, mas não conseguiu.

Os dois ficaram sentados em silêncio. Não houve nenhum comentário a respeito da partida dos trolls amigos de Lobsang ou do tempo que Lobsang havia passado off-line. Era difícil para Joshua avaliar o estado de espírito do companheiro. Não sabia se o outro estava se sentindo *solitário* por causa da ausência dos trolls, *desapontado* porque eles tinham preferido ficar em Boa Viagem ou *frustrado* porque não conseguira obter todas as informações que desejava. A verdade era que Lobsang parecia estar se tornando mais instável, menos previsível. Talvez o excesso de novas experiências o tivesse afetado de alguma forma.

Depois de uma hora de silêncio total, Lobsang disse, de supetão:

— Você costuma pensar no futuro, Joshua? No futuro distante?

— Não. Mas aposto que você pensa.

— A difusão da humanidade pela Terra Longa certamente vai causar muito mais do que meros problemas políticos. Posso imaginar um tempo no qual a humanidade estará tão dispersa que começarão a surgir diferenças genéticas significativas em ambos os extremos da hegemonia humana. Talvez seja necessário algum tipo de migração forçada para assegurar que a espécie humana não perca a identidade...

Uma floresta em chamas fez a nave ser sacudida brevemente por turbulências térmicas.

— Não acho que já devamos nos preocupar, Lobsang.

— Ah, mas eu me preocupo, Joshua. Quanto mais eu vejo da Terra Longa, mais me impressiono com sua imensidão e mais fico apreensivo. A humanidade estará tentando administrar um império de dimensões galácticas formado por réplicas de um mesmo planeta...

O dirigível parou com um solavanco. O mundo abaixo estava oculto por nuvens.

Sally entrou no convés enrolada em um roupão, com uma toalha na cabeça.

— É mesmo? Vamos copiar os erros do passado? Teremos legiões romanas marchando nos novos mundos?

— Bom dia, Sally — disse Lobsang. — Descansou bem?

— A vantagem da cerveja de Boa Viagem é que ela é pura como as melhores cervejas alemãs. Nada de ressaca.

— Você bem que se esforçou para desmentir essa teoria — comentou Joshua.

Ela o ignorou e olhou em torno.

— Por que estamos viajando tão devagar? Na verdade, por que paramos de saltar?

— Viajamos devagar para que você pudesse dormir até tarde, Sally. Além disso, ouvi as suas críticas. Concordo que vale a pena prestar atenção nos pequenos detalhes, e foi por isso que reduzi a velocidade do nosso pênis voador, como você descreveu de forma tão divertida. Pequenos detalhes como as relíquias de uma civilização avançada bem abaixo de nós. Foi por isso que paramos de saltar.

Joshua e Sally se entreolharam, surpresos.

Enquanto a nave descia, tentaram ver alguma coisa em meio às nuvens.

— Meu radar está fornecendo imagens da superfície — explicou Lobsang, que parecia estar olhando para o espaço vazio. — Posso ver um vale fluvial, evidentemente seco há muito. Uma planície de aluvião cultivada. Nenhum sinal de transmissões eletromagnéticas ou de qualquer outra tecnologia moderna. Algumas construções ao longo do rio, entre as quais uma ponte há muito em ruínas. E retângulos no solo, meus amigos, *retângulos* de tijolo ou de pedra! Entretanto, nenhum sinal de vida inteligente sobrevivente. Não faço ideia de quem foram os construtores. Pode ser um desvio do nosso objetivo principal, mas acho que estou falando por todos nós quando afirmo que devemos investigar este fenômeno. Estou certo?

Joshua e Sally se entreolharam mais uma vez.

— Que tipo de armas temos a bordo? — perguntou Sally.

— Armas?

— Melhor prevenir que remediar.

— Se está se referindo a armas portáteis — disse Lobsang —, temos vários tipos de facas, armas de fogo de pequeno calibre e bestas que disparam dardos impregnados com produtos químicos fabricados sob medida para o metabolismo dos organismos que esperamos encontrar, com efeitos que variam de "leve sedação" a "morte instantânea", identificados por um código de cores, com opções para braile e pictogramas... Eu me orgulho muito desse conjunto. O dirigível conta com alguns canhões. Caso seja necessário, posso fabricar um tanque pequeno. Porém muito ágil.

Sally riu.

— Não vamos precisar de um tanque. Estaremos lidando com uma civilização extinta, se bem que civilizações extintas podem deixar para trás algumas surpresas desagradáveis.

Lobsang ficou em silêncio por um momento e depois disse:

— É claro. Você está certa. Devemos estar preparados. Esperem aqui, por favor.

Levantou-se e desapareceu atrás da porta azul. Joshua e Sally se entreolharam pela terceira vez.

Depois de alguns minutos, a porta se abriu, e a unidade ambulante entrou no convés usando um chapéu fedora, um revólver no coldre e, é claro, um chicote.

Sally arregalou os olhos.

— Lobsang, você acaba de passar no meu teste de Turing pessoal!

— Obrigado, Sally. Isso me deixa feliz.

Joshua estava perplexo.

— Você fabricou um chicote em poucos minutos? Trabalhar com couro leva tempo. Como conseguiu?

— Por mais que eu gostasse de dar a você a impressão de que sou onipotente, devo admitir que havia um chicote na bagagem. Um instrumento simples e versátil, que quase não necessita de manutenção. Então... vamos explorar este mundo?

O lugar onde desceram era quase um deserto. Joshua se viu em um amplo vale, no qual umas poucas árvores mirradas lutavam pela vida no terreno árido, ladeado por rochedos coalhados de cavernas. Não havia sinais de vida animal, nem mesmo ratos do deserto. Estavam perto daquela ponte em ruínas e dos retângulos no solo.

Mas ele logo deixou de prestar atenção nos detalhes, pois mais adiante no vale havia uma construção: um *enorme* paralelepípedo, que podia não parecer grande coisa visto do alto, mas que, de onde estavam, podia ser a sede de uma grande empresa multinacional com aversão por janelas.

Caminharam em direção ao edifício, comandados por Lobsang de chapéu.

— Na maioria dos casos — comentou ele —, ao contrário das obras de ficção, os sítios arqueológicos não têm armadilhas como lâminas afiadas que podem decapitar pessoas, ou pedras que, ao serem deslocadas, acionam um mecanismo que dispara dardos. É uma pena, não é? Entretanto, detectei uma coleção de símbolos enigmáticos que merecem ser investigados. Os rochedos são de calcário cinza-claro e estão cheios de inscrições. Os símbolos não pertencem a nenhuma língua humana conhecida. Por outro lado, a construção à frente é feita de blocos pretos, talvez de basalto, sem revestimento de argamassa. Não se pode ver nenhuma abertura na face que está voltada para nós, mas acredito que lá de cima vi algo na face oposta similar a uma entrada. Tudo isso não é divertido? Algum comentário?

— Estamos a mais de um quilômetro do objeto e não temos a sua visão telescópica, Lobsang — respondeu Sally. — Tenha piedade dos pobres mortais, que tal? Por que nos fez descer tão longe?

— Peço desculpas a vocês dois, mas achei mais prudente nos aproximarmos com cautela.

— Ele sempre faz isso, Sally — concordou Joshua.

Continuaram a caminhar, acompanhados pela nave. Havia pedras soltas na base dos rochedos e aqui e ali, entre as árvores esparsas, o solo estava decorado com manchas de líquen, musgo e vegetação rasteira. Por outro lado, ainda não havia sinais de vida animal; não se via nem ao menos um urubu no céu. Estavam em um lugar pouco hospitaleiro, no qual nada acontecera durante um tempo considerável e continuava sem acontecer até aquele momento. Além disso, fazia muito calor; a luz do sol, passando por entre as nuvens, se refletia nos rochedos, fazendo o desfiladeiro parecer um forno solar. Isso não incomodava Lobsang, que caminhava a passos rápidos, como se estivesse treinando para as Olimpíadas. Joshua, porém, estava se sentindo sujo, suado e cada vez menos à vontade.

Finalmente chegaram à construção.

— Minha nossa — disse Sally —, como essa coisa é grande! A gente não faz ideia até chegar perto!

Joshua olhou para cima e o edifício parecia não ter fim. Não era exatamente um milagre da arquitetura — na verdade, não tinha nada de especial, a não ser o tamanho. Os blocos de pedra se encaixavam razoavelmente bem, mas não eram todos do mesmo tamanho. Mesmo ao longe era possível ver brechas e imperfeições, algumas das quais tinham sido naturalmente calafetadas com o que parecia ser guano e ninhos de pássaros, mas isso acontecera muito tempo antes.

— Uma arquitetura interessante — comentou Sally. — Alguém deve ter dito que queria algo grande, pesado, que durasse para sempre, e seus desejos foram atendidos. Certo, vamos dar a volta, encontrar a entrada e nos esquivar da bola de pedra que vai rolar na nossa direção...

— Nada disso — disse Lobsang, parado como uma estátua. — Mudança de planos. Acabo de detectar um perigo muito mais insidioso. *O edifício inteiro é radioativo.* A radiação é de curto alcance e por isso não pude detectá-la remotamente... Sugiro que nos afastemos agora mesmo. Não discutam, por favor. Poupem o fôlego até estarmos a uma distância segura...

Eles não chegaram exatamente a correr; o que fizeram poderia ser chamado de marcha forçada.

— O que é esse lugar? — perguntou Joshua. — Uma espécie de depósito de lixo?

— Você notou as várias placas indicando que entrar no edifício sem proteção iria te matar? Nem eu. Essa civilização não parece ter sido suficientemente avançada para construir uma usina nuclear. Acho que eles não sabiam o que estavam fazendo. Desconfio de que encontraram por acaso um minério com propriedades interessantes, talvez um reator nuclear natural...

— Como o de Oklo — disse Joshua.

— Sim, como o da mina de Oklo, no Gabão. Uma concentração natural de urânio. Encontraram algo que fazia o vidro brilhar... Isso seria um sinal de que podiam invocar os espíritos, não é mesmo?

— Espíritos que mataram seus adoradores — comentou Sally.

— Podemos pelo menos examinar algumas cavernas antes de partirmos. Elas estão a uma distância segura do templo, ou seja lá o que for esse edifício.

A primeira caverna que exploraram era grande, ampla, fria — e estava cheia de mortos.

Por um momento, os três ficaram parados na entrada daquele depósito de ossos. A visão deixou Joshua consternado, mas ao mesmo tempo parecia um desfecho apropriado para aquele lugar decepcionante.

Entraram cautelosamente, pisando na terra firme sempre que possível. Os esqueletos eram muito frágeis, a ponto de esfarelar ao mais leve toque. Os corpos deviam ter sido jogados ali, pensou Joshua, talvez às pressas, nos últimos dias da comunidade, quando não havia gente suficiente para enterrá-los. Quem seriam, ou melhor, quem teriam sido essas criaturas? À primeira vista, pareciam ter alguns traços humanos. Ao olhar inexperiente de Joshua, os ossos da perna e os quadris estreitos sugeriam que eram bípedes. Entretanto, não havia nada de humano nos crânios, alongados como capacetes.

A tripulação do *Mark Twain* ficou parada no centro da caverna, um tanto impotente. Com um zunido, a cabeça de Lobsang virou a um ritmo constante e, para variar, mecânico, sem artifício de aparência humana. Escaneava e filmava os símbolos cunhados nas paredes de pedra.

— Vocês notaram? Esses corpos não foram revirados, não por animais. — constatou Sally. — Nada os perturbou desde que foram depositados aqui.

Lobsang murmurou, ainda trabalhando:

— Como de costume, lancei os drones logo que chegamos. Não há sinais de tecnologia ou de inteligência em lugar algum desta versão da Terra. Só aqui. Cada vez mais misterioso.

Sally grunhiu.

— Talvez a coisa venenosa que os atraiu para este local os inspirou ao ápice cultural... antes de matá-los. Seria irônico. Claro, existe outra possibilidade.

— Qual? — perguntou Joshua.

— De que o reator nuclear responsável pela radioatividade do templo não seja natural. Só muito, muito antigo...

Joshua e Lobsang não entenderam aonde ela queria chegar.

— O que me dizem de uma civilização de dinossauros? — perguntou Sally. — Seria uma descoberta e tanto.

— Dinossauros? — estranhou Joshua.

— Veja só esses crânios com cristas.

— Para sermos mais precisos, seria uma civilização criada por descendentes dos dinossauros — corrigiu Lobsang. — Precisamos ser precisos com os termos que usamos.

Joshua avistou um pequeno osso, provavelmente de um dedo, com um grande anel de ouro cravejado de safiras. Abaixou-se para pegá-lo.

— Olhem para isto. Só pode ser decoração. Dinossauros ou não, eles eram, como nós, criaturas inteligentes. Usavam ferramentas. Construíram coisas. Uma cidade, ao menos esta. E tinham arte... adornos...

— É verdade — concordou Lobsang. — Eram mais parecidos conosco que, por exemplo, os trolls. Essas criaturas, como nós, criaram um ambiente cultural. Nossos artefatos e nossas cidades são repositórios da sabedoria de nossos antepassados. Os trolls não dispõem de nada parecido, embora talvez suas canções sejam um começo.

— Parece que eram bípedes como nós, não acham?

— Talvez isso seja uma das constantes universais. A postura bípede deixa os membros dianteiros livres para manipular ferramentas. Bípedes inteligentes que usam ferramentas podem ter uma tendência natural a se agruparem em algo parecido com cidades. Pode ser também que adquiram uma atração por ornamentos vistosos. Ainda assim, tudo se foi. Eles se envenenaram acidentalmente e, agora, estão nos envenenando.

Sally olhou para Joshua.

— Eu me sinto como se tivesse acabado de descobrir que tive um irmão gêmeo natimorto.

— Acho que não vale a pena passarmos mais tempo aqui — disse Lobsang. — Este lugar exige uma expedição arqueológica equipada com trajes à prova de radiação. Isso pode esperar. Estamos muito longe da Terra Padrão e duvido que turistas apareçam num futuro próximo. Venham, crianças. Não há nada para nós aqui.

Enquanto caminhavam até o elevador, Joshua comentou, em tom de desagrado:

— Não acham um desperdício? Todos esses mundos, mas nenhum sinal de vida inteligente.

— Devemos aceitar as coisas como são — disse Lobsang. — Você está encarando a questão do ponto de vista errado. Qual é a probabilidade de encontrarmos vida inteligente em outros planetas? Os astrônomos detectaram milhares de planetas de outras estrelas, mas até agora não sabemos se existe vida em algum deles, quanto mais vida inteligente. Talvez a existência de vida inteligente no universo seja muito rara. Pode ser que tenha sido muita sorte chegarmos tão *perto* de nos vermos frente a frente com outros seres inteligentes.

— Se essas criaturas eram inteligentes, por que as encontramos apenas em um mundo? — perguntou Sally. — Deveríamos ter encontrado sinais delas em mundos vizinhos, não acha? Será que não sabiam saltar, apesar de serem inteligentes?

— Talvez não — disse Lobsang. — Pode ser também que os saltadores naturais tenham sido expulsos por aqueles que não sabiam saltar, como parece estar acontecendo atualmente na Terra Padrão. Talvez isto seja uma amostra do nosso futuro.

Sally e Joshua, dois saltadores naturais que mantinham sua habilidade em segredo, se entreolharam, compreensivos.

41

— **S**ALTADORES NATURAIS. Uma expressão simpática, não acham? Afinal, todos nós começamos a *saltar* ainda crianças. "Olha só como ele pula."

Brian Cowley, que antes de tudo era um *showman*, deu alguns saltos no palco do auditório subterrâneo, com o microfone na mão, acompanhado pelos holofotes. Foi o suficiente para lhe render uns poucos vivas.

Monica Jansson, vestida à paisana, olhou em torno para ver quem estava apoiando o palestrante.

— É natural. *Pular* é. Mas o que *eles* chamam de saltar? — Ele balançou a cabeça. — Não é nada natural. Você precisa de um aparelho, não precisa? Ninguém precisa de um aparelho para pular. *Saltar*. Não é assim que eu chamo o que eles fazem. Não é assim que meu vôzinho chamaria o que eles fazem. Nós, pessoas simples, sem instrução, usamos outras palavras para descrever o que eles fazem. Palavras como *antinatural*. Palavras como *abominação*. Palavras como *pecaminoso*.

A cada termo que usava, mais pessoas davam vivas. Ia chegar uma hora, pensou Jansson, em que teria de se juntar ao coro para não ser descoberta.

O auditório estava mal-iluminado, com exceção do palco, e a superlotação tornava o ar quente e pesado. Cowley fazia questão de só se apresentar em público no subsolo, em porões e auditórios subterrâneos como o daquele hotel. Lugares para os quais as pessoas que estavam em outras Terras não podiam saltar, a menos que fizessem um buraco no chão. Jansson estava ali em segredo, juntamente com colegas do

Departamento de Polícia de Madison, do Departamento de Segurança Interna dos Estados Unidos, do FBI e de outros órgãos do governo, que tinham ficado preocupados com as manifestações recentes dos membros do movimento Humanidade em Primeiro Lugar.

Jansson já havia reconhecido alguns rostos familiares na plateia. Havia um no palco, entre os financiadores de Cowley: Jim Russo, cuja empresa, com o nome grandioso de Companhia de Comércio da Terra Longa, ainda estava ativa, mas que havia perdido várias fortunas quando o mundo mudara mais do que ele havia imaginado. Desde que ela interrogara Russo, alguns anos antes, a respeito de supostos maus-tratos aos empregados, Jansson fizera uma nota mental para ficar de olho nele e em como reagiria ao próximo, e inevitável, revés em suas finanças. Não muito bem, ao que parecia. Agora ali estava ele, aos 50 anos, amargurado depois de mais um desapontamento e mais uma suposta traição, transferindo uma parte do que restava de sua riqueza para aquele homem, para Brian Cowley, autonomeado porta-voz dos antissaltadores. Russo não era o único a sofrer prejuízos com a abertura da Terra Longa; Cowley tinha muitos patrocinadores.

Cowley passou a apresentar os argumentos econômicos que haviam recebido considerável atenção por parte da imprensa.

— Eu pago meus impostos. Vocês pagam seus impostos. Isto é parte de nosso contrato com o governo... e ele *é* o nosso governo, digam o que disserem aqueles que estão confortavelmente instalados para o resto da vida no governo federal. O outro lado do contrato é o seguinte: eles devem usar o dinheiro que *você* pagou de impostos em *seu* benefício, de você, seus filhos e seus pais idosos, para que possam levar uma vida segura e confortável. Esse é o trato, do jeito como eu sempre o entendi. Acontece que não faço parte do governo federal, sou uma pessoa comum, como você, como você — disse, apontando para os espectadores. — Sabem o que essa pessoa comum descobriu que o governo está fazendo com seus impostos? Vou contar a vocês. Está pagando os *colonos*. O governo paga a esses supostos pioneiros para viverem em mundos antinaturais, que nem tem cavalos normais, urubus de verdade, bois como Deus planejou. É o governo que paga pela *correspondência* que eles recebem, que envia para lá *recenseadores*, que envia *remédios caros*, que é obrigado a enviar *policiais*, porque aqueles degenerados não hesitam em matar as próprias mães, em ter filhos com as próprias filhas...

Jansson sabia que a parte dos crimes, no mínimo, era totalmente falsa. Nos outros mundos, em que a densidade populacional era muito menor que na Terra Padrão, sem as pressões da superpopulação e da pobreza, tais crimes eram comparativamente raros.

— Eles montaram todo um sistema, alimentado pelos nossos impostos, para assegurar que o dinheiro que esses *bravos pioneiros* deixam aqui, no mundo real, no único mundo real, seja todo usado para mantê-los abastecidos dos brinquedos de que necessitam. Estou falando do Fundo de Apoio aos Pioneiros. Alguns deles têm *casas*, que passam o tempo todo vazias. Vocês sabem quantas pessoas sem-teto existem em nosso país?

"Tudo isso para quê? O que *você* tem a ganhar? E você, e você? Não existe *comércio* com esses outros mundos... não além das Terras 1, 2 e 3, que ao menos nos fornecem madeira e outras matérias-primas. Não é possível construir um oleoduto entre a Terra Um Zilhão e Houston, Texas. Não é possível nem mesmo transferir um rebanho de gado de uma Terra para outra.

"O governo federal passou anos dizendo a vocês que a exploração da Terra Longa é análoga à conquista do Velho Oeste pelos pioneiros. Eu posso não saber muito a respeito do governo, mas conheço a história do nosso país, conheço o valor do dólar, e posso assegurar a vocês que isso é *mentira*. É *besteira*. Alguém com toda a certeza está lucrando com isso, mas não são vocês e não sou eu. Seria melhor pousarmos de novo na Lua. Pelo menos é a lua que Deus nos deu! Pelo menos podemos trazer para cá rochas lunares!

"Prometo a vocês que, quando me encontrar com o Presidente, daqui a alguns dias, minha primeira exigência será a seguinte: corte o financiamento das colônias da Terra Longa. Se os saltadores deixaram bens aqui, confisque-os. Se são produtivos naqueles mundos sem Deus, faça-os pagar impostos. Se esses caras querem ser pioneiros, tudo bem, mas não é justo que sejam sustentados pelos meus impostos e pelos impostos de vocês..."

Grunhidos de aprovação, desagradavelmente altos.

Jansson avistou Rod Green, de apenas 18 anos, com a inconfundível cabeleira loira-avermelhada. Rod pertencia a um grupo que os policiais haviam apelidado de "esqueceram de mim", gente que não conseguia saltar e fora praticamente abandonada por famílias seduzidas pela aventura de tentar a vida em novas Terras. Uma classe inteira de pessoas prejudicadas pela simples existência da Terra Longa em setores muito mais profundos que o financeiro. Agora, ali estava ele, bebendo do veneno de Cowley.

Cowley estava chegando ao auge da palestra, a parte mais radical, a parte que aquelas pessoas carentes estavam ali para ouvir. A razão pela qual ele proibia que seus discursos fossem gravados.

— Vou lhes mostrar algo que eu descobri por acaso — disse, tirando do bolso um recorte de jornal. — Um pronunciamento de um desses *pro-fes-so-res* das universidades. O que ele diz é o seguinte: "A capacidade de saltar representa um novo alvorecer para a humanidade, o surgimento de uma nova capacidade cognitiva a par com o desenvolvimento da linguagem e o uso de ferramentas." Blá-blá-blá.

"Compreendem o que esse homem está dizendo, senhoras e senhores? De que ele está falando? Ele está falando de *evolução*.

"Vou contar uma história. Antigamente, havia outro tipo de ser humano neste planeta. Nós os chamamos de *neandertais*. Eles eram como nós: usavam roupas feitas da pele de animais, fabricavam ferramentas, acendiam fogueiras, cuidavam dos doentes e tratavam os mortos com respeito. Entretanto, não eram *tão* espertos como nós. Viveram durante centenas de milhares de anos, mas durante todo esse tempo nenhum deles foi capaz de construir um arco e flecha, algo que qualquer menino americano de 7 anos sabe fazer.

"Mesmo assim, ali estavam, com suas ferramentas, caçando e pescando, até que, um dia, um novo tipo de gente apareceu. Gente com testas retas, corpos esbeltos, mãos habilidosas e cérebros muito desenvolvidos. Essa gente *sabia* fazer arcos e flechas. Aposto que um *pro-fes-sor* neandertal disse algo como "a capacidade de fazer arcos e flechas representa um novo alvorecer para a humanidade". Blá-blá-blá. Talvez esse professor neandertal tenha convencido Ug e Mug a darem um dízimo de carne de mamute aos recém-chegados para financiar a fabricação de mais arcos e flechas. Tudo na mais santa paz; todos ficaram contentes.

"Sabem onde estão Ug e Mug? Sabem onde estão os neandertais? Vou lhes contar. Estão mortos, há mais de trinta mil anos. *Extintos*. Essa é uma palavra terrível. Uma palavra pior do que mortos, porque extinção significa que seus filhos também estão mortos e seus netos e bisnetos *nem chegarão a nascer*.

"Sabem o que eu diria a esses neandertais? Sabem o que eles deviam ter feito quando aquela gente com arcos e flechas apareceu? — Cowley deu um soco na palma da mão. — Deviam ter usado machados de pedra para esmagar o crânio protuberante dos intrusos, até não restar nenhum. Se tivessem feito isso, seus netos teriam sobrevivido. — Continuou a socar a palma da mão, pontuando as frases. — Agora eu vejo os políticos e os *pro-fes-so-res* universitários dizendo que existe um novo tipo de ser humano entre nós, uma nova evolução em curso, um super-homem entre nós, pessoas comuns. Um super-homem cujo único superpoder é a capacidade de entrar no quarto dos filhos de vocês à noite sem que ninguém fique sabendo! Que tipo de super-homem é esse?

"Vocês acham que eu sou um neandertal? Acham que vou cometer o mesmo erro que eles cometeram? Vão deixar que esses mutantes se apossem da Terra que Deus nos deu? *Vão se conformar com a extinção?*"

Todos se levantaram, até mesmo os que estavam no palco, gritando e batendo palmas. Jansson também bateu palmas, para disfarçar. Olhando em volta, viu agentes do FBI discretamente fotografando a plateia.

Segundo os boatos, o mundo estava para sofrer uma nova transformação. Quando a Black Corporation lançasse no mercado a frota de dirigíveis que estava desenvolvendo mais ou menos em segredo, o comércio entre as Terras ficaria muito mais fácil e haveria um grande crescimento econômico. Isso, porém, talvez não viesse a tempo de conter os extremistas como Russo e Cowley. Jansson tremia só de pensar no mal que eles poderiam fazer enquanto todos esperavam o próximo milagre.

42

O *Mark Twain* era um refúgio seguro. Uma vez no ar, saltando para outras Terras, todos os problemas ficavam para trás. Era um alívio escapar dos Retângulos e rumar para novos ambientes. Joshua se sentiu mais leve, apesar da pressão crescente na cabeça.

Lobsang ainda saltava devagar, inspecionando as Terras com relativo cuidado, enquanto Joshua e Sally ficavam no convés de observação. O dirigível permanecia na altura das nuvens — mas, mesmo assim, ao passarem por um mundo verde, Joshua julgou ouvir o roçar de galhos na quilha da nave, o toque do que deviam ser árvores gigantescas de um mundo Curinga.

— Lobsang está preocupado, não acha? — disse Sally. — Parece que o que vimos no mundo dos Retângulos o perturbou.

— Bem, ele *é* budista. Veneração a todas as coisas vivas e coisa e tal. Mas ossos nunca são muito animadores. Com os elefantes também não é assim? Os ossos, para eles, podem ser um sinal de perigo ou, pelo menos, trazem à lembrança a morte de um deles...

Joshua percebeu que a moça não estava prestando atenção.

— Sally, há algo errado?

— O que quer dizer com "errado"? — retrucou ela, em um tom que soava como uma acusação.

Joshua não disse nada; não queria iniciar uma discussão. Foi até a cozinha e começou a descascar batatas, um presente de Boa Viagem entregue em uma sacola de pano. Dedicou toda a sua atenção à tarefa. Sabia que era uma fuga, mas não lhe ocorria um modo melhor de lidar com a situação.

Sally o seguiu e ficou parada na porta da cozinha.

— Você passa o tempo todo me observando, não é?

Não era de fato uma pergunta, e por isso ele retrucou com o que não era uma resposta.

— Eu observo todo mundo. Gosto de saber o que estão pensando.

— Então no que eu estou pensando?

— Você está apavorada. Provavelmente ficou tão impressionada com os retângulos quanto eu e Lobsang, e, além disso, a migração dos trolls te deixou bem assustada... Mais do que qualquer um de nós, porque você os conhece mais de perto. — Depois de picar uma batata, pegou outra na sacola. Teria de guardar a sacola; alguém em Boa Viagem provavelmente levara muito tempo para tecê-la. — Vou fazer uma sopa de marisco. É melhor aproveitar enquanto estão frescos. Outro presente de Boa Viagem...

— Chega, Joshua. Esqueça essas merdas de batatas. Fale comigo.

Joshua lavou a faca antes de colocá-la na mesa com todo o cuidado. Ele fazia questão de cuidar bem das ferramentas. Depois, voltou-se para a moça.

Sally estava furiosa.

— O que te faz pensar que me conhece? Você já *conheceu* alguém de verdade?

— Umas poucas pessoas. Uma policial. Meus amigos na Casa. Algumas crianças que ajudei no Dia do Salto, com as quais continuei a manter contato. Isso sem falar nas freiras. É recomendável conhecer as freiras quando é preciso conviver com elas, porque às vezes elas têm umas reações estranhas...

— Estou farta de ouvir você falar dessas malditas freiras — retrucou Sally.

Joshua procurou manter a calma e resistiu ao impulso de voltar a cozinhar. Estava com a impressão de que aquele era um momento importante.

— Escuta, eu sei que não sou muito sociável. A Irmã Agnes ficaria brava comigo por dizer isso, mas é verdade. No fundo, eu sei que nada substitui as pessoas.

"Veja só os trolls, por exemplo. Sim, os trolls são amistosos e prestativos, e eu não gostaria que algo ruim acontecesse a eles. Eles são *felizes*, e eu poderia invejá-los. Mas eles não constroem nada, não criam nada, aceitam o mundo como é. Os seres humanos *começam* com o mundo como é e tentam torná-lo diferente. É isso que os torna especiais. Em todos esses mundos pelos quais estamos passando, a coisa mais preciosa que podemos encontrar é outro ser humano. É isso que eu acho. Se formos a única espécie inteligente na Terra Longa ou em todo o universo... Bem, isso é bem triste e medonho.

"No momento, estou vendo outro ser humano. É você, e você não está feliz, e eu gostaria de poder ajudar. Não precisa dizer nada. Pense a respeito. — Ele sorriu. — Vou levar umas duas horas para preparar a sopa de marisco. Ah, o filme desta noite vai ser *A Morte Não Manda Recado*. De acordo com Lobsang, é uma saga agridoce dos últimos dias do faroeste, estrelada por Jason Robards."

De todas as excentricidades, a que Sally criticava mais asperamente era o hábito de Lobsang e Joshua de assistirem a filmes antigos nas entranhas do *Mark Twain*. (Ainda bem que Sally ainda não estava a bordo quando os dois se vestiram para ver *Os Irmãos Cara de Pau*.) Dessa vez, ela não disse nada. O silêncio era interrompido apenas pelos cliques e zumbidos ritmados dos mecanismos ocultos da cozinha. Eles eram duas pessoas desajustadas unidas pelo destino, pensou Joshua.

Finalmente, ele voltou ao trabalho e acabou de preparar a sopa de marisco, acrescentando bacon e temperos. Gostava de cozinhar. Os pratos respondiam bem ao grau de dedicação; se você fazia as coisas da maneira certa, o resultado era bom. Era uma atividade confiável, e ele gostava de coisas confiáveis. Só era uma pena que não houvesse aipo a bordo.

Quando Joshua terminou, Sally estava na sala de estar, sentada no sofá, abraçando os joelhos, como se estivesse tentando se encolher.

— Que tal um café? — perguntou Joshua.

Ela deu de ombros. Ele foi buscar uma xícara.

A noite estava chegando nos mundos lá fora, e as luzes do convés se acenderam. A sala de estar foi banhada por uma iluminação cor de mel, o que era uma grande melhoria.

— Acho melhor me preocupar com as coisas pequenas — disse Joshua, hesitante. — Coisas com as quais vale a pena se preocupar, como fazer uma sopa de marisco ou preparar um café para você. No caso de coisas maiores, bem, é melhor enfrentar os desafios à medida que aparecerem.

Sally deu um leve sorriso.

— Sabe de uma coisa, Joshua? Para um misantropo, você demonstra um surpreendente grau de empatia. Escuta... O que mais me incomoda é ter sido forçada a procurar vocês dois em busca de ajuda, ou melhor, ter sido forçada a procurar *alguém*. Passei anos vivendo com meus próprios recursos. Desconfio de que não possa resolver este problema sozinha, mas odeio admitir isso. Existe algo mais, Joshua — acrescentou, encarando-o. — Você é diferente. Não adianta negar. É o saltador superpoderoso. O rei da Terra Longa. Desconfio de que você seja responsável, de alguma forma, pelo que está acontecendo. Essa é a razão secreta pela qual procurei *você*, especificamente.

A revelação deixou Joshua desconcertado. Era como se a moça tivesse abusado da confiança dele.

— Não quero que me considerem responsável por coisa nenhuma.

— É bom ir se acostumando. Você se tornou um problema para mim, entende? Quando eu era criança, a Terra Longa era um lugar que eu usava para brincar, um lugar só meu. Eu sinto *inveja*. Porque tudo isto pode ser mais seu do que meu.

Joshua tentou absorver aquilo.

— Sally, talvez nós dois...

Nesse instante, exatamente no *pior* momento, a porta se abriu e Lobsang entrou, muito animado.

— Ah! Sopa de marisco! Com bacon! Excelente!

Sally e Joshua se entreolharam e resolveram deixar o resto da conversa para mais tarde.

Sally se dirigiu a Lobsang:

— Aí está você, o androide que come. Vai saborear conosco mais uma sopa de marisco?

Lobsang sentou-se e cruzou as pernas de um modo pouco natural.

— Vou, é claro, por que não? O substrato de gel que abriga minha inteligência precisa de compostos orgânicos. Por que esses componentes não podem provir de um prato delicioso?

Sally olhou para Joshua.

— Se ele come, de vez em quando precisa...

Lobsang sorriu.

— Os resíduos que eu produzo são excretados na forma de um adubo compactado e embalado em plástico biodegradável. O que isso tem de engraçado? Você não queria saber, Sally? Pelo menos, sua zombaria é uma mudança em relação ao modo desdenhoso como normalmente me trata. Agora temos trabalho para fazer. Preciso que vocês identifiquem essas criaturas, por favor.

Atrás dele, um painel se abaixou, revelando uma tela que brilhou, ligando-se. Joshua observava um animal bípede familiar, magro de ruim, sujo, de pelo amarelado. Estava segurando um galho como se fosse um tacape e encarando os observadores invisíveis com um olhar ameaçador. Joshua reconheceu-o de imediato.

— Nós os chamamos de elfos — observou Sally.

— Eu sei — disse Lobsang.

— Acho que em algumas colônias são chamados de cinzas, como os alienígenas da antiga mitologia dos ovnis. São encontrados em muitas Megaterras e às vezes em mundos mais próximos da Terra Padrão. Em geral evitam os humanos, mas podem arriscar a sorte se o indivíduo estiver sozinho ou ferido. Muito rápidos, muito fortes, são caçadores extremamente habilidosos, que usam saltos para surpreender a presa.

— Eu sei — disse Joshua. — Já os encontramos antes.

— Elfos. Acho que é um nome adequado, quando paramos para pensar. Os elfos nem sempre foram criaturas pequenas e simpáticas. As lendas do norte europeu os descrevem como seres altos, poderosos e cruéis. É um nome ofensivo, mas eles merecem. Além disso, segundo a mitologia, os elfos não têm medo de objetos de ferro? Isso se aplica bem a eles; podemos aprisioná-los em jaulas de ferro para impedi-los de saltar.

Joshua foi para a cozinha acabar de preparar a sopa de marisco. Enquanto isso, Lobsang fez um breve relato a Sally da batalha de Joshua com os assassinos montados em porcos.

Quando Joshua voltou, Sally olhou para ele com mais respeito.
— Você fez bem em sobreviver.
— Pois é. E olha que era para ter sido o meu dia de folga. Longa história.
— Simpáticos eles, não?
— Aqui está outra variedade — disse Lobsang.
A tela mostrou a imagem da elfa grávida e de cérebro enorme que Joshua tinha tentado ajudar.
— Eu chamo esses de pirulitos — disse Sally. — Têm cabeças grandes, mas, pelo que pude observar, não são muito espertos.
Lobsang fez que sim.
— Posso imaginar uma explicação. O fato de os bebês saltarem para nascer permitiu um aumento considerável do tamanho do cérebro, mas, aparentemente, a organização interna ainda não teve tempo de se adaptar. O hardware melhorou, mas o software continua praticamente o mesmo.
— Enquanto isso, existem outros tipos de elfos que se aproveitam deles. Estou me referindo aos cérebros. Eles comem os supercérebros. Eu vi com meus próprios olhos.
Essa fala foi recebida com silêncio.
Lobsang suspirou.
— Não estamos falando exatamente de uma Valfenda, então, não é? Com todos os seus trolls e elfos. Diga-me, Sally, a Terra Longa tem unicórnios?
— A sopa está pronta — anunciou Joshua. — Venham antes que esfrie.
Depois que se sentaram para comer, Sally respondeu:
— Sim, a Terra Longa tem unicórnios. Alguns vivem a apenas alguns saltos de distância do mundo de Boa Viagem. Posso mostrar a você, se quiser. São muito feios, não se parecem nem um pouco com o unicórnio da Barbie. Além disso, são tão idiotas que às vezes ficam com os chifres presos no tronco das árvores. Isso em geral acontece na época do acasalamento...
A tela passou a mostrar imagens de elfos disputando uma carcaça, com as bocas sujas de sangue.

— Por que está nos mostrando esta cena, Lobsang?
— Porque é uma transmissão ao vivo do que está se passando abaixo de nós. Não notaram que paramos de saltar? Tomem a sopa; os elfos podem esperar até amanhã.

43

O DIA SEGUINTE, para surpresa de Joshua, amanheceu mais tarde que de costume. A luz do sol revelou aridez, um mundo seco e empoeirado, aparentemente quase sem água e, em consequência, quase sem vida.

Lobsang se juntou a Joshua no convés de observação.

— Não é um lugar muito atraente, não acha? Mesmo assim, tem algumas coisas interessantes.

— Como o sol nascer mais tarde.

— Entre outras coisas. Além disso, tanto trolls quanto elfos estão passando por aqui, quase todos rumando para Leste, e estou usando as câmeras na nave para obter boas imagens das duas espécies.

O convés se inclinou ligeiramente.

— Estamos descendo! — exclamou Joshua.

— É verdade, e eu gostaria que Sally desembarcasse conosco. Minha ideia é capturar um elfo e tentar comunicar-me com ele.

Joshua fez um muxoxo, cético.

— Não espero muita coisa deste encontro, mas nunca se sabe. Como precaução, fabriquei capacetes e protetores de pescoço para vocês dois; se alguém tentar estrangular vocês por trás, saltando ou não, não vai conseguir. Vejo vocês no elevador daqui a meia hora.

Sally estava pronta para descer quando Joshua bateu à porta.

— Capacetes! — exclamou.

— Foi ideia de Lobsang. Desculpe.

— Passei vários anos na Terra Longa sem ninguém para cuidar de mim. Tá bom, tá bom. Aqui sou uma passageira, eu sei. Alguma ideia do que Lobsang pretende?

— Capturar um elfo, ao que parece.

Sally fez uma careta.

Lobsang estacionou o dirigível acima de um monte de pedras muito desgastadas pela erosão. A paisagem era um deserto cor de ferrugem. Estavam em uma Terra estranha, mesmo em comparação com a maioria das Terras Curingas. Joshua se sentia pesado, como se os ossos fossem de chumbo; a mochila de sempre parecia uma carga quase insuportável. O ar era denso, mas, estranhamente não satisfazia, e os pulmões dele labutavam. Um vento soprava continuamente, com um uivo sinistro. Na planície desolada, não havia sinais de grama ou qualquer outro tipo de vegetação — nada além de uma penugem verde-arroxeada, como se o solo não tivesse feito a barba naquela manhã.

De vez em quando parecia haver um lampejo no ar, mais sentido do que visto. Alguém saltando, pensou Joshua, e saltando de novo tão depressa que era como se não tivesse estado naquele mundo...

— Que tipo de lugar é esse, Lobsang? — perguntou Sally. — Parece um cemitério!

— E é mesmo — disse Lobsang, — Apesar de vazio até mesmo de ossos. — Ficou parado, imóvel, como uma estátua em torno da qual o vento rodopiava. — Olhem para o alto, ligeiramente à esquerda. O que estão vendo?

Joshua levantou a cabeça, franzindo os olhos, mas logo desistiu.

— Não sei o que estou procurando.

— Algo que chama atenção pela ausência — explicou Lobsang. — Se você estivesse neste mesmo lugar na Terra Padrão, veria uma lua esmaecida no céu, em plena luz do dia. *Esta* Terra não tem uma lua decente, apenas pequenos pedaços de pedra em órbita que não podem ser vistos a olho nu.

Lobsang disse que havia pensado nessa possibilidade. O choque cataclísmico responsável pela formação da Lua na Terra Padrão e na maioria das outras Terras evidentemente não acontecera naquela ali. A Terra sem satélite tinha uma massa maior que a Terra Padrão, o que explicava o fato de a força da gravidade na superfície ser maior. A inclinação do eixo era diferente, menos estável, e o planeta girava mais depressa em torno do próprio eixo, o que tornava os dias mais curtos e produzia um vento que fustigava permanentemente os continentes rochosos e estéreis. Não era um ambiente favorável à vida: a ausência de marés fazia a água do oceano estagnar; não existiam as ricas zonas entremarés que tanto haviam contribuído para a evolução da vida na Terra Padrão e nas demais.

— Essa é a teoria geral — afirmou Lobsang. — Além do mais, desconfio de que este mundo não tenha recebido muita água nas fases finais da formação do sistema solar, em que os planetas mais próximos do Sol foram submetidos a uma chuva de cometas. Talvez isso esteja ligado de alguma forma ao grande choque que criou a Lua e à falta desse choque. Tudo isso fez com que este mundo fosse um perdedor; provavelmente, até o mesmo o nosso Marte foi mais favorecido.

Entretanto, havia compensações. Quando Joshua protegeu os olhos da luz solar, pôde ver uma faixa luminosa cortando o céu. Aquela Terra tinha um sistema de anéis como o de Saturno. Uma visão espetacular, provavelmente, para um observador no espaço sideral.

— No momento, estou à espera de um troll — disse Lobsang. — Faz quinze minutos que estou emitindo um pedido de socorro ultrassônico na linguagem dos trolls, além de liberar feromônios deles. Eles são fáceis de sintetizar.

— Isso explica por que meus dentes estão doendo — comentou Sally. — Explica também por que pensei que um de vocês dois não tivesse tomado banho hoje de manhã. Temos de ficar aqui? Esse ar é horrível e fede.

Sally tinha razão quanto ao cheiro, pensou Joshua. Parecia o cheiro de uma casa no final da rua na qual ele tinha sido proibido de entrar, uma casa que fora trancada e lacrada com tábuas depois da morte de seu último ocupante. Aquele mundo era ainda mais deprimente que o mundo dos quase dinossauros. Os construtores do Retângulo estavam mortos, mas pelo menos tinham *vivido*, tiveram uma oportunidade.

Talvez os humanos pudessem levar vida a este mundo desolado. Por que não? Joshua gostava de consertar coisas; este mundo tinha muitas coisas que precisavam ser consertadas. *Isso* seria algo para contar aos netos. Ainda havia muitas bolas de gelo na nuvem de Oort e uma espaçonave relativamente pequena na trajetória correta poderia empurrar uma delas na direção da Terra... Mas a ideia não passava de um sonho distante. A humanidade tinha começado a deixar de lado a exploração espacial antes mesmo da descoberta da Terra Longa, que oferecia mundos habitáveis a alguns saltos de distância.

Os devaneios de Joshua foram interrompidos pelas palavras de Lobsang:

— Os trolls estão a caminho. Como eles viajam em bandos, devemos esperar um grande número. Fiquem sabendo que pretendo cantar com eles. Juntem-se a mim, se quiserem — acrescentou, pigarreando de forma teatral.

Não foi apenas a unidade ambulante que começou a cantar. O som da voz de Lobsang foi reproduzido por todos os alto-falantes da nave. *"Keep right on to the end of the road, Keep right on to the end. Tho' the way be long, let you heart be strong. Keep right on round the bend..."** Era provavelmente a primeira vez que uma voz humana, ou quase humana, ecoava naquele lugar, pensou Joshua. *"'Till you come to your happy abode, Where all the love you've been dreaming of, Will be there at the end of the road..."***

Sally parecia não acreditar no que estava ouvindo.

— Será que Lobsang queimou algum circuito? Que diabo ele está cantando?

Joshua fez um breve resumo da história do soldado Percy Blakeney e seus amigos russos em uma França paralela, e ela ficou ainda mais intrigada.

Quando Lobsang acabou de cantar a música, estava cercado de trolls, que cantavam com ele sem perder uma nota.

— Eles são bons nisso, não são? Isso que é memória coletiva! Agora esperem um pouco enquanto tento descobrir o que os está incomodando.

Quando os trolls se aglomeraram em torno de Lobsang, como grandes crianças peludas em torno de um Papai Noel de shopping, Joshua e

---

* Trecho da canção "Keep Right on to the End of the Road", de Harry Lauder. "Fique no caminho até o fim, no caminho até o fim. Embora seja um longo caminho, não perca a determinação. Fique e faça a curva..." (*N. T.*)
** "Até chegar em sua alegre morada, onde todo o amor com que sonhou estará lá no fim do caminho." (*N. T.*)

Sally se afastaram um pouco, com uma sensação de alívio. Os trolls não fariam nada mais perigoso que esbarrar em um ser humano, mas depois de algum tempo o cheiro deles, embora não fosse de todo desagradável, se tornava enjoativo.

Por outro lado, aquele não era um bom mundo para passear enquanto esperavam. Simplesmente não havia *aonde ir*. Joshua ajoelhou-se e, movido por um impulso inexplicável, pegou um punhado de pó verde, revelando dois pequenos besouros. Não eram aqueles besouros de cor metálica iridescente; tinham uma cor castanha sem graça. Ele deixou o pó cair.

— Sabe de uma coisa? Se você mijasse neste lugar, faria um favor aos besouros — disse Sally. — Estou falando sério! Não vou olhar. Esse pedaço de solo vai ter mais nutrientes que nos últimos séculos. Desculpe, achou meu comentário de mau gosto?

Joshua sacudiu a cabeça, distraído.

— Não, só um pouco incongruente.

Sally riu.

— Incongruente! Lobsang canta uma música de Harry Lauder em um planeta deserto e agora está cercado de trolls. Não há nada mais "incongruente", você não acha? Minhas obturações estão parando de doer. Os trolls estão indo embora. Você está vendo?

Joshua estava vendo. Era como se dedos invisíveis estivessem pegando peças de xadrez em um tabuleiro, mas pegando primeiro as damas e os peões, depois os bispos e as torres e, finalmente, os cavalos e os reis.

Sally explicou:

— As mães vão primeiro com os filhotes, para cuidar deles. Em seguida vão os idosos. Os machos são os últimos... Elfos atacam por trás, sabe, então eles ficam para defender.

Depois de algum tempo, todos os trolls desapareceram, não deixando nada para trás, a não ser uma leve melhora na qualidade do ar.

Lobsang aproximou-se dos dois.

— Como é que ele *consegue*? — comentou Sally — Agora está andando como John Travolta!

— Você não tem ouvido o convés de fabricação funcionar dia e noite? Ele está sempre tentando aperfeiçoar a unidade ambulante, do mesmo modo como nós frequentamos uma academia de ginástica.

— Fique sabendo que eu nunca frequentei uma academia. Quando alguém só depende de si mesmo na Terra Longa, ou se mantém em forma ou não sobrevive. — Ela sorriu. — Eu bem que gostaria de ter pernas como aquelas.

— Não há nada de errado com as suas pernas — protestou Joshua, arrependendo-se imediatamente.

A moça deu uma risada.

— Joshua, você é um bom companheiro, embora seja meio estranho. Um dia podemos nos tornar amigos — acrescentou, em um tom um pouco mais ameno. — Por favor, não faça mais comentários a respeito das minhas pernas. Você não viu as minhas pernas, já que elas passam a maior parte do tempo escondidas por calças grossas. É feio imaginar, ok?

Para alívio de Joshua, Lobsang se dirigiu a eles, sorrindo.

— Devo admitir que estou muito satisfeito comigo mesmo.

— Nesse caso, nada mudou — disse Sally.

— Não conseguimos capturar um elfo — observou Joshua.

— Ah, isso não será necessário. Já consegui o que queria. Em Boa Viagem, aprendi os rudimentos da linguagem dos trolls, mas aquela população sedentária não podia me dizer muita coisa a respeito das forças responsáveis pela migração. Esses trolls selvagens me revelaram muito mais. Não diga nada, Sally! Pretendo responder a todas as suas perguntas no momento certo. Vamos voltar para a nave. Temos uma longa jornada pela frente, talvez até o final da Terra Longa. Não vai ser divertido?

44

O SILÊNCIO REINAVA no convés de observação. Joshua estava sozinho. Assim que tinham chegado à nave, Lobsang se retirou para trás da porta azul e Sally foi até o camarote.

De repente, o *Mark Twain* começou a saltar como um sapateador endemoninhado. Joshua olhou para fora onde os céus mudavam num piscar de olhos, as paisagens se misturavam, os rios ondulavam como serpentes e mundos Curingas pipocavam como lâmpadas de flash. A bordo, tudo que podia ranger estava rangendo como um veleiro antigo contornando o cabo Horn. Joshua calculou que estavam passando por vários mundos a cada segundo.

Sally apareceu no convés de observação cuspindo veneno.

— Que diabo ele pensa que está fazendo?

Joshua não disse nada, mas estava preocupado mais uma vez com a estranha instabilidade e impulsividade de Lobsang.

A unidade ambulante de Lobsang entrou pela porta azul.

— Meus amigos, sinto muito se assustei vocês. Estou ansioso para levar adiante nossa missão. Já lhes contei que aprendi muita coisa com os trolls.

— Você sabe o que está incomodando eles — disse Sally.

— Sei além disso, ao menos. Para resumir, os trolls, e provavelmente os elfos e outros humanoides, estão fugindo de alguma coisa, mas não se trata de algo material; é mais uma sensação, por assim dizer. Isso confirma o que nos contaram os trolls de Boa Viagem.

"A sensação é como ondas de dor, ataques de enxaqueca que varrem os mundos de Oeste para Leste. Tem havido suicídios. Criaturas que se atiram do alto de penhascos para não sofrer tal angústia."

Joshua e Sally se entreolharam.

— Um monstro das enxaquecas? O que é isso, *Star Trek*?

Lobsang pareceu confuso.

— Você está se referindo à série original ou...

— O que está dizendo não faz o menor sentido. Joshua, o dirigível dispõe de controles manuais?

— Não sei, mas a audição de Lobsang é muito boa.

— Joshua tem razão quanto a isso, Sally...

— Os trolls sabem o que produz essa dor de cabeça? Eles *viram* alguma coisa?

— Não que eu saiba, mas imaginam que seja algo gigantesco. Para eles, é uma mistura do físico com o abstrato. Como um maremoto, por exemplo. Um tsunami de dor.

Os rangidos do *Mark Twain* estavam começando a incomodar Joshua. Ele não sabia qual era a frequência máxima de saltos que a nave podia suportar. Passar tão depressa por mundos totalmente desconhecidos, em direção a um perigo de natureza ignorada, parecia no mínimo uma imprudência. Ele observou que os terrômetros estavam se aproximando da marca de dois milhões.

Lobsang, porém, não parava de falar, aparentemente imune a tais preocupações.

— Não é hora de compartilhar com vocês dois meu raciocínio; basta dizer que, na minha opinião, estamos lidando com algum tipo de fenômeno genuinamente psíquico. Minha hipótese é a seguinte: os seres humanos sinalizam sua humanidade de alguma forma. Nós sentimos uns aos outros. Mas evoluímos para viver num planeta encharcado de pensamentos humanos. Nós nem os notamos.

— Até ficarmos sozinhos — comentou Joshua.

Sally olhou para ele, intrigada.

— Sugiro que, em certo momento, algumas dessas criaturas, como os elfos, os trolls e talvez outras espécies, visitavam a Terra Padrão e provavelmente passavam algum tempo lá. Essa pode ter sido a origem de muitos mitos. Naquele tempo, a densidade populacional era relativamente pequena. Hoje em dia, o planeta está literalmente transbordando de seres humanos e, para hominídeos acostumados à tranquilidade de florestas e pradarias quase desertas, é como se todas as festas de adolescente estivessem acontecendo ao mesmo tempo. Assim, preferem se manter afastados da Terra Padrão. No entanto, as espécies que estão migrando para Leste estão fugindo de algo que as empurra *na direção* da Terra Padrão. Isso quer dizer que estão entre a cruz e a espada. Às vezes, isso faz com que entrem em pânico. Joshua e eu vimos o que acontece quando essas espécies entram em pânico. Até mesmo os trolls podem ser perigosos quando estão assustados. Lembra-se da Igreja Celestial das Vítimas do Embuste Cósmico, Joshua?

Joshua olhou para Sally. Esperava que ela se mostrasse totalmente cética em relação à teoria de Lobsang, mas, para sua surpresa, a moça parecia pensativa. Ele perguntou:

— No que está pensando, Sally?

— Que isso tudo parece muito forçado, só que... só que eu sou parecida com você, sabe? De vez em quando tenho que ir à Terra Padrão para resolver alguma coisa, mas enquanto estou lá eu me sinto tão nervosa como um gato de rabo comprido em uma sala cheia de cadeiras de balanço. A sensação me afasta, como se me *empurrasse* de volta aos mundos desabitados, onde fico muito mais à vontade.

— Mas você não foge, certo? Também não sente isso fora de lá, do mesmo modo como um peixe não sente a presença da água.

Supreendentemente, Sally sorriu.

— Isso é muito zen, quase Lobsang. — Olhou-o nos olhos. — E você?

Ela sabe, pensou Joshua. Sabe tudo a meu respeito. Mesmo assim, hesitou antes de responder.

Quando falou, contou tudo a eles, naquele dirigível em movimento acelerado. Falou mais livremente do que jamais falara a alguém, nem mesmo à Irmã Agnes e à Guarda Jansson, a respeito das suas sensações. Contou que sentia uma estranha pressão na cabeça toda vez que voltava à Terra Padrão. Uma sensação desagradável que, com o tempo, se tornara uma aversão.

— É alguma coisa na minha cabeça. Sabem quando você é criança e é obrigado a ir a uma festa em que todo mundo se conhece e você não conhece ninguém? Cada passo exige um esforço enorme, como se uma força magnética estivesse puxando você para trás.

Sally deu de ombros.

— Não fui a muitas festas.

— Você é antissocial, Joshua — disse Lobsang. — Sabemos disso. Aonde quer chegar?

— Acontece que estou sentindo a mesma coisa *aqui*, neste dirigível. Uma pressão na cabeça que me incomoda muito. — Fechou os olhos. — Quanto mais viajamos para Oeste, pior ela fica. Estou sentindo neste momento. É como uma repulsão, dentro de mim. Posso aguentar quando estamos parados, mas, quando começamos a saltar, a pressão aumenta.

— Alguma coisa a Oeste, te empurrando, afastando? — perguntou Lobsang.

— Isso mesmo.

— Por que não me contou isso antes? — perguntou Sally, zangada. — Você me deixou falar a respeito de passagens secretas, a respeito da minha família. Eu me abri com você, e o tempo todo estava me escondendo um fato tão importante?

Joshua não sabia o que dizer. Ele tinha evitado falar do assunto porque sabia que era melhor ocultar suas fraquezas, na Casa e na maioria dos lugares em que tivera que lutar para sobreviver.

— Estou contando agora — disse, por fim.

Sally controlou-se com muito esforço.

— Está certo. Acredito em você. Nesse caso, tudo que Lobsang disse é verdade. Admito. Estou oficialmente assustada.

Lobsang interveio:

— Agora vocês entendem por que eu estava tão ansioso para discutir o assunto com vocês? Estamos investigando um mistério, Joshua, Sally! Um mistério que nos levará aos confins da Terra Longa!

Joshua o ignorou e continuou falando com Sally.

— Nós dois estamos assustados, mas temos que enfrentar a situação, não acha? Não podemos fugir. Os animais fogem. Os trolls estão

fugindo. *Nós* precisamos seguir em frente, tentando descobrir o que está nos incomodando e como resolver a situação. É assim que os seres humanos agem.
— Pode ser. Até isso matar a gente.
— Temos que correr o risco — disse Joshua, levantando-se. — Aceita uma xícara de café?

Mais tarde, Joshua chegou à conclusão de que deveria ter prestado mais atenção, principalmente naqueles últimos minutos. Prestado mais atenção ao fato de que, nos últimos duzentos mundos, o verde monótono da paisagem passara a ser interrompido por grandes crateras que pareciam pegadas de gigantes. Ele devia ter prestado mais atenção, apesar da pressão crescente na cabeça. Devia ter alertado Lobsang.
Deviam ter parado a viagem bem antes do dirigível cair no Vazio.

45

De repente, Joshua estava caindo. Estava subindo no ar, saindo do chão. Os monitores embutidos nas paredes do convés de observação apagaram um a um. Pelas janelas, ele podia ver o que o revestimento externo do balão estava avariado; fragmentos de tecido prateado projetavam-se para fora da armação.

Mais além, havia apenas o sol, uma luz ofuscante no meio de um céu negro. O sol continuava no mesmo lugar que antes, mas, no momento, era tudo que restava do mundo exterior, como se o resto, o céu azul, o mundo verde, fosse um palco que tinha sido desmontado para revelar a escuridão. Mas agora até o sol se deslocava lentamente para a direita. Talvez a gôndola estivesse adernando.

Lobsang permaneceu calado, a unidade ambulante ainda com os pés no chão, porém totalmente imóvel, aparentemente inoperante. O gato flutuava, mexendo freneticamente as patas, com uma expressão de medo no rosto sintético. Alguém colocou a mão no ombro de Joshua. Era Sally, flutuando a seu lado, com o cabelo esvoaçando como o de uma astronauta da estação espacial.

O convés deu um forte rangido. Joshua julgou ouvir o som sibilante do ar escapando da gôndola. Não conseguia pensar. Quando tentou respirar fundo, sentiu uma dor no peito.

De repente, a gravidade voltou e o céu ficou azul. Eles todos caíram no chão, que, no momento, era uma das paredes do convés. Uma chaleira com água rolou pelo piso, assustando Shi-mi, o gato, que saiu correndo para outro compartimento. Acima, abaixo e em volta deles havia uma cacofonia de máquinas descontroladas.

— Acabamos de passar pelo Curinga dos Curingas, não? — perguntou Joshua.

No instante seguinte, seu estômago apertou e ele vomitou. Quando os espasmos cessaram, olhou para Sally, envergonhado.

— É a *primeira vez* que fico nauseado depois de saltar.

— Não foi o salto — disse Sally, massageando a própria barriga. — Foi a falta de peso, seguida pela volta da gravidade.

— Acho que você está certa. Então isso aconteceu mesmo, não é?

— Claro — respondeu Sally. — Encontramos um vazio. Um Vazio na Terra Longa.

A gôndola voltou lentamente para a posição vertical, mas, ao mesmo tempo, as luzes do convés se apagaram, deixando apenas a luz do dia. Joshua podia ouvir o som preocupante de máquinas girando cada vez mais devagar.

De repente, a cabeça de Lobsang começou a se mover, embora o corpo permanecesse imóvel.

— *Chak pa!*

Sally olhou para Joshua.

— O que foi que ele disse?

— Deve ter sido um palavrão em tibetano, ou talvez na língua dos klingons.

Lobsang soava estranhamente alegre.

— Puxa vida, que vergonha! Se bem que errar é humano. Alguém se machucou?

— Onde foi que você nos meteu? — perguntou Sally.

— Acabamos de passar pelo *nada*, Sally, pelo vácuo. Saltamos de volta logo que o problema começou, mas, mesmo assim, o *Mark Twain* ficou avariado. Alguns sistemas não estão funcionando. Felizmente, os flutuadores estão intactos, mas alguns dos meus sistemas pessoais foram danificados. Estou fazendo uma verificação, mas não gosto do que estou vendo.

Sally estava furiosa.

— Como é possível existir um vácuo *na Terra?*

Lobsang suspirou.

— Sally, nós saltamos para um lugar em que não existe Terra. No lugar onde devia estar a Terra, encontramos apenas o vácuo do espaço interplanetário. Desconfio que existiu uma Terra naquele local, mas foi destruída por alguma catástrofe. Um impacto, provavelmente. Um grande, que faria o meteorito responsável pela extinção dos dinossauros parecer um tiro de espingarda de chumbinho em um elefante. Um choque muito maior que o que criou a lua da Terra Padrão.

— Está querendo dizer que estava a par dessa possibilidade?

— Sim, era teoricamente possível que encontrássemos esse tipo de cenário em um dos nossos saltos.

— Mesmo assim continuou saltando cegamente para Oeste? Ficou maluco?

Lobsang pigarreou. Com a prática, estava conseguindo pigarrear de modo mais natural, pensou Joshua.

— Não fui tão imprudente como você está pensando. Depois de estudar tudo que poderia acontecer às Terras alternativas, adotei uma série de precauções, entre elas um módulo automático de recuo que parece ter funcionado a contento. Infelizmente, porém, não funcionou com a presteza necessária para nos poupar uma série de problemas.

— Estamos encalhados aqui?

— Estamos "encalhados" em um lugar relativamente seguro, Sally. Você está respirando um ar de excelente qualidade. Este mundo, embora seja vizinho do Vazio, é um mundo perfeitamente normal. O maior problema é que minha unidade ambulante sofreu graves danos; não consigo acessar sua função de conserto automático. Nem tudo está perdido, porém. Nas Terras Próximas, o programa de construção de dirigíveis da Black Corporation continua funcionando a pleno vapor. O *Mark Trine* já deve estar concluído e poderia chegar até aqui em poucos dias.

Àquela altura, a maioria das luzes tinha voltado a acender. Joshua começou a colocar as coisas no lugar. Fora alguns móveis avariados e um pouco de louça quebrada, a parte do dirigível onde eles estavam parecia em bom estado, mas ele se preocupava com o que pudesse ter acontecido do outro lado das portas azuis de Lobsang.

— É claro — disse Joshua —, a tripulação do *Trine*, se já estiver em condições de voar, não tem como saber do nosso problema. Tem, Lobsang?

— Isso quer dizer que *estamos* encalhados aqui? — repetiu Sally, mais calma do que seria de se esperar.

— Você está mesmo preocupada, Sally? — perguntou Lobsang, com uma ponta de sarcasmo na voz. — O que me diz de todas aquelas passagens secretas? No que está pensando, Joshua?

Joshua hesitou.

— O quadro geral não mudou, acho. Ainda temos que investigar o monstro das enxaquecas. Você disse que os flutuadores estão intactos, não é? Nesse caso, ainda podemos saltar?

— Sim. Mas não posso virar, geograficamente, digo, e estamos com pouca energia. As superfícies de células solares parecem estar intactas, mas muita da infraestrutura... O problema, fora a ruptura de sacos de gás e tubulações, foi a evaporação dos lubrificantes...

Joshua fez que sim.

— Tudo bem. Nesse caso, *salte adiante*. Vamos continuar a viagem.

— Está falando em saltarmos de novo para o Vazio? — perguntou Sally.

— Por que não? Sabemos que os trolls e os elfos passaram por esta região. Sabe, dar um salto duplo. — Ele sorriu. — Estaremos de volta a um mundo com uma atmosfera antes que nossos olhos sofram uma explosão e comecem a escorrer.

— Que imaginação sanguinolenta você tem aí, meu senhor — disse Sally.

Mas Lobsang sorriu de forma estranha.

— Estou vendo que você prestou atenção quando assistimos a *2001*, Joshua.

— Já que chegamos até aqui, devemos continuar, mesmo que em condições precárias — disse Joshua, segurando a mão de Sally. — Está pronta?

— Está brincando? *Agora?*

— Antes que alguém mude de ideia. Um salto duplo, por favor, Lobsang.

Joshua jamais conseguiu se lembrar com clareza do que aconteceu em seguida. Chegara a sentir o frio cortante do espaço? Chegara a ouvir o ruído do ar escapando para o vazio? Nada parecia real. Não até que ele se viu sob um céu nublado, com a chuva batendo nas vidraças do convés de observação.

Eles se deram um dia para recuperar as forças e consertar o que podia ser consertado. Em seguida, o *Mark Twain* seguiu viagem para Oeste, dessa vez cautelosamente, com uma frequência de saltos bem menor, uma velocidade de cruzeiro reduzida à metade da velocidade anterior e viajando apenas durante o dia.

Depois de vinte ou trinta saltos, pararam de ver as crateras que salpicavam os mundos anteriores, talvez causadas por colisões de raspão com o mesmo objeto que tinha causado o Vazio. Àquela altura, já haviam passado pela Terra dois milhões. Os mundos eram normais, uniformes. Naquelas réplicas distantes da América do Norte, aquela ainda era a costa do Pacífico e eles se mantiveram perto do litoral, para evitar os perigos da floresta profunda e do oceano. Joshua estava achando aqueles mundos muito monótonos, desprovidos de flores, insetos e aves, e com a vegetação dominada por samambaias do tamanho de árvores. Na costa, porém, de vez em quando podiam ver animais pescadores de grande porte, bípedes muito ágeis, com garras em forma de foice nos membros superiores, que mergulhavam na água para recolher peixes graúdos, um após outro, jogando-os na praia.

Com o passar dos dias, o aspecto dos mundos começou a mudar. A floresta se afastou do mar, deixando largas faixas costeiras tomadas por plantas rasteiras e árvores esparsas. O mar também mudou, tornando-se *mais verde*, pensou Joshua. Mais calmo, também, como se a água tivesse ficado viscosa. Não conversavam muito. Nenhuma das máquinas de fazer café estava funcionando, apesar de todos os seus esforços, o que fazia o humor de Sally deteriorar rapidamente.

No caso de Joshua, era pior: a pressão na cabeça se tornara quase insuportável.

Sally deu-lhe um tapinha no braço.

— Estamos chegando cada vez mais perto daquela festa de adolescente, não é, Joshua?

Joshua sempre detestara admitir suas fraquezas.

— Acho que sim. Você não está sentindo nada?

— Não, mas gostaria de estar sentindo. Como eu já disse, tenho inveja de você, que tem um talento especial para essas coisas.

Naquela noite, enquanto tentavam descansar enquanto a nave saltava cautelosamente, Lobsang surpreendeu Joshua falando sobre a exploração do espaço sideral.

— Estive pensando na oportunidade que o Vazio nos oferece!

Como a cozinha tinha ficado seriamente danificada, Joshua estava ocupado improvisando uma churrasqueira a partir de peças de sucata.

— Oportunidade para quê?

— Para explorar o espaço! Bastaria vestir um traje apropriado e sair da nave, no espaço. Nada daquele problema de vencer a gravidade da Terra usando foguetes. Ao deixar a nave, estaríamos em uma órbita solar, como a Terra está. Depois de instalar uma infraestrutura apropriada no Vazio, poderíamos partir em direção a outros planetas. Seria muito fácil e gastaríamos menos energia para chegar a Marte, por exemplo...

"Sabe, eu sempre gostei dessa coisa do espaço. Mesmo ainda no Tibete. Eu pessoalmente investi dinheiro no Kennedy Space Center, onde não estão cuidando nem mesmo dos foguetes que exibem como peças de museu. Nossas patéticas fábricas orbitais em microgravidade podem dar a ilusão de que ainda somos uma espécie dedicada à exploração do espaço, mas o sonho ficou para trás, foi-se antes mesmo da descoberta da Terra Longa. Pelo que sabemos, não existe outro lugar no universo em que um ser humano possa sobreviver sem algum tipo de proteção. Hoje em dia, com milhões de Terras disponíveis, quem se interessa em viajar para a vastidão do espaço sideral em um traje espacial com um leve cheiro de urina? Poderíamos estar *lá fora*, buscando um lugar da federação galáctica, em vez de ficar desbravando a vegetação de cópias e mais cópias do mesmo planeta."

— Mas você está liderando esse desbravamento, Lobsang — argumentou Sally.

— É verdade, mas não vejo por que não podemos ter as duas coisas. É o que nos espera se conseguirmos instalar uma estação espacial no Vazio. A partir do Vazio, o sistema solar é nossa ostra Kilpatrick. Não se esqueça desta conversa, Joshua. Quando voltar à Terra Padrão, reivindique a propriedade das Terras de cada lado do Vazio antes que os outros descubram que existe um lugar de onde se pode lançar um foguete praticamente de graça. Pense no que nos aguarda lá fora! Não se trata apenas dos outros planetas do sistema solar. Se existe uma Terra Longa, porque não haveria um Marte Longo? Pense nisso!

Joshua tentou, mas a ideia fez sua cabeça girar. Concentrou-se em terminar a churrasqueira. Como os fornos da cozinha não estavam funcionando, ele pretendia usar a churrasqueira para preparar o que na Terra seria chamado de carne de veado, fruto de uma caça rápida de Sally.

De repente, a nave parou de saltar.

E Joshua *ouviu*...

Não era uma voz. Alguma coisa se remexendo dentro de seu cérebro — uma sensação muito nítida, que não oferecia nenhuma pista além da própria existência.

Só que ela o chamava.

Ele conseguiu perguntar:

— Lobsang, está ouvindo alguma coisa? Nas frequências de rádio, quer dizer?

— Claro que estou. Por que acha que interrompi os saltos? Estamos recebendo sinais coerentes em várias frequências. Parece ser algo na linguagem dos trolls. Agora, se me dá licença, vou me concentrar na decodificação das mensagens.

Sally olhou de um para outro.

— O que está acontecendo? Eu sou a única que não está ouvindo nada? Está vindo da coisa que está abaixo de nós?

— Que coisa? — perguntou Joshua, olhando para o mar por uma das janelas da cozinha.

— *Aquela* coisa.

— Lobsang — perguntou Joshua —, a câmera de bombordo está funcionando?

46

Joshua e Sally tiveram de descer pela corda de emergência, já que o elevador tinha travado.

Depois de chegarem ao solo, subiram ao alto de uma colina para ter uma visão melhor da região. Um oceano verde e denso lambia relutantemente uma praia lamacenta sob um céu nublado. Em terra, um descampado se estendia até uma cordilheira distante. Um pouco ao sul do local onde estavam havia uma cratera gigantesca, que lembrava a cratera do meteoro de Arizona. De repente, um animal parecido com um pterossauro decolou silenciosamente da cratera, passando por cima de Joshua em direção à réplica do Pacífico. A silhueta recortada contra as nuvens lembrava a de um bombardeiro nuclear a caminho de Moscou.

E algo se movia naquela versão remota do Pacífico. Algo vasto, como se fosse uma ilha viva. A dor de cabeça de Joshua havia desaparecido. Ido embora. Mas a sensação que ele sempre tinha chamado de Silêncio era mais intensa do que nunca.

A voz de Lobsang soou no pequeno alto-falante da mochila de Joshua.

— Voltamos à costa do estado de Washington deste planeta... Meus drones não estão funcionando; minha visão é limitada. Aquilo tem 53 quilômetros de comprimento e aproximadamente oito de largura. É uma criatura, Joshua. Não existe nada parecido na Terra Padrão. Observei vários apêndices ao longo do flanco que estão sempre mudando de tamanho e de forma... Você pode achar que é um campo de experimentos tecnológicos; eu vejo instrumentos que lembram antenas e telescópios, mas se transformam uns nos outros, extraordinário... E certo movimento ao longo da carcaça com um todo. Não posso estimar o risco. É pouco provável que um animal desse tamanho faça um movimento brusco, mas, pelo que sei, ele poderia muito bem criar asas e sair voando...

Uma ondulação, parte branca, parte transparente, percorreu o dorso da criatura. O movimento afetou Joshua de um modo estranho, produzindo uma sensação que parecia chegar à sua consciência por um caminho desconhecido.

— Sally, você já viu alguma coisa parecida?

Sally riu, sarcástica.

— O que você acha?

— Acabo de trocar com ele um "aperto de mão" — informou Lobsang.

— Do que você está falando? — perguntou Sally.

— Estou falando de protocolos de comunicação, Sally. *Handshake*. Entramos em contato... Trata-se obviamente de um intelecto superior. A própria complexidade do método que usa para se comunicar é uma indicação desse fato. Até agora, aprendi uma coisa sobre isso. Seu nome...

— Isso tem um *nome*?

— Isso se chama Primeira Pessoa do Singular, e antes que você proteste, Sally, sei disso porque isso me forneceu o nome em 26 línguas diferentes da Terra Padrão, incluindo, tenho orgulho de dizer, o tibetano. Estou fornecendo informações, e seu aprendizado é rápido; já absorveu boa parte da base de dados da nave. Parece não oferecer perigo.

— O quê? — protestou Sally. — Um animal do tamanho de uma ilha não pode ser considerado inofensivo. Quais são suas intenções? Mais importante ainda: de que isso se alimenta?

Joshua removeu a mochila das costas e pousou-a na areia. Não havia nenhum ruído naquele lugar, pensou. Nem gritos de animais, nem mesmo grasnados distantes dos pterossauros; apenas o som suave das pequenas ondas do mar oleoso se quebrando na praia. *Nada além do Silêncio*. O Silêncio que ele tinha ouvido a vida inteira, quando estava longe das pessoas. Pensamentos descomunais, como se fossem os ecos de um gongo gigantesco, estavam ali, a poucos metros de distância.

A mais de dois milhões de saltos da Terra Padrão, sentiu-se como se tivesse chegado em casa.

Ele caminhou na direção do mar.

Sally advertiu-o:

— Joshua, tenha calma. Você não sabe com quem está lidando...

Joshua tirou as botas e as meias e entrou no mar até ficar com água pelos tornozelos. Podia sentir o cheiro do sal e odor doce, ligeiramente fétido, das algas marinhas. A água estava quente e densa, quase pastosa. Além disso, pululava de vida. Havia pequenas criaturas, brancas, azuis e verdes. Algumas pareciam águas-vivas, com corpos pulsantes e muitos tentáculos. Entretanto, havia também animais parecidos com peixes, com olhos muito grandes, e seres que lembravam caranguejos, com pinças de aspecto intimidador.

Mais adiante estava a coisa. Joshua caminhou até a borda do monstro. A voz de Lobsang soava sem parar no fone de ouvido, mas ele a ignorou. Os flancos de Primeira Pessoa do Singular eram translúcidos, como vidro barato, e apertando os olhos Joshua podia entrever o que havia dentro. O que havia dentro era... muita coisa. Peixes. Animais. Um *troll?* Embebido em um meio gelatinoso, envolto em faixas de um vegetal que lembrava alga marinha, de olhos fechados. Não parecia estar morto, mas apenas adormecido. Em paz.

Joshua encostou a ponta do dedo na criatura. Uma voz dentro da sua cabeça disse:

— Olá, Joshua.

Uma chuva de informações inundou o seu cérebro, como um súbito despertar.

47

Uma vez, há muito tempo, em um mundo próximo como uma sombra:

Uma versão muito diferente da América do Norte abrigava um grande mar de água salgada. Um mar coalhado de seres vivos microscópicos, todos a serviço de um único e gigantesco organismo.

E nesse mundo, sob um céu nublado, a totalidade do mar turvo formulou um único pensamento:

Eu...

O pensamento foi seguido por outro:

Para quê?

48

— Este é um momento histórico — balbuciou Lobsang. — O primeiro contato! Um sonho de um milhão de anos finalmente se torna realidade. Agora eu sei o que é este ser. Shalmirane... Vocês não leram *A cidade e as estrelas*? Estamos diante de algum tipo de organismo colonial.

— Observai o alien! — disse Sally, com falso entusiasmo. — E agora, hein? Vamos testar seus conhecimentos matemáticos, como queriam Carl Sagan e aqueles caras do projeto SETI?

Joshua ignorou os dois e se dirigiu a Primeira Pessoa do Singular:

— Eu não disse o meu nome.

— Não era preciso. Você é Joshua. Eu sou Primeira Pessoa do Singular.

A voz na cabeça de Joshua era exatamente igual à sua. Do outro lado da pele translúcida, havia muitos animais. Peixes, pássaros e até mesmo um *elefante*, movendo-se de olhos fechados, lentamente, meio andando, meio nadando, no meio desconhecido que ocupava o interior da criatura. Viu também trolls, elfos e outros humanoides.

A maré estava subindo. Com muita cautela, para não alarmar ou ofender a criatura, Joshua deu alguns passos para trás.

— Para que... serve a Primeira Pessoa do Singular?

— Primeira Pessoa do Singular tem como papel observar mundos.

— Você fala muito bem minha língua.

Era um comentário tolo, mas como começar uma conversa com uma lesma quilométrica? A Irmã Agnes saberia o que dizer, pensou.

A resposta veio quase imediatamente.

— Primeira Pessoa do Singular não sabe o que é "Irmã Agnes". Ainda estou aprendendo. Pode definir "freira" para mim?

Joshua ficou de boca aberta.

— Fazendo referência cruzada; sim... uma freira é uma bípede fêmea que desiste de procriar para cuidar de outros membros da espécie. Um comportamento semelhante ao dos insetos sociais, talvez? Formigas e abelhas... mais. A Irmã Agnes dirige um veículo alimentado por restos de antigos animais. Mais. A Irmã Agnes se dedica à contemplação da divindade. Esta é uma descrição provisória, que pode ser revista depois de uma investigação mais profunda... Eu devo parecer uma freira, já que posso perceber o mundo dos mundos em toda a sua grandeza. Acho que compreendo o que significa *adoração de tirar o fôlego*... Você deve voltar para a praia.

A água estava chegando aos joelhos de Joshua. Ele foi para a praia.

Sally tinha observando a cena de longe.

— Você *conversou* com esse negócio?

— *Negócio*, não. Com *ela*. Acho que sim. Ouvi minha própria voz fazendo perguntas. Ela parece saber o que estou pensando, ou melhor, ela sabe o que eu sei. Não faço ideia do que ela é, mas parece estar ansiosa para aprender. — Suspirou. — Já tive muitas surpresas por hoje, Sally.

A voz de Lobsang chamou da mochila.

— Voltem para o dirigível. Quero saber o que vocês descobriram.

Enquanto caminhavam de volta para o *Mark Twain*, outros pterossauros cruzaram o céu, as silhuetas esguias cortando silenciosamente o ar.

Sem o elevador, a subida pela corda foi um pouco demorada, mas todas as lâmpadas estavam acesas e o aquecedor de água tinha voltado a funcionar, o que significava que pelo menos podiam beber café solúvel.

Sally queria iniciar imediatamente a discussão, mas foi dissuadida por Joshua e Lobsang, que prefeririam tomar um café com calma antes de começar.

Depois do café, Joshua começou a relatar a impressão que tivera de Primeira Pessoa do Singular.

— Ela está sozinha neste mundo.

— Uma sobrevivente — sugeriu Sally.

— Não. Não isso. Ela *nasceu* sozinha. É um produto único da evolução. Sempre esteve sozinha...

Lobsang fez várias perguntas e, pouco a pouco, conseguiram chegar, se não à verdade, a uma história.

Na Terra de Primeira Pessoa do Singular, especulou Lobsang, como em muitas Terras, os primeiros estágios da vida foram longos milênios de luta pela sobrevivência por parte de criaturas parcialmente formadas que ainda não haviam aprendido a usar o DNA para armazenar informações genéticas e cujo controle sobre as proteínas que compõem a estrutura de todos os seres vivos era bastante limitado. Havia bilhões e bilhões de células nos oceanos rasos, mas elas não eram suficientemente sofisticadas para competir com outras células. Em vez disso, cooperaram. Qualquer informação útil era passada de célula para célula. Era como se todas as formas de vida naquele oceano global operassem como um único megaorganismo.

— Com o tempo — explicou Lobsang —, na maioria dos mundos, e certamente na Terra Padrão, a complexidade e a organização chegaram a um ponto tal que células isoladas podiam sobreviver sem ajuda. Com isso, começou a competição. Os grandes reinos da vida se separaram, o oxigênio se acumulou na atmosfera como rejeito das criaturas que tinham aprendido a usar a energia do sol, e a longa caminhada em direção às formas de vida multicelulares teve início. A era da cooperação global ficou para trás, sem deixar nenhum vestígio além de marcadores enigmáticos na composição genética.

— Isso aconteceu na maioria dos mundos, mas não no mundo da Primeira Pessoa do Singular — observou Sally.

— É verdade. O mundo em que estamos deve ter sido um dos Curingas. Aqui, o aumento da complexidade deu origem a formas de vida parecidas com as de outros mundos, mas a unidade daquele único organismo global *foi mantida*. Chegamos a um membro muito distante da árvore de probabilidades. Ele...

— Ela, Lobsang — corrigiu Joshua.

— *Ela*: sim, o uso do feminino parece mais apropriado. Ela parece ser capaz de dar à luz muitas diferentes formas de vida. Na verdade, ela é mais parecida com uma biosfera madura do que com um ser humano. Com o aumento da complexidade, sistemas de controle se tornaram necessários. Para continuar a crescer, ela precisou desenvolver um mapa mental de si mesma, ou seja, adquiriu uma consciência.

Sally franziu a testa, tentando compreender.

— O que uma criatura assim pode querer?

— Eu posso responder a essa pergunta — disse Joshua. — Companhia. Ela estava sozinha, mas não sabia disso até encontrar os trolls.

— Ah.

Jamais descobririam como os trolls tinham ido parar naquele mundo remoto, pensou Joshua. Deviam ter passado pelo Vazio; talvez estivessem traumatizados, alguns deles feridos por causa da exposição ao vácuo.

— Ela ficou fascinada — afirmou Joshua, com os olhos fechados, concentrado, tentando *lembrar*. — O simples fato de que havia vários trolls era novidade para ela. O modo como olhavam uns para os outros, como trabalhavam juntos... cada um deles conhecia os outros. Não estavam sozinhos como ela. Tinham uns aos outros. Ela queria ter o que eles tinham. Era a única coisa no mundo que lhe faltava... E um dos trolls entrou na água.

Joshua teve uma visão, como se estivesse sonhando acordado, de um troll inocentemente se agachando para colher caranguejos na água rasa — uma montanha de água levantando, envolvendo-o.

— Que o matou — comentou Sally, quando Joshua descreveu o que vira.

— Isso mesmo. Não foi proposital, mas foi o que aconteceu. Os trolls se puseram em fuga. Talvez ela tenha capturado outro, um filhote... o estudou...

— Aprendeu a saltar — adivinhou Lobsang.

— Isso mesmo. A coisa que encontramos não é tudo que ela é, não é tudo que ela era; ela ocupava o oceano inteiro. A coisa no mar é... uma expressão da criatura. A essência. Uma forma suficientemente compacta para saltar.

— Então ela seguiu os trolls — disse Sally. — Está saltando de mundo em mundo, rumando para Leste.

— Isso mesmo — concordou Lobsang. — Aproximando-se cada vez mais da Terra Padrão. Finalmente encontramos a responsável pela migração dos trolls e talvez de outras formas de vida. Imagino que ela tenha o mesmo efeito sobre espécies semissapientes como os trolls que uma grande concentração de seres humanos. Imagine o trovão dos seus pensamentos reboando nos cérebros das pobres criaturas...

— Então, observai o monstro das enxaquecas — disse Sally. — Não admira que os trolls estejam fugindo.

— Ela não quer fazer mal a eles — replicou Joshua. — Quer apenas *conhecê-los*. Abraçá-los.

— Do jeito que você fala, Joshua, faz essa coisa parecer quase humana.

— É isso que eu sinto.

— Trata-se de uma percepção parcial — afirmou Lobsang. — A entidade que você conheceu é apenas... uma semente. Uma emissária da biosfera integrada da qual se originou. Sua absorção das formas de vida locais e mesmo de mamíferos superiores como os trolls é apenas um passo intermediário. Seu objetivo é, *precisa ser*, transformar a biosfera de cada uma das Terras em uma cópia de si própria. A biosfera inteira escravizada, com todos os recursos destinados a um único propósito, a uma única consciência. Não se trata de um ser malévolo. Não podemos dizer que ela esteja *errada*. Primeira Pessoa do Singular é simplesmente a expressão de outro tipo de inteligência. Outro modelo, digamos assim. Contudo...

O rosto de Sally estava cor de cera.

— Contudo, para espécies como a nossa, ela representa o extermínio. O fim da individualidade em todas as Terras que toca.

— E o fim da evolução — acrescentou Lobsang, muito sério. — O fim do mundo. O fim de mundo após mundo, enquanto ela viaja pela Terra Longa.

— Ela é uma destruidora de mundos — disse Sally. — Uma devoradora de almas. Se os trolls têm alguma noção do que está acontecendo, não admira que estejam apavorados.

— Claro que ainda resta a questão de por que ela *ainda* não chegou aos mundos habitados — disse Lobsang. — Por que ainda não consumiu a Terra Padrão. Por que não a destruiu com sua curiosidade e seu amor.

Joshua franziu a testa.

— O Vazio. Não pode ser uma coincidência o fato de que a encontramos tão perto do Vazio.

— Tem razão — concordou Lobsang. — Tudo indica que ela não pode atravessar o Vazio, pelo menos por enquanto. Caso contrário, já teria chegado aos mundos habitados.

— Nós podemos atravessar o Vazio — disse Sally. — Os trolls também podem. É claro que um dia ela vai aprender. Isso sem falar nas passagens secretas. Se ela as encontrar... meu Deus. É como uma epidemia, consumindo a Terra Longa mundo após mundo.

— Não — protestou Lobsang. — Não se trata de uma praga, de um vírus ou bactéria responsável por uma infecção. Ela é uma entidade consciente. Aí está, penso eu, nossa esperança. Joshua, lembra-se de como ela falou com você? Você ouviu *sua própria* voz dentro da *sua* cabeça, não foi? Isso não parece telepatia... uma espécie de comunicação cuja existência jamais consegui comprovar. Parece algo novo. Ela perguntou o que era uma freira! Se me permite um palpite, eu diria que ela teve acesso às coisas em que você estava pensando naquele instante! Estava pensando na Irmã Agnes, não estava? Como engenheiro, acho isso difícil de acreditar. Como budista, porém, aceito o fato de que existem mais formas de encarar o universo do que podemos imaginar.

— Espero sinceramente que você não esteja começando a falar de religião — resmungou Sally.

— Você não entendeu, Sally. Estou falando apenas em reconhecermos que o universo pode ser mais complexo do que pensamos.

— Onde entra Joshua nessa história? — retrucou ela. — Ele é o escolhido?

Os dois olharam para Joshua.

— Pode dizer que sim — admitiu Joshua, constrangido. — Pelo menos, ela pareceu me reconhecer. Foi como se estivesse à minha espera.

Sally fez uma careta, obviamente enciumada.

— Por que você?

— Sally, talvez isso se deva às circunstâncias do nascimento do nosso herói — disse Lobsang, em tom apaziguador. — Nos primeiros instantes de vida, Joshua, você estava totalmente só em outro mundo. Seu choro ecoou, evidentemente, em toda a Terra Longa. Ou sua solidão, talvez. Você e Primeira Pessoa do Singular, dois seres solitários, estabeleceram uma espécie de ligação.

Joshua estava confuso. Mais uma vez, desejou que a Irmã Agnes estivesse presente para ajudá-lo a interpretar os fatos.

— Foi por isso que me trouxe aqui, Lobsang? Você parecia saber de antemão tudo que iria acontecer... Também havia previsto meu encontro com ela?

— Eu sabia que você era especial, Joshua. Único. Sim, eu achei que esta faceta sua seria... útil. Mas não sabia exatamente de que forma, admito.

Sally olhou para Joshua, muito séria.

— Como se sente ao saber que foi manipulado, Joshua?

Joshua desviou o olhar, furioso com Lobsang e com o universo, por fazê-lo diferente dos demais.

— Para mim está claro que precisamos aprender mais a respeito de Primeira Pessoa do Singular — opinou Lobsang.

— Concordo com você — disse Sally. — Termos que descobrir um meio de evitar que ela continue a assustar os trolls. Isso para não falar do risco de que ela devore a Terra Padrão.

— Amanhã vamos nos encontrar de novo com ela. Sugiro que tenhamos uma boa noite de sono para nos prepararmos para o encontro com a inefável de manhã. Desta vez, depois que Joshua estabelecer o contato inicial, eu cuidarei do resto.

— Hã! O encontro da inefável com o intolerável! Ah, é melhor eu me recolher — reclamou Sally, saindo do convés como um tufão.

— Ela tem pavio curto — comentou Joshua.

— É natural que Sally esteja zangada, Joshua — disse Lobsang. — Você foi escolhido. Ela, não. Ela provavelmente nunca vai perdoá-lo por isso.

Foi uma noite estranha para Joshua. Acordava toda hora, convencido de que alguém o chamara pelo nome. Alguém desesperadamente solitário, embora ele não tivesse ideia de como sabia disso. Dormia mais um pouco, e o ciclo se repetia. Foi assim até amanhecer.

Os três se reuniram em silêncio no convés de observação. Sally também estava com olhos inchados, e Lobsang, em sua unidade ambulante reparada às pressas, usando um traje sóbrio, se mantinha estranhamente quieto. Joshua imaginou como a noite dos dois teria sido.

A primeira surpresa foi que Primeira Pessoa do Singular não estava mais ali. Podia ser vista a uns quinhentos metros da praia, movendo-se tão devagar que mal deixava rastro. Ela com certeza não parecia ser do tipo apressado, mas era preciso ter em mente que aquela criatura nada apressada era duas vezes maior que a Ilha de Manhattan.

Não houve discussão quanto à necessidade de segui-la. Os três sabiam que não havia alternativa. Infelizmente, o *Mark Twain*, embora ainda fosse capaz de saltar, não podia mais se deslocar por este mundo.

— Lobsang, você dispõe de outra unidade aquática? — perguntou Joshua. — Sei que você tem muitos equipamentos de reserva. Quase não está ventando, e dispomos de mais cordas que uma tenda de circo. Nossa amiga está quase parada. O que acha da sua unidade aquática nos *rebocar?*

O plano de Joshua funcionou, mas com grande dificuldade, porque o grande balão do *Mark Twain* tinha de vencer a resistência do ar. Sally comentou que era como se o *Titanic* estivesse sendo rebocado por uma lancha a motor — só que era uma lancha a motor projetada por Lobsang e construída pela Black Corporation, e apenas por isso a solução se revelou viável.

Normalmente, a ponte de comando era domínio exclusivo de Lobsang, mas, naquele dia, os três foram para lá, observar o rastro quase imperceptível deixado pela Primeira Pessoa do Singular. A maior parte da criatura estava submersa.

— Só Deus sabe como ela se propulsiona — comentou Lobsang. — E, aproveitando essa deixa, gostaria de saber também por que as águas por onde ela passa ficam de repente cheias de peixes.

Joshua viu que era verdade. A água em torno da criatura estava prateada de tantas escamas; havia até mesmo alguns golfinhos fazendo acrobacias no ar. Primeira Pessoa do Singular viajava com uma guarda de honra. Joshua estava acostumado a ver rios vibrantes com vida pelos mundos; na ausência da humanidade, os mares em todo canto pareciam estar tão abarrotados quanto os velhos Grandes Bancos de Terra Nova, onde, ao que se dizia, um homem podia ter caminhado na água, tão grande era a concentração de bacalhaus. As pessoas que nunca tinham saído da Terra Padrão não sabiam o que estavam perdendo. Mesmo assim, era provável que nem os Grandes Bancos, na sua época áurea, fossem tão ricos em peixes como a esteira deixada pela criatura.

— É evidente que ela dispõe de algum meio de atrair criaturas menores — comentou Sally. — Talvez faça isso para absorvê-las.

Lobsang parecia mais animado.

— Magnífico, não acham? Viram aqueles golfinhos? É melhor que uma coreografia de Busby Berkeley!

— Quem é Busby Berkeley? — perguntou Sally.

Até Joshua sabia a resposta dessa.

— Se vocês dois vão começar de novo a falar de filmes antigos... — interveio Sally.

Lobsang pigarreou.

— Algum de vocês notou algo *estranho* ontem à noite?

Joshua e Sally se entreolharam.

— Foi você que levantou a questão, Lobsang. Do que está falando?

— No meu caso, foi uma tentativa de me hackear, o que não é fácil. Para os empregados da Black Corporation, isso era quase um esporte, de modo que desenvolvi defesas poderosas. Mesmo assim, *algo* conseguiu invadir meus sistemas na noite passada. Tudo leva a crer que não foi com má intenção. Nada foi apagado, nada foi modificado, mas fiquei com a impressão de que alguns dos meus bancos de memória foram acessados e copiados.

— Como quais? — perguntou Sally.

— Os que contêm dados sobre os trolls. E sobre os saltos. Isso parece confirmar nossas impressões a respeito da criatura, mas, por enquanto, é apenas uma hipótese. É como se estivesse tentando recuperar uma vaga lembrança.

— *Foi uma visão ou um devaneio?* — recitou Sally.

Quando os dois olharam para ela, surpresos, a moça enrubesceu e disse, em tom desafiador:

— E daí? E daí se eu conheço Keats? Muita gente conhece Keats; meu avô às vezes recitava Keats. Se bem que ele sempre estragava o clima dizendo, no fim das contas, que adorava Keats, mas, na verdade, nunca havia tido kits.

— Eu conheço Keats — disse Joshua. — Eu e a Irmã Georgina. Você precisa conhecê-la. Também tive um devaneio; ele me transmitiu um sentimento de solidão.

— Passei por algo semelhante — admitiu Sally. — Se bem que, no meu caso, foi algo maravilhoso. Como se alguém estivesse me dando boas-vindas.

— Uma sensação suficientemente agradável para que você tivesse vontade de pular na água e perder a identidade? — perguntou Lobsang.

— A propósito: estamos nos aproximando. Acho que está à nossa espera e, de minha parte, estou ansioso para me encontrar com *ela*.

— Com licença — disse Sally —, mas não tenho intenção de me aproximar daquela ilha flutuante e me tornar mais uma lembrança no seu jardim zoológico interno.

— Felizmente, Sally, pretendo ser o único a pisar na Primeira Pessoa do Singular. Ou ao menos minha unidade ambulante. Quero trocar ideias com ela antes que prossiga em sua jornada de Terra em Terra e convencê-la a parar.

Joshua pensou um pouco no que Lobsang havia dito e comentou:

— Caso ela se recuse a parar, como vamos detê-la?

— O que você sugere, Joshua? Como você a derrotaria? Não pode ser destruindo todo mundo que ela pode habitar... avançando pelos mundos com bombardeiros — retrucou Lobsang. — Vocês dois têm uma visão muito limitada. Tudo que enxergam é o perigo. Talvez isso tenha algo a ver com sua própria fragilidade biológica. Prestem atenção. Ela quer aprender conosco, mas temos muito que aprender com *ela*. O que ela sabe, ela que pode perceber escalas de espaço e tempo muito além do alcance humano? — A voz artificial de Lobsang não tinha muita entonação, mas, curiosamente, parecia cheia de entusiasmo. — Já ouviu falar do universo participativo, Joshua?

— É um monte de baboseira.

— Preste atenção. Consciência molda realidade. Esta é a mensagem central da física quântica. *Nós* participamos da criação da Terra Padrão, nosso ramo particular, nosso mundo Curinga. Nesta viagem, encontramos outros seres conscientes, os trolls, os elfos e Primeira Pessoa do Singular. De alguma forma, ao que parece, *eles* participaram da construção da Terra Longa, um conjunto sutil e maravilhoso, um multiverso criado por uma comunidade de mentes, à qual só agora estamos começando a nos associar. Esta é a mensagem que devemos levar para a Terra Padrão, Joshua. As diferenças geológicas, geográficas e biológicas são mero detalhe. *Isso* é fundamental para nossa compreensão da realidade— é fundamental para nossa compreensão de nós mesmos. Se eu conseguir me comunicar com Primeira Pessoa do Singular, que certamente tem uma compreensão do universo muito superior à nossa... Bem, isso é o que pretendo discutir com nossa amiga. Além, é claro, de mostrar o mal que pode causar à nossa espécie, embora não seja essa a intenção.

— Calma aí — disse Joshua, entendendo finalmente o que Lobsang pretendia fazer. — Você não vai simplesmente descer até lá. Você vai *entrar* naquela coisa.

— Como as criaturas que observamos no interior da estrutura parecem perfeitamente saudáveis, não vejo isso como um risco. Lembre-se de que eu, e só eu, de nós três, sou dispensável, ao menos na forma da minha unidade ambulante. Mas *eu* estarei completamente downloadado. Eu, Lobsang, me dedicarei ao máximo a esse encontro de mentes.

— Você não pretende voltar, pretende?

— Não, Joshua. Suspeito de que minha união com essa criatura seja de longo prazo, se não permanente, irreversível. Mesmo assim, sinto que é algo que deve ser feito.

Joshua estava indignado.

— Eu sei que você tinha todo tipo de razões ocultas para me contratar para esta viagem. Tudo bem. Acontece que *eu* assumi um compromisso: garantir que você voltasse ileso para a Terra Padrão. Nas suas próprias palavras, eu seria o seu último recurso.

— Respeito a sua integridade, Joshua. Está liberado do seu compromisso. Vou deixar isso registrado nos arquivos da nave.

— Isso não é suficiente...

— Está feito.

— Ah, não vamos transformar a questão em uma batalha de egos — interveio Sally. — Como você deve ter distribuído suas cópias por toda parte, Lobsang, não está realmente correndo risco algum, não é mesmo?

— Não pretendo contar a vocês todos os meus segredos, mas, se alguma coisa acontecer comigo, vocês poderão encontrar cópias de minha memória em vários locais, atualizadas a cada milissegundo. A suprema "caixa-preta", por assim dizer, está guardada no porão desta nave, em um cofre feito de uma liga que, tenho orgulho de dizer, faz adamantium parecer massa de modelar. Tenho certeza de que o conteúdo do cofre permaneceria intacto mesmo que a Terra em que a nave se encontrasse no momento fosse atingida por um meteorito capaz de produzir uma extinção em massa de proporções planetárias.

Sally riu.

— De que adiantaria sobreviver a uma catástrofe que aniquilasse todas as formas de vida do planeta? Quer dizer, não haveria ninguém para ligá-lo de volta.

— É quase certo que, com o passar do tempo, alguma forma de vida sapiente voltaria a habitar o planeta e evoluiria até o ponto de poder me ativar. Eu posso esperar. Tenho muito a ler.

Joshua achava que Sally ficava mais adorável quando estava a ponto de explodir, se é que *adorável* era um termo que podia ser usado para ela. Pela primeira vez, ele suspeitou de que Lobsang estivesse implicando deliberadamente com Sally. Mais um teste de Turing no qual ele tinha sido aprovado, pensou.

— Então — disse Joshua —, suponhamos que você consiga o que deseja e ela pare de devorar mundos. O que faremos em seguida?

— Nesse caso, continuaremos, juntos, a buscar a verdade que está por trás do universo.

— Isso parece tão inumano — disse Sally.

— Pelo contrário, Sally, é extremamente humano.

Estavam se aproximando de Primeira Pessoa do Singular. Protuberâncias em forma de tentáculos tinham brotado do seu corpo como antenas, e pequenos caranguejos pegavam carona, acompanhados por aves marinhas, possivelmente de olho nos caranguejos.

— Bem — disse Lobsang. — O resto é com vocês. Obviamente, preciso que levem a nave de volta para a Terra Padrão. Entrem em contato com Selena Jones, no transEarth. Ela saberá o que fazer com os bancos de dados de bordo para sincronizá-los com minha cópia que está guardada na Terra Padrão... como pode ver, Joshua, você estará cumprindo, de certa forma, seu compromisso de me levar para casa. Transmita minhas lembranças a Selena. Sempre achei que ela me via como uma figura paterna, sabe. Embora seja legalmente minha tutora. Bem, eu ainda nem completei 21 anos.

— Espere — disse Sally. — Sem você, o *Mark Twain* não tem consciência. Como pode nos levar de volta para a Terra Padrão?

— Isso é um mero detalhe, Sally! Deixarei isto como um dever de casa para vocês resolverem. Agora, se me dão licença, tenho um encontro marcado com um misterioso organismo coletivo flutuante. Ah, uma última recomendação: por favor, cuidem bem de Shi-mi...

E, com isso, ele desapareceu pela última vez atrás da porta azul.

49

Depois que Lobsang partiu para o seu contato imediato, os outros membros da tripulação do *Mark Twain* ficaram observando o rastro de ondas deixado pela ilha flutuante até ela desaparecer de vista, muito antes de chegar ao horizonte. A guarda de honra de pássaros, crustáceos e peixes se dispersou.

O espetáculo havia terminado. O circo deixara a cidade. O encanto tinha sido quebrado. E Joshua sentia que havia alguma coisa faltando naquele mundo.

Olhou para Sally e viu que ela estava impressionada. Disse:

— Primeira Pessoa do Singular me apavora. E teve umas épocas em que Lobsang também, por outros motivos. Pensar no que os dois podem fazer juntos...

Sally deu de ombros.

— Fizemos o que era possível para salvar os trolls.

— E a humanidade — acrescentou Joshua.

— O que fazemos agora?

— Almoçamos, eu acho — propôs Joshua, dirigindo-se para a cozinha.

Minutos depois, Sally estava segurando uma xícara de café como se fosse um salva-vidas.

— E você notou? A criatura pode *saltar* debaixo d'água. Isso é novidade.

Joshua fez que sim. Pensou: isso aí, vamos pensar primeiro nos detalhes, resolver pequenos problemas antes de nos envolvermos em enigmas cósmicos. Ou mesmo em como voltar para casa, embora já tivesse algumas ideias em mente.

— Sabe, algumas daquelas criaturas no interior de Primeira Pessoa do Singular, que devem ter sido capturadas em mundos muito distantes, eram familiares. Uma delas, por exemplo, parecia um canguru! Minha câmera estava funcionando. Podemos ver o filme depois. Vai ser uma festa para os biólogos...

Ouviram um leve ruído na entrada do refeitório. Joshua olhou naquela direção e viu Shi-mi. Robótica ou não, era uma gata muito elegante.

E ela falou.

— Número de ratos e outros roedores colocados no viveiro para serem libertados quando chegarmos ao destino: 93. Número de animais feridos: zero. Dizem que, se tiver coragem suficiente, um rato pode enfrentar um elefante, mas não, orgulho-me de dizer, nesta nave.

A gata parou de falar e ficou olhando para eles. A voz era suave, feminina... humana, embora tivesse algo de felina.

— Ah, pelo amor de Deus.

— Seja educada, Sally — murmurou Joshua. — Muito obrigado, Shi-mi.

A gata esperou pacientemente que ele dissesse mais alguma coisa.

— Não sabia que você falava — arriscou Joshua.

— Até agora, não foi necessário; eu enviava meus relatórios a Lobsang por meio de uma interface direta. Além disso, o lixo que falamos é como a espuma na água; as ações são gotas de ouro.

Sally desviou ligeiramente o olhar, o que, como Joshua sabia por experiência própria, era um sinal de alerta.

— De onde vem esse provérbio?

— Tibete — respondeu Shi-mi.

— Você não é um avatar de Lobsang, é? Pensei que estivéssemos livres dele.

A gata, que estava lambendo a pata, levantou os olhos.

— Não. Embora também tenha um cérebro de gel. Fui programada para conversar socialmente, citar provérbios, caçar roedores e emitir opiniões, com 31 por cento de inclinação ao cinismo. Sou um protótipo, mas em breve a Black Corporation lançará uma linha completa de animais de estimação feito eu. Avisem aos amigos. Agora, se me dão licença, devo voltar ao trabalho — concluiu, deixando o refeitório.

Depois que a gata saiu, Joshua comentou:
— Você tem que admitir que ela é melhor que uma ratoeira.
Sally estava irritada.
— Quando eu estava pensando que esse seu *Titanic* não podia ficar mais ridículo... Ainda estamos sobrevoando o oceano?
Joshua olhou para fora pela janela mais próxima.
— Estamos.
— É melhor dar meia-volta. Voltar ao litoral.
— Já fiz isso — respondeu Joshua. — Mexi nos controles depois que Lobsang desceu. Estamos rumando para o litoral há mais ou menos meia hora.
— Tem certeza de que a unidade aquática tem energia suficiente para nos rebocar até terra firme? — perguntou ela, nervosa.
— Sally, o *Mark Twain* foi projetado por Lobsang. A unidade aquática tem energia suficiente para nos rebocar até o outro lado do mundo. Sabe como Lobsang é perfeccionista. Está preocupada com alguma coisa?
— Já que pergunta, não me sinto segura vendo água lá embaixo, especialmente quando não posso avistar o fundo. Procure nos manter acima das árvores, OK?
— Você estava na costa quando a encontramos.
— Não estou falando do litoral, onde a água é rasa. Estamos na Terra Longa; nunca se sabe o que vai sair das profundezas do oceano.
— Imagino que você não deve ter ficado muito tempo em um mundo aquático pelo qual eu e Lobsang passamos. Havia um animal gigantesco que...
— Quando cheguei àquele mundo, tinha saltado da encosta de uma colina, caí na água de uma altura de dois metros, nadei até a superfície e saltei de novo no momento em que uma mandíbula ia me morder. Não deu tempo para ver o resto do bicho. Nossos ancestrais tiveram muito trabalho para sair da porra do oceano; não devemos desperdiçar todo esse esforço.
Joshua sorriu enquanto preparava a comida.
— Escuta, Joshua, sou a favor de voltarmos para Boa Viagem. O que acha da ideia? De repente, estou com vontade de ver gente... Ah. Temos

de levar o *Mark Twain* de volta, não é? Com tudo que restou de Lobsang, para não falar da gata. Podemos encontrar um meio de movimentar o *Mark Twain* em terra, mesmo que seja preciso puxá-lo à mão, mas como vamos fazer para saltar sem Lobsang?

— Tenho uma ideia, mas isso pode esperar — disse Joshua. — Quer mais café?

Passaram o restante do dia como se fosse domingo, ou seja, fizeram o que se espera fazer aos domingos. É preciso dar um tempo para que conceitos novos e complicados encontrem um lugar no cérebro sem danificar o que já está ali. Isso se aplicava até mesmo a Lobsang, pensou Joshua.

Na tarde do dia seguinte, Joshua deixou Sally guiá-los a um local que ela reconhecia instintivamente como uma passagem secreta, um atalho que os levaria diretamente a Boa Viagem. O lugar ficava a pouca distância do litoral. O *Mark Twain* estava parado acima da praia, para onde a unidade aquática o havia levado. A nave estava ligada a Joshua e Sally por longas cordas que eles seguravam.

Havia um brilho diferente na água, perto da praia, que até Joshua viu: a passagem secreta que Sally descobrira.

— Eu me sinto uma criança segurando um balão de aniversário — disse Sally.

— Tenho certeza de que vai funcionar.

— O quê?

— Quando uma pessoa salta, leva com ela tudo que está carregando, certo? Enquanto estava a bordo, Lobsang *era*, de certa forma, o dirigível; por isso, quando saltava, tudo que a nave continha também saltava. Estamos aqui segurando o *Mark Twain*, que, embora tenha uma massa enorme, na verdade não pesa nada, não é mesmo? Assim, se saltarmos agora, levaremos a nave conosco.

Sally fitou-o com olhos arregalados.

— Então é *esse* o seu plano?

— Foi o melhor que encontrei.

— Já pensou que se o universo não concordar com seu plano, nossos braços podem ser arrancados?

— Só há um modo de descobrir. Está preparada?
Sally hesitou.
— Você se importa se nos dermos as mãos? É melhor fazermos isso juntos.
— Tem razão. — Segurou a mão da moça. — Certo, Sally. Vá em frente.
Ela pareceu perder o foco, como se estivesse alheia à presença dele. Cheirou o ar, levantou a cabeça e fez movimentos parecidos com os do tai chi, graciosos, inquisitivos, exploratórios, como os de alguém que está procurando água com uma forquilha.

E eles saltaram. O salto foi mais brusco que de costume. Houve uma breve sensação de queda, como se estivessem descendo um tobogã, e isso deixou Joshua *gelado*, como se o processo absorvesse energia. Eles emergiram em outra praia, em outro mundo — invernal, desolado. As passagens secretas não te levavam de uma vez, então. E eles *não estavam no mesmo lugar* do ponto de vista geográfico, percebeu Joshua imediatamente. As coisas estavam ficando cada vez mais estranhas. Sally voltou a fazer movimentos exploratórios.

Foram necessários quatro passos, mas, afinal, chegaram a Boa Viagem, com o *Mark Twain* ainda atrelado a eles.

Os moradores ficaram felizes ao vê-los, embora um pouco surpresos. Todos se mostraram amistosos, genuinamente amistosos. Estavam em Boa Viagem, não estavam? É claro que todos eram amistosos. As trilhas continuavam muito bem cuidadas. O filé de salmão ainda estava pendurado para secar. Homens, mulheres, crianças e trolls se misturavam alegremente.

Joshua, porém, estava estranhamente pouco à vontade. Era como se as coisas estivessem indo *bem demais*. Ele se lembrou de que tivera a mesma sensação na última vez em Boa Viagem. Isso sem falar no odor onipresente dos trolls.

Naturalmente, os moradores lhes ofereceram hospedagem em uma casa no centro da cidade. Depois de se entreolhar, disseram que prefeririam ficar a bordo do *Mark Twain*. Quando subiram para dormir, foram seguidos por alguns filhotes de trolls. Joshua preparou uma ceia com deliciosos alimentos frescos; como na vez anterior, os habitantes tinham sido extremamente generosos em seus presentes de comida e bebida.

Depois de comer, envenenando-se com café solúvel — que era o único tipo disponível no avariado *Mark Twain* —, com trolls zanzando pelo convés de observação, Sally disse:

— Ponha para fora, Joshua. Eu também observo os outros. Estou vendo sua expressão. O que está pensando?

— O mesmo que você, imagino. Há alguma coisa errada aqui.

— Não é bem isso — disse Sally. — Eu diria que é algo *diferente*... Estive aqui muitas vezes, mas tenho mais consciência disso quando você está por perto. É claro que o que vemos como *diferente* pode ser apenas uma consequência da qualidade de vida neste lugar. Mesmo assim...

— Vá em frente. Tem algo que você quer me contar, não tem?

— Você viu algum cego em Boa Viagem, Joshua?

— Cego?

— Já vi pessoas com óculos e pessoas idosas com óculos de leitura, mas nunca vi um *cego*. Uma vez dei uma olhada nos registros da Prefeitura. Vi menções a pessoas que perderam um dedo do pé ou da mão, por causa de um acidente quando estavam rachando lenha, mas parece que nenhum deficiente físico de verdade jamais morou em Boa Viagem.

Joshua ficou pensativo por alguns instantes e depois disse:

— Os moradores daqui não são perfeitos. Já vi muitos deles se embebedarem nos bares, por exemplo.

— Ah, sim, eles sabem se divertir, não há dúvida. O interessante é que cada um deles sabe quando deve parar de festejar, e esse talento, acredite, é muito raro. Você reparou que eles não têm um departamento de polícia? Mesmo assim, de acordo com os registros da Prefeitura, nenhum homem, mulher ou criança foi molestado sexualmente. Nenhuma disputa de terras deixou de ser decidida por negociação. Já observou as crianças? Os adultos agem como se todas as crianças fossem seus filhos, e as crianças agem como se todos os adultos fossem seus pais. O lugar é tão decente, tão pacífico, tão *simpático* que dá vontade de gritar e depois de se recriminar por ter gritado.

Sally acariciou um filhote de troll, cujo ronronar daria inveja a qualquer gatinho: puro contentamento. Isso inspirou Joshua a dizer:

— São os trolls. Só pode ser. Já falamos sobre isso. Homens e trolls vivendo lado a lado. Só aqui, mas em nenhum outro lugar conhecido. Isso significa que não existe nenhuma comunidade como esta na Terra Longa.
Sally assentiu.
— Sabemos que as mentes buscam pontos de equilíbrio, não é mesmo? Quando há humanos em excesso, os trolls se afastam, mas se o número de humanos não é muito grande, os trolls tendem a se aproximar. No caso dos humanos, quanto mais trolls, melhor. Boa Viagem é um banho morno de sentimentos felizes.
— Mas nenhum deficiente. Ninguém perturbado o bastante para cometer um crime. Ninguém que não se encaixa.
— Pode ser que sejam mantidos afastados, mesmo que de forma inconsciente. — Sally olhou para ele.
— *Expurgados*. É uma ideia sinistra, não acha?
Joshua achava.
— Como fariam isso? Não vimos ninguém com um tacape na mão para excluir os indesejáveis.
— Não. — Sally recostou-se e fechou os olhos, pensativa. — Não acho que as pessoas indesejáveis sejam conscientemente excluídas, não pelos locais. Então como isso acontece? Não existe, aparentemente, um *responsável* por Boa Viagem. Ninguém projetou a cidade; ninguém a controla. Será que *a própria* Boa Viagem seleciona, de alguma forma, seus habitantes? Como isso pode ser feito?
— E com que objetivo?
— Para ter um *objetivo*, é preciso ter uma *consciência*, Joshua.
— Não há uma consciência envolvida na evolução — comentou Joshua, lembrando-se das aulas da Irmã Georgina a respeito do assunto.
— Nenhum objetivo, nenhuma intenção, nenhuma meta. Mesmo assim, é um processo que molda os seres vivos.
— Está querendo dizer que o que acontece em Boa Viagem é algo análogo ao processo de evolução?
Joshua a olhou de cima a baixo.
— Você é que pode me dizer. Vem aqui há muito tempo...

— Desde que era pequena, com meus pais. Acontece que, desde que me encontrei com vocês dois, passei a prestar mais atenção em certas coisas. Eu devia usar uma pulseira com a inscrição: "O que Lobsang pensaria disso?"

Joshua começou a rir.

— Sabe de uma coisa? Este lugar sempre me pareceu o jardim do Éden, mas sem a serpente, e eu perguntava a mim mesma onde estava a serpente. Minha família se dava muito bem com os habitantes, mas nunca pensei em morar aqui. Nunca pensei que este fosse meu lugar. Nunca teria coragem de chamá-lo de lar, por medo de que, por alguma razão desconhecida, *eu* fosse a serpente.

Joshua tentou interpretar a expressão no rosto de Sally.

— Sinto muito.

Ele percebeu que tinha dito a coisa errada. Sally desviou os olhos.

— Ainda acho que este lugar é importante, Joshua. Para todos nós. Para a humanidade. É um lugar único, afinal. O que vai acontecer quando os colonos começarem a chegar? Estou falando dos colonos de verdade, com pás, picaretas e armas de bronze, acompanhados por agressores e trapaceiros? Como este lugar vai sobreviver? Quantos trolls vão ser mortos e escravizados?

— Talvez quem ou o que quer que esteja executando este experimento tenha alguma forma de reagir.

Sally estremeceu.

— Estamos começando a pensar como Lobsang. Joshua, vamos para um lugar mais *normal*. Preciso de umas férias...

50

Um dia depois, em um mundo distante, ao anoitecer de um dia de calor, Helen Green estava colhendo cogumelos. Ela passou por um terreno elevado, a alguns quilômetros de distância da nova cidade do Reinício.

De repente, ouviu um som parecido com o de um suspiro e sentiu uma brisa na pele. Voltou-se.

Havia um homem de pé na grama, magro, sombrio. A mulher ao lado dele parecia uma moradora local. Não era raro aparecerem visitantes, mas poucos pareciam tão confusos como aquele casal. Nem tão sujos. Nem com as roupas cobertas de *gelo*.

Além disso, muito poucos apareciam com um gigantesco dirigível pairando sobre suas cabeças. Helen pensou em sair correndo e pedir ajuda.

O homem protegeu os olhos da luz do sol poente.

— Quem é você?

— Eu me chamo Helen Green.

— Ah, a blogueira de Madison? Prazer em conhecê-la.

Helen olhou para ele de cara feia.

— Quem é *você*? Mais um coletor de impostos? O último que passou por aqui foi expulso da cidade.

— Não, não. Meu nome é Joshua Valienté.

— O Joshua Valienté... — Para seu horror, ela sentiu o rosto enrubescer.

A mulher que estava com Joshua murmurou, entre dentes:

— Dai-me paciência...

* * *

Para Joshua, Helen Green aparentava estar no fim da adolescência. Usava o cabelo loiro-avermelhado penteado para trás e tinha nas mãos uma cesta de cogumelos. A blusa, a calça e os mocassins eram feitos de couro de veado. Seria vista com estranheza em uma cidade da Terra Padrão, mas, por outro lado, não era uma peça de museu da época colonial. Aquela não era uma encenação retrô da época dos pioneiros, pensou Joshua. Helen Green era algo de novo no mundo, ou melhor, nos mundos. E bonitinha também.

Não havia problema para alguém se hospedar no Reinício, uma vez que os habitantes se convencessem de que se não se tratava de um bandido ou, pior ainda, de um representante do governo federal na Terra Padrão, que, de repente, se tornara extremamente hostil aos colonos. Durante sua estada, Joshua viu que os habitantes recebiam bem até mesmo os saltantes, como eram chamados os viajantes que vagavam pela Terra Longa sem intenção de se fixar em lugar algum e que, portanto, não tinham muito a contribuir ao Reinício. Naquele lugar, toda cara nova, com uma nova história para contar, era bem-vinda, mesmo que ficasse por pouco tempo, contanto que arasse um campo ou rachasse um pouco de lenha em troca de casa e comida.

À noite, Joshua e Sally acenderam uma fogueira bem abaixo do *Mark Twain* e ficaram conversando, a sós.

— Gosto dessa gente — comentou Joshua. — São pessoas decentes. Sensatas. Fazem o que é certo.

Ele reconhecia que apreciava aquele modo de viver porque estava de acordo com sua personalidade; ele gostava do que aquelas pessoas faziam, como desenvolver a comunidade de forma simples e metódica. Eu poderia passar o resto da vida aqui, pensou, para sua própria surpresa.

Sally, porém, protestou.

— Não. Esta é a velha maneira de viver, ou uma imitação dela. Não *precisamos* arar a terra para nos alimentarmos. Não dispomos apenas de uma Terra; agora temos um número infinito de Terras, que podem alimentar um número infinito de pessoas. Acho que os saltantes estão mais certos. São eles que representam o futuro, não sua jovem fã maravilhada Helen Green. Minha ideia é ficarmos aqui durante uma semana, ajudarmos na colheita e recebermos o pagamento em suprimentos. O que acha? Depois, vamos para casa.

Joshua ficou um pouco sem graça, mas respondeu:

— E depois? Temos que entregar Lobsang, ou o que resta dele no *Mark Twain*, ao transEarth, para não falar da gata. Depois disso... Sally, eu pretendo começar uma nova viagem, com ou sem Lobsang. Temos ainda muito a explorar. Durante todos esses anos após o Dia do Salto, mal arranhamos a superfície da Terra Longa. Eu achava que conhecia muita coisa, mas nunca tinha visto um troll nem tinha ouvido falar em Boa Viagem... Quem sabe quais são as surpresas que a Terra Longa nos reserva?

Sally olhou para ele de esguelha.

— Está insinuando, rapaz, que poderíamos fazer outra viagem juntos?

Joshua nunca tinha feito aquele tipo de sugestão a outro ser humano em sua vida. Ignorou a pergunta.

— Pense, por exemplo, no Vazio. No Marte Longo! Quem sabe? Não paro de pensar nisso. Se chegarmos a Marte e dermos alguns saltos, poderemos encontrar um Marte habitável!

— Você está começando a delirar.

— Bem, eu sempre gostei de ficção científica. Mas, sim, é melhor irmos primeiro para casa. Passamos muito tempo fora. Vamos ver como estão as coisas em Madison. Como vão as pessoas. Eu gostaria muito de apresentar você à Irmã Agnes.

A moça sorriu.

— E à Irmã Georgina. Podemos conversar sobre Keats...

— Mais tarde, quando Lobsang 2.0 lançar o *Mark Trine*, pretendo estar a bordo, nem que seja como clandestino com a desgraça daquela gata.

Sally parecia pensativa.

— Minha mãe tinha um ditado que costumava usar quando nós, crianças, ficávamos muito afoitas: "É tudo muito bem e tudo muito bom até alguém se machucar." Não posso deixar de pensar que, se abusarmos da sorte com este maravilhoso brinquedo do multiverso, mais cedo ou mais tarde um pé enorme vai descer sobre nós. Se bem que você provavelmente vai olhar para cima para saber quem é o dono do pé.

— Até isso seria interessante — disse Joshua.

* * *

Quando se preparavam para partir, foram procurar Helen Green, que tinha sido a primeira a recebê-los, para se despedir.

Helen estava no meio do dia de trabalho, com uma pilha de livros velhos debaixo do braço: calma, competente, alegre, cuidando de sua vida, a cem mil Terras de distância de onde nascera. Parecia um pouco afobada, como sempre estava na presença de Joshua. Mas ela tirou o cabelo do rosto e sorriu, dizendo:

— É uma pena que vocês precisem partir tão cedo. Para onde estão indo, lá na Terra Padrão?

— Madison — respondeu Joshua. — Você também é de lá, não é? Eu lembro que você disse isso no blog. Ainda temos amigos lá, família...

Mas Helen estava franzindo a testa.

— Madison? Vocês ainda não sabem do que aconteceu?

51

PARA MONICA JANSSON, o dia ruim de Madison começou quando Clichy telefonou e ela teve de deixar o seminário na Universidade de Wisconsin a respeito do efeito demográfico da Terra Longa. Os outros participantes a fitaram de cara feia, exceto os que sabiam que ela era da polícia.

— Jack? O que foi? Não sabe que eu estou...
— Cale a boca e escute, Fantasma. Temos uma bomba.
— Uma bomba?
— Uma bomba nuclear, em Madison. Acreditamos que esteja em algum lugar da Praça do Capitólio.

A praça ficava a nordeste do centro da cidade. Quando Monica deu por si, já estava fora do edifício, correndo para o estacionamento, ofegante; era em ocasiões como aquela que sentia cada um dos seus quase 50 anos.

Uma sirene começou a tocar.

— Uma bomba nuclear? Como diabos...
— Deve estar dentro de uma mala. Os alertas já foram dados. Preste atenção. Vou lhe dizer o que fazer. *Mantenha todos dentro de suas casas.* Entendeu? No porão, de preferência. Diga que há um tornado a caminho, se for preciso. Se a coisa detonar, as pessoas que não estiverem muito próximas do epicentro terão muito mais chance de escapar da radiação se... Que merda, Jansson, isso foi o barulho da porta do seu carro?

— O senhor me pegou, chefe.
— Não me diga que está fugindo da cidade.

— Não posso dizer isso, senhor.

As pessoas já estavam começando a sair dos edifícios de escritórios, das lojas, das casas, para a luz do sol de um belo dia de outono, com uma expressão de perplexidade, enquanto outras, instintivamente, corriam para dentro de casa. Wisconsin tinha sua cota anual de tornados e a população sabia o que podia significar o toque das sirenes. Em mais alguns minutos, as ruas estariam cheias de carros tentando sair da cidade, não importava quais fossem as recomendações das autoridades.

Monica pisou no acelerador enquanto a rua continuava relativamente vazia, ligou a sirene e tomou a direção da Praça do Capitólio.

— Que diabo, tenente!

— Chefe, o senhor sabe tão bem quanto eu que o responsável por isso só pode ser um daqueles fanáticos do movimento Humanidade em Primeiro Lugar. Conheço esses tipos de longe. Se eu for até lá, talvez consiga ver alguma coisa. Avistar algum suspeito. Destruir a coisa.

— Ou, quem sabe, se fritar toda!

— Não, senhor! — Ela passou a mão na cintura. — Tenho o meu Saltador...

Ela ouviu os gemidos de outras sirenes. Dentro do carro, mensagens de emergência começaram a pipocar: uma chamada de emergência no telefone particular, e-mails para o tablet, mensagens do Sistema de Alerta de Emergências no rádio. Nada daquilo adiantaria grande coisa, pensou.

— Escute, chefe. Precisamos mudar de estratégia.

— Do que você está falando?

— Parece que todo mundo está seguindo o procedimento de rotina. *Temos que fazer as pessoas saltarem*. Pode ser para Leste ou para Oeste, contanto que saiam de Madison Zero.

— Você sabe tão bem quanto eu que nem todo mundo é capaz de saltar. Além dos fóbicos, temos que pensar nos idosos, nas crianças, nos acamados, nos pacientes nos hospitais...

— Podemos pedir às pessoas que ajudem. Se você é capaz de saltar, salte, mas *leve alguém com você*, alguém que não pode saltar. Leve a pessoa nos braços, ou carregue-a nas costas. Depois, volte e salte de novo com outra pessoa. Faça isso várias vezes...

Clichy ficou em silêncio por um momento.

— Você já tinha pensado nessa possibilidade, não é mesmo, Fantasma?

— Foi para situações assim que você me contratou tantos anos atrás, Jack.

— Você está maluca. — Uma pausa. — Eu faço isso se você der meia-volta nessa porra de carro.

— De jeito nenhum, senhor.

— Está despedida, Fantasma.

— Sim, senhor. Mesmo assim, vou me manter em contato.

Ela chegou a East Washington e avistou ao longe o Capitólio, brilhando, branco, no sol. Havia pessoas entrando e saindo dos escritórios e lojas. Alguns fizeram gestos para ela; pareciam irritados, provavelmente queriam reclamar dos barulhos das sirenes. O carro da frente tinha uma placa de licença especial, com o símbolo velho e glorioso dos Green Bay Packers. Nas paredes, viu cartazes de Brian Cowley, muito sério, com o dedo em riste, como um vírus perigoso.

Era difícil acreditar que em questão de minutos tudo aquilo se transformaria em uma nuvem de poeira radioativa. De repente, em meio aos avisos convencionais, o rádio do carro começou a transmitir instruções para saltar. *Salte e ajude. Salte e ajude...* Monica sorriu. Um bordão instantâneo.

Clichy voltou com mais informações. O único aviso que a polícia tivera fora de um garoto que zanzara até uma delegacia em Milwaukee, em desespero. Tinha 15 anos. Ele havia andado com um bando de primeiristas pela vida social, para conhecer garotas. Mas estivera mentindo. Na verdade, ele era um saltador natural. Quando os primeiristas descobriram, levaram-no a um médico, um homem que estava na lista de suspeitos da polícia, que abriu a cabeça do rapaz, introduziu um eletrodo e queimou os centros cerebrais supostamente responsáveis pelos saltos. Isso o havia cegado, podendo ou não ainda saltar. Então ele procurou a polícia e desembuchou tudo o que os amigos pretendiam fazer em Madison.

— Tudo que o garoto sabe é que os primeiristas conseguiram pôr as mãos em algo que chamam de "mala nuclear". De acordo com o relatório que recebi, o único armamento fabricado nos Estados Unido com essa descrição é o W54, uma bomba nuclear compacta com um poder explosivo de cerca de seis quilotons, o que equivale a um terço da bomba de Hiroshima. Em vez disso, pode ser que eles estejam com uma bomba russa, como a RA-115... Olha, Fantasma, é voz corrente que os russos contrabandearam alguns desses brinquedos para os Estados Unidos, pensando em usá-los mais tarde. Só por precaução, hein.

Ela chegou à Praça do Capitólio. Em geral, o lugar era ocupado por feiras de arte, um mercado de produtores, recentemente expandido para incluir alimentos exóticos de uma dúzia de mundos, e manifestações de protesto contra isso ou aquilo. No momento, havia um grande movimento de policiais, homens da segurança interna e agentes do FBI, alguns usando trajes de proteção contra armas nucleares, químicas e biológicas, como se *isso* fosse fazer diferença, além de veículos, incluindo helicópteros que sobrevoavam o local. Eram os mais corajosos dos corajosos, pensou Monica, pois estavam correndo *na direção* da bomba. Depois de contornar a praça, olhou para a State Street, que ligava a Praça do Capitólio ao campus da universidade por uma longa reta no sentido oeste-leste. A rua ainda estava cheia de restaurantes, bares e lojas, apesar da recessão causada pela Terra Longa. Naquela tarde, estava infestada de estudantes e consumidores. Alguns estavam evidentemente buscando abrigo, mas outros bebiam café tranquilamente, enquanto se mantinham a par dos acontecimentos com o auxílio de smartphones e laptops. Alguns estavam rindo, embora Jansson pudesse ouvir claramente a voz imperiosa de um guarda em um megafone, recomendando que fossem para casa ou saltassem para outra Terra.

— As pessoas não estão acreditando, chefe.

— Não me diga.

Ela saltou do carro e, mostrando o distintivo a torto e a direito, abriu caminho até o Capitólio. O ruído das sirenes, ecoando no concreto, era ensurdecedor. As quatro escadarias do Capitólio estavam despejando pessoas na rua aos borbotões: deputados, lobistas e advogados, de terno e gravata. Ao pé de uma das escadarias, um grupo de civis em trajes esportivos era vigiado por policiais armados e agentes da segurança interna. Essas pessoas tinham estado na praça na hora do alerta. Haviam sido imediatamente detidas, e seus Saltadores, confiscados, juntamente com telefones e algumas armas. Jansson, perto do perímetro, procurou rostos familiares na massa assustada e indignada de turistas, consumidores e homens de negócios. Alguns usavam pulseiras de *orgulho saltador*, que mostravam aos policiais. *Não sou nenhum primeirista! Olhe aqui!*

Ali estava Rod Green, sentado um pouco afastado dos outros.

Ela se sentou ao lado dele. O rapaz tinha 18 anos, ela sabia, mas parecia mais jovem. Usava jeans e um casaco preto, seu cabelo loiro-avermelhado era bem curto. Parecia um estudante típico, mas tinha linhas em torno da boca e dos olhos. Linhas de expressão, linhas de ressentimento e de ódio.

— Foi você que fez isso, não foi, Rod? — Ela teve de gritar para se fazer ouvir, por causa das sirenes. — Vamos, garoto, você me conhece. Estou de olho em você há anos.

Rod levantou os olhos.

— Você é aquela que chamam de Fantasma.

— Isso mesmo. Foi você?

— Eu ajudei.

— Ajudou quem? Ajudou *como?*

O rapaz deu de ombros.

— Eu trouxe o treco até a praça, em uma mochila grande. Fiz a entrega, mas não sei onde está escondida. Também não sei como foi armada nem como pode ser desarmada.

Ai, cacete.

— Você precisava fazer isso, Rod? Todas essas pessoas têm que morrer só para você se vingar da sua mamãe?

Rod sorriu, sarcástico.

— Olha, *aquela* vagabunda está a salvo.

Jansson estava chocada. Aparentemente, ele não sabia que a mãe, Tilda Lang Green, morrera de câncer em uma colônia de uma Terra distante. Não estava na hora de contar.

— Acha que vai adiantar alguma coisa? Sei que vocês pensam que Madison é uma espécie de estação de embarque de saltadores. Mas não podem acabar com a Terra Longa. Mesmo que varressem Wisconsin do mapa, as pessoas continuariam a saltar de outros...

— Sei de mais uma coisa a respeito da bomba.

Jansson segurou-o pelos ombros.

— O quê? Fale, Rod.

— *Quando* ela vai explodir — disse o rapaz, consultando o relógio. — Daqui a dois minutos e 45 segundos. Quarenta e quatro. Quarenta e três...

Jansson se levantou e gritou para os guardas:

— Vocês ouviram? Passem adiante! Tirem essas pessoas daqui! Os Saltadores... Pelo amor de Deus, devolvam a elas os Saltadores!

Os guardas não precisaram que ela repetisse a ordem, e os cativos se levantaram, aterrorizados, mas Jansson continuou ao lado de Rod.

— Para mim, está tudo acabado — disse o rapaz. — Não consigo saltar. Foi por isso que vim para cá. Parecia a coisa certa a fazer.

— Certa, uma ova.

Pegando-o de surpresa, Jansson agarrou-o por baixo das pernas e dos ombros, como se fosse uma criança, e levantou-o do chão. Rod era muito pesado e ela logo caiu, mas ligou o Saltador antes que os dois atingissem o solo.

A policial caiu de costas em um gramado. O céu estava sem nuvens, como na Terra Padrão. O som das sirenes tinha desaparecido. Ao lado, viu o monumento que haviam construído em Oeste 1 no lugar do Capitólio.

Rod, que tinha caído por cima dela, sofreu uma convulsão, vomitou e começou a espumar. Uma paramédica de macacão empurrou-o para o lado.

— Ele é fóbico — disse Jansson. — Vai precisar...

— Nós sabemos — interrompeu a paramédica, tirando uma seringa da valise e espetando-a no pescoço do rapaz.

As convulsões diminuíram. Rod encarou Jansson e disse, claramente:

— Dois minutos.

Então, seus olhos reviraram e ele perdeu os sentidos.

Dois minutos. A notícia correu Madison Zero, as réplicas a Leste e Oeste e todos os mundos próximos.

Os saltos começaram.

Pais carregavam os filhos e voltavam para buscar os próprios pais e os vizinhos idosos. Nas casas de repouso, os cuidadores amarravam

Saltadores nos velhinhos assustados e os despachavam para Leste ou para Oeste pela primeira vez na vida. Nas escolas, os professores carregavam alunos, e os alunos mais velhos carregavam alunos mais novos. Nos hospitais, os funcionários e os pacientes em melhores condições encontraram meios de se levantar e saltar com os pacientes mais pesados e imobilizados, até pacientes em coma e bebês nas incubadoras, e voltavam para mais, esperando os cirurgiões fecharem cirurgias interrompidas, e saltavam com estes pacientes também. Em toda Madison, as pessoas que podiam saltar, que eram maioria, ajudavam as pessoas que não podiam. Mesmo os fóbicos extremos, como Rod Green, que não podia tolerar um único salto, era recebido por médicos que faziam o possível para estabilizá-los até que pudessem ser transportados para longe da zona perigosa e levados de volta para a Terra Padrão.

    Em Madison Oeste 1, Monica Jansson estava acompanhando os acontecimentos. Havia câmaras de televisão em toda parte e drones transmitiam imagens aéreas. Para Jansson, parecia estranho estar *a salvo* naquele momento de crise, mas os médicos tinham levado seu Saltador e não havia nada que pudesse fazer. Por isso, limitava-se a observar. Alguém lhe entregou uma xícara de café.

    Do ar, ali em Oeste 1, era possível ver, como se fosse um mapa, os lagos, o istmo, todas as características geográficas de uma réplica da Madison da Terra Padrão, uma duplicata que, até vinte anos antes, estivera totalmente desabitada. Madison Oeste 1 já mostrava alguns sinais de civilização: florestas derrubadas, pântanos drenados, algumas trilhas suficientemente largas para serem chamadas de estradas, grupos de edifícios, moinhos e forjas soltando nuvens de vapor e fumaça. No momento, porém, os habitantes de Oeste 1 estavam se mobilizando para acomodar os fugitivos da Terra Padrão.

    E eles vieram. Jansson os viu emergirem, um a um ou em pequenos grupos. Alguns surgiram nos lagos, depois de saltarem de barcos e de pranchas de surf. Barcos a remo cortaram as águas azuis para recolhê-los.

    Em terra, com a chegada dos saltadores, Jansson viu uma espécie de mapa da cidade da Terra Padrão se formar no tapete verde de Oeste 1. Havia os estudantes universitários, uma mancha multicolorida que assinalava a região do campus, estendendo-se da margem do Mendota para o sul. Havia os hospitais, St Mary's, Meriter e os Hospitais e Clínicas da Universidade de Wisconsin, pequenos aglomerados retangulares de médicos, enfermeiras e pacientes. Havia as escolas, professores e alunos onde deveriam estar as salas de aula. Na margem do Monona, apareceu a população do centro de convenções, homens de negócios, em bandos, como pinguins. A área em torno do Capitólio começou a ser preenchida, mostrando a forma de losango da praça, com as lojas e restaurantes das ruas State e King alinhadas na direção oeste-leste e os empregados de escritório e residentes de East e West Washington. Era realmente um mapa de Washington, pensou, um mapa feito de pessoas, com os edifícios removidos. Procurou a Allied Drive, em que um grupo de freiras saltara da Casa, levando com elas as crianças sob seus cuidados.

No último segundo, pôde ver, em uma cena captada por uma câmera ao nível do solo, que onde ficavam os arranha-céus do centro da cidade, pessoas começaram a aparecer em pleno ar. Muitos estavam usando terno e gravata. Elas saltaram de andares superiores porque não havia tempo para usarem os elevadores ou as escadas. Fantasmas tridimensionais dos edifícios condenados se formaram, fantasmas compostos por pessoas que pareciam flutuar apenas por um instante antes de começarem a cair.

Em algum lugar perto de Jansson, um contador Geiger começou a estalar.

52

Joshua e Sally passaram rapidamente pelas últimas Madisons, Oeste 10, 9, 8... Joshua não estava interessado naqueles mundos superpovoados; tudo que queria era voltar para casa. 6, 5, 4... Em uma das Terras Próximas, tinham se deslocado geograficamente de Humptulips para Madison com o dirigível, usando um motor que Franklin Tallyman, o gênio da mecânica do Reinício, tinha consertado para eles. 3, 2, 1... Havia sinais de advertência nesses mundos, que eles ignoraram e continuaram...

Zero.

Madison havia desaparecido.

Joshua ficou parado, sem acreditar no que via. Sally segurou-lhe o braço. Tinham descido no meio de um monte de escombros. Fragmentos de paredes brotavam do solo, restos do que deviam ter sido estruturas de concreto armado. Uma poeira seca quase o sufocou. O dirigível avariado pairava sobre as ruínas.

Alguém estava parado diante deles. Um homem usando algo parecido com um traje espacial, não, uma mulher, concluiu Joshua, depois de ver o rosto atrás do visor empoeirado.

— Estamos aqui para receber saltadores — disse a mulher, com uma voz reproduzida por um alto-falante. — Saiam já daqui. Voltem para o lugar de onde vieram.

Alarmados, chocados, Joshua e Sally saltaram de mãos dadas para Oeste 1, levando consigo o dirigível. Ali, outra mulher, usando um uniforme da Agência Federal de Gestão de Emergências, se aproximou com uma prancheta e um bloco de anotações. Olhou para o dirigível, balançou a cabeça e disse, em tom de censura:

— Vocês vão ter que passar por uma descontaminação. Instalamos avisos nos mundos vizinhos, mas, aparentemente, vocês os ignoraram. Não se preocupem, não cometeram nenhum crime. Vou precisar dos nomes de vocês e dos números do seguro social... — disse, abrindo o bloco de notas.

Joshua olhou em torno. Aquela réplica de Madison estava muito diferente da última vez em que estivera ali. Cidades de tendas, hospitais, estações. Um campo de refugiados.

Sally comentou, amargamente:

— Aqui estamos, na terra da fartura, com tudo que qualquer um poderia desejar, multiplicado um milhão de vezes. No entanto, alguém resolve iniciar uma guerra. O homem é um animal estranho.

— Por outro lado — protestou Joshua —, não é possível iniciar uma guerra se ninguém aparecer. Escute, preciso voltar para a Casa, ou onde a Casa estaria...

O telefone da funcionária da AFGE tocou. Ela olhou para a tela, pareceu surpresa e voltou o olhar para Joshua.

— Você é Joshua Valienté?

— Sou.

— É para você — disse a mulher, passando-lhe o telefone. — Pode falar, Sr. Lobsang.

Agradecimentos

Decidimos usar a cidade de Madison, Wisconsin neste romance parcialmente porque, quando estávamos começando a escrever o livro, ocorreu-nos que, em julho de 2011, a segunda Convenção Norte-Americana do Discworld seria realizada em Madison e poderíamos fazer nossas pesquisas, como os autores gostam de dizer, como um benefício colateral. A convenção se tornou uma espécie de oficina para a Terra Longa. Agradecemos a todos as pessoas que contribuíram para essa discussão, que são muito numerosas para serem citadas aqui, mas particularmente ao Dr. Chistopher Pagel, dono do Companion Animal Hospital de Madison, e sua esposa, Juliet Pagel, que dedicou uma parte considerável do seu tempo para mostrar aos autores as partes antiga e moderna de Madison, do Arboretum a Willy Street, e, para culminar, fez uma leitura extremamente útil de uma versão preliminar do livro. Muito obrigado aos moradores de Madison e pedimos desculpas pelo que fizemos à cidade de vocês. Todos os erros e imprecisões são, naturalmente, de nossa inteira responsabilidade. Agradecemos também a Charles Manson, o Bibliotecário para Assuntos do Tibete da Bodleian Library, de Oxford, por nos ajudar a construir o mundo de Lobsang.

T.P.
S.B.
Terra Padrão, dezembro de 2011

Impresso no Brasil pelo
Sistema Cameron da Divisão Gráfica da
DISTRIBUIDORA RECORD DE SERVIÇOS DE IMPRENSA S.A.
Rua Argentina, 171 – Rio de Janeiro, RJ – 20921-380 – Tel.: (21)2585-2000